UN HEUREUX MARIAGE

HEINZ G. KONSALIK

UN HEUREUX MARIAGE

roman

FRANCE LOISIRS
123, Boulevard de Grenelle, Paris

Le titre original de cet ouvrage est :
EINE GLÜCKLICHE EHE
Traduit de l'allemand par :
Gilberte MARCHEGAY

Édition du Club France Loisirs, Paris
avec l'autorisation des Presses de la Cite

Pour ma femme Ebbi

CHAPITRE PREMIER

L'ENTERREMENT ETAIT terminé. Enfin. Par un jour d'automne mouillé où le soleil ne peut pas percer les nuages ni les brouillards de gaz d'échappement collant aux arbres du cimetière-sud. Les allées miroitaient. Des flaques de pluie entre les tombes pénétraient les semelles d'une humidité glaciale. On frissonnait, le col relevé, nu-tête, prêtant l'oreille au discours du pasteur, aux paroles élogieuses des bons amis représentant la Société d'Equitation, le Rotary, la Société des Chasses, l'Association des Pharmaciens, le Golf-Club et le Yacht-Club. Des membres de la Société des Chasses à Courre embouchant leurs trompes de cuivre firent retentir le grand hallali ; des drapeaux s'abaissèrent sur le cercueil de chêne uni, dont le couvercle, au lieu d'une croix, portait une seule gerbe de roses rouges à longues tiges. Ils savaient tous qui avait placé ces roses et lorsque le pasteur, dans sa péroraison un peu pathétique, fit allusion à un heureux mariage qui avait été comme le cantique des cantiques d'un amour inépuisable, chacun dans l'assistance jeta vers elle un regard furtif.

Une femme mince, de taille moyenne, se tenait bien droite au bord de la tombe ouverte. Elle portait une simple robe noire sous une cape noire. Son voile de veuve estompait son étroit visage. Une profusion de boucles blondes s'échappait de son feutre rond.

Une jolie femme, trop jeune encore pour être veuve à cinquante-trois ans. Mais on avait vu venir la catastrophe. Maintenant devant cette fosse, chacun en était persuadé : gagner des millions, voilà certes une belle occupation, mais à quoi bon si ces millions vous assassinent ? Vous êtes idiot ! avait dit le Dr Bernharts. — Il pouvait se montrer franc étant depuis vingt ans autant confesseur que médecin de la famille. — Chaque million écorne un peu de votre cœur ! Adoptez un rythme de vie plus raisonnable, Helmuth...

La chorale masculine régionale se fit entendre. Ni Schubert ni Brahms que le mort avait aimés, mais le vieux chant militaire du

« Bon camarade » accompagné des cuivres de la philharmonie paroissiale. Helmuth Wegener en était le fondateur et avait fait don des instruments.

Helmuth Wegener... camarade, ami, donateur, patron, nous ne t'oublierons jamais.

Puis ce fut le défilé, les condoléances, ces poignées de main incessantes, ces paroles murmurées, légèrement hachées, ces regards mouillés et insinuants à la fois ; ces sanglots contenus, les étreintes des bons amis, les baisers des amies, les paroles floues des nombreux représentants d'associations et de sociétés. Un tourment de plus en plus brûlant, cette prise de conscience inévitable qu'aggravait chaque serrement de main : à présent tu es seule ! Il est mort ! Tu es veuve au bord de cette bombe qui ne renfermera pas seulement dans quelques minutes une part de ta vie, mais aussi tout le reste de ton existence.

— Nous ne l'oublierons pas... jamais... jamais, répètent des voix comme un disque fêlé.

Des larmes, des baisers, des mots, des mots, des mots. Et ces mains grosses ou maigres, chaudes, froides, osseuses, visqueuses, dures, molles, ces mains, ces mains...

— Ils étaient sept cent quatre-vingt-neuf, maman.

Son fils. Il se tenait auprès d'elle et avait glissé son bras sous le sien pour la soutenir. Son fils Peter, vingt-sept ans, chimiste, deux têtes de plus que sa mère, blond comme elle. L'héritier. De l'autre côté, sa fille. Cheveux châtains comme son père, fine et gracile comme sa mère, vingt-trois ans, étudiante en médecine, avec l'ambition de devenir cantatrice. Elle entourait d'un bras les hanches de sa mère, tendait une main vers le défilé et remerciait avec un petit salut sec de la tête, sans une larme, ce que tout le monde remarquait.

Sept cent quatre-vingt-neuf poignées de main !

— Ils sont tous venus, maman, dit Peter à mi-voix tout contre son oreille voilée de crêpe. C'était presque un enterrement officiel.

— Je veux m'en aller, mon petit, dit-elle d'une voix calme et ferme. Est-ce fini ?

— Quoi, maman ?

— Ce défilé...

— Oui.

Peter jeta un regard à sa sœur derrière le dos de sa mère. Vanessa-Nina lui répondit d'un signe et haussa les épaules en manière d'interrogation. Elle devait son prénon poétique à sa mère qui l'avait trouvé dans un roman pendant sa grossesse. Huit notes de musique... Vanessa-Nina Wegener... Et lui n'y avait rien trouvé à redire, comme d'habitude lorsqu'elle exprimait un désir. Enfant, Vanessa avait souffert de ce nom original ; à présent, elle en était presque heureuse. C'était un nom de chanteuse qui vous restait dans l'oreille ! disait son professeur, la moitié du chemin d'une carrière, ajoutait-il en futur impresario, bien que Vanessa-Nina n'étudiât le chant que depuis six mois, en dilettante, au Conservatoire de musique de Cologne.

— Nous sommes seuls, maman, dit Peter, le pasteur nous attend à la sortie...

Derrière eux, le sable crissait, foulé par cent semelles. On roulait les drapeaux et on les introduisait dans leurs gaines protectrices. Les cuivres de la chorale et des chasseurs cliquetaient. On ouvrait des parapluies silencieusement. La pluie reprit, impalpable, comme un brouillard tombé des nuages accumulés.

Ça nous vaudra des rhumes carabinés, mes amis, ce dont le vieux Wegener, dans sa tombe, tirera finalement profit : son « Rhinofon » est le médicament le plus acheté pour la guérison des refroidissements ! Ainsi pensait sans doute plus d'un venu assister à ces funérailles.

— Lâche-moi, Peter, je suis capable de tenir debout sans soutien ! dit-elle.

— Maman...

— Voyons !

Ils la laissèrent aller et elle fit trois pas seule jusqu'à la tombe ouverte. Elle plongea son regard dans le gouffre et ne vit pas le cercueil recouvert par les monceaux de fleurs et la terre jetée par chacun à l'aide d'une petite pelle en dernier adieu au mort.

Ils ont écrasé mes roses, pensa-t-elle, mais lui sait bien qu'elles ont été déposées sur lui. Tous les ans, le jour de mon anniversaire, il m'offrait des roses à longues tiges, la dernière fois il y en avait cinquante-trois et il y avait immanquablement deux roses blanches parmi elles pour Peter et Vanessa-Nina. Et toi, où es-tu ? demandait-elle chaque fois. Il riait alors de ce rire juvénile dont elle s'était éprise aussitôt lors de leur premier contact — un rire qui s'élançait de sa bouche et aussi de ses yeux bleus. Je ne suis pas une rose, Irmi, et certes une ortie gâcherait tout le bouquet !

Elle entendit des chuchotements derrière elle. Peter retenait Vanessa-Nina qui tentait de se placer au côté de sa mère. « Laisse-la seule, murmurait Peter, il lui faut la solitude, à présent. Je crois qu'aucune femme n'a aimé son mari comme elle a aimé papa. Nini, reste tranquille ! »

Elle se tenait tout contre la tombe garnie intérieurement de branches de sapin. Croisant ses mains, elle plongea son regard tout au fond. Elle ne priait pas, les yeux rivés aux monceaux de fleurs, aux pelletées de terre et à quelques taches fauves qui luisaient entre celles-ci : le cercueil de chêne. Helmuth Wegener.

Vingt-sept ans, pensait-elle. Vingt-sept ans, la main dans la main. Et maintenant, tu me laisses seule. Le monde est désert, Helmuth, malgré les enfants. Ils ont grandi et suivront leur propre chemin. Que me restera-t-il ? Les usines de produits pharmaceutiques, la résidence dans la forêt proche de la ville, la maison de campagne au Tyrol, le chalet des neiges, la villa sur la Côte d'Azur, l'argent... tout l'argent... Qu'est-ce que tout cela sans toi ? Evidemment, la vie continuera, les veuves se comptent par millions et le temps efface les rides du souvenir. Mais la vraie vie c'étaient ces vingt-sept ans avec toi...

Elle ne sursauta pas lorsque Peter s'approcha pour glisser son bras sous son coude. Elle entendait dans son dos les sanglots de Vanessa-Nina, la petite Nini ainsi que l'appelait Helmuth, son Moineau au pépiement argentin.

— Il faut nous en aller, maman, reprit Peter en se donnant beaucoup de peine pour combattre le vacillement de sa voix.

L'adieu muet de sa mère au seul grand amour de sa vie mettait en péril sa virile domination de soi.

— Aller où ?

Elle tourna lentement sa tête et le regarda à travers son voile de deuil avec des yeux qui n'envisageaient pas encore le présent.

— A la Roseraie, maman.

— La Roseraie ?

— C'est le nom de l'établissement où aura lieu le repas funèbre. Tu sais bien, maman : l'accueil au champagne, le buffet froid, les condoléances officielles, nous attendons plus de huit cents invités !

— Faites-moi ramener à la maison... et elle tourna de nouveau son visage vers la tombe.

— Maman, les invités...

— Je t'en prie, Peter ! Remplace-moi, et toi Moineau, seconde-le. Vous vous en tirerez très bien, je le sais. Je voudrais être seule, maintenant. Je ne veux plus voir personne. Me comprenez-vous ?

— Ce sera terminé au bout d'une heure, maman.

— C'est pour moi une heure de trop !

Peter adressa un signe de tête à sa sœur. Ils reprirent chacun un bras de leur mère pour l'éloigner doucement de la tombe. Derrière une haute stèle, deux fossoyeurs municipaux attendaient le pourboire d'usage. Appuyés sur leurs pelles, ils fumaient sous leurs mains pliées en auvent, à cause de la pluie, des cigarettes de gros tabac et espéraient que la veuve se déciderait enfin à s'en aller, les libérant de cette attente sous la pluie. A l'entrée du cimetière, les autos démarraient avec de brefs rugissements, les pneus criaient sur l'asphalte mouillé, les portières claquaient, tandis que, dans le silence, de l'autre côté de la porte monumentale, des voix voletaient insouciantes ; il y avait même deux rieurs parmi elles, parce que le Dr Schwangler, l'avocat, racontait l'histoire d'un soi-disant mort, qui avait encore conçu quatre enfants après son réveil.

Le pasteur les attendait sous un grand parapluie noir. Près de lui se tenait l'organiste qui avait joué du Händel selon le désir du mort, exprimé dans son testament. Sur le seuil du grand portail de sortie, se trouvait, vêtue d'un costume de deuil de grande maison en breitschwanz bordé de vison noir, Elena Preiss, la meilleure amie de la famille Wegener. Une si bonne amie qu'elle pouvait se permettre de dire : « Helmuth s'est trompé de femme ; Irmgard est restée fille de pharmacien, un aigle doit épouser une aiglonne non pas une fauvette ! »

— Faut-il que nous passions par là, Peter ? demanda Irmgard, et elle s'arrêta.

— Pas forcément, maman, il y a encore une sortie latérale.

— Passons par là !

— Ce serait impoli, maman. — Peter serra plus fort le bras de sa mère. — Le pasteur et l'organiste voudraient prendre congé...

— Ne sont-ils pas invités à... au repas de deuil ?

— Non. Tu sais bien que seules des personnes d'un certain milieu...

Elle jeta un regard vers Elena Preiss qui l'attendait comme un vautour guigne une charogne. Ses cheveux teints en rouge flottaient de toute leur longueur sur ses épaules et son col de vison. Elle s'habillait très court, afin de montrer ses longues jambes restées minces. Avec ça, elle a trois ans de plus que moi, pensa Irmgard Wegener, mais elle n'est pas restée un mois fidèle à son mari. Je n'ai jamais eu d'aventure amoureuse ni aucun ami intime, j'ai été pour Helmuth l'épouse la plus fidèle du premier jour où je lui dis oui et acceptai de porter son nom.

— Je veux m'en aller ! lança-t-elle durement. — Peter sursauta et la regarda pétrifié. — M'en aller loin de ces têtes odieuses ! Par la sortie latérale. Je ne veux plus voir ni entendre personne !

Peter Wegener se taisait. Il lança un regard à sa sœur et ils se comprirent : les nerfs, à présent que tout était terminé, n'en pouvant plus, elle s'effondrait. Maman a eu du courage. Elle s'était tenue impassible comme une colonne commémorative devant le cercueil ouvert, puis devant le catafalque dressé dans le hall de la villa Fedelta, et maintenant devant sa tombe... Fedelta signifie fidélité. Jusqu'à sa fin, on s'était demandé pourquoi Helmuth Wegener avait donné à sa maison ce nom italien. Fedelta, fidélité. Les enfants aussi se perdaient parmi les suppositions ; elle seule savait, elle, Irmgard Wegener, née Lohmann, fille de pharmacien, native de Köln-Lindenthal.

Ils l'emmenèrent et firent un détour vers la sortie latérale. Le pasteur, l'organiste, les invités du repas funèbre les suivaient du regard, sidérés. Elena Preiss haussa les épaules avec un sourire empreint de malice et retroussa ses lèvres fardées de cyclamen, puis s'en fut en trottinant vers l'avenue où son chauffeur lui ouvrit la portière de sa voiture en ôtant sa casquette. C'était un Corse au physique éblouissant et l'on chuchotait que son service ne se bornait pas à la conduite de la Mercédès aux reflets bleus.

La voiture des Wegener s'approcha de la sortie latérale; Irmgard y monta rapidement et tendit ses mains à son fils et à sa fille : « Merci, dit-elle en se forçant même à sourire. Présidez honorablement ce... repas funèbre. Ne vous occupez pas de moi : je suis contente d'être seule maintenant. »

Elle tira la portière, le chauffeur accéléra et la voiture fila dans l'allée noyée de brouillard dont les deux rangées d'arbres exsudaient de l'humidité.

La bibliothèque — selon une vieille tradition, on désignait ainsi le bureau de Helmuth à la villa Fedelta — lui fit une impression glaciale. La splendeur de son mobilier Renaissance devenait étrangère sans la présence des cent kilos de Helmuth bouillonnant de vitalité. Ce décor somptueux et impersonnel que seuls animaient son rire, sa voix, son pas alerte. Et cette table-bureau massive où lui venaient ses meilleures idées — inépuisables et toujours couronnées de succès. Jusqu'au jour où il se trouva étendu sur la moquette orange de la salle de bains, une joue rasée, l'autre encore couverte de mousse de savon.

Un cas typique d'infarctus ! avait dit le Dr Bernharts. Je l'ai vu venir ! Je l'ai vu venir ! Mais, à son avis, les médecins ne savent que pisser dans la mer ! « Je me porte comme un charme », répondait-il, lorsque je lui conseillais de dételer et de penser à lui-même !

Naturellement, le Dr Bernharts se garda de tenir à la veuve de tels propos. Il ne les risqua qu'au restaurant « le Coucou » à une tablée de médecins.

Mais, dans un sens, il était exact que Helmuth Wegener jouissait d'une santé exemplaire. En trente et un ans, il ne s'était pas alité plus de six semaines, dont quinze jours sans se lever parce qu'il s'était brisé la cheville droite à la fête d'inauguration de l'un de ses nouveaux bâtiments. Avec un verre dans le nez ! avait-il expliqué par la suite. Oui, un homme puissant que rien n'abattait. Jusqu'à ce que brusquement, son cœur lâchât.

Dans ce grand bureau, si froid et impersonnel fût-il, régnait une tiédeur confortable. La pluie devenait plus serrée. Ici, dans cette forêt aux confins de la ville, ce n'était plus de l'humidité suintant des nuages, mais de grosses gouttes tambourinant contre les vitres. La grande villa était pleine de silence. Le personnel était allé au repas funèbre; il avait spontanément offert son aide en souvenir du patron qui les tutoyait tous et se montrait avec eux plus camarade que maître. Naturellement, il pouvait aussi paraître grand bourgeois lors des réceptions officielles en habit ou smoking, aux « Festspielen » wagnériens, car il faisait partie de la société des amis de Bayreuth. Mais lorsqu'il se trouvait à la maison, il appelait ses domestiques par des sobriquets de son invention : le jardinier Franz, « la canaille », le chauffeur de la Mercédès « l'étoile de Stuttgart ». Paula et Doris, la cuisinière et la femme de chambre, étaient secrètement amoureuses de leur maître. Sentiment purement platonique qui influençait cependant la cuisine et la bonne tenue de la maison.

Elle s'approcha de la fenêtre, regarda dehors le parc grisâtre fouetté par la pluie, et appuya son front contre la vitre froide et humide. Il faut apprendre la solitude, pensait-elle. Pendant vingt-sept ans, il a toujours été là, on pouvait lui parler, il avait une réponse à chaque question. S'il était couché contre moi, j'écoutais sa respiration ou je m'éveillais parce qu'il ronflait, ou parce qu'il ne ronflait plus, dans la peur qu'il ne lui soit arrivé quelque chose, car tant qu'il ronflait il était bien vivant, et il y aurait encore un matin avec lui... Puis brusquement, plus rien. Il ne dira jamais plus : Irmi, tu es une nigaude ! ou : Irmi, j'ai encore pris du poids ! Au bureau, pendant le conseil d'administration, le bouton de ma chemise a sauté sur mon ventre. Ces foutus dîners d'affaires ! Pourquoi faut-il bouffer pour signer un contrat ?

Tout cela lui manquait à présent. La solitude est une prison autour de laquelle on sent battre les flots du monde, mais on reste à l'écart. Elle s'arracha de la fenêtre, retourna vers le centre de la pièce et s'assit dans le vaste fauteuil où Helmuth aimait à prendre ses aises lorsqu'il avait eu une idée et qu'il était convaincu qu'elle était exploitable. Alors il buvait toujours un verre de vodka, un seul, et sombrait dans une profonde rêverie.

— A quoi penses-tu ? demandait-elle alors.

— La vie est parfois insensée, répondait-il. Totalement insensée.

Puis il riait de nouveau et cette minute de réflexion — à quoi rêvait-il ? — était passée.

A présent, elle était assise dans son fauteuil et ouvrait son sac à main noir dont elle retira une petite boîte plate faite de bois doré, une babiole due à l'artisanat vénitien comme les touristes en achètent par milliers. Le Dr Schwangler, l'avocat ami de la famille, l'avait remise à Irmgard après le constat officiel de décès, tandis qu'elle restait assise, comme pétrifiée.

— C'est selon la volonté de Helmuth... avait dit l'avocat, pour une fois peu enclin à plaisanter. Voici la lettre qu'il m'a adressée.

— Lis-la, je t'en prie, avait-elle répondu.

— Dans le cas où je décéderais... dois-je poursuivre ?

— Je t'en prie !

— ... où je décéderais, je prie mon ami Schwangler de remettre cette boîte à ma femme. Elle contient une clef, celle de mon coffre-fort placé sous le tableau de Gauguin. Je te prie, Irmi, d'ouvrir ce coffre après mon enterrement — seule ou avec les enfants — je te laisse juge de la chose. Mais crois ce que je te dis : je t'ai toujours aimée...

Elle avait pris la boîte vénitienne sans la regarder, pour la glisser dans son sac.

— Assure-toi que la clef s'y trouve vraiment ! dit l'avocat.

— Si Helmuth a écrit qu'elle s'y trouve, elle est dedans ! avait-elle répliqué.

Elle contempla longuement la petite boîte et s'étonna que Helmuth eût pu acheter cet objet de pacotille, cette petite boîte cloutée de perles de verre multicolores... Il lui avait offert son premier bijou — elle se souvenait, c'était en 1948 — pour la naissance de Peter. Il n'avait pu lui faire ce cadeau qu'en le payant au bijoutier en quatre versements : un mince anneau d'or qui s'élargissait en son milieu pour former une étoile composée d'un minuscule brillant, d'un rubis, d'un saphir et d'une émeraude de même taille. Mais en ce temps-là, pour le jeune époux qui voulait tout gagner par son travail, c'était une petite fortune. Cette bague se trouvait encore dans son coffret à bijoux. Elle ne la portait plus, possédant à présent des colliers, des bracelets de diamants, des boucles d'oreilles dont les photos avaient été déposées aux sièges des compagnies d'assurances. Mais cette bague modeste existait toujours et il lui arrivait, lorsqu'elle passait en revue les bijoux contenus dans sa cassette, de l'examiner longuement et de remonter en pensée dans le temps jusqu'à ce matin où il s'était approché de son lit pour déposer l'anneau sur son sein nu tandis qu'elle allaitait son bébé.

— Elle ouvrit le coffret vénitien et s'installa dans son fauteuil. La pluie crépitait sur les vitres et soudain elle pensa, effrayée : il est en train de se mouiller ! Sa tombe se remplit d'eau. Il avait toujours eu horreur de se sentir les pieds mouillés et montrait une véritable aversion pour la pluie. Comme il aimait le soleil, et maintenant sa dernière étape...

C'était une clef très découpée et d'aspect compliqué : une véritable clef de coffre aux trésors. Elle se trouvait seule dans la petite boîte, sans même un mot griffonné sur un feuillet.

Elle la prit, la posa sur sa paume étroite et l'examina. Ce coffre-fort dans le bureau du patron avait été une sorte de tabernacle où il était seul à pénétrer. Nul ne savait ce qu'il y cachait depuis nombre d'années. D'ailleurs, nul ne s'en était inquiété, et, à vrai dire, cela n'intéressait personne. Les petits ou grands secrets d'un homme ne deviennent pas plus transparents si l'on s'en empare. Ils n'en sont que plus inaccessibles et accablent une vie journalière harmonieuse. Quels sont donc les secrets d'un homme ? Une femme intelligente les devinera sans se tromper — et se taira comme un enfant cherchant à dissimuler un morceau de chocolat dérobé. En tout homme sommeille un grand enfant — s'il se réveille, il faut le laisser s'amuser, il se croira un « type terrible » ; un homme a besoin de cette illusion pour être un homme.

Elle quitta son grand fauteuil, se dirigea vers le mur de la bibliothèque et s'arrêta devant le grand Gauguin : des filles des mers du Sud tressant une guirlande. Œuvre authentifiée par sept expertises. Lors des réceptions, elle était éclairée indirectement par quelques réflecteurs encastrés dans le plafond à caissons. Alors la petite fille des mers du Sud semblait prendre vie et ses seins se soulever au rythme de sa respiration. Ce tableau ne paraissait pas lourd, n'étant qu'une toile encadrée d'une mince baguette, elle put le décrocher sans peine et le poser sur le gigantesque tapis d'Aubusson qui recouvrait tout le parquet. Le coffre-fort était encastré dans le mur ; on n'en voyait qu'une petite plaque d'acier trouée d'une entrée de serrure. Ni signal d'alarme, ni verrous commandés électroniquement, ni combinaison de chiffres.

Simplement un coffre mural sans complication, pas plus haut que deux livres mis l'un sur l'autre, certes peu fait pour dissimuler des millions ou d'autres trésors.

La clef tourna dans la serrure avec un léger grincement lorsque Irmgard l'y eut introduite. Puis avec la clef, elle tira la plaque d'acier et ne fut pas surprise de ne rien trouver à l'intérieur du coffre à part quelques gros cahiers d'écolier, de ceux qui ont une solide couverture rigide, comme ses enfants en avaient pour les brouillons de leurs devoirs faits à la maison. L'un des cahiers était rouge, l'autre bleu, le troisième vert, le quatrième jaune, le cinquième violet. Sur le petit écusson imprimé sur la couverture, il y avait tracé par l'écriture raide de Helmuth : n° 1, n° 2, etc., et en dessous, les années 1944-1948, 1948-1955, 1956-1965. Le dernier cahier finissait par 19... sans autres chiffres. Helmuth Wegener n'avait pas voulu mourir. Pas maintenant.

Elle sortit les cahiers du coffre, les porta jusqu'au fauteuil, se rassit, alluma le grand lampadaire car le ciel était d'un gris sourd et avait eu parfaitement raison du soleil. Elle posa les cahiers sur les larges accoudoirs et appuya son menton sur ses mains croisées.

Il tenait un journal intime, pensait-elle. Il a condensé sa vie en mots ! Comment a-t-il pu en trouver le temps avec son énorme travail ? Quand écrivait-il ? Je ne l'ai jamais surpris penché sur ces cachiers et il n'a jamais dit que son existence pouvait avoir assez d'importance pour que l'on en conservât le souvenir. Un homme qui a vécu cinquante-six ans de notre temps peut avoir quelque chose à dire, mais il ne contera rien de bien différent de ce que son voisin aura vécu...

Elle prit le premier cahier à la couverture rouge portant les dates 1944-1948. Avant de l'ouvrir, elle ferma les yeux et rassembla ses souvenirs.

Le crépitement de la pluie sur les vitres — comme de lointains tirs de mitrailleuse ou un grésillement d'incendie...

Elle ouvrit le cahier et rapprocha le lampadaire.

L'écriture de Helmuth, aux lignes serrées... A l'époque où il les avait tracées, en 1948, c'était une écriture d'adolescent sans caractère particulier, mais elle dut relire quatre fois la première phrase avant de passer à la seconde ligne.

« J'avoue... »

Quel aveu posthume un Helmuth Wegener pourrait-il devoir faire ? Je le connais mieux qu'il ne se connaît. Il se voyait tel qu'il voulait être, je le voyais, moi, tel qu'il était. Comme tous les autres, c'était un homme pétri de désirs et de réalités.

Elle posa le cahier rouge sur ses genoux, se pencha en avant et lut.

Le crépitement de la pluie retentissait toujours comme une salve de mitrailleuse...

1944.

Un matin de juin ensoleillé dont la chaleur semblait supportable.

La casemate souterraine au P.C. du bataillon en opération à l'est d'Orcha était ornée d'un drapeau, de deux guirlandes de branches de sapin tressées. Le capitaine Hilleman s'adossa au mur recouvert de contre-plaqué et se mit à fumer une cigarette. Le lieutenant Brokamp restait dehors debout sur les marches de terre pilonnée, il attendait la venue du chef du régiment et de l'aumônier de la Wehrmacht. Sur une table faite de rondins de bouleau ajustés s'épanouissait un bouquet de fleurs des champs auprès d'un cadre fait par un amateur, qui contenait la photo d'une jeune fille. Quatre bougies allumées entouraient cette nature morte et animaient de leurs lueurs dansantes les yeux du portrait qui montrait des cheveux blonds roulés en torsade autour de la tête, de grands yeux bleus, une bouche au dessin tendre dont les commissures recelaient encore une naïveté enfantine. Sur sa poitrine, la jeune fille avait écrit : « Pour toi Helmuth mon amour. Irmi. »

Helmuth Wegener se tenait près de l'entrée de l'abri et buvait par petites gorgées un verre d'eau-de-vie. Il avait nettoyé son uniforme tant bien que mal, mis ses décorations : la EK II, la EK I (1), l'insigne de l'infanterie d'assaut, la décoration des

(1) Croix d'honneur, Ehrenkreuz.

amputés par le gel et celle décernée pour destruction de blindés. Il tenait sous son bras son casque bien astiqué. Près de lui se trouvait le sous-officier Peter Hasslick, serrurier originaire d'Osnabrück, grand, maigre, qui mâchait un morceau de choca-cola. Derrière la table s'était assis le sergent-major Emil Knoll. Celui-ci consultait sa montre de poignet étanche en aluminium et s'énervait de ce que le commandant du régiment qui exigeait avant tout la ponctualité, se permît un retard d'une demi-heure.

— Vous avez bien choisi l'heure la plus incommode pour vous marier, Wegener ! remarqua le capitaine Hilleman en allumant une nouvelle cigarette au mégot de la précédente. — Il fumait à la chaîne et l'on prétendait au bataillon que dans les marais du Pripet il avait même été jusqu'à fumer des feuilles de roseaux séchées. — Comprenez, reprit-il, qu'il y a du chambardement dans l'air ! Ivan (1) se met en marche ! Le haut commandement se refuse encore à le croire, mais on ne peut pas nous chier dans la main ! Quelque chose se prépare. Toujours lorsque Ivan se montre aussi tranquille, ça n'en pète que plus fort par la suite !

Le front se taisait, c'était exact. Depuis des jours, ils se trouvaient face au Russe, sans qu'il y eût d'engagement véritable. Quelques détachements d'éclaireurs, de temps à autre un échange de coups de feu avec ces maudits tireurs d'élite sibériens qui visaient tout ce qui bougeait... Mais qui en parlerait ? La bataille n'en était que plus intense dans le Nord et au sud. Là-bas, les Soviets attaquaient en masse, probablement pour enfoncer les flancs de l'armée allemande et forcer la section centrale du front allemand à se replier d'elle-même.

— C'était la seule date possible, mon capitaine, répondit Helmuth Wegener.

Ses galons de sergent scintillaient à la clarté des bougies.

— Quoi qu'il en soit, on ne vous accordera pas de permission : elles sont interdites à tous les grades sans exception !

— C'est justement pour cette raison.

— Qu'aurez-vous donc de ce mariage et de votre jeune femme ? — Le capitaine rit discrètement. — Une nuit de noces par correspondance... quelle sale blague !

— Nous nous aimons.

— C'est précisément pourquoi c'est idiot. Demain ou après-demain, l'offensive russe déferlera et nous aurons le feu au cul ! Au lieu d'être couché auprès de votre jeune femme, vous le serez dans la merde, peut-être en train de crever. — Hilleman serra sa cigarette entre ses doigts, elle était bourrée trop serré, avec la « makhorka » russe. — Pardonnez-moi, Wegener, voilà qui n'est pas une conversation de jour de noces, je le sais. Nous devrions

(1) « Le Russe », les soldats allemands désignaient ainsi l'ennemi.

nous réjouir, nous soûler consciencieusement ! Mais nous nous connaissons, mon fils, et vous savez que je désapprouve ces mariages à distance. On peut faire une veuve d'une jeune enfant, sans qu'elle sache même quel visage avait son mari. Qu'est-ce que cela signifie ?

— Je ne pense pas à la mort, je prétends survivre, mon capitaine... — Et soudain la vérité s'échappa de ses lèvres : — Autrement, où donc me situerais-je ? Il faut avoir quelqu'un à qui penser, qui vous attende si on se tire jamais de cette chierie.

Le capitaine ne répondit pas. C'était vrai : le sergent Wegener était seul au monde, ayant eu sa mère tuée récemment au cours d'un bombardement aérien, et il n'avait plus de père depuis des années.

Le capitaine Hilleman se dirigea vers une autre table, en revint avec une bouteille de cognac et remplit à nouveau le verre de Wegener. Hasslick aussi et le sergent-major Knoll eurent leurs verres remplis. Ils burent et regardèrent ensuite, comme obéissant à un commandement, la photo de la jeune fille blonde. Ses yeux riaient. Le pays... pensa Hilleman. Elle personnifie le pays dont ils ont tous la nostalgie.

— Depuis combien de temps connaissez-vous Mlle Lohmann ? demanda-t-il.

— Six mois. J'ai reçu alors une lettre d'elle transmise par l'action « Les jeunes filles allemandes écrivent au front ». Ce fut un hasard si la lettre envoyée par Irmi me fut remise. A la distribution du courrier on avait joué au destin et écrit certains noms sur les enveloppes. A cette date, nous venions justement d'évacuer Smolensk.

— Une chienne d'année !

— J'ai répondu et les lettres n'ont cessé d'aller et venir entre nous... Surprenant, d'ailleurs.

— Ne brocardez pas la poste aux armées, Wegener. — Hilleman sourit : — Vous vous êtes donc épris par correspondance, puis fiancés, et vous vous mariez maintenant ? Vous avez sa photo, elle a la vôtre... ça suffit ? Radieuse jeunesse !

— Mon futur beau-père estime que nous sommes fous.

— Ce vieux monsieur est un sage. — Le capitaine jeta un regard sur sa montre à la manière du sergent-major Knoll : — Si le commandant ne vient pas tout de suite, le programme de la journée se trouvera perturbé, et Mlle Lohmann, de Cologne, sera devenue Mme Wegener et vous l'ignorerez ! Il nous reste encore vingt minutes.

— Ivan peut voir la tranchée, mon capitaine, dit le lieutenant Brokamp en revenant de l'escalier menant hors de l'abri, nous avons fait l'essai avec un casque sur un bâton. Le casque s'est volatilisé. Tireurs sibériens. Nous ne savons pas encore où ces types sont planqués, mais j'ai envoyé quatre hommes pour tirer cela au clair. Le commandant sera obligé de ramper jusqu'à nous suivi du pasteur.

— C'est du propre ! lança Hilleman dans un éclat de rire. S'en aller à la noce à quatre pattes ! Ça va donner de l'ambiance, Wegener !

Il versa de nouveau du cognac, fit circuler la bouteille et distribua ses cigarettes de machorka que l'on prohibait à l'état-major. Elles ont du bon, prétendait-on au bataillon, elles vous préservent des gaz toxiques ! Si nous en venons à la guerre des gaz, notre bataillon survivra même sans masques !

— Plus qu'un quart d'heure ! dit le capitaine Hilleman. Je crois qu'il me faut présider moi-même aux formalités de ce mariage.

Juin 1944.

Jour ensoleillé, chaleur supportable.

Au-dessus du centre en partie bombardé de la ville de Cologne s'étendait un ciel bleu. Les habitants étaient occupés à déblayer les décombres, à rafistoler leurs demeures. A l'aide de vieilles pierres et de tuiles, ils bâtissaient de nouveaux gîtes, replaçaient de nouvelles vitres en verre armé. Devant les boutiques, de longues files de consommateurs : attribution exceptionnelle de 100 grammes de sucre et de 200 grammes de pain. De vieilles femmes échangeaient des tickets de cigarettes contre des cartes de lait ; devant les boucheries, elles se massaient avec leurs bidons et leurs pots dans les bras afin d'obtenir de la purée de saucisse, dont on pouvait obtenir un bouillon clair avec quelques yeux de graisse, ou une soupe avec des nouilles, de la semoule, de l'orge mondé ou même simplement de la farine. On pouvait aussi la réduire en graisse à tartiner par la cuisson avec du sel et quelques condiments — ersatz de saucisson ou foie — seule la couleur différait.

A la mairie de Cologne-Lindenthal, dans la vaste salle II ayant pour unique mais inévitable parure l'image du Führer, la grande table centrale était décorée de fleurs et d'un casque d'acier étincelant. Derrière ce casque se trouvait, dans un cadre d'argent (prêté par le bureau d'état civil pour la durée de la cérémonie), la photo du sergent Helmuth Wegener. Visage juvénile riant, à la chevelure châtaine, aux yeux gais. Sa bouche, que la vie n'avait pas encore modelée, recelait de l'énergie et de la tendresse.

Assis devant la table, serrés sur un seul rang, de gauche à droite il y avait l'oncle Hannes Lohmann, le pharmacien Johann Lohmann et la fiancée Irmgard Lohmann vêtue d'une robe bleu pâle descendant jusqu'au mollet ; sa chevelure blonde frisée par le coiffeur portait une mince couronne de roses-thé que Lohmann avait pu se procurer chez un fleuriste de la banlieue de Cologne, grâce à ses relations et parce qu'il était pharmacien. Au côté de la mariée était assis Heribert Bluttke, ami de Johann Lohmann, qui possédait une entreprise de transports dont on avait réquisitionné tous les véhicules sauf un vieux tricycle traînant une caisse dans laquelle il charroyait des gravats, moitié pour de l'argent comptant moitié contre une certaine quantité de ravitaillement.

Un bouquet de roses rouges — venu du même fleuriste contre quatre livres de semoule destinées aux enfants en bas âge — reposait sur les genoux d'Irmgard. Elle contemplait en silence le casque d'acier gris et la photo, son visage enfantin, tendu, fervent, avait une expression d'abandon total à l'instant vécu.

Derrière la table se tenait l'officier d'état civil, Peter Schmitz VII, conscient de la signification de l'acte qui allait suivre. Le soleil entrait à flots par la fenêtre éclairant son uniforme brun du Parti. Ça reluit comme du caca d'enfant ! pensa Lohmann fort peu solennel. D'ailleurs, tout ici est du guignol. « Mariage à distance ! » Dire qu'Irmi est accessible à une telle idiotie ! Où donc mon éducation s'est-elle trouvée en défaut ? Si sa mère vivait encore, tout aurait tourné autrement, pensait-il. Mais en ce temps-là, lors du grand bombardement aérien sur Cologne, en mai 1943, Mme Lohmann, tandis qu'elle se dirigeait vers l'abri portant une valise de chaque main, avait descendu l'escalier la tête la première, ce qui lui avait valu une fracture des fémurs qui occasionna, quelques jours plus tard, une embolie dont elle mourut.

— Encore cinq minutes ! lança Schmitz VII solennel. — Il bomba le torse et d'une main tendit son uniforme. Lohmann s'étonna de constater qu'il ne lui restait pas de la chiasse d'enfant collée aux doigts. Il n'avait jamais éprouvé de sympathie à l'égard de ces meneurs politiques et ceux de ses amis qui portaient un uniforme parce qu'on les y avait contraints, n'allaient le voir qu'en civil. — En ce même instant, votre fiancé se tient aussi devant une table et pense à vous, mademoiselle Lohmann. Quel instant solennel : un jeune héros, une jeune fille allemande unissent à jamais leurs destinées à l'époque la plus dure, mais aussi la plus glorieuse vécue par l'Allemagne ! Remarquons aussi que nous célébrons pour la première fois, dans cette mairie de Lindenthal, un « mariage à distance » !

Une telle imbécillité n'est pas fréquente, pensa Johann Lohmann et il loucha vers sa fille. Celle-ci se tenait assise bien droite, sa gerbe de roses sur les genoux et regardait la photo d'Helmuth Wegener avec un sourire rêveur. Elle l'aime vraiment, pensait Lohmann, le père. Est-ce croyable ? Elle ne connaît de lui que ses lettres, une photo retouchée, elle s'ensevelit parmi des mots et sait soudain que celui-là est l'homme de sa vie : je l'épouse même si je dois être veuve dès demain ! J'ai discuté avec elle des heures, des jours — inutilement. Cette époque est celle des cerveaux paralysés. Les vérités sont comme des bulles de savon. En ce qui concerne ce garçon, je le comprendrais plus facilement, il a perdu père et mère...

Quelque part, une pendule égrenait son tic-tac avec une vigueur singulière. Sur le mur derrière la grande table, le Führer faisait peser sur l'assistance un regard d'airain. Johann Lohmann le fixa avec hostilité. Ça aussi, c'est ta faute, pensa-t-il. Je sais qu'il est un peu simpliste de le croire, mais le plus petit gravier de culpabilité deviendra une montagne, qui finira par t'écraser et nous tous avec toi, car nous t'avons élu. Führer, nous sommes une génération de schizophrènes...

— Encore cinq minutes ! dit Schmitz VII d'une voix éclatante. — Il ouvrit le registre des mariages et considéra fixement le casque d'acier. Ses yeux exprimaient l'émotion et la dignité de l'Allemand mâle : — Si les montres sont également exactes en Russie, votre fiancé se tient en ce moment devant son commandant. Fraulein Lohmann, vous devriez éprouver avec force...

Oh ! Bon Dieu, ferme ta gueule, pensait Johann Lohmann en croisant ses jambes. Heribert Bluttke toussota et l'oncle Hannes eut soudain les yeux humides. Il ressemblait à sa mère et pleurait volontiers lorsqu'il s'agissait des sentiments.

— Voici l'instant ! proclama Schmitz VII dans un grand silence. A présent, la patrie est en liaison avec le front...

Dix minutes avant l'heure du rendez-vous, le commandant du régiment Blauer et l'aumônier de la Wehrmacht, le Dr Zoller, descendirent l'escalier du *bunker* en catastrophe et roulèrent, malgré la tentative du lieutenant Brokamp pour les retenir, jusqu'à la table préparée pour le mariage. Dehors, des pfff-pfff meurtriers retentirent, puis quelques grenades tirées avec des fusils jaillirent vers eux, mais elles explosèrent loin de l'abri dans la terre sèche. Il en résulta des nuages de poussière, pas davantage.

Le commandant Blauer et le Dr Zoller se relevèrent d'un bond, époussetèrent leurs uniformes et firent une profonde aspiration. Le sergent-major Emil Knoll et le sous-officier Hasslick se mirent au garde-à-vous ; le capitaine Hilleman et le lieutenant Brokamp aidèrent les nouveaux venus à nettoyer leurs uniformes.

— Il y a, nichés par là, deux ou trois salopards ! cria le commandant Blauer. Je me doute qu'ils sont planqués là, en face sur la colline. On doit tout de même pouvoir les atteindre avec des lance-grenades, Hilleman !

— Nous avons ordre de la division d'économiser les munitions autant que possible. Pas d'engagement isolé, ne faire donner à fond le matériel qu'en cas d'attaque. — Hilleman eut un sourire en biais : — Je n'atteindrai pas les Soviets à la sarbacane, mon commandant !

— Nous sommes dans une situation périlleuse, Hilleman, faudrait-il nous laisser descendre comme des lapins ?

Il prit sa casquette des mains du lieutenant Brokamp et s'en coiffa.

Le Dr Zoller se mit à chercher en dessous de son uniforme et jura comme un païen :

— Quelle chierie ! Oui, quelle chierie ! Pardonnez-moi mais en rampant j'ai perdu ma croix, elle a été arrachée de sa chaîne !

— Et vous voilà ici comme une jeune fille qui a perdu sa virginité, quoi ?

Le commandant Blauer riait sans retenue.

— J'ai conservé mes mains, répondit l'aumônier avec calme en frottant ses paumes salies. Dieu est partout où il y a la foi.

— Amen ! — Le commandant Blauer consulta à la dérobée sa montre de poignet, le correct sergent-major Knoll en fit autant. — Encore cinq minutes ! — Il se tourna vers Helmuth Wegener debout devant la table, qui regardait la photo d'Irmi Lohmann. En ce moment, elle est assise devant mon image, à Cologne, pensait-il. Un casque d'acier a été déposé symboliquement sur la table, dans quelques minutes nous serons mari et femme. Irmi, crois-tu vraiment que nous avons raison ? — C'est l'heureux fiancé ?

Wegener se retourna vivement et fit claquer ses talons :

— Oui, mon commandant ; sergent Helmuth Wegener, 3e compagnie...

— Nouveau venu parmi nous ?

— Depuis trois mois, mon commandant. Je me suis présenté à vous lorsque...

— Je ne me souviens ni des noms ni des visages, Wegener. — Le commandant Blauer fit un geste tranchant. — Qui commence d'abord ? Vous, monsieur l'aumônier ?

— Commencez donc par vos propos héroïques ! — L'aumônier sortit de la poche de son uniforme un coffret de métal qui contenait une boîte d'hosties et un minuscule ciboire d'argent. — J'ai du moins gardé ceci ! Avez-vous du vin ici, Hilleman ?

— Rien que du cognac, est-ce un cas de blasphème divin ?

— Le cognac est fait avec du vin... il est donc agréé par Dieu..., répondit le Dr Zoller avec douceur. Encore une minute, commandant !

Dehors grondaient les lance-grenades des Ivans. Les soldats allemands se tapissaient tant bien que mal, envieux des Russes pour ce gaspillage de munitions qui leur était permis, et ils se sentaient encore bien dans leur peau par ce jour calme et chaud, peut-être le dernier. Si demain ou après-demain l'offensive russe commençait à déferler sur eux, il n'y aurait plus de ciel bleu. Alors le monde serait rouge, la terre s'ouvrirait, et beaucoup d'hommes qui ronflaient couchés au soleil en cet instant resteraient à jamais endormis.

Le Dr Zoller, l'aumônier, passa derrière la table, considéra la photo d'Irmi Lohmann, adressa à Wegener un petit signe d'approbation et leva la main pour consulter sa montre sur son poignet... dans la pensée de commencer son discours à l'heure exacte où, à Cologne-Lindenthal, le camarade du parti et officier d'état civil, Schmitz VII, commencerait de son côté la cérémonie.

— Allons-y, dit-il lorsque l'aiguille marqua l'heure. Sergent Helmuth Wegener, vous avez pris la décision, au sein de l'époque la plus rude que traverse l'Allemagne et face à l'ennemi, avec le courage d'un véritable Allemand, de vous lier pour la vie à une jeune fille aussi courageuse que vous...

Le capitaine Hilleman toussa. Le commandant Blauer loucha vers lui, comprit la grimace d'Hilleman et se pencha un peu au-dessus de la table.

— Ne nous dispersons pas en longs discours, Wegener. On ne peut pas discuter de l'amour et encore moins au sujet de l'optimisme de la jeunesse, il est merveilleux qu'il existe et qu'il dure toujours. C'est pour moi l'expression même de la vie éternelle et non pas ce que le curé va nous raconter... Sergent Helmuth Adalbert Wegener, êtes-vous décidé à épouser Irmgard Helena Erna Lohmann ? Dans l'affirmative, répondez par *oui*.

— Oui, dit Helmuth Wegener d'une voix forte.

Puis ils rentrèrent tous la tête entre leurs épaules. De la poussière ruissela du plafond écorché. Quelque part, il y eut un craquement. Un obus avait atteint le blockhaus, mais il était d'un modèle trop faible pour en percer les parois.

— Ainsi je vous déclare unis par les liens du mariage..., dit le commandant Blauer en toussant très fort. Quelle chierie ! Hilleman, je vous autorise dix coups de lance-grenades. Nettoyez-moi cette maudite colline devant nous là-bas !

A la minute même à Cologne, Schmitz VII discourait, exaltant le Führer et la patrie sans omettre de rappeler que le premier devoir des jeunes Allemands était de donner beaucoup de fils à leur peuple.

Il s'étendit sur l'héroïsme et le sacrifice volontaire, cita même le général Rommel et se dépassa vraiment à ce moment-là. Johann Lohmann le regardait, sidéré. Il ne connaissait Schmitz VII que sous l'aspect d'un homme sujet aux maux d'estomac, qui venait le trouver trois fois par semaine dans sa pharmacie et demandait sans ordonnance des médicaments reconstituants.

— Je vous prie donc de me répondre, Irmgard, Helena, Erna Lohmann : voulez-vous épouser le sergent Helmuth Adalbert Wegener ? Dans le cas où votre réponse serait positive, répondez par oui ! dit-il enfin.

— Oui ! répondit Irmgard à haute voix.

Johann frémit. C'était la parole la plus cruelle qu'il eût entendue de sa vie. Rien qu'un simple oui, mais qui lui ôtait sa fille. Dès cet instant, elle ne s'appelait plus Lohmann mais Wegener. Une vie nouvelle commençait.

Schmitz VII voulut encore ajouter quelques mots avant les félicitations d'usage, mais il fut interrompu par le hurlement pénétrant jusqu'à la moelle, des sirènes d'alerte de la défense antiaérienne. Elles se trouvaient exactement au-dessus de leurs têtes sur le toit et il n'y eut plus d'autre son que cette plainte.

— En plein jour ! s'écria Schmitz VII en rassemblant ses documents. Tout le monde dans l'abri !

Johann Lohmann resta sur place ; il entoura sa fille de ses bras pour déposer un baiser sur ses joues froides et frémissantes, puis il la débarrassa de sa gerbe de roses. Elle se pencha vers la table, prit avec un geste violent la photo de son mari et la glissa dans son corsage entre ses seins. Au loin, la Flak grondait déjà et les premières bombes explosaient avec un roulement sourd. Schmitz VII sortit de la pièce en courant, oncle Hannes les larmes aux yeux le suivit, seul Heribert Bluttke resta debout sur le seuil.

— Ceux-là, là-haut, ne savent pas qu'il y a ici une heureuse épousée, dit-il tandis que la sirène se taisait. Venez, descendons dans la cave !

— Il me vient quelque chose à l'esprit, dit Lohmann tranquillement. Schmitz VII a oublié de dire : Je vous déclare unis par les liens du mariage selon les droits qui me sont conférés. Le mariage est-il valable ?

— J'ai dit *oui.* — « Irmgard Wegener » — elle s'appelait ainsi désormais — glissa son bras sous celui de son père : — Tout le reste est sans importance, Helmuth aura une permission de Noël !

Il n'eut pas de permission.

Le 21 juin, les Russes amorcèrent leur offensive formidable qui anéantit tout, à partir de Bobrouïsk, Moghilev, Orcha et Vitebsk, dans une explosion tonnante sans exemple, accompagnée de tirs de barrage, de feu roulant vomi par des milliers de pièces d'artillerie qui martelaient au sol les divisions du Reich. La 3ᵉ armée blindée allemande, la 4ᵉ et la 9ᵉ se trouvaient face à une levée en masse des Russes qui, sans trêve, déferlaient comme un raz de marée sur la campagne desséchée.

Quatre fronts soviétiques. Le premier front de la Baltique commandé par Bragamyan, le troisième front de la Russie Blanche sous le commandement de Tcherniakhovki, le second front de la Russie Blanche commandé par Zakharov et le premier front de la Russie Blanche sous Rokossovski se ruèrent sans égard aux pertes en hommes et en matériel sur les positions allemandes constituées par des blockhaus en série. Un beau jour d'été se métamorphosa en enfer. Le ciel azuré s'obscurcit de nuées montées de la terre déchirée.

Le 24 juin, une brèche de quarante kilomètres s'ouvrit dans les positions de la 3e armée blindée par laquelle les divisions russes se déversèrent dans l'arrière-pays, encerclèrent les Allemands et les anéantirent sans que le quartier général pût réagir.

Ce 24 juin où l'on pouvait déjà prévoir l'anéantissement du front central allemand, Hitler donna l'ordre de tenir les positions et interdit tout repli.

Le 25 juin, la liaison avec la 4e armée fut rompue. Le 3e front de la Russie Blanche atteignit la grande route stratégique Orcha-Borissov, artère vitale de la Russie. Sur elle roulaient les renforts — et sur elle combattaient à présent en se repliant des parties de la 4e armée disloquée.

Le capitaine Hilleman était tombé dès le 21 juin, le lieutenant Brokamp était porté disparu, le sergent-major Knoll avait eu la moitié de la figure arrachée par une grenade, il fallut le laisser en arrière, il hurlait comme un loup qui a reçu un coup de fusil et suppliait qu'on lui donne un pistolet. Puis il s'affaiblit graduellement et resta couché, silencieux, tandis que ses camarades couraient plus loin, désenlisaient un camion-citerne et s'y retranchaient.

On ne savait plus rien du commandant Blauer, on disait que le poste de commandement souterrain de son régiment avait été écrasé sous le rouleau compresseur des blindés soviétiques. L'état-major s'y trouvait au complet et le T 34 avait évolué avec délices au-dessus de l'abri, réduisant tout en une bouillie sanglante. Seul, l'aumônier de la Wehrmacht, le Dr Zoller, était vivant parce qu'il se trouvait par hasard à l'arrière, au Q.G. de la division. Il resurgit dans l'ambulance Borissov. Son uniforme déchiré aspergé de sang, avec une barbe hirsute. Il passa dans les rangs des mourants et les bénit.

Helmuth Wegener et Peter Hasslick atteignirent la petite bourgade de Saledjov, sur le Dniepr. Ils étaient seuls, arrachés de leur régiment comme par une explosion et restaient assis au bord du grand fleuve indolent. Dans le village abandonné, les maisonnettes avaient été incendiées pour la plupart. Du sud leur venait un grondement ininterrompu. L'artillerie russe avançait, pilonnant sa route en direction de Moghilev. Au nord, le ciel était noirci de fumée ; là-bas, les réserves d'essence accumulées à Orcha brûlaient, mais, devant eux, il y avait le Dniepr et pas une barque pour le franchir !

— Tentons la traversée à la nage ! proposa Wegener. Tu sais nager, Peter ?

— Mal, mais je traverserai tout de même cette bouillie.

Ils descendirent vers les berges du fleuve, ôtèrent leurs uniformes, les attachèrent en un paquet autour de leurs mitraillettes et marchèrent dans l'eau. Lorsque celle-ci atteignit leurs genoux, surgit en haut de la pente, dévalant vers la berge, un petit garçon maigrichon, âgé de neuf ans peut-être. Ses vêtements en loques étaient noircis de suie, son étroit visage d'enfant frémit et des larmes coulèrent sur ses joues encroûtées de saleté.

De ses bras tremblants il éleva un fusil, enfonça la crosse dans son épaule, visa et arrondit son petit index. Le coup partit, le plaquant presque au sol, mais il se releva, resta debout, les jambes écartées et fit cliqueter les platines avec un grincement insistant :

— Ça c'est pour papa ! cria-t-il, et ça pour mamouchka ! Vous les avez tués, vous les avez tous tués ! Maudits Germanski...

Il tira de nouveau, tandis que les larmes traçaient des sillons dans la crasse de son visage.

Dans le fleuve, Helmuth Wegener sursauta tandis qu'un poing brûlant s'abattait contre son dos. Il trébucha en avant, tomba contre Hasslick qui le précédait et se cramponna à lui. Alors seulement ils entendirent l'écho de la détonation se propager à travers l'espace ensoleillé de la campagne.

— J'ai été touché ! balbutia Wegener. Peter... dans le dos... Bon Dieu !

Sa voix devenait sifflante, une mousse sanglante coulait de ses lèvres, il se retenait à son camarade et le regardait de ses yeux fixes tout grands ouverts.

— Les poumons ! dit-il. — La mousse sanglante enrobait ses paroles et se gonflait de bulles d'air. — Le poumon gauche, Peter...

— Helmuth, ne blague pas ! Helmuth !

Hasslick saisit Wegener sous les aisselles et le traîna plus loin à travers le fleuve ; lorsque l'eau leur monta jusqu'à l'estomac, le second coup de feu claqua. La balle fit gicler l'eau et atteignit Hasslick à la cuisse droite. Il plia les genoux, serra les dents mais garda Wegener serré contre lui.

— A présent, c'est pour toi ! haleta Wegener. Mon vieux, laisse-moi tomber, passe sur l'autre rive, tu as encore une chance ! Fous le camp, Peter...

— Ce n'est qu'une éraflure, Helmuth...

— Raison de plus ! Va-t'en à la nage !

— Ferme ta gueule !... — Hasslick fit une profonde aspiration, sa cuisse brûlait, toute sa jambe droite était parcourue de frissons, ses nerfs se révoltaient. Il se retourna, chargea Wegener sur son dos et tenta de traverser ainsi le Dniepr. — Peux-tu m'aider ? haleta-t-il. Pourrais-tu remuer un peu les jambes ?

— Le poumon gauche ! — Wegener cracha du sang qui ruissela sur son menton, son cou et sa poitrine. — Peter, laisse-moi ! C'est inutile, Peter...

— Ta gueule !

A présent, ils nageaient. Le courant les déportait un peu en aval et bien qu'il eût Helmuth sur son dos, la traversée se passa plus facilement que Hasslick n'aurait cru. Wegener remuait les jambes, puis il s'arrêtait, râlait, soufflait cette mousse sanguinolente semblable à une masse de bulles de savon.

Sur la rive en bordure du village incendié, Saledjov, le petit garçon s'était assis dans l'herbe et regardait fixement les deux soldats allemands s'éloignant à la nage.

— Crevez ! dit-il et il se remit à pleurer. Vous avez tué mamouchka et Irinouchka, tous, tous vous les avez tués ! Crevez enfin...

Puis il se laissa tomber en arrière dans l'herbe et hurla comme un jeune loup.

Ils atteignirent vraiment l'autre rive du Dniepr. Avec ses dernières forces, Hasslick se traîna jusqu'à la terre ferme et tira Wegener de l'eau. Celui-ci vivait encore, avait les yeux grands ouverts et respirait avec un sifflement. A chaque expiration du sang cramoisi venu du poumon coulait de ses lèvres.

Hasslick recommença à traîner Wegener plus loin sur le sol. Il ne pouvait plus le porter et s'étonnait lui-même de pouvoir encore marcher avec ce coup de feu reçu dans la cuisse. Il s'arrêta contre un monticule de terre, y adossa Wegener et s'assit auprès de lui. Il défit le paquet de son uniforme attaché à sa mitraillette qu'il avait fixée sur sa poitrine, étendit le tout pour le faire sécher au soleil et chercha dans sa musette ses trois rouleaux de bandes de pansements saturés d'eau comme le reste et transformés en une masse gluante. Helmuth secoua la tête :

— Laisse ça, Peter, râla-t-il. — Sa voix avait changé de registre, elle était plus aiguë. — C'est fini. Crois-moi, idiot... j'ai quatre semestres de médecine derrière moi. — La mousse sanglante amassée vacillait sur sa poitrine agitée de soubresauts. — Trotte-toi, camarade !

— Si tu continues, je te fous une baffe ! dit Hasslick.

Il poussa Wegener en avant, examina sa blessure, dans le dos, et comprit qu'il n'y avait rien à faire. Il appuya les gazes de pansements mouillées sur la plaie et repoussa Wegener en arrière contre le monticule de terre.

— Ça fait du bien, constata Helmuth avec un sourire crispé, ça rafraîchit...

Ils restèrent assis pendant six heures au bord du Dniepr jusqu'à ce que, sur l'autre rive, parurent des camions d'un jaune terreux. L'étoile rouge sur les radiateurs luisait au soleil de l'après-midi. Une foule de soldats soviétiques surgit de dessous les bâches, s'agglutina sur la berge en regardant de l'autre côté les deux soldats allemands nus et solitaires. Leurs voix volèrent pardessus le fleuve, puis ils allèrent chercher un canot pneumatique dans l'un des camions, le gonflèrent et le portèrent au Dniepr.

— Ils viennent maintenant, dit Hasslick.

Il avait posé la tête de Helmuth sur ses genoux, une tête brûlante bien qu'elle fût très pâle. Le sang s'échappant de sa bouche formait une masse sirupeuse d'un rouge sombre.

Wegener ouvrit les yeux et rassembla ses forces pour parler. Lorsqu'il se sentit prêt, il chercha à tâtons la main droite de Hasslick posée sur sa poitrine.

— Peter...

— Tais-toi, Helmuth! Dans une demi-heure, tu seras pansé comme il faut et demain tu te trouveras dans une ambulance de campagne soviétique!

— Prends mes papiers...

— Pourquoi ?

— Pour qu'Irmi... pour qu'Irmi ne soit pas veuve...

— Mon vieux gars, tu as reçu un coup de feu dans le poumon, non pas dans le cerveau!

— Elle ne doit jamais savoir que je suis mort. Elle m'aime tellement. D'une certaine manière, tu me ressembles... et si... je donne Irmi à un autre... ce sera à toi... — Il toussa, son corps exsangue se cabra, la mousse sanglante sortit, plus abondante, de sa bouche. — Tu es... un bon camarade, Peter... fidèle... un bon type... si tu survis... je t'en prie... fais ce que je veux...

— Ta gueule! répliqua Hasslick grossier. Ils te répareront, les Ivans! Plus d'un blessé du poumon s'en est tiré!

Le canot pneumatique accostait de leur côté, les soldats russes foncèrent à travers les hautes herbes desséchées. « *Stoj!* criaient-ils. *Stoj!* »

— Comme si nous pouvions encore courir, trou du cul! lança Hasslick. Il entoura d'un bras Helmuth Wegener, sentit sa propre cuisse comme paralysée, attira vers lui la veste de Wegener et en retira ses papiers. Puis il réfléchit, replaça les papiers dans la poche d'où il venait de les retirer et se borna à échanger les vestes d'uniforme en étalant sa veste de sous-officier sur le corps dénudé de Wegener.

— Merci, Peter, murmura Helmuth, tu es un type en or.

— Tout ça est inutile, tu guériras, Helmuth. Bon Dieu, crois-moi !

Puis il éleva ses mains avec un sourire contraint.

Les Russes l'entouraient en criant tous à la fois des paroles qu'il ne put comprendre ; c'étaient des Asiates, mais il entendit : *sanitarni,* et il en éprouva de la joie.

Il fit un geste d'acceptation. Le fleuve, la campagne, le ciel tournoyèrent soudain et il s'évanouit.

CHAPITRE II

LA DOULEUR LE REVEILLA. Une douleur qui rongeait sa cuisse droite. Il était couché sur une couverture sale, puant l'urine et le sol vacillait étrangement, sursautait, en dessous de lui avec de petits à-coups pénibles qui clouaient sa souffrance jusqu'à l'intérieur de son cerveau.

Il leva la tête. Les dernières brumes de sa perte de conscience se dissipèrent avec le retour de la pensée. Je suis couché dans un camion, pensa-t-il, sous la bâche sur le plancher et ils m'emmènent quelque part. A présent, il entendait aussi le claquement de la toile, le grognement du moteur, le grincement des jantes et, au loin, comme un orage formidable, le tonnerre ininterrompu du front.

Je vis, pensa-t-il. Ils ne m'ont pas défoncé le crâne, ni enfoncé leurs baïonnettes dans le corps, ne m'ont pas réglé mon compte par un coup de feu dans la nuque. Ils m'ont pansé et m'emmènent à présent vers l'arrière, dans le pays qu'ils ont reconquis. Dans leur pays... Ils m'ont sauvé, en fait ! Qui eût cru cela des Russes ?

Il laissa sa tête retomber en arrière sur la couverture aux relents d'urine, d'une main prudente il tâta le haut de sa cuisse droite et constata que le bas de son corps était dénudé. Ils l'avaient pansé, en effet, lui avaient passé sa veste d'uniforme, puis l'avaient poussé dans le camion. Il secoua la tête et ne trouva pas d'explication à ce sauvetage d'un soldat allemand tandis que sur un large front on en pilonnait des milliers sur le sol en se disant que la guerre était enfin finie ! Dehors, le soir était venu sans doute. Le soleil ne filtrait plus à travers la bâche du camion. Je suis resté des heures couché sans connaissance, pensa-t-il. Et la puanteur d'urine c'est de moi qu'elle émane ! J'ai pissé sous moi pendant mon évanouissement ! Et me voilà couché dans mon propre pissat ! mais je suis en vie...

Il ferma les yeux. La cuisante douleur l'accaparait entièrement. Il gémit faiblement et appuya sa main sur sa cuisse blessée. Et sa plainte lui rappela qu'il n'avait pas été seul. Lorsque les Russes, ces petits hommes jaunes aux yeux bridés venus des steppes d'Asie, l'avaient cerné, il était assis contre un monticule de terre et la tête de Helmuth Wegener reposait sur ses genoux. Ils avaient échangé leurs vestes et devant la bouche de Wegener se gonflait une mousse sanglante.

— Helmuth !

Peter Hasslick se retourna en gémissant. Près de lui, contre la paroi du camion, dénudé seulement du torse, Wegener, qui avait un pantalon, était couché sur le dos. Lui aussi, on l'avait pansé, son visage avait même été lavé, le sang expectoré avait disparu, seul un mince filet de sang s'écoulait du coin droit de sa bouche sur son menton. Il avait les yeux clos et semblait absent avec un teint de craie, un nez pointu, des joues creuses.

— Helmuth..., dit Hasslick à haute voix en grinçant des dents.

Le camion cahotait, bondissait sur des creux, des ornières, des pierres et franchissait par moments des étendues de terrain mou qui, deux fois l'an, se transformaient en lacs de boue.

— Oui, répondit Wegener.

Le filet de sang s'élargit de quelques gouttes. Mais il ne vint aucune mousse. La respiration du blessé soulevait à peine sa poitrine.

— Nous vivons, Helmuth ! Que t'ai-je dit, vieille chouette ? Nous dépasserons cette chierie, nous ne crèverons pas ! Ils nous ont pansés et nous voiturent vers l'arrière, à présent cette maudite guerre nous nous en foutons !

Hasslick glissa sur sa couverture saturée d'urine, se poussa tout contre Wegener et se pencha vers son visage.

Est-ce bien lui ? pensa-t-il effrayé. Bon Dieu, il est mort et parle encore... Il posa une main sur le front de Wegener et considéra son visage effondré, un visage d'enfant brûlant de fièvre, mais une fièvre qui ne colorait pas la teinte blême de sa peau.

— Helmuth, répéta Hasslick. — Sa gorge était comme nouée. — Helmuth, ça marchera ! Mon vieux, serre les fesses. Ils finiront par nous décharger quelque part à un certain moment et un médecin sera là...

— A un certain moment, répéta Wegener imperceptiblement. — Hasslick dut se pencher vers ses lèvres pour le comprendre. — C'est inutile...

— A l'ambulance, ils sauront te remonter...

— La balle est restée dans le poumon... — Wegener voulut ouvrir les yeux et réussit à moitié seulement. Par l'entrebâillement de ses paupières frémissantes, il regardait Hasslick. Ses yeux ne lui obéissaient plus. — Une balle dans le poumon, Peter... l'opération... inutile...

L'épuisement le submergea. Ses paupières se refermèrent, sa respiration se remit à siffler sur ses lèvres inondées de sang.

Où diable nous emmènent-ils ? pensait Hasslick. Un trajet de plusieurs heures, ces idiots ! Ils auraient pu aussi bien nous laisser crever au bord du Dniepr ou nous matraquer !

— Nous arrivons tout de suite, Helmuth, dit-il en caressant le visage blême et anguleux de Wegener. Nous arrivons : ils ont bien eu une intention précise en nous chargeant dans cette brouette !

Au bout d'une heure, l'allure du camion ralentit. Les roues cliquetaient, la caisse frémissait en cadence. Hasslick était étendu contre Wegener et gardait les yeux levés vers la bâche claquant au vent de la course. C'est une route pavée, pensa Hasslick, nous entrons dans une ville ! Mon vieux Helmuth, ils nous amènent vraiment dans une ville !

Puis comme si l'on tirait un rideau, des milliers de bruissements les enveloppèrent. Grondements des moteurs, heurts des blindés, hennissements, voix confondues, tonnerre des pièces d'artillerie montées sur des blindés, appels éclatants, cornes de voitures... Le camion oscilla davantage encore, il semblait prendre des virages serrés, puis les freins eurent un soupir suivi d'un grincement : le véhicule s'arrêta.

De nouveau, des voix. Quelqu'un frappait contre les parois du camion avec un objet dur.

Hasslick posa sa main sur la poitrine de Wegener et attendit. Il leva les yeux lorsque la bâche fut repoussée, ce qui lui permit de distinguer dans l'obscurité — il faisait vraiment nuit — les contours d'une tête.

— Peux-tu marcher ? demanda en allemand une voix étrangère, primitive, brutale, teintée de suavité orientale.

— S'il le faut...

Hasslick se redressa. La tête se déplaça en arrière.

— Sors !

Hasslick se poussa un peu en avant, et l'abattant du camion s'abaissa.

— Mon ami..., dit-il à haute voix, d'abord mon ami, je peux attendre.

— Dehors ! dit la voix qui devenait tranchante. *Dawaï !*

— Tout de suite. Il faut s'y habituer à présent, pensa-t-il. Prisonnier de guerre... *plenny,* bête parmi les bêtes dans la masse du troupeau... Pas davantage. Mais on vit et on a l'espoir de survivre même à ça.

Il se traîna en avant, fit pendre ses jambes dans le vide et regarda autour de lui.

Le camion était arrêté devant une école, vieille bâtisse de

brique vivement éclairée. Deux voitures ambulances russes stoppèrent devant l'entrée ; on en déchargea des blessés. Au pas de course, les infirmiers portaient les brancards à l'intérieur du bâtiment.

Mon Dieu, je connais cette école ! constata Hasslick avec un frémissement. Nous sommes à Orcha, le lazaret de campagne de la Wehrmacht à Orcha. Dans chaque salle de classe des sacs bourrés de paille entassés, dans la salle de géographie les lits des officiers blessés, la salle de lecture des professeurs transformée en salle d'opération. Une table d'opération transportable, trois tables de cuisine, et dans la cave les cadavres s'amoncelaient. On mourait plus vite qu'on ne pouvait enterrer.

Quatre mains s'emparèrent de lui, le soulevèrent du plancher du camion et le soutinrent. Le conducteur du camion, un petit Kalmouk, grimaça un sourire à son adresse.

— Bon quoi ? croassa-t-il. Bon oui ?

Hasslick tenta d'appuyer de tout son poids sur sa jambe droite. Contre toute attente, il y réussit, mais il manquait de force pour marcher. Il s'appuya sur les deux Russes qui l'avaient sorti du camion et jeta un regard en arrière vers l'intérieur obscur du véhicule.

— Mon ami, dit-il.

— Allez ! lança une voix acerbe, c'était celle du Russe dont il avait vu la tête en premier, un lieutenant de réserve déjà âgé, chargé de maintenir la discipline à l'étape.

L'étape ! Orcha serait déjà devenu une étape ! pensa Hasslick. Ils ont réussi leur coup, les Ivans ! Ils l'ont, leur « percée du front ». Serait-ce la fin ?

Soutenu par les deux Russes, il clopina vers l'entrée de l'école. Exactement au moment même où il se trouva en pleine clarté sur le seuil de la grande porte à deux battants, une doctoresse russe sortait. Une longue fille aux traits fins portant de larges épaulettes sur son uniforme. Elle jeta un regard aux camions sanitaires et en accorda un autre à Hasslick. En cet instant, il eut conscience d'avoir le bas-ventre dénudé. Il fixa la jolie doctoresse, se sentit gêné à l'extrême tandis que le sang lui montait aux tempes. Il voulut cacher d'une main son sexe, mais ne l'osa pas, craignant de perdre son équilibre. Il resta donc suspendu entre les deux Russes espérant que la jeune doctoresse rentrerait dans l'école.

Elle ne lui prêtait aucune attention. Se retournant, elle lança vers l'hôpital quelques ordres d'une voix métallique et s'éloigna dans le long couloir.

— *Dawaï !* jeta l'un des Russes qui soutenait Hasslick. Avancez...

Ils le laissèrent s'affaler sur un banc, dans le couloir. Hasslick s'adossa, étendit sa jambe droite et attendit. Il s'inquiétait au sujet de Wegener.

Au même instant, les Russes firent passer le seuil à la civière de Wegener. Ils avaient placé le blessé sur deux perches enroulées dans une toile à voile. Cette civière improvisée fut déposée auprès du banc de Hasslick, puis les deux hommes sortirent. Hasslick se pencha vers son ami. Wegener respirait encore, mais son visage était devenu méconnaissable.

— Un médecin ! rugit soudain Hasslick tandis que deux infirmières russes passaient devant lui. *Läkari,* docteur ! *Läkari !*

Les infirmières eurent un sursaut, puis en lui assenant un regard furieux l'une dit à voix haute : « *Germanski Kaputt !* Compris ? *Kaputt !* » Puis elles s'éloignèrent en riant aux éclats.

Il n'avait aucune idée de la durée de sa station sur ce banc avec le bas-ventre découvert. A plusieurs reprises, la doctoresse soviétique passa rapidement près de lui et il ne songea pas à couvrir d'une main sa virilité. A présent, cela lui était égal. Qui aura honte au seuil de l'enfer ? Il l'interpella même et désigna son camarade en disant : « *Drouk pomochtsch...* »

La jolie doctoresse s'arrêta, considéra Wegener, haussa ses étroites épaules et ses yeux gris le dévisagèrent.

— Les blessés russes d'abord ! dit-elle dans un allemand d'une correction surprenante.

— Alors nous aurions pu aussi bien crever au bord du Dniepr ! cria Hasslick.

— J'envoie médecin allemand...

— Quoi ? Nous avons des médecins allemands ici ?

Hasslick appuya tout de même sa main droite sur son ventre. La doctoresse eut un léger sourire en coin, dans ses yeux gris glacés surgit un point d'or — le reflet de l'ampoule électrique qui se balançait contre le mur au-dessus de Hasslick.

— Tu es cochon ! dit-elle durement. Cochon fier, quoi ? Fier tuer ?

Elle toucha de l'index l'insigne de l'infanterie d'assaut et celui de la division blindée, leva très haut la main et lui envoya une gifle retentissante, puis se détournant brutalement, elle s'éloigna.

Hasslick, figé sur place, la regarda s'éloigner l'œil fixe.

« Quelle chierie ! » dit-il au bout d'un long moment. Il s'était rappelé qu'il portait la veste d'uniforme de Wegener et le sergent Wegener avait, en 1943, fait sauter quatre blindés russes et leurs charges explosives.

Le flot des blessés ne tarissait pas. Sans interruption, on tirait des corps déchiquetés des camions sanitaires. Les brancardiers se précipitaient au pas de course vers la salle d'opération. Des gémissements, des cris étouffés flottaient dans l'air, avec des puanteurs de sang corrompu, de pus, d'urine, d'excréments.

— Maria Fedorovna vient de me dire que deux camarades ont été livrés par les ambulanciers... dit soudain une voix allemande.

Hasslick en eut un choc. Il somnolait, épuisé, écrasé par les souffrances qui le rongeaient et que nul ne cherchait à adoucir.

Un homme aux cheveux blancs en uniforme de la Wehrmacht, aux épaulettes de colonel, qui avait jeté sur sa tenue une blouse blanche ensanglantée se tenait devant lui.

— Mon colonel, balbutia Hasslick. Mon Dieu, vous existez vraiment ! Soignez mon ami ! Il a une balle dans le poumon.

Hasslick jeta un regard de côté. La civière en toile à voile était encore là, mais il ne pouvait voir Helmuth Wegener : on avait étendu une couverture sur son visage et son corps.

— Helmuth... balbutia-t-il ; il se retourna brusquement, voulut crier quelque chose, n'importe quoi, car il avait besoin de crier, puis il enfonça ses doigts crispés dans sa veste d'uniforme.

Le médecin-major haussa les épaules et plongea la main dans la poche de sa blouse.

— Il était déjà mort lorsque je suis arrivé. Vous dormiez si profondément que vous n'avez rien vu. Nous guérirons votre cuisse. Maria Fedorovna dit même que vous auriez pu marcher avec.

— Vous parlez de la doctoresse ?

— Oui. — Le médecin-major tira de sa poche un livret militaire et le tapota avec sa paume gauche : — Ce mort est bien le sous-officier Peter Hasslick, originaire d'Osnabrück ?

Hasslick sursauta, les yeux rivés au corps étendu sous la couverture. Il se sentait soudain pris de vertiges. C'est tout de même de la folie, Helmuth, pensa-t-il. Nous ne pouvons pas faire ça ! Je te l'ai promis, c'est vrai, mais on ne peut tout de même pas faire ça ! Je ne peux pas, ma vie durant, vivre en ce monde sous ton nom ! Je ne peux tout de même pas avec ta femme... Helmuth, c'est impossible.

— Venez ! Appuyez-vous à mon épaule, dit le médecin-major, nous irons jusqu'à la salle de pansements. Comment vous appelez-vous, sergent ?

— Helmuth Wegener, mon colonel.

Il était au bord de la nausée. S'étant levé, il s'appuya sur le bras de l'officier et passa en boitillant contre la civière recouverte. Helmuth, j'expliquerai tout cela, pensait-il. Je ne peux pas être toi ! Etre un autre toute une vie, je ne tiendrai pas le coup. Je suis serrurier, toi un universitaire, étudiant en médecine. Ça commence par là, impossible, Helmuth, je ne peux pas tenir ma promesse !

— Mes papiers sont dans la poche supérieure gauche de ma veste, mon colonel, dit-il d'une voix sourde.

Le médecin-major en retira le livret militaire, le parcourut et le remit dans la même poche. Je vois que vous êtes étudiant en médecine, dit-il. Vous en êtes au quatrième semestre ? Bon, votre jambe vous a sauvé la vie, jeune collègue ! Pour nous, la guerre est déjà de l'histoire ancienne.

Ensuite, lorsqu'on eut pansé la blessure de Hasslick et extrait la balle qui s'y trouvait logée, qu'on lui eut fait une injection antitétanique et administré des comprimés pour faire baisser sa fièvre, il se trouva couché dans la salle de classe VI, tout près de la porte contre le mur, sur un sac empli de paille. Un infirmier allemand lui avait donné une culotte. Elle était tachée sur le devant et toute raide de sang répandu.

— Coup de feu dans l'abdomen, expliqua l'infirmier. Il est mort, ajouta-t-il. Vous pourrez la laver par la suite, en ce moment l'eau nous est diablement mesurée, sergent !

Autour de lui, il y avait dans cette salle soixante blessés allemands serrés les uns contre les autres, paraissant sommeiller, puants, saignants, ruisselants de pus, en proie à la fièvre. Masses de chair meurtrie où brûlait cet espoir : Nous survivrons ! Nous retournerons au pays ! Un jour... quand ? N'y pensons pas.

Dans la nuit, il y eut vingt et un morts sur soixante blessés.

— Lorsque l'offensive soviétique a démarré, nous sommes restés à Orcha, expliqua le médecin-major. — Il était assis auprès de Hasslick sur le sac bourré de paille et partageait une cigarette avec lui. — Quatre médecins, neuf infirmiers et quatre infirmières. C'était pour nous la seule solution. Les Russes avançaient plus vite que nous ne reculions. Nous n'avions plus assez d'essence pour les camions sanitaires. Impossible de déplacer l'hôpital. Aussi sommes-nous tous restés, heureusement. Les collègues russes sont de bonne volonté, mais ils sont comme nous, désemparés par leur propre offensive.

Ils fumèrent encore deux cigarettes. Entre-temps, le major constata encore deux décès et fit porter les morts hors de la salle.

— On a promis que nous serions emmenés ensemble en captivité, dit-il en prenant congé. Je suis heureux que nous ayons fait connaissance, monsieur Wegener. Avec vos quatre semestres de médecine, vous nous serez des plus utiles au camp où nous devons aller !

Hasslick suivit du regard le major lorsqu'il quitta la salle de classe.

— Je ne suis pas Wegener ! voulut-il crier.

Mais il se tut.

Helmuth Wegener était déjà porté sur la liste des morts sous le nom de Peter Hasslick.

Plus tard, pensait-il. Plus tard on pourra tout expliquer. Au camp ou après notre libération. En Allemagne.

Certainement les parents de Helmuth étaient morts. Personne ne s'inquiéterait de lui, sauf sa femme, et celle-ci ne l'avait jamais vu. Et moi, Peter Hasslick ? Mon père mort depuis longtemps, ma mère portée disparue depuis le grand bombardement aérien d'Osnabrück. Etouffée dans une cave, brûlée... Personne non plus ne s'inquiéterait de Peter Hasslick.

Pourrait-il vraiment tout tirer au clair plus tard ? A présent déjà, il se doutait que *plus tard* serait trop tard.

Sur son sac bourré de paille, il ne parvenait pas à trouver le repos.

Comme il restait couché tout contre la porte et que la salle de classe VI était une sorte de grand « mouroir » où l'on portait les soldats allemands qui paraissaient dans un état désespéré, irrécupérables, il y avait là un va-et-vient constant. Sans cesse, on apportait des corps barbouillés de sang, gémissant, pleurant, et l'évacuation des corps inertes, blêmes, muets, se faisait au même rythme. On allait les jeter quelque part.

— Nous avons ici une cave, expliqua l'infirmier à Hasslick, ils y sont déjà superposés en trois couches. Ensuite, chargés dans des camions, on les emportera.

On ne se donnait même plus la peine d'établir des listes de morts, de s'enquérir des noms ou de prélever la moitié détachable de la plaque matricule pour identifier plus tard chaque mort grâce à son numéro. Qui donc s'inquiéterait encore si l'on était tombé sur le champ de bataille en Russie, ou si l'on était un disparu ? D'abord, qui pensait seulement à « plus tard » ? Plus tard, c'était demain, l'heure suivante, le second souffle. La vie se recroquevillait jusqu'à n'être plus que le bonheur de dévorer un morceau de pain gluant ou celui de boire un verre d'eau croupie à l'instant même.

Hasslick avait sombré dans un assoupissement qui émoussait sa conscience. Cette activité intense autour de lui, ces décès à la file l'éreintaient. Il pensait à Helmuth Wegener et à la manière dont il était mort misérablement là à ses pieds, pendant qu'il dormait. Des battements animaient sa blessure en haut de sa cuisse droite, comme si l'on y avait implanté un vieux moteur de voilier. Sa jambe était chaude au toucher. Cela l'étonnait. C'est de la fièvre, se disait-il ; mais en même temps, on a l'impression qu'un froid glacial l'envahit lentement. En va-t-il ainsi lorsqu'un membre s'atrophie et meurt ? Qu'ont-ils fait de ma jambe ? Si ce froid montait jusqu'au cœur, je serais perdu. Elle deviendra veuve irrémédiablement, Irmgard, cette jolie blonde de Cologne...

Il se redressa en sursaut et eut de la peine à ouvrir les yeux, quelqu'un lui avait envoyé un coup de pied dans le côté avec le bout pointu d'une botte. La doctoresse russe était devant lui et, au moment même où il releva ses paupières, elle lui envoya un second coup de pied dans la hanche gauche. Maria Fedorovna avait noué sa chevelure au sommet de sa tête. Les cernes de l'épuisement ombraient ses yeux gris comme deux cadres noirs ronds entourant deux paysages de brume.

— Toi médecin ? lança-t-elle durement. Toi vraiment médecin et tu restes couché à ne rien faire ! Lève-toi !

— Je suis étudiant en médecine, répondit Hasslick.

— Je sais, le médecin militaire allemand m'a donné papiers à toi... Quatre semestres ! Université allemande, bonne université.

— Merci.

— *Nix* merci ! Lever ! Opérer !

Opérer ! Bon Dieu, comment ? Faut-il crier maintenant : je ne le suis pas ? Ils me rosseront à mort, non pas par déception mais parce qu'ils me tiendront pour un « saboteur ». C'est un mot qu'ils affectionnent : *sabotage*, un autre mot pour dire *mort*.

— Je suis blessé, dit-il, et il resta étendu comme figé.

— Où es-tu blessé ? — Maria Fedorovna enfonça les mains dans les poches de son uniforme. — A la jambe ? Et tes mains pas bonnes, celles-là ? *Kaputt ?* Tant que médecin à deux mains il travaille ! Debout ! Marche !

Elle lui envoya encore une ruade dans le côté. Un infirmier allemand resté debout à l'écart s'approcha de la paillasse de Hasslick et eut un sourire douloureux à l'adresse de la doctoresse. La peur était dans son regard. Il paraissait connaître le médecin-chef et il ne savait pas lui-même d'où lui venait le courage d'intervenir entre eux.

— Ne nous fais pas une sale histoire, camarade, dit-il à Hasslick. Es-tu médecin ?

— Oui...

— Alors essaie de te mettre debout, elle te défoncera la gueule avec son sourire de glace. Que tu sois tireur d'élite, sergent ou officier ! Pour celle-là, tu n'es qu'un Allemand et ce n'est qu'une crotte de chien de plus. Peux-tu te lever ?

— Je vais essayer.

Il saisit la main de l'infirmier, se laissa mettre debout, pesa sur sa jambe gauche et leva un peu la jambe blessée. Elle était dépourvue de sensibilité et pendillait comme vidée de ses os et de ses nerfs. Lorsqu'il tenta de s'en servir, elle glissa sous lui comme une masse de caoutchouc.

— Salle d'opération III ! lança Maria Fedorovna en regardant Hasslick avec hostilité et de nouveau, dans son iris gris, le point d'or se refléta, image projetée de l'ampoule électrique suspendue au plafond. J'attends !

Elle le précéda d'un pas nonchalant, balancé, à longues foulées, de ses belles jambes plantées dans des bottes de précieux cuir de Russie. Son derrière rond se balançait également au rythme de sa marche.

— On voudrait la violer ! dit l'infirmier d'une voix rauque, dix fois chaque jour ! Jusqu'à ce que le feu qu'elle a entre les jambes en sorte enfin !

— J'ai d'autres soucis !

Hasslick s'appuya sur l'infirmier. Ils suivirent la doctoresse, pénétrèrent dans le couloir et comprirent alors pourquoi Maria Fedorovna avait besoin de toute main capable de tenir un bistouri. Quelque part, une contre-attaque allemande avait eu lieu, peut-être près de la route stratégique. Camions après camions apportaient de nouveaux blessés. Ils étaient étendus partout jusque dehors dans la cour de l'école. Une montagne de corps déchirés. Une nuée dense de gémissements et de cris. Parmi eux, les chirurgiens militaires soviétiques complètement débordés, se traînant de fatigue, sélectionnant les blessés comme bon leur semblait, disposant en maîtres absolus de la vie et de la mort. Dans la salle d'opération III, qui fut peut-être jadis la grande salle de réunions de l'école, les chirurgiens travaillaient à neuf tables. Même le médecin-major allemand aux cheveux blancs. Il était en bras de chemise devant une simple table de cuisine et débridait justement une blessure, dans une épaule.

— Par ici avec moi ! lança Maria Fedorovna.

Elle se tenait près du seuil devant une étroite table d'opération pliante et nettoyait une plaie profonde ouverte en zigzag sur une omoplate. Eclat d'obus. L'omoplate était détruite, des esquilles d'os pointaient dans la chair gonflée et coulante du muscle comme si celui-ci en était lardé.

La doctoresse attira du pied, vers elle, une chaise et adressa un signe de tête à Hasslick.

— Sors-moi les éclats d'os. Tu peux le faire assis ! dit-elle à son adresse tandis que Hasslick s'asseyait prudemment à côté de l'infirmier. Désemparé, écœuré, il regardait ce dos tailladé. — Oter la veste ! cria Maria Fedorovna.

— La veste ? Pourquoi ?

Elle se retourna d'un bond comme s'il lui avait pincé les fesses et d'une paire de cisailles chirurgicales destinées à couper les os, d'où s'égouttait du sang, elle frappa ses décorations et ses insignes militaires :

— Tu veux toucher des Russes avec ça sur la poitrine ? cria-t-elle. Jusqu'à présent, tu as tué Russes ! Maintenant tu les sauves !

Elle leva la main et lui assena de nouveau une gifle retentissante. Sa tête fut rejetée en arrière et l'infirmier s'esquiva, mais sur le pas de la porte il se retourna, les deux mains levées : « La violer dix fois par jour, cette charogne ! Chaque jour ! »

Hasslick retira sa veste d'uniforme et la jeta sous la table d'opération. « Le pantalon aussi ? » demanda-t-il comme Maria Fedorovna le regardait de nouveau. Elle ne prit pas ces paroles pour une insulte, tendit à Hasslick une grande pince aux extrémités arrondies et trouva le temps d'envoyer à un brancardier russe un coup de pied dans les tibias parce qu'en apportant un blessé il l'avait bousculée. Devant l'école, de nouveaux camions stoppaient avec un hurlement. Les transports se succédaient en file serrée.

— Tu ne gagneras pas la guerre pour autant ! dit Maria Fedorovna. Aurais-tu même tué un million de Russes. Il en reviendra sans cesse de nouveaux millions !

— Je ne veux pas du tout gagner la guerre, dit Hasslick qui examinait la grande pincette.

On peut travailler avec ça comme avec des tenailles de serrurier, pensait-il. On saisit une esquille d'os et on la retire... Pas davantage. Cet homme ne remarquera rien, il est inconscient.

Il se pencha assis sur le blessé russe, saisit avec sa pince un gros éclat d'os et le retira de sa chair d'un mouvement sec. Il agit rapidement, sans hésiter. En fait, il lui fallait se comporter comme dans l'exercice de son métier.

— Alors pourquoi toi en Russie, hein ?

La doctoresse prit une pince hémostatique et la plaça sur une veine, car elle agrandissait la blessure d'un coup de ciseaux.

— On m'en a donné l'ordre.

— L'ordre d'assassiner !

— De combattre. On nous a raconté beaucoup de choses que nous avons crues.

— Parce que vous êtes bêtes !

— Tous les peuples qui font la guerre sont bêtes. — Il retira une nouvelle esquille de l'épaule qu'il nettoyait et la tendit à Maria Fedorovna au bout de sa pince : — Son dos est fichu et il restera infirme. Moi, j'ai une jambe fichue. Où que nous regardions — il fit avec l'esquille d'os un geste circulaire — nous ne voyons que du sang, des hommes déchiquetés, et nul n'est coupable à l'égard de ceux-ci...

— Aucun Russe, c'est exact !

— Moi non plus. Je préférerais me trouver maintenant dans mon lit, avec une fille dans les bras, au lieu de retirer des esquilles d'os d'une plaie...

Jusqu'au matin, Hasslick resta assis dans la salle d'opération III et seconda la doctoresse. Il se comporta moins bêtement qu'il ne l'avait craint. Apparemment, on ne remarquait pas qu'il n'avait aucune notion de chirurgie ni du traitement des plaies et lorsqu'il prenait un instrument en main, il pensait chaque fois : imaginons que c'est une lime, ça une scie, ça une tenaille et ça un vilebrequin. Et cela marchait étonnamment bien. Tard dans la nuit, le médecin-major allemand passa contre la table de Hasslick et lui frappa amicalement l'épaule.

— Bravo, jeune collègue ! Vous avez un don inné. En deuxième année, vous faites preuve de dispositions remarquables pour la chirurgie. Avez-vous été jadis bon bricoleur ? La chirurgie réclame du courage et des capacités de bon ouvrier, a dit un grand maître de la chirurgie.

— Je suis un bon ouvrier, répondit Hasslick. — Il était trop fatigué pour profiter de l'occasion et risquer des aveux. — J'aime surtout la serrurerie.

— La serrurerie ! Par-dessus le marché, vous ne manquez pas d'humour. — Le médecin-major rit. Un peu de calme s'établissait à présent dans la salle, mais par radio on avait annoncé l'arrivée de nouveaux camions de blessés. Il restait quelques minutes pour souffler. — Vous savez réparer les serrures ? Je vous en fais mon compliment ! Vous voulez donc devenir gynécologue ?

— Peut-être ! dit Hasslick las.

Il vacillait même assis.

Maria Fedorovna sortit d'un coin de la salle, une cigarette roulée par elle-même plantée entre ses lèvres, son joli visage étroit était d'un gris de cendre, creusé par l'épuisement.

— Va dans chambre ! lança-t-elle à Hasslick, puis elle cria : Pjotr ! Stanis ! emmenez-le au n° 8 !

Deux infirmiers russes arrachèrent Hasslick de sa chaise, le prirent sous les aisselles et le traînèrent ainsi hors de la salle. Le médecin-major l'accompagna jusqu'à la porte.

— Vous êtes un veinard, Wegener ! murmura-t-il. Vous plaisez à Maria Fedorovna !

— Elle me gifle avec acharnement. Si c'est cela sa sympathie !

— Vous survivrez ! Rappelez-vous mes paroles. Savez-vous ce que c'est que le n° 8 ?

— Où donc ?

— C'est la chambre de la Fedorovna. — Le médecin-major sourit paternellement : — Raidissez-vous, Wegener, dans le sens le plus précis.

Hasslick dormit deux jours et deux nuits. Le troisième jour vers 10 heures du matin, il s'éveilla enfin parce que Maria Fedorovna le giflait de nouveau. Il se sentit très reposé, bien plus fort, seulement il sentait à présent sa jambe vivante et la douleur taraudante qui rongeait sa blessure.

— Bonjour ! dit-il. La journée commence comme d'habitude : vous me flanquez des coups !

Elle laissa retomber sa main sur son genou et le considéra intensément de ses froids yeux gris. Aujourd'hui, elle portait un corsage bleu foncé étroit et autour du cou, une écharpe rouge. Tout ceci n'était pas d'uniforme, mais une tenue civile. Y aurait-il ici quelque chose comme un jour de congé ? Ou bien les blessés étaient-ils tous morts et n'y avait-il, de ce fait, plus rien à faire ?

— Sans travail ? demanda Hasslick.

— Les Allemands ont reculé !

— Ah !

— Ils s'enfuient comme des lapins, nous les chassons devant nous. S'il le faut, jusqu'à la mer du Nord !

— Aujourd'hui, c'est donc un jour de fête ?

Il leva la tête et vit qu'elle portait aussi une jupe de drap bleu de forme cloche. Ses jambes étaient nues en dessous et d'une coloration bronzée, saine. Elle était chaussée de pantoufles de velours brodé, travail arménien où entraient des perles et des éclats de miroir. Mais Peter Hasslick n'avait aucune idée de ces choses-là, il savait seulement qu'elle était assise sur son lit, qu'elle venait de le gifler pour le tirer du sommeil et qu'elle était en train de poser ses mains sur ses cuisses.

— C'est dimanche, aujourd'hui ! lança Maria Fedorovna. Tu dors depuis vendredi. Toujours... As-tu faim ?

— Non. — Il rejeta sa tête en arrière sur son dur traversin et dilata ses narines. Ce n'est pas possible, pensait-il. Ce doit être un effet de fièvre : je sens un parfum... un parfum pénétrant, ma foi. — Pourquoi suis-je ici ? demanda-t-il. Où sont les autres ?

— Les autres ? Morts ! Emmenés ! Enterrés !

— Le médecin-major ?

— Il est de service ce dimanche avec Ostap Leonidovitch Pachomov.

— Un médecin soviétique ?

— Pourquoi ces questions ? Souffres-tu de ta jambe ?

— Pas beaucoup.

— C'est bien. Je t'ai administré six injections pendant que tu dormais.

Elle fit glisser ses mains sur ses cuisses et les posa sur son bas-ventre. Ce n'était qu'une pression légère, mais à laquelle il réagit aussitôt, ce dont il s'irrita sans mesure si délicieuse que fût cette sensation.

— Peut-être que six blessés sont morts parce que je t'ai réservé ces injections ! dit-elle.

— C'est effroyable, c'est de l'assassinat !

— Tout, autour de nous, n'est que meurtre. Sais-tu donc ce que c'est que la vie ? Vit-on ici ?

Elle enferma dans sa main droite la bosse visible qui enflait son pantalon. Sa main gauche se glissa entre ses jambes, ses doigts remuaient légèrement.

— Maria Fedorovna, vous êtes folle ! dit-il. — Sa respiration se précipita soudain, sa salive s'accumula dans sa bouche plus qu'il ne pouvait l'avaler. — Je suis à votre merci, sans défense. Vous pouvez me faire fusiller ou rosser à mort, me couper la gorge ou me pendre. Personne ne vous posera de questions ni ne vous accusera. Malgré cela, je vous le dis : vous êtes folle ! N'y a-t-il pas assez de Russes ? Le Dr Pachomow, par exemple ?

— Tu parles trop ! — Elle tira la ceinture de son pantalon par sa boucle, déboutonna sa braguette de ses doigts agiles et abaissa d'une secousse le haut du pantalon, dégageant ainsi ses hanches aux os saillants. Il jeta un cri étouffé. Une douleur fulgurante comme un éclair traversait sa jambe blessée. — Ça fait mal, n'est-ce-pas ? dit-elle d'une voix qui baissait de ton jusqu'au murmure. D'abord trop tuer, et puis trop parler ! Avec vous, les Allemands, c'est toujours *trop !* Vous êtes vous-mêmes trop nombreux en ce monde !

Il tenta de retenir ses mains fiévreuses, mais elle le frappa et tira violemment son pantalon jusqu'en dessous de ses genoux, ce vieux pantalon souillé, durci par places par le sang du mort qui l'avait porté, puis elle frappa brutalement du poing sa jambe blessée.

Il rugit de douleur, se souleva dans un réflexe comme s'il pouvait ainsi rejeter la brûlante souffrance. Mais c'était sans doute ce qu'elle avait voulu, car elle en profita pour tirer la culotte et la glisser sur ses pieds.

— Ne dis plus un mot ! lui jeta-t-elle comme il rouvrait les yeux et la regardait fixement comme s'il était la victime d'une folle. Pas un mot !

Elle monta sur lui, s'assit et tandis qu'il gémissait de nouveau parce que sa jambe blessée avait été effleurée par son genou, elle rejeta la tête en arrière et sa bouche s'ouvrit toute grande pour laisser libre cours au flot de gargouillements qui s'épanchait hors du tréfonds de son être, tandis que ses doigts griffus se crispaient sur l'épaule de Hasslick. De petites griffes tranchantes, celles d'une bête fauve.

Cela se passa très vite. Comme une tornade brûlante. Avec un soupir, Maria Fedorovna tomba en avant, le visage sur la poitrine de Hasslick et mordit sa chair comme pour s'attacher à lui, tandis que les derniers frémissements s'espaçaient en elle. Alors elle releva la tête, le considéra avec de grands yeux sauvages, comme si elle le voyait pour la première fois, se sépara de lui, glissa du lit, fit retomber sa jupe sur ses genoux, se pencha vers Hasslick et le frappa au visage sur la joue droite et la joue gauche.

— Merci, chien ! dit-elle à voix basse. Merci ! Tu survivras, je te le promets !

Une heure après, deux infirmiers soviétiques vinrent chercher Peter Hasslick pour le ramener dans la grande salle des blessés. Une atmosphère à couper au couteau où flottaient l'odeur du pus, la puanteur du sang, des relents d'excréments et d'ignobles senteurs sucrées de désinfectants, le frappa au visage. Le médecin-major vint aussitôt le trouver tandis qu'on le déposait sur un sac bourré de paille et il s'assit auprès de lui à même le sol.

— C'en est resté aux gifles ? demanda-t-il avec un sourire entendu.

— Oui.

— Pas davantage ? — Le major rit, narquois. — Le bien que vous faites à Maria Fedorovna, vous le faites aussi à nous tous ! L'avez-vous compris ?

— C'est une bête.

— Mais quelle jolie bête ! A-t-elle parlé des déportations ?

— Non.

— Si nous survivons à Orcha, nous aurons une chance sérieuse de survivre aussi à la guerre. Cher collègue, nous rentrerons chez nous ! Ne nous livrons pas à des suppositions concernant le temps qui s'écoulera jusque-là... mais ce serait possible ! Cela dépendra de vous. Tenez Maria Fedorovna en haleine !

— Je ne le pourrai guère, mon colonel... — Hasslick ferma les yeux. — Il m'est impossible de tenir le coup...

— Pensez à vos camarades, Wegener ! Nous sommes encore 189 hommes ! Quelques-uns de ceux-ci mourront encore, mais les autres peuvent être sauvés.

— Parce que je me laisserai chevaucher par Maria Fedorovna !

— Ça aussi c'est la guerre, Wegener, et c'est fou, comme tout ce que la guerre provoque ! Vous raconterez peut-être un jour aux générations futures que vous avez sauvé 170 soldats allemands par des érections prolongées laborieusement obtenues ! Même votre femme ne vous en tiendra pas rigueur.

Hasslick leva la main dans un geste las. Ma femme, pensait-il, Irmgard Wegener à Cologne... Helmuth, quel héritage m'as-tu laissé là...

— Je voudrais rester seul un instant, reprit-il faiblement... Ne vous attendez pas à des prodiges de ma part !

Il entendit le médecin-major se lever, puis s'éloigner. Autour de lui, c'était toujours le même brouhaha de gémissements, de cris, de toux, de propos plaintifs et d'appels. Un infirmier qui passait dit à l'un de ses collègues : « Encore trois de partis ! Et cette charogne russe ne distribue aucun médicament ! Ils auront tous ici la gangrène ! »

Le soir venu, les infirmiers russes vinrent le prendre pour le ramener dans la chambre nº 8. Ils le déposèrent sur le même lit au sommier métallique recouvert d'une couverture blanche et lui adressèrent des clins d'yeux ironiques avec une pointe de camaraderie complice : Fais ça comme il faut, Germanski ! La bonne humeur de Maria Fedorovna nous profitera aussi !

Elle vint une demi-heure plus tard en uniforme, en culotte et bottes molles de cuir fin. Comment cela va-t-il ? demanda-t-elle. Un blessé russe qui travaillait à la popote apporta un plateau de fer blanc avec des œufs brouillés et du saucisson sec campagnard. Avec ça, une boule de pain. Du pain russe typique d'un brun encore gluant intérieurement, récemment cuit et, de ce fait, encore chaud, appétissant et dangereux pour un homme affamé à l'estomac rétréci.

— Mange ! dit-elle en s'asseyant à côté de lui au bord du lit et elle se mit à le nourrir comme s'il n'avait plus de bras. Le thé vient tout de suite !

Il avalait courageusement ce qu'elle lui ingurgitait à la cuiller. Le thé était chaud et très amer, il le but par petites gorgées. Elle soutint sa tête avec des oreillers, observa la manière dont il déglutissait les aliments et déposa brusquement un baiser sur ses yeux.

— Sens-tu combien c'est bon ? demanda-t-elle.

— Oui.

— Ce que tu manges et bois, je le retire aux autres.

— C'est ignoble, Maria Fedorovna !

— Ta gueule !

Elle dormit auprès de lui cette nuit-là. Pelotonnée sur elle-même, au creux de son bas-ventre, dans sa nudité fraîche et lisse qu'il réchauffait de la chaleur de son corps. Petite créature heureuse qui, de jour, jouait au diable.

Ils restèrent deux mois à Orcha.

Les armées soviétiques avaient avancé loin à l'ouest. La route stratégique, cette unique voie guerrière entièrement terminée, allant de la frontière polonaise à Moscou, devenue déjà presque un symbole, était de nouveau, en grande partie, aux mains des Russes. Ceci galvanisait leur moral, c'était le signe avant-coureur de la victoire. Sans doute, des divisions allemandes exsangues se cramponnaient encore à chaque mètre de terrain, tenaient des positions de repli rapidement évacuées, ce qui s'appelait en terme de communiqué au grand quartier général du Führer un *raccourcissement* du front — alors qu'il ne s'agissait que d'une manœuvre de retardement dévoreuse d'hommes. L'effondrement de la partie centrale du front en Russie fut comme un fanal annonciateur de la fin.

L'école n'était plus le lieu des premiers soins aux blessés déchiquetés. Elle accueillait à présent les blessés qui avaient déjà passé par les ambulances du front et les lazarets en arrière des premières lignes, si bien que l'on pouvait ici terminer leur guérison. Orcha redevint un morceau de la terre russe. La guerre s'éloignait de la ville. Envoyés de Smolensk arrivèrent des camions chargés de lits, de linge, une petite armée de femmes commença la reconstruction, déblaya les décombres, retailla les pierres au marteau et au ciseau, se mit à la maçonnerie, posa des tuyaux de conduite, bétonna les rues, ce qui exprimait aussi une conviction profonde : aucun Allemand ne reviendra ici !

La doctoresse Maria Fedorovna, nommée capitaine du service sanitaire, restructura le lazaret. Elle commença par livrer les blessés allemands aux transports qui les mèneraient dans des camps de prisonniers.

— Nous pas un sanatorium ! dit-elle au médecin-major allemand qui protestait et lui faisait remarquer que sur cent quarante-cinq blessés allemands presque tous couchés dans la salle de gymnastique de l'école et qui ne recevaient que le strict nécessaire en fait de soins, soixante-quatre d'entre eux étaient à peine transportables. Voulez-vous que nous engraissions nos assassins ? s'emporta la Fedorovna.

— Vous êtes médecin, Maria Fedorovna ! répliqua le major d'une voix enrouée.

— Je suis russe ! lança-t-elle durement. Seulement russe !

— Avez-vous remarqué quelque chose, Wegener ? demanda le major.

Ils longeaient le train, Wegener s'appuyant sur une canne qu'il s'était confectionnée avec une latte prise dans les décombres d'un toit. Sa cuisse avait bien guéri, seule une longue cicatrice lui était restée de l'opération. Vous êtes un cas de cicatrisation anormale, avait dit le major par la suite. Vous savez ça, jeune collègue, il arrive chez certains sujets qu'une blessure ne se referme pas comme il faut, mais forme toujours un bourrelet. Lorsque nous nous trouverons de nouveau dans des conditions normales, on pourra y remédier : une opération esthétique ! Il avait ri à cette pensée, comme s'il s'agissait d'une plaisanterie. On était à Orcha, couché sur une paillasse ensanglantée et l'on parlait chirurgie esthétique !

A présent, ils examinaient les wagons à bestiaux et s'assuraient que les blessés seraient bien installés pendant le voyage. Les infirmiers allemands et les trois infirmières voyageaient avec eux. Ils étaient sept cents militaires allemands, on les avait amenés à Orcha de tous les lazarets de premières lignes et des camps de tri.

— Voyez, des poêles ! dit le major. Cela signifie que nous allons vers l'hiver. Ils nous déportent en Sibérie. Wegener, cher collègue, nous aurons fort à faire ! J'estime que nous serons quelques mois sur les rails !

« Je ne suis pas Wegener, je suis le serrurier Hasslick, originaire d'Osnabrück », voulut-il dire alors. C'était une bonne occasion, ils étaient seuls devant le long convoi de wagons à bestiaux, personne ne les écoutait, les gardes russes hurlaient aux alentours parce que le déchargement se faisait trop lentement à leur gré et Maria Fedorovna se trouvait très éloignée, assise devant le train, dans une jeep décapotable, elle restait silencieuse et observait tout sans bouger.

Mais il ne put parler. Il n'arrivait pas à articuler ces mots. Les explications qu'il pouvait donner lui semblaient stupides, d'ailleurs il était trop tard. Les listes des morts avaient été envoyées à Moscou, d'où elles seraient acheminées vers la Croix-Rouge internationale. Du moins, Maria Fedorovna en donnait-elle l'assurance. Ne sous-estimez pas notre humanité ! avait-elle ajouté en fixant Hasslick comme si elle allait lui sauter à la gorge. Aucun de vous tous ne l'a méritée !

Peter Hasslick était mort administrativement, irrévocablement. Restait en vie le sous-officier étudiant en médecine Helmuth Wegener, natif de Hanovre. Hasslick n'avait jamais été à Hanovre, il savait seulement qu'il y avait là-bas des usines de pneumatiques et dans le voisinage un célèbre circuit automobile.

Helmuth Wegener, se répétait-il en s'appuyant sur sa canne en latte de construction. Et j'ai ma femme à Cologne, Irmgard, dite Irmi. Une femme jeune, blonde, jolie, aux grands yeux bleus. Elle n'apprendra jamais qu'elle était déjà veuve, que son mari dans le couloir de l'école d'Orcha était mort, misérablement à même le sol, avec une dernière pensée pour elle, heureux que Peter Hasslick, son ami, continue à vivre pour elle.

— A quoi pensez-vous ? demanda le médecin-major.

Hasslick sursauta.

— A l'Allemagne.

— Vous éviterez ces pensées au cours des prochaines années.

— A ma femme.

— Vous êtes marié ?

— Oui. Il y a très peu de temps, depuis juin. « Mariage à distance »...

— Mes compliments !

— Je devais avoir une permission de Noël.

— Vous l'avez à présent. Une permission de neige prolongée. Là où nous allons, le sol ne dégèle que sur une épaisseur de vingt centimètres, en dessous il reste gelé. — Les derniers camions étaient déchargés, Maria Fedorovna fit démarrer la jeep et roula lentement vers eux. — Voici venir cette radieuse sorcière, remarqua le major. Elle va nous dire en manière d'adieu que nous n'avons pas mérité un traitement aussi généreux... Fallait-il absolument vous marier ?

— Oui. J'aime ma femme.

Quelle impression étrange : j'aime ma femme ! Et je ne la connais même pas si ce n'est par ses photos. Mais Helmuth Wegener la connaissait-il mieux ? Et elle, que savait-elle de lui ? Pourtant ils s'étaient aimés. Il était donc permis de dire : j'aime ma femme.

— Montez tous ! cria un colonel allemand chargé de la liaison avec le commandant soviétique du convoi. Les portes vont être immédiatement verrouillées !

— Verrouillées ?

Hasslick jeta un regard le long du train.

— De l'extérieur. Nous sommes une marchandise : sept cents masses de chair.

— Et comment soignerons-nous les blessés ?

— Ce n'est pas ça qui importe, mais que nous arrivions à destination en Sibérie.

Trois heures plus tard, le train de marchandises sortait en ferraillant de la gare d'Orcha. Les wagons étaient clos. Caisses de bois roulantes comportant deux ouvertures étroites et grillées pour l'aération tout juste en dessous du toit. Les blessés gémissaient, juraient. Le plancher était dur, les litières de paille trop minces, on éprouvait chaque cahot de tout son corps.

Dans le wagon de Hasslick se trouvaient quarante grands blessés. Une nuée de plaintes et de sanglots l'enveloppait, un caporal amputé d'un bras se poussa vers lui et lui offrit une pomme : Chipée à la popote, dit-il, et en manière d'adieu j'ai chié dans la cuve à farine ! Ils ne s'en apercevront que demain lorsqu'ils feront le pain, ou peut-être pas... — Il rit, mordit dans la pomme. Hasslick la prit et, à son tour, en croqua un gros morceau.
— Comment t'appelles-tu ? demanda le gai militaire.

— Helmuth Wegener, répondit Hasslick.

Et nous l'appellerons ainsi, désormais.

Helmuth Wegener, étudiant en médecine, natif de Hanovre, et marié à Irmgard Lohmann, fille de pharmacien, originaire de Cologne-Lindenthal.

Ils furent déportés à Novo Nigaïsk, un patelin indiqué sur la carte, situé entre la Toungouska pierreuse et le gigantesque fleuve Lena. Un camp forestier dans la Taïga, trente longs baraquements entourés d'une palissade en bois, et gardé par neuf miradors. A quoi s'ajoutait intérieurement le dispositif de sécurité fait de barbelés et qui était séparé de la palissade par un no man's land de sept mètres de large recouvert de sable clair.

Dans le camp, on en riait. Qui donc penserait à s'évader d'ici ? Où fuir ? Dans la Taïga ? A quelle distance se trouvait l'Allemagne ? Cinq ou six mille kilomètres ? Ici, chacun avait un toit, un lit de bois, sa soupe à l'eau avec de l'orge ou de la kapousta, son pain gluant, les camarades, l'infirmerie, le lazaret du camp, la tâche meurtrière de bûcheron aux normes stupidement élevées. Mais on n'était jamais seul.

Fuir ? Dans l'infini ? Dans la solitude qui vous dévorerait ?

Quiconque avait débarqué à Novo Nigaïsk n'avait plus que le choix de mourir ou d'attendre.

Helmuth Wegener travaillait au quartier sanitaire où, avec sept infirmiers, il partageait une chambre proche de la salle de l'hôpital. Des sept cents blessés partis d'Orcha, il en était arrivé cinq cent trois à Novo Nigaïsk après quatre mois de voyage.

Le médecin-major allemand ne se trouvait plus parmi eux. Il était mort d'un empoisonnement du sang pour s'être fait, en opérant une plaie purulente, une piqûre anatomique qui avait provoqué une septicémie.

Comme tous ceux morts au cours du transport, on l'avait jeté, pendant un arrêt entre deux gares, du wagon dans la Taïga.

Au bout de six mois, on distribua aux prisonniers des cartes jaunes et blanches rayées, attribuées par le bureau du camp : une carte par *plenny*.

— Qu'est-ce que c'est que ça ? demanda Wegener au secrétaire allemand.

Les responsables des baraquements se tenaient devant l'officier chargé de la surveillance, un certain lieutenant Pjotr Nicodemovitch Lutkin, et recevaient les paquets de cartes à distribuer.

— Pour écrire Germanija ! répondit Lutkin avec un sourire en coin. Ecrire tout très bon au camp. Nous bons, n'est-ce pas ?

— Celui-là est sonné ! dit l'un des plennys. Comme si les cartes de correspondance arrivaient jamais !

— Je crois pourtant que si ! — Le secrétaire allemand poursuivait la distribution. — Elles seront censurées ; il faut donc qu'il y ait du vrai là-dedans. La guerre est finie, à présent nous en sommes à la propagande : dites aux autres qu'ils n'écrivent pas des idioties ! Simplement je vais bien, etc.

— Je deviens gros et gras ! ajouta un plenny décharné à la longue barbe grise.

— N'allez pas chier dans le pot, camarades ! reprit le secrétaire allemand, c'est le premier signe de vie que l'on recevra de nous. Ceux du pays accueilleront cette carte avec ferveur ! Peu importe ce qu'il y a d'écrit dessus, nous sommes vivants !

Ce soir-là, Wegener écrivit sa carte à sa femme Irmi, à Cologne.

Et déjà, la première difficulté s'imposa à lui : quelle était l'écriture de Helmuth ? Sur les papiers qu'il avait laissés, il ne trouva rien : ce n'étaient que des pièces d'identité. Il n'avait que sa signature qu'il s'était exercé à reproduire jusqu'à ce qu'il fût impossible de la distinguer de la vraie.

Il écrivit donc sa première carte en lettres d'imprimerie. On pensera que c'est à cause de la censure russe ! espérait-il.

Il écrivit : « Ma bien-aimée Irmi, mon trésor, je suis quelque part en Russie et je vais bien. Nous sommes tous pleins de l'espoir du retour prochain au pays. Il ne se passe pas un jour où je ne pense à toi. Je t'aime. Si c'est possible, envoie-moi un paquet. Pull, écharpe, des souliers et des sous-vêtements chauds car il fait froid ici. Irmi, je te désire tant. Baisers. Helmuth. »

La carte était remplie. Il ne fallait pas écrire plus qu'elle ne comportait de lignes ; à la carte se trouvait attachée une carte-réponse. Lui serait-elle jamais retournée ?

Frau Irmgard Wegener, écrivit Wegener sur la partie réservée à l'adresse, et il répéta tout bas ces mots. Il faut m'y habituer, pensait-il. J'ai une femme, une jolie jeune femme... Köln-Lindenthal, Stadtwaldgürtel 171 a. Deutschland.

— Rayons les mots : il fait froid ici, dit le secrétaire du bureau du camp lorsque Wegener apporta sa carte. Ivan prend ça pour une indication de lieu ! — Il prit un pinceau qu'il trempa dans un flacon d'encre noire et rendit la phrase illisible. — Autrement, cette carte est réglementaire. Et des paquets ne tarderont pas à être acheminés. La question est de savoir s'ils iront jusqu'à Novo Nigaïsk.

Et puis l'attente. La terrible attente, l'attente infinie. Les doutes. Irmi a-t-elle survécu à la guerre ? Mon Dieu, quel tourment ! Pourquoi diable ont-ils distribué ces cartes ? Et si elle n'écrivait pas ? Si les camarades recevaient des réponses et toi aucune ?

Il continuait son service auprès des malades, soignait les furoncles, l'asthme, les membres meurtris ou les plaies, la tuberculose ou la dystrophie. Et il attendait.

« Je t'aime vraiment », disait-il certains soirs. Il s'asseyait devant la photo d'Irmi, le « portrait du mariage » qu'il avait réussi à emmener jusqu'en Sibérie et la regardait longuement. Ses camarades de chambrée étaient de service. Il restait seul et pouvait lui parler.

Au bout de quatre mois, alors que le printemps régnait dans la Taïga et que la gigantesque forêt de pins, d'épicéas, de bouleaux était en pleine floraison et parfumait l'atmosphère, une colonne de ravitaillement apporta un sac postal au camp de Novo Nigaïsk. Lorsque l'équipe des bûcherons revint au camp épuisée, à bout de forces — avec la fonte des neiges la norme avait été relevée — elle fut accueillie dès l'entrée du camp par les cris de joie des camarades sédentaires.

— Du courrier, camarades ! Du courrier venu d'Allemagne, les cartes-réponses nous sont revenues, et même des lettres, des lettres !

Ce soir-là, on n'entendit aucun bruit dans le camp. Les plennies assis sur leurs lits de planches mangeaient leur soupe à l'eau dans leurs quarts de fer-blanc et mâchaient leur pain gluant tout en lisant leur correspondance en silence, les yeux humides. Ils recommençaient inlassablement. A celui qui n'avait rien eu, on lisait la carte que l'on avait reçue : « Mon cher Ludwig, enfin, enfin je sais que tu vis... » tout bas, comme une prière.

Irmgard Wegener disait : « Helmuth, mon chéri. Jamais de ma vie, je ne connaîtrai un jour comme aujourd'hui où j'ai reçu ta carte ! Tu vis. Tout le reste est sans importance. Tu vis ! Nous avons passé la guerre relativement bien. La maison est encore debout. Paps a rouvert la pharmacie. Je travaille avec lui. Nous t'attendons tous. J'envoie ton paquet dès demain. O mon chéri, je t'aime, je t'aime, je t'aime. Veille bien sur toi ! Ton Irmi ! »

C'était tout, la carte ne permettait pas d'en dire davantage. Mais cela suffisait pour mobiliser toute son énergie, la volonté de survivre à la Sibérie.

Je t'aime... pensait-il... nous t'attendons tous... Heureux Helmuth Wegener ! Et c'est moi, Helmuth...

Les semaines suivantes, il accomplit son travail quotidien à l'infirmerie avec plus de conscience encore, moins mécaniquement. Il s'offrit même comme assistant pour les opérations. Dans l'hôpital même travaillaient une doctoresse russe, un médecin assistant russe et trois médecins militaires allemands.

— Si vous venez à notre aide, dit le plus âgé des médecins, un gynécologue de Westphalie, vous nous serez d'un grand secours, mais cela dépend de la collègue soviétique. Elle commande ici. Et de celui qui pourra vous remplacer à l'infirmerie.

Cela put se faire. Anna Semjowna Tchoutkaski, une grosse personne mais qui n'était pas informe, très fermée pendant le service mais qui, le soir, se métamorphosait en bonne vivante riant aux éclats, réorganisa la distribution des tâches. Il ne s'agissait d'ailleurs que des cas relevant de la chirurgie. Quiconque se faisait porter malade était sélectionné, en l'espace de quelques minutes, et expédié dans les forêts en manière de stimulant. Seul, celui qui ne pouvait plus que ramper sur ses quatre membres se voyait attribuer un lit et c'était souvent sa dernière halte.

Lorsque Helmuth Wegener prit pour la première fois son service à la table d'opération, ses mains tremblaient. Une sueur froide inondait son front et lorsqu'il vit l'homme nu que l'on y étendit avec une brûlure ouverte dans une jambe d'un bleu violacé, il lui fallut s'adosser au mur.

— La seule solution possible serait une amputation ! déclara le médecin-major. Cette brûlure ne permet aucun espoir. Si seulement nous disposions d'un peu de cette nouvelle drogue américaine ! Comment donc l'appelle-t-on ? Pénicilline ? ou quelque chose d'approchant ? — Il regardait Wegener : — Vous êtes blanc comme un linge, Helmuth, est-ce votre première amputation ?

— Jusqu'à présent, je n'étais qu'étudiant en anatomie...

— On peut tout apprendre même si l'on est un plenny en Sibérie. Sectionner une jambe n'est pas un art. Observez bien ce que l'on va faire, cela va aussi vite que la castration des lapins.

Wegener tint le coup toute la matinée. Il apprit des termes de chirurgie, les garda en partie dans sa mémoire et les nota plus tard avec les explications nécessaires.

Au bout de six semaines, il discutait déjà avec les autres médecins au sujet d'une hernie inguinale interne.

Personne ne devina qu'il était serrurier.

Seulement, il évitait de prendre le scalpel. Il posait les pinces hémostatiques, tamponnait le sang, faisait des injections, des pansements, changeait les appareils et restait au chevet des mourants tenant dans ses mains leurs mains qui se glaçaient.

Trois ans durant.

Jamais le paquet envoyé par Irmi n'arriva à Novo Nigaïsk. D'autres prisonniers reçurent des paquets à de longs intervalles, mais il y avait eu sans doute dans le paquet d'Irmi de très bonnes choses dont un contrôleur soviétique pouvait faire meilleur usage que ces criminels de guerre là-bas, dans la lointaine Taïga.

Mais ses lettres et ses cartes de correspondance arrivaient à destination. Chaque mois. Messages d'amour, de fidélité, d'attente confiante en l'avenir.

« La vie se normalise, écrivit Irmi une fois, en 1947. Seul le ravitaillement est misérable, ce que l'on achète au marché est à faire pitié. Heureusement que Paps est pharmacien. Nous pouvons ainsi nous procurer certaines choses... tu comprends. Mais cette question aussi s'améliorera, le plus important est que tu rentres bientôt à la maison. »

Une nouvelle photo accompagnait cette missive : Irmi Wegener auprès d'un buisson en fleurs dans le parc forestier de Cologne. Pour la première fois, Wegener voyait sa femme de la tête aux pieds ; jusqu'à présent, il n'avait eu que son visage.

Elle était svelte avec de petits seins pointant sous le léger chiffon de soie qui lui servait de robe d'été. Elle avait les jambes minces, de petits mollets et semblait fragile comme un faon. Elle ne souriait pas seulement avec sa bouche, mais aussi avec ses yeux et avec tout son corps ravissant. Le soleil brillait sur ses cheveux blonds. Wegener tint la photo contre son visage... et il croyait sentir l'arôme du buisson en fleurs, de ses cheveux, de sa peau, de sa féminité, sa radieuse jeunesse, le désir qu'elle avait de lui.

— Mon Dieu, comme je t'aime ! dit-il, la gorge sèche. Je veux être toujours un bon mari pour toi, que le ciel me châtie durement s'il en était jamais autrement.

Par un matin de janvier 1948, un jour tout tintant de glaçons, qui figeait tout à l'extérieur des baraquements et chassait même les guetteurs russes de leurs miradors, les anciens des chambrées revinrent de la Kommandantur où on les avait convoqués, en rapportant des listes. Ils lurent des noms et chaque homme nommé s'avança en hésitant, les yeux interrogateurs, vers le passage central du baraquement.

— Pliez bagage et tenez-vous prêts demain matin à la première heure ! ajoutèrent les anciens des chambrées. Mes gars, ne me posez pas de questions. Ils ne répondent pas, les Ivans. Ils nous ont remis les listes pour que nous en donnions lecture. Vous serez sans doute déportés. Après tout, tout ça est de la chierie !

— J'ai entendu..., commença un médecin-major à Helmuth Wegener qui se trouvait sur la liste, que l'on commençait à donner des « congés de captivité », mais ce n'est qu'un bruit, je m'empresse de le dire.

— Libéré ? Retourner en Allemagne ? balbutia Wegener. Vraiment, pourquoi moi ?

— Qui sait quels sont les critères d'après lesquels ils prennent leurs décisions ? Chez les Russes, on peut s'attendre à des surprises, nous le savons. En tout cas, vous êtes nommé, Helmuth, et s'il s'agit du retour au pays, je vous confierai une lettre pour ma femme. Je vous envie, l'Allemagne...

Il s'approcha de la fenêtre, souffla sur les fleurs de glace qui la voilaient et, à travers un coin de vitre essuyé, il considéra l'ensemble des baraquements tapis sous la neige, les barbelés, le no man's land mortel, les palissades de bois et les miradors, puis il se mit à pleurer silencieusement.

Le 19 février 1948, Helmuth Wegener arriva au camp de transit Friedland, amené par un transport de cent vingt plennies dans un wagon spécial que l'on avait détaché du train soviétique à Francfort-sur-l'Oder. Ils avaient traversé toute la Russie, de la Sibérie — en passant par l'Oural — jusqu'à Moscou. Là, on les examina et on leur octroya pour la première fois depuis quatre ans une nourriture substantielle, à l'occasion de quoi ils s'empiffrèrent tellement — comme des enfants à Noël — que vingt-trois libérés durent rester à Moscou pour se remettre de leurs « maux d'estomac ».

Wegener aussi chia trois jours sans discontinuer, mais il réussit à s'en cacher. Après quoi, il se trouva tellement flasque qu'il resta assis dans le train en proie à une apathie insurmontable et qu'il parcourut la dernière partie du chemin dans un sommeil profond. Mais dès Francfort, il se domina, mangea avec prudence le pain et le saucisson que l'on distribua, but du thé chaud et pleura comme les autres, lorsque le train s'arrêta aussitôt franchie la frontière allemande pour permettre aux infirmières de la Croix-Rouge de les accueillir en leur souhaitant la bienvenue avec une soupe aux pois et de petits bouquets de brins de sapin verdoyants.

Demain, je me trouverai en face d'Irmi, pensait-il tandis que le train continuait son cheminement dans la nuit. J'ai été autorisé à lui écrire de Moscou et ils ont dit que ma lettre arriverait certainement à temps. Viendra-t-elle à Friedland ? D'abord, où est cette ville ? La reconnaîtrai-je tout de suite ? Que lui dirai-je ? La première phrase comptera avant tout ! Que ferai-je si elle me regarde et dit : Vous n'êtes pas mon mari Helmuth Wegener ? Mon Dieu, que ferai-je alors ?

Le wagon spécial fut encore deux fois rattaché à un autre train avant d'atteindre Friedland. Sur le quai, une foule de gens se pressaient : reporters de journaux et annonceurs de télévision laissèrent un passage libre à ceux qui revenaient de Sibérie. Derrière eux se tenaient ceux qui étaient en attente depuis des jours ou des semaines : pères, mères, épouses, fiancées. Ils élevaient bien haut au-dessus de leurs têtes des photos attachées à des perches.

Qui connaît Hermann Schubert ? Qui s'est trouvé en captivité avec Willy Damme ? Qui aurait vu Emil Hagemeister ? Quelqu'un connaît-il Heinrich Obertz ? Des noms, des noms. Des visages de jeunes soldats au sourire fier devant le photographe. Ou des portraits d'avant-guerre en civil, des agrandissements flous... tout ce qui était resté d'un homme.

Qui connaît Ludwig Meister ?... Qui, Holger Müller, de Stuttgart, qui Peter Weinberg, qui... qui... qui... ? Dites donc quelque chose, les gars ! Avez-vous rencontré mon fils ? Enfin quelque part ? Il est encore vivant... je le sens... Qui connaît Hans Funke...

Des centaines d'yeux les dévisageaient, suppliants, pleins d'une espérance assez forte pour se renouveler à l'infini. Des yeux dans lesquels il y avait tout l'amour, toute la foi dont est capable un être humain.

Que l'un de vous me dise que mon fils est vivant... qu'il l'a vu... je vous en supplie... supplie...

Helmuth Wegener regardait le groupe de personnes qui n'élevaient pas de photos en l'air et se taisaient. C'étaient les heureux, ceux-ci savaient que le prodige de la renaissance allait s'accomplir : le retour de la maison des morts sibérienne, l'exaucement de toutes leurs prières.

Puis il la vit, reconnut Irmi tout de suite à ses cheveux blonds, à son visage candide. Elle se tenait au second rang et se dressait sur la pointe des pieds pour mieux voir ces silhouettes misérables qui titubaient sur le quai.

Il repoussa un reporter de la radio qui lui demandait : Quelles sont vos premières impressions de retour au pays ? De quelle région de la Sibérie venez-vous ? Puis il se trouva devant elle, grand, décharné, avec une barbe de trois jours, dans un uniforme trop petit qui avait été rafistolé, dont ses bras sortaient comme des tentacules. Il ôta son calot crasseux marqué de l'insigne de la Wehrmacht et le fourra, parce qu'il le gênait, sous la courroie qu'il avait nouée autour de sa taille.

— Irmi, dit-il.

Il lui fallut toutes ses forces pour articuler ces mots.

— Me voilà...

— C'est toi ?

Elle le regardait, les yeux tout grands ouverts, de ces mêmes yeux bleus auxquels il avait parlé pendant quatre ans, qui savaient tout de lui, auxquels il avait tout avoué. A présent, ils étaient devant lui, tout proches, d'un bleu merveilleux, et son nez mince frémissait, ses lèvres tremblaient, puis soudain ses mains se posèrent sur ses épaules osseuses et l'attirèrent contre elle :

— Helmuth !

Ils s'embrassèrent, puis il se mit à pleurer. Il lui était impossible d'arrêter ces sanglots. Il serrait sa tête contre ses seins comme un enfant et elle caressait sa nuque, ses cheveux, son dos agité de soubresauts en disant : Maintenant, tu es chez toi... Maintenant tout va bien... Maintenant c'est fini... Maintenant la vie sera belle...

Il lui répondit d'un petit signe de tête et resta le visage enfoui entre ses seins, respirant le parfum de son corps. Chez lui... Une vie nouvelle, le nouveau Helmuth Wegener, marié depuis le mois de juin 1944 à cette femme merveilleuse.

Jamais elle ne saura la vérité. Jamais ! L'être humain n'est-il qu'un nom ? Nous formerons le couple le plus heureux du monde, Irmi.

Plus tard, lorsque les formalités nécessaires furent accomplies ainsi qu'une interview pour la Radio nationale, au cours de laquelle Wegener affirma qu'il restait encore beaucoup de camps de prisonniers en Sibérie et autre part en Russie, il se trouva enfin un homme libre et quitta au bras d'Irmi les baraquements administratifs. Partout, il y avait des murs de contreplaqué portant des photos et des noms serrés les uns contre les autres : une armée de disparus, une armée d'espoirs désespérés.

— Tu ne ressembles pas du tout à tes photos, dit soudain Irmi.

— Quatre ans de captivité changent un homme. — Il s'arrêta : — Est-ce bien grave ?

— Mais non ! — Elle rit et d'un bond se jeta dans ses bras : — Nous referons de toi un homme !

Ils s'en furent vers un parking et Irmgard se dirigea vers une voiture noire. Wegener la retint par la manche :

— Tu as une auto ?

— Paps. Une Opel P 4.

— Et de l'essence ?

— Nous avons droit à une attribution en tant que pharmacien et même à la vignette rouge, c'est-à-dire au permis de circuler en voiture.

— Tout marche donc parfaitement ?

— Bien sûr ! Comment vivrait-on autrement ?

Ses yeux bleus scintillaient. Il aurait voulu, fou d'amour, la serrer dans ses bras à l'étouffer.

Ils roulèrent sur quelques kilomètres et longèrent un bois. Irmgard quitta la route et s'engagea dans un chemin forestier qui pénétrait parmi les arbres. Là, elle freina et souffla dans ses mains. Il faisait froid par ce jour enneigé sans soleil.

A présent, mon compte est bon ! pensa Wegener, elle va me dire : Tu n'es pas mon mari ! Je crois que je me pendrai alors au premier arbre venu...

Mais elle dit simplement :

— As-tu faim, chéri ?

Wegener eut un sourire niais. Il ne maîtrisait plus les expressions de son visage. Son cœur battait follement.

— Et comment ! répondit-il d'une voix enrouée.

Elle saisit sur le siège arrière une boîte de carton et l'ouvrit. Une grande gamelle de fer-blanc parut dont s'échappa un fumet exquis qui emplit l'intérieur de la petite auto.

— Du poulet ! dit-elle. Je viens de le rôtir à la cuisine du camp, et j'ai aussi de la salade de pommes de terre.

— Irmi !

Il l'étreignit et de nouveau sa tête se serra contre sa poitrine. Il sentait les sanglots monter de sa gorge.

— Je t'aime, balbutia-t-il.

— Je le sais bien, je suis tout de même ta femme !

Elle l'entoura de ses bras et le serra sur son cœur. Il la sentait trembler aussi et osa embrasser ses seins à travers l'étoffe de son corsage.

— Quoi qu'il arrive, Irmi, dit-il d'une voix rauque, n'oublie pas, n'oublie jamais que je t'aime. Je ne cesserai pas de t'aimer.

— Tu n'as même pas commencé ! — Elle éloigna sa tête de son sein et déposa un baiser sur son nez. — Mange ton poulet avant qu'il ne refroidisse ! — Elle le regarda de nouveau avec un étonnement presque enfantin, puis elle dit : — Je ne te croyais pas si grand ! Tu m'as écrit : un mètre soixante-quatorze...

— C'est donc que je me suis diminué de dix centimètres ! Il mordit dans son poulet comme un cannibale. Elle sortit du carton une assiette de fer-blanc et, avec une cuiller, y mit de la salade de pommes de terre.

— C'est bien ainsi, dit-elle, ça me fait dix centimètres de plus à aimer.

CHAPITRE III

Ils atteignirent Schmallenberg au crépuscule. La petite P 4 glissait sur les routes couvertes de neige, il fallait rouler lentement, car les roues s'enfonçaient, patinaient, on les voyait à peine encore. Alors Helmuth sortait, poussait le véhicule et l'arrachait aux congères, aux plaques de verglas. Il fallait parfois étendre deux sacs sous les roues arrière, mètre après mètre, jusqu'à ce que les passages critiques eussent été dépassés. Irmi avait emporté dans son coffre quatre sacs de jute, un sac de sable et une petite pelle, et même une Thermos pleine de thé brûlant.

— Tu es une voyageuse expérimentée, reconnut Wegener. Tu as pensé à tout !

— La guerre nous a appris beaucoup de choses dont on ne se doutait même pas, répondit-elle.

— C'est juste.

Il s'appuya sur le capot et but le thé fumant en regardant sa femme. Son visage d'enfant était rougi par le froid et l'effort de ce voyage.

L'obscurité s'insinuait à travers le gris uniforme du ciel. Dans une demi-heure, il ferait nuit.

— Nous n'atteindrons pas Cologne aujourd'hui, dit-il.

— Sûrement pas ! Nous passerons la nuit en route, je crois que nous nous trouvons près de Schmallenberg.

— Schmallenberg ? Jamais entendu ce nom.

Que saurait de cette région un serrurier d'Osnabrück ?

— C'est un joli coin...

Elle sourit et revissa la Thermos.

— Oui, c'est vrai... — Il fit un petit signe de tête, comme si la mémoire lui revenait à ce sujet. — Mais trouverons-nous un toit ?

— Nous trouverons toujours un lit.

Un lit ! Ce mot le transperça. Naturellement, je dormirai dans un lit avec elle cette nuit, puisqu'elle est ma femme. Elle se pelotonnera contre moi, me prendra dans ses bras, se serrera contre moi, et dira : Helmuth, mon chéri... Car je suis Helmuth Wegener.

Ils poursuivirent leur cheminement, traversèrent lentement Schmallenberg aux jolies maisons à colombages et s'arrêtèrent devant l'une d'entre elles de forme allongée au-dessus de l'entrée de laquelle se trouvait sur une enseigne le mot « Hôtel ».

— Attends dans la voiture, je reviens, dit Irmi en sortant. Je saurai bien régler la question.

— Pourquoi toi ? C'est mon devoir !

— Qu'as-tu à leur offrir ?

Elle sourit comme pour s'excuser. Soudain, son visage revêtait une expression de compréhension maternelle.

Elle fit claquer la portière et se dirigea vers l'hôtel. Un moment s'écoula avant qu'elle ne revînt. Un vieil homme la suivait, elle riait et fit un signe à l'adresse de Wegener : « Descends, Helmuth ! »

Le vieil homme les conduisit par un couloir dans une sorte de salle d'appoint en passant devant une porte marquée du mot « Restaurant » et derrière laquelle on entendait les éclats de voix d'une assemblée masculine. Il y avait trois tables dans cette pièce, elle n'était pas chauffée, mais pas trop froide cependant. La porte de la cuisine était entrebâillée et laissait passer un peu de tiédeur.

— Nous avons une chambre, chéri, dit Irmgard, et on va tout de suite nous servir un rôti avec des pommes de terre et des haricots sans tickets. J'ai échangé cela contre deux boîtes de saccharine, trois boîtes de pyramidon et trois fioles d'essence de liqueurs ; ils en tireront, en y ajoutant de l'eau-de-vie, une mixture excellente !

Elle lui prit le baluchon de toile à voile qu'il portait toujours suspendu à une corde passée sur l'épaule depuis Novo Nigaïsk et le déposa dans un coin. Wegener s'assit. Un fumet de rôti leur venait de la cuisine et soudain, comme il se mettait à transpirer, il déboutonna sa veste d'uniforme et ferma les yeux.

Mon Dieu, pensait-il, ce sera notre nuit de noces. La nuit dont Helmuth n'a cessé de rêver et de parler. Elle aurait donc lieu sur le chemin allant de Friedland à Cologne, dans un lit d'hôtel minable, dans une chambre sans chauffage qu'ils avaient payée cher en accumulant saccharine, pyramidon, essence de liqueurs en contrepartie.

Il mangea, mais sans appétit. Un beau rôti bien cuit, un quartier de porc élevé à la cave et tué en catimini. Quant aux pommes de terre farineuses, aux mange-tout plats et sans fils, ils étaient sûrement le produit du potager situé derrière la maison. Mais tout cela était aussi pénible à absorber pour lui que du foin. Il éprouvait des nausées à chaque bouchée tout en s'efforçant de tout avaler, la voyant tellement heureuse et gaie. La femme du vieil aubergiste, une brave femme rondouillarde, sortit de la cuisine, s'assit à leur table et se mit à pleurer.

— Notre garçon y est resté, dit-elle en appuyant son tablier sur ses yeux. 1943. En Russie. Il est mort en héros, nous a écrit son chef. Mais qu'en a-t-il eu d'être un héros ? Il devait prendre l'hôtel en main, il était un sommelier accompli. A présent, nous sommes seuls, nous, les vieux. Qui sait comment nous pourrons continuer ? — Elle sécha les larmes restées dans ses orbites ridées et hocha la tête plusieurs fois : — C'était dur en Sibérie ?

— J'ai survécu, des milliers d'autres n'ont pu résister.

— Maudite guerre !

— Il n'y en aura plus jamais.

— Vous le croyez ? — La vieille femme tamponnait son nez avec son tablier. — Pourtant ceux qui sont au gouvernement n'apprennent rien ! « Jamais plus de guerre ! », avons-nous crié en 1918. J'ai vécu ça. Et qu'en est-il advenu ? Vous êtes jeune encore... songez-y dans vingt ou trente ans. Alors quel aspect aura le monde ? Il sera aussi stupide qu'aujourd'hui, je vous le dis !

Wegener approuva d'un signe de tête. Il faisait durer le dîner. Chipotant la viande et les légumes dans son assiette. Il avait peur de cette chambre qui l'attendait, peur du lit, peur d'être seul avec Irmi. Mais en même temps, il éprouvait un désir exaltant de son amour, de son jeune corps, de son affectueuse chaleur.

Irmgard l'observait. Elle avait fini de manger depuis longtemps. Il admira sa patience silencieuse. La vieille femme se leva enfin : « Bon, dit-elle, bonne nuit vous deux ! Réussissez mieux que nous ! » Puis elle s'en fut à la cuisine en traînant ses savates.

Wegener déposa son couteau et sa fourchette ; il ne pouvait plus rien avaler, son gosier était noué. Il but la bière légère d'un jaune clair, qui avait tout de même plus de saveur que l'eau chaude de Sibérie que les Russes appellent « Kipiatok », s'essuya la bouche du revers de la main et crut défaillir à la pensée que ce n'était pas là un geste élégant digne d'un étudiant en médecine, même si celui-ci revient de Novo Nigaïsk. Il adressa à Irmi un sourire en coin et posa ses mains sur ses cuisses.

— Je suis fatiguée, dit-elle soudain, montons-nous ?

— Oui, allons.

J'ai une voix que je ne reconnais pas moi-même, se dit-il, elle est comme rongée par la rouille...

Il se leva et suivit Irmi qui avait la clef de la chambre. A la porte de la salle à manger, il se retourna et repartit au pas de course pour chercher son sac de toile déposé dans un coin. Elle l'attendit, souriante.

— Il contient ton rasoir ?

— Oui, un vieil appareil à double lame, je l'ai reçu à Francfort-sur-l'Oder, au poste de la Croix-Rouge. — Il passa la main sur sa barbe de plusieurs jours : — Je vais me raser tout de suite, Irmi. Alors tu me trouveras peut-être une ressemblance avec la photo que tu as de moi...

Ils passèrent le seuil de leur chambre, le nº 9, et y jetèrent un regard circulaire. Elle était, comme prévu, sans chauffage, il n'y avait que de l'eau courante froide, une armoire paysanne placée contre le mur, devant la fenêtre une table et deux chaises. Dans le fond de la pièce trônait le grand lit à deux places au-dessus duquel se trouvait un chromo : cygne sur un étang. Wegener eut de cet ensemble une vive impression de luxe. Il y avait même une garniture de lit en laine aux teintes naturelles, qui le fascina.

— Je vais te chercher de l'eau chaude à la cuisine, lui dit Irmgard. Pour te raser. Tu n'auras pas raison de ta barbe avec de l'eau froide.

— As-tu tant d'expérience en ce qui concerne la meilleure manière de raser les hommes ? demanda-t-il en manière de plaisanterie.

Elle ne la trouva pas amusante du tout, ses yeux devinrent d'un bleu sombre.

— Tu le crois vraiment ? dit-elle.

— Irmi, dit-il effondré.

— Je le sais, ayant l'exemple de Paps qui s'érafle la peau chaque fois qu'il se rase à l'eau froide.

Elle sortit et la porte retomba derrière elle. Wegener s'assit sur la chaise, près de la fenêtre, et fit plusieurs profondes aspirations. Je suis une brute, pensait-il. Mal élevé, idiot. Helmuth Wegener, si distingué, se serait comporté autrement, il aurait su trouver les mots convenables et il aurait serré sa femme contre lui depuis un bon moment déjà ! Il se serait montré tendre, plein d'intelligence, enfin tel que fut l'homme qu'avait épousé Irmgard Lohmann.

Le grand lit attira son regard. Dans une demi-heure, peut-être même avant, il se trouverait étendu auprès d'elle. Elle l'attendrait et il lui faudrait faire les premiers pas. Le premier geste d'une main qui se tend, le premier attouchement de son corps nu, la première caresse... C'était son devoir de lui dire sans paroles : Tu m'appartiens. Je t'aime.

Il se leva, alla vers le lavabo et en tourna le robinet. Puis il retira son uniforme, sa chemise grise et se trouva le torse nu devant la glace posée au-dessus de la cuvette. Un garçon osseux, un squelette tendu de peau, on pouvait désigner chacun de ses os par leur nom médical... et il récapitula toutes les pièces du squelette dont il avait noté les noms et qui lui avaient permis de risquer quelques propos prudents à la table des médecins de l'hôpital du camp.

Irmi revint avec un pot d'eau chaude. Elle s'approcha de lui, enfonça le bouchon de caoutchouc au fond de la cuvette et y versa l'eau chaude.

— A quoi penses-tu ? dit-elle.
— A une opération au camp, dit-il hardiment.
— Tu opérais ?
Elle paraissait impressionnée.
— Naturellement. Toutes les opérations chirurgicales : amputation, opération dans la région lombaire, j'ai même réussi un anus artificiel.
Cela sonnait bien et paraissait parfaitement crédible. Il se voyait encore dans les latrines de l'infirmerie à Novo Nigaïsk, assis sur le trou rond de la planche à chier, répétant les mots appris : Qu'est-ce qu'une inflammation des méninges ? Une méningite. Et du cerveau ? Une encéphalite. Ce n'était pas facile, mais il comprenait lentement et sûrement et s'en souvenait.
— Tu y étais autorisé après seulement quatre semestres ? reprit Irmi.
— En Sibérie, même des ignorants procédaient à des amputations lorsque le service chirurgical était bondé de malades. Il s'agissait avant tout de survivre.
— Effrayant, chéri...
— C'est fini maintenant.
Il se retourna, déposa un baiser sur son front, se dirigea vers son sac de grosse toile, le dénoua. Puis il se rasa trois fois de suite. Sa barbe était des plus dures et les lames de son rasoir s'étaient encrassées.
Lorsqu'il se retourna tout en passant le rasoir sur l'une de ses joues, elle s'était déjà couchée.
Il n'avait pas vu qu'elle se déshabillait en silence. Ses vêtements étaient posés sur une chaise, ses chaussures se trouvaient au pied du grand lit. Elle avait remonté l'édredon jusqu'à son menton, mais il vit par l'entrebâillement des couvertures qu'elle était nue.
— A présent, tu peux me voir tel que je suis vraiment, dit-il gauchement, voilà celui que tu t'es choisi !
— Tu me plais. — Ses cheveux blonds luisaient à la clarté de la misérable lampe de chevet comme les plus fins fils de cuivre. — Tu le sais bien, Helmuth !
Il avala sa salive, la gorge serrée dans un étau :
— Oui, je le sais, dit-il d'une voix rauque.
— Viens te coucher, j'ai froid.
— Ils auraient pu chauffer !
— Il n'y a pas de charbon et le bois est mesuré. On se réchauffe au lit, prétendent-ils.
— C'est vrai. Il s'approcha du lit, s'assit sur le bord du matelas, ôta ses demi-bottes lacées du modèle qu'on leur avait distribué en manière de cadeau avant le départ. Et maintenant il fallait ôter son pantalon, car : ta femme t'attend ! Elle attend cette nuit depuis quatre ans. Quatre ans dans l'attente d'une tendresse à laquelle

elle avait dit *oui* devant une table sur laquelle étaient posés un casque d'acier et une photo.

Il fit glisser son pantalon, le jeta dans un coin et maudit son corps qui réagissait autrement que ses pensées. Lorsqu'il s'élança dans le lit, elle dut le remarquer car elle dit d'une voix enfantine qui était pourtant celle d'une femme :

— Viens ! A présent, oublie tout ! Je suis maintenant avec toi. Toujours.

Elle se poussa vers lui et l'attouchement de sa peau lisse et tiède le transperça comme un éclair. Il sentit le contact de sa main et gémit lorsqu'elle monta sur lui, serra ses seins contre sa poitrine et noya tout ce qu'il voulut dire dans un baiser.

— Je t'aime, dit-il plus tard, je t'aime comme on n'aime qu'une fois dans la vie.

— Je suis si heureuse d'être ta femme, répondit-elle.

Le pharmacien Johann Lohmann se tenait derrière le comptoir de son officine et vendait contre ordonnance médicale quelques calmants pour la toux, lorsque Irmgard et Helmuth Wegener entrèrent dans la pharmacie. Ils avaient arrêté la P 4 un peu brinquebalante en retrait de la vitrine où Lohmann ne pouvait la voir en regardant dans la rue.

— Nous allons le surprendre ! dit-elle, et elle le prit par la main comme un enfant qui est amené à l'école pour la première fois.

— Le surprendre ? Que veux-tu dire ?

Elle sourit doucement :

— Il n'était pas du tout sûr que tu revenais de Russie. Personne ne savait rien de précis. J'ai été à Friedland un peu au hasard lorsque ta carte envoyée de Moscou m'est parvenue. La direction du camp m'a dit : Il arrive chaque jour des transports de libérés plus ou moins nombreux. Mais les Russes ne nous envoient pas de listes de noms. Si vous le voulez, attendez, mais ça peut durer.

— Et tu as attendu ?

— Oui. — Elle se serra contre lui. — Cinq jours. Nous étions trente-neuf femmes dans un dortoir. — Elle l'attira plus loin dans la rue comme s'il refusait de la suivre. — Paps affirmait que tu ne rentrerais pas à la maison, que tu serais déplacé dans un autre camp.

Il s'arrêta tout de même, elle ne lâcha pas sa main bien qu'elle eût fait deux pas de plus.

— Que pense-t-il de moi ? dit-il.

— Il ne connaît que ta photo, chéri.

— Et qu'en dit-il ?

Elle eut un rire clair. Il la trouva tellement jolie que son cœur en fut étreint.

— C'est moi qui t'ai épousé, pas lui ! Les pères des filles uniques sont toujours un peu jaloux et enclins à critiquer. Il a toujours espéré que je lui amènerais un pharmacien, parce que cela ne m'intéressait pas moi-même d'être étudiante en pharmacie. Papa a amélioré certains médicaments, vois-tu, il voudrait les produire industriellement. « Société des produits pharmaceutiques Lohmann », c'est le rêve de sa vie ; ce qui le console, c'est que tu as été étudiant en médecine.

Wegener répondit d'un signe de tête. A présent, je peux encore *tout lui avouer*. Maintenant, ici dans la rue, car lorsque je serai entré dans la pharmacie et que j'aurai salué Johann Lohmann son père, il y aura de nouveau comme un roc insurmontable projeté devant la *vérité*. Il devient de moins en moins possible de reconnaître qu'il existe vraiment un serrurier, Peter Hasslick, natif d'Osnabrück.

Il la regarda alors, elle riait, tirait à elle son bras tendu, son visage rosi par le froid avait les tons changeants de la nacre.

Elle était si heureuse, si parfaitement jeune femme qu'il eut un profond soupir de soulagement et se remit à avancer d'un pas hésitant. C'est un cercle infernal, pensait-il. Je n'en sortirai plus. Il faut que j'arrive moi-même à oublier ! Peter Hasslick est mort, enterré à Orcha, n'est vivant encore que Helmuth Wegener.

Johann Lohmann se trouvait dans le laboratoire au fond de la pharmacie lorsqu'ils entrèrent. Un client attendait, il avait reçu l'ordonnance d'une crème de massage dont Lohmann était en train de mélanger les éléments.

— Restons ici, comme des clients, murmura Irmi. Paps va en faire des yeux !

Ils se placèrent un peu de côté. Lohmann revint, remit le pot de pommade au client et voulut retourner dans la pièce du fond lorsqu'il vit Irmgard et Wegener.

Il s'arrêta, se tourna vers eux carrément et enfouit d'un geste qui n'était pas celui d'une surprise joyeuse, ses deux mains dans les poches de sa blouse blanche de pharmacien.

— C'est lui, Paps ! lança Irmgard heureuse. — Elle s'appuyait contre Wegener, un bras autour de sa taille filiforme. — Tu vois, il est tout de même revenu ! Imagine-toi que je l'ai tout de suite reconnu !

Pourquoi ment-elle ? pensa Wegener. Elle avait porté partout avec elle, pendant quatre ans, la photo d'un autre homme... elle a dû éprouver un choc à Friedland, en le trouvant tellement différent !

— Bonjour monsieur Wegener, dit Lohmann incertain.

Il s'approcha, les mains dans les poches de sa blouse.

— Il s'appelle Helmuth, Paps !

— C'est vrai... Helmuth, il faut d'abord m'habituer à me savoir un fils à la maison !

Ils se regardèrent et Wegener pensa : C'est le même regard observateur, ébahi, un peu désemparé, trahissant la contrainte d'accepter une situation qu'avait Irmi à Friedland. Il ne sait que me dire, il avait une autre image de son gendre dans sa pensée, il s'attendait à mieux, d'après le portrait qui se trouvait voici quatre ans sur la table du bureau d'état civil et auquel elle avait dit oui.

— Monsieur Lohmann, commença Wegener, mais il se tut aussitôt.

Derrière lui, il sentait la présence d'Irmi, ses seins qui se serraient contre son dos. Elle respirait plus vite, par à-coups et ces petits souffles brefs glissaient sur sa nuque.

— Appelle-moi Johann ! — Lohmann tendit la main droite. — « Père » cela me semble un peu puéril entre nous. — Un sourire passa sur son visage. — Le pire est derrière toi, viens mon fils...

Ils tombèrent dans les bras l'un de l'autre et s'embrassèrent sur les deux joues, et Irmi pleura de joie.

— Dans une demi-heure, je ferme la pharmacie, dit Lohmann, mais cela ne signifie pas grand-chose, car j'ai justement aujourd'hui « service de nuit ». Tu pourras tout de suite te rendre compte des désagréments que doit supporter un commerçant membre d'Académie ! Ils vous appellent au téléphone à trois heures du matin, parce qu'ils n'arrivent pas à lâcher un pet !

— Paps ! jeta Irmi qui rougit.

— Crois-tu que le foutoir russe l'a habitué à se servir d'expressions plus châtiées ? dit Lohmann en riant avec bonhomie. C'est vrai, soixante pour cent des appels de nuit pourraient être remis au lendemain.

Ils se trouvèrent ensuite réunis dans le petit appartement d'Irmi, qu'elle s'était installé au second étage de la maison. Il consistait en une salle de séjour, une chambre à coucher, une petite cuisine, une entrée, une salle de bains.

Aux fenêtres, les rideaux de tulle portaient une broderie représentant des brins de muguet. Autour d'une table ronde en bois de noisetier, un groupe de fauteuils recouverts de peluche. Contre le mur, un long buffet aux portes sculptées surmonté d'une peinture à l'huile : Lever de soleil sur le lac. Un sol parqueté ; au milieu, un tapis au dessin persan. Un lustre à cinq branches en cuivre et des petits abat-jour de soie articielle à pompons blancs. Près du groupe de fauteuils, un lampadaire se dressait coiffé de son immense abat-jour de parchemin décoré. Un poêle au revêtement de céramique rayonnait une chaleur intense. Le pharmacien Lohmann brûlait même chez lui des boulets de charbon !

Wegener s'arrêta à la porte du salon et sa main se crispa à la hauteur de sa poitrine sur son uniforme retapé. C'est un paradis, dit-il à mi-voix. Voilà un paradis.

Le soir même, il y eut bombance féodale : civet de lapin au chou rouge.

Lohmann était assis à table en bras de chemise, bien qu'Irmi lui eût plus d'une fois envoyé des clins d'yeux désapprobateurs, mais il les dédaigna d'une manière presque provocante.

— J'ai une fille diablement distinguée, dit-il enfin, lorsque même Helmuth eut remarqué les regards échangés entre Irmi et son père. La voilà qui a la fièvre parce que je suis assis à table comme un prolétaire, au lieu de porter un complet sombre et une cravate. Mais il fait bon quitter la blouse blanche immaculée et rigoureusement stérile, ainsi qu'il convient, pour dételer enfin, le soir venu. Me comprends-tu, Helmuth ?

— Sûrement, Johann.

— J'ignore où Irmi est devenue si distinguée ! Certainement pas en traînant en espadrilles et en uniformes idiots aussi rudes et germaniques que possible !

Puis ils s'installèrent dans le coin confortable et intime, sous le lampadaire, pour fumer un cigarillo, car les possibilités offertes aux pharmaciens par le marché noir étaient absolument sans bornes.

— J'ai tort de te faire fumer ça dès le premier soir, mon garçon, commença Lohmann tout en envoyant voluptueusement une bouffée de fumée blanche vers le lampadaire. Mais je suis un homme qui ne perd pas de temps. La guerre est perdue pour notre peuple qui est tombé sur la gueule à ne s'en remettre point. L'argent ne vaut plus rien, une livre de beurre coûte 350 marks et le même poids de viande, 300. Une cigarette américaine, 6 marks. Du côté de Munster, les paysans échangent des pianos contre des pommes de terre et d'autres comestibles. Les trains de marchandises qui s'en vont chez les vainqueurs sont vidés de leur réserve de briquettes avec la bénédiction du cardinal Frings, c'est l'époque du chapardage... Pourtant le bruit court que l'on va instituer une réforme monétaire... Mais peut-on encore sauver l'Allemagne ?

— Nous disposons tous de deux mains, Johann, dit Wegener, avec elles on peut toujours commencer quelque chose.

— Se gratter le cul, si ça continue ! Mais nous sommes où je voulais en venir : on a toujours besoin de médecins. L'Université de Cologne est rétablie. Tu vas finir tes études ?

— Non ! répondit Wegener sans hésitation.

— Pourquoi ? — Lohmann le regardait étonné à travers la fumée de sa cigarette. — Pourquoi pas ? C'est à cause de l'argent ?

— Aussi, dit Wegener. Je n'ai plus rien, mes parents à Hanovre, notre maison... tout est...

Il se tut et ils fumèrent en silence. A présent, je ne mens même pas, pensa-t-il. Helmuth m'a raconté que ses parents étaient morts et que sa maison a été bombardée. Et à Osnabrück ? C'est la même chose... mère estimée « disparue », peut-être est-elle l'une de ces mortes sans nom que l'on a retirées des décombres méconnaissables, couvertes de poussière grise et enterrées dans une fosse commune.

— Je paierai tes études ! dit soudain Lohmann. Cela va de soi !

Wegener sursauta intérieurement. Il n'y avait plus de papiers ; seulement les documents émanant de la Wehrmacht et le certificat de libération remis à Friedland établi selon les affirmations de Helmuth Wegener, étudiant en médecine, et sa carte d'identité provisoire avec sa photo. Helmuth Wegener. C'était tellement simple de *devenir* un autre individu ! Mais savoir l'*être* serait difficile !

Deux années de médecine ? Que sait-on avec un tel bagage ? Peut-être un peu plus que les trois cents mots qu'il avait appris par cœur à Novo Nigaïsk dans les latrines et sans doute plus du métier manuel de chirurgien qu'il ne lui avait été permis d'apprendre à l'hôpital du camp, mais tout le reste : gynécologie, pédiatrie, hématologie... neurologie... il n'en savait, en fait, que les noms.

— Je ne continuerai pas, reprit Wegener en évitant de regarder Lohmann.

— Pourquoi donc ? Naturellement, tu vas remettre ça ! Je vous installerai un cabinet de consultation et tu gagneras des ponts d'or ! L'intelligence humaine est plus souple qu'on ne le croit et tu te remettras rapidement dans le sillon des études. Après un repos de quelques mois qui te mettra un peu de chair sur les côtes, tu te retrouveras au second semestre 1948 dans la salle des cours.

— Je ne crois pas, Johann. J'ai jadis commencé des études de médecine parce qu'un de mes oncles, dont j'étais l'héritier, le voulait.

— A présent, tu fiches tout en l'air et la médecine au clou ?

— Quelque chose comme ça.

— Je crois que tu te trompes, mon garçon. — Lohmann posa son cigarillo dans un cendrier de terre cuite. On voyait que l'avenir le préoccupait, l'avenir de sa fille unique, qui lui avait paru très incertain jusqu'au retour peu croyable de son mari. — Si tu n'es pas médecin, que veux-tu donc faire ? Penses-tu dévier vers la pharmacologie ? Ce serait naturellement l'idéal. Tu prendrais ma suite à la pharmacie...

— Père ! — Soudain, Wegener cria ce mot à Lohmann : père ! Comme s'il demandait sa protection. Lohmann le regarda abasourdi, mais cette appellation lui était visiblement agréable. — Il faut que je t'explique quelque chose, commença Wegener, puis les paroles qu'il allait prononcer ne passèrent pas ses lèvres.

Il s'adossa afin d'éviter la lumière crue du lampadaire et souhaita l'obscurité, l'éclatement de l'ampoule électrique ou un court-circuit. Comment commencerai-je, pensait-il : avec la cérémonie du mariage dans l'abri du bataillon où j'étais témoin du marié ?... Avec la blessure mortelle de Helmuth au bord du Dniepr ?... Avec sa mort sur le seuil de l'école d'Orcha ?... De quelque côté que l'on prît la question, ce serait toujours une sorte de suicide.

En cet instant de vérité, Irmgard revint de la cuisine. Elle s'assit à côté de Wegener sur l'accoudoir du fauteuil, mit un bras autour de son cou et déposa un baiser sur son front. Cela coupait court à toute espèce de confession. La détermination de Wegener éclata comme une bulle de savon.

Il baissa la tête, enfouit son visage dans la paume de sa main et se sentit heureux qu'elle fût venue précisément à ce moment-là. Je l'aime et je serais l'être le plus solitaire au monde s'il me fallait renoncer à elle.

— Quels sont vos problèmes ? lança-t-elle gaiement. Vous m'avez l'air bien sérieux !

— Helmuth ne veut pas poursuivre ses études de médecine, répondit Lohmann, et il allait m'expliquer quelque chose.

— Il n'est à la maison que depuis un jour et déjà tu l'accables de cette question !

— Il faut en parler, dit Wegener.

— Mais pas aujourd'hui. Nous avons encore du vin, Paps, n'est-ce pas ?

— Va le chercher, mon moineau !

Elle lui donna un second baiser et sortit en courant. Lohmann passa une main sur sa chevelure brune filetée de blanc.

— C'est étrange pour un père, reprit-il, je n'ai encore jamais vu Irmi manifester de la tendresse à un autre homme ! Et je suis assis ici, à la regarder t'embrasser. Drôle d'impression lorsqu'on l'éprouve pour la première fois. On y perd une partie de sa vie.

— Mais nous restons avec toi, père.

— Qu'as-tu voulu me dire, Helmuth ?

— Il serait peut-être préférable que je me consacre à la branche commerciale de ton affaire. J'ignore si je deviendrais jamais un bon médecin. Je m'en suis rendu compte sur le front et à Novo Nigaïsk. Je souffrais avec mes blessés et mes malades comme si j'étais atteint moi-même. Et lorsque l'un d'eux mourait, je m'asseyais sur son lit, avec l'envie de pleurer. Il faut qu'un médecin soit dur avec soi-même tout en étant humain. Il ne faut pas que la pitié qu'il éprouve le submerge.

— C'est une affaire d'habitude, mon garçon. S'il vient dans la pharmacie un malade qui a un cancer visible jusque dans ses yeux, je ne peux pas non plus lui crier : laissez tomber tous ces médicaments, mon ami, ils ne servent à rien. Vous avez encore quelques semaines à vivre, mon gars, passez-les joyeusement !

Lohmann se pencha en avant et posa ses deux mains sur les genoux de Wegener.

— Essaie tout de même, Helmuth !

— Mon père, j'ai déjà perdu quatre ans. Il faut rattraper ce temps !

— Et comment ?

— Je travaillerai dans ta pharmacie pour apprendre tout ce qui a trait à la partie commerciale.

— Ça ne te mènera à rien, Helmuth ! Si encore tu devenais étudiant en pharmacie...

— Je crois avoir un certain don de l'organisation. Irmi m'a parlé des inventions que tu as faites... des médicaments... Si nous fondons une firme qui exploitera ces découvertes...

— Une firme en ces temps-ci ? — Lohmann abattit son poing sur l'accoudoir de son fauteuil. — Tu es fou, mon gars, excuse-moi !

— Si ça peut se faire, pourquoi pas ? Les temps vont changer. L'Allemagne est un monceau de ruines, mais il y aura bientôt des pionniers qui recommenceront du début et emploieront des méthodes toutes nouvelles. Il faut croire à l'impossible et nous organiser en conséquence. S'il n'était que de moi, nous pourrions fabriquer tes médicaments dans ta cuisine et les vendre enveloppés de papier journal, mais nous serons là, et surtout nous serons avant tout *présents* lorsque l'Allemagne redeviendra un état normal.

— Y crois-tu ?

— Oui ! Aucun vainqueur ne peut empêcher un peuple de travailler. Nous voici tombés sur la gueule, mais nous respirons encore, père. Nous devrions y réfléchir de manière concrète !

Tard dans la nuit. Wegener était allé se coucher et Irmgard emportait les verres et les cendriers emplis jusqu'au bord. Lohmann dit à sa fille :

— Ton mari est un visionnaire, mais il a des idées singulièrement dignes d'être examinées avec intérêt ! Lorsque je l'ai vu en chair et en os, j'ai failli tomber à la renverse. La photo que nous avons de lui est une vision des mille et une nuits comparée à la réalité ! Celui-là, s'il se met sous la douche, il lui faut sûrement sauter de droite à gauche et vice versa pour réussir à se faire mouiller !

— Il revient de Sibérie, Paps !

— Et maintenant il veut que j'ouvre une fabrique de pharmacie !

— Mais c'est merveilleux !

— Et avec quoi ? — Lohmann prit la bouteille de vin et vit qu'il en restait un peu au fond, il porta le goulot à ses lèvres et la vida dédaignant le regard réprobateur de sa fille. — Il ne veut plus étudier ! Il veut *organiser !* Théoriquement, on peut tout faire, mais pratiquement ? Ce gars vogue sur des nuées. Malgré cela, je commence à m'habituer à lui.

— C'est parfait, Paps ! — Elle s'assit en face de lui dans le fauteuil où s'était assis Wegener précédemment et remonta ses genoux. Elle portait un pantalon bien trop large et flottant. — Helmuth sait ce qu'il veut.

— En es-tu tellement sûre ?

— S'il ne savait pas ce qu'il veut, il ne t'aurait pas proposé de fonder cette fabrique.

— Voilà bien la logique féminine, dit Lohmann, et vous prétendez rebâtir ainsi une nouvelle Allemagne...

Un mois après, Irmgard disait à son mari :

— J'ai été aujourd'hui voir mon médecin, chéri, c'est bien ce que je croyais : nous allons avoir un enfant !

— C'est merveilleux, Irmi. J'ai toujours désiré ce bonheur. Au moins deux enfants, un garçon et une fille.

— Je tâcherai de te les donner ! dit-elle.

Ils étaient au lit, nus comme toujours, corps contre corps, chacun réchauffé à la chaleur de l'autre. Ce n'était pas un besoin de regagner quatre ans de séparation physique, ce n'était rien d'autre que la tendresse dont chacun d'eux avait besoin comme d'un verre d'eau ou d'un morceau de pain. Une nourriture nécessaire à leur existence.

— Il s'appellera Peter, dit-il.

— Pourquoi Peter ?

— J'avais un bon ami — le meilleur, dit-il. — Il se tourna sur le dos et fixa le plafond. Elle le caressa seulement en silence et mit sa main sur sa virilité. Il aimait qu'elle pose ainsi sa main comme une petite coupe, d'un geste possessif, protecteur, réchauffant de la tiédeur de ses doigts. — Il est mort en Russie, à Orcha, à mon côté. Balle dans le poumon. Je voudrais donner son nom à mon fils.

— Naturellement, il s'appellera Peter.

Il étendit sa main sur celle d'Irmi et ferma les yeux. Mon fils Peter... Apprendras-tu jamais qui est ton père ?

— A quoi penses-tu ? demanda-t-elle comme chaque fois qu'il se taisait.

Elle voulait tout savoir de lui, même ses pensées. Elle se sentait tellement chez elle dans tout l'être de son époux, qu'elle s'inquiétait lorsqu'elle ne le comprenait plus. Pourtant ils ne vivaient ensemble que depuis cinq semaines.

— A Peter, répondit-il. Il s'appelait Peter Hasslick, un serrurier d'Osnabrück. Un chic type.

— Je te crois.

— Dommage que tu ne l'aies pas connu...

Il se tut brusquement presque assommé par cette dissimulation, cette comédie à laquelle il se livrait. Ça aussi c'est une sorte de dépouillement moral, peut-être une sorte de rachat. Il faut blinder sa conscience pour éviter de perdre un jour, moralement, tout son sang. Il n'y a qu'un Helmuth Wegener, je dois édifier ma vie sur cette seule base.

Le lendemain matin, il s'en fut à deux blocs de maisons de là, chez le libraire Knoll et y acheta un gros cahier d'écolier à la couverture rouge. Il n'eut pas besoin pour cela de produire son certificat de naissance. Knoll était client de la pharmacie et s'y procurait des vitamines vendues sous le comptoir.

C'est ainsi qu'il commença son premier journal intime en remontant jusqu'à l'année 1944 à ce jour de juin où il se trouvait adossé au mur intérieur de l'abri du bataillon, fumant de la makhorka, prêt à servir de témoin à son ami.

Que celui que me lira — ainsi commença-t-il son introduction — ne s'étonne pas. C'est la vie d'un homme de son temps, d'une époque qui en a fait ce qu'il est resté toute sa vie : j'avoue ! Est-ce juste ? Ou dois-je dire : je me libère du blindage de ma conscience, ou vaut-il mieux dire : je demande une compréhension sincère ? Quoi que vous puissiez penser, vous qui lirez ces lignes : je n'ai jamais cessé d'aimer Irmi...

Il s'arrêta soudain. Puis-je m'exprimer ainsi ? « Je n'ai jamais cessé de l'aimer », après seulement six semaines de mariage ? J'écris comme si je pouvais déjà avoir une vision d'ensemble de notre longue vie commune ! Mais il ne raya pas cette phrase et se contenta d'ajouter : Tout ce que j'ai fait, je l'ai fait par amour. Il avait le droit de le dire et il était sûr qu'après de nombreuses années, il s'en tiendrait à cette phrase.

Il alla cacher le cahier dans le grenier sous une latte déclouée du plancher et poussa une caisse dessus.

Dès lors, il écrivit dans ce cahier chaque semaine pendant une heure, le plus souvent lorsque Irmi était sortie faire ses courses ou qu'elle apportait des médicaments à des vieillards impotents dont les médecins téléphonaient les ordonnances à la pharmacie. Le lendemain, la poste les transmettait écrites de la main du médecin. C'était chez les Lohmann une habitude qui convenait aux médecins.

Ce fut un grossiste en produits pharmaceutiques qui surgissait tous les mois dans la pharmacie Lohmann pour demander si l'on y désirait certains produits sans autorisation officielle qui suggéra à Wegener de n'être pas toujours un citoyen allemand docile qui accepte en toute honnêteté les crampes d'estomac et les restrictions, pour se métamorphoser en un homme d'affaires qui voit loin et sait que les temps de pénurie ne resteront pas toujours aussi rigoureux.

Il n'y avait rien à faire avec le vieux Lohmann. Son honnêteté était « stupéfiante », ainsi que s'exprimait le grossiste en pharmacie : Votre beau-père est un fossile du temps de la pharmacie prussienne royale ! Mais vous, mon cher, comme soldat prisonnier en Russie, vous êtes un copain, on devrait pouvoir établir une boutique de marché noir qui marcherait à vous permettre de tapisser vos murs de beurre et de jambon ! Et votre exquise jeune femme, et le baby ? Ça veut être nourri ! Faut-il que votre femme mette au monde un squelette ? Alors ? Nous devrions réussir à monter cette entreprise.

Cela marcha dès le début. Oscar Hobolka, grossiste en produits pharmaceutiques, était originaire d'un village de haute Silésie : Szcynamszyk ! nom que nul ne pouvait prononcer. Aussi Hobolka, lorsqu'on lui demandait son lieu de naissance, répondait-il : Je suis originaire de Boumski ! Cet Oscar doué de flair eut l'occasion d'acheter toute une réserve de pharmacie de la Wehrmacht, contenue dans un ancien abri, quelque part sur la ligne de défense de l'Ouest. Ayant acheté *tout ce fourbi* pour le prix de trois porcs qu'il s'était procurés chez une paysanne de la région de Münster, une autre paysanne du pays de Hesse et une troisième fermière du Palatinat. Il couchait avec chacune d'elles régulièrement au cours de ses tournées en pharmacie, selon l'ordre de marche pouvait-on dire. Comme son vieux camion portait la mention : Transport de produits pharmaceutiques, surmontée d'une grande croix rouge, nul ne le contrôlait, même lorsqu'il était pris dans un dispositif de sécurité. Ni les français, ni les Anglais, ni les Belges ou les Américains n'arrêtèrent Oscar Hobolka, la croix rouge leur faisant un effet magique. La police allemande contrôlait du moins ses papiers, mais comme ceux-ci étaient tamponnés par divers bureaux et que c'est ce qui compte aux yeux des fonctionnaires, personne n'eut l'idée d'aller chercher au fond du camion sous les planches, derrière les cartons de Prontosil et les paquets de pâte pectorale, un porc coupé en quartiers.

La vieille réserve de pharmacie de la Wehrmacht se révéla être un vrai trésor. Ceux qui la découvrirent n'en eurent pas le moindre soupçon. C'étaient deux charbonniers auxquels les trois porcs, objets tangibles, parurent plus immédiatement accessibles que mille paquets portant des noms latins. Helmuth Wegener y ajouta d'ailleurs vingt pains de savon.

— Jusqu'à présent, j'ai fait le gros du travail, dit Oscar Hobolka lorsqu'ils eurent terminé l'inventaire de la réserve de pharmacie destinée aux armées. Il y avait parmi les médicaments cent vingt ampoules de morphine, trois cents paquets d'un antigrippal, dix bouteilles d'éther, quantité de cardiosol, des préparations contre les maux de gorge, des spécialités iodées.

Hobolka jubila devant un carton de préservatifs toujours empaquetés par paires.

— Voilà une fabrication dans l'esprit de Luther ! s'écria-t-il gaiement : « Dans la semaine deux fois ne nuit ni à toi ni à elle », a-t-il dit ! Wegener, avec ça nous en viendrons aux grandes affaires ! Quand rien ne marchera plus, ça marchera encore.

Il contrôla l'un des paquets : emplit d'eau l'un des objets en question jusqu'à le gonfler comme un ballon et regarda Wegener avec satisfaction :

— Impeccable ! C'est de la bonne marchandise ! Made in Germany ! Jamais en des cas normaux, elles ne sont soumises à une telle dilatation ! Ça ferait crever même des Marocains ! Wegener, à présent c'est votre tour de préparer le marché. Je dois rester à l'arrière-plan. Vous savez, si une *razzia* a lieu, vous pourrez toujours dire, en tant que pharmacien et médecin : Je me rendais chez un malade. Pour moi, cela ne marcherait pas ! Un grossiste a d'autres clients, vous, par exemple !

Ce fut plus facile que Wegener ne l'aurait cru. A Cologne, il y avait certaines rues où l'on se rencontrait. Il y régnait toujours une grande animation, les piétons y étaient nombreux bien que chaque maison fût détruite et qu'il n'y eût aucune raison visible de venir se promener par là. Ici se tenait le nouveau marché de la ville avec ses rues convergentes encore pleines de ruines, comme par exemple la Thieboldgasse ou la Fleischmengergasse. Il y avait aussi le Heumarkt — marché au foin — avec l'ancien quartier des filles de joie Buttermarkt et là se trouvait aussi le quartier derrière la gare principale où, en s'enquérant adroitement de tous côtés sans élever la voix au-dessus du murmure, on pouvait tout se procurer, même des mitraillettes américaines. Les ausweis, les denrées frelatées, les cartes de tabac ou des points de textiles n'étaient plus du tout des raretés.

Lorsque Wegener fit surface avec ses préservatifs, on se moqua de lui. Mais lorsqu'il produisit la première ampoule de morphine, il comprit avec stupeur qu'il devenait rapidement un requin du marché noir, qui pouvait demander ce qu'il voulait dans le cadre du possible.

Il se tenait dans les entrées des maisons incendiées, les mains dans les poches, et bientôt il connut tous les profiteurs féroces qui ne battaient pas seulement la semelle en ce lieu pour calmer les crampes de leur estomac car ils proposaient leurs marchandises, en un constant soliloque : filles ! saccharine ! savon ! Des points de textile pour un pantalon en échange d'un paquet de café... Mais aussi ces gens-là gagnaient des fortunes en s'engageant dans de grands circuits d'échanges.

« Prends donc ma voiture ! », dit au bout de huit jours Hobolka à Wegener, lorsque celui-ci fut déjà si connu qu'on attendait sa venue. Il ne portait jamais sur lui que quatre ampoules de morphine et quelques paquets d'autres médicaments, puis quelques ordonnances écrites de sa main, afin de se tirer élégamment d'une éventuelle souricière. Car Wegener était sur le qui-vive. Il serrait dans sa main droite son pistolet et dans sa main gauche les ampoules. Le quartier n'était pas paisible ; à trois reprises, il lui avait fallu sortir son arme de sa poche. Ils étaient trois hommes qui prétendaient le cerner.

— Ça va, copain ! dit l'un d'eux, nous voulons travailler mais sans traîner : combien as-tu de rouleaux dans ton camp ?

— Je ne sais pas, répondit Wegener prudent. Si je suis ici, c'est que j'ai quelque chose. Ne suis-je pas présent ?

— Logique. Cash ? On offre ?

Offre signifiait l'énumération de ce que l'on avait à échanger. Il y avait parmi cela des pianos, des tapis, des bibliothèques, des poêles à charbon, des édredons et il y eut même une fois les charmes de la rouquine Marlise, une beauté de vingt-trois ans qui engrangeait avec son bas-ventre plus d'argent que certains héros du marché noir.

Wegener se faisait payer moitié en espèces moitié en beurre, lard, saucisson, café, marmelade et viande de conserve. Parfois aussi seulement en argent liquide.

— Que veux-tu faire avec ton argent ! s'écria Oscar Hobolka lorsque Wegener revint une fois chez lui avec 17 000 marks. Je parie que d'ici peu, tu ne pourras employer ce chiffon de papier qu'à te torcher le cul ! De l'argent ! Remplis donc les caves, Helmuth !

— J'ai un plan précis, dit Wegener rêveur. Il me faut de l'argent pour cela. Oscar, j'ai appris beaucoup derrière la gare principale, au « quartier des échanges ». On entend des propos de toutes sortes...

— Quel est ton plan à marcher sur les mains ? demanda Hobolka. Tout ce qui n'a pas été préparé longuement à l'avance est de la chierie !

— Je t'en parlerai plus tard.

Wegener partagea l'argent, mais Hobolka le repoussa. Il récoltait les objets de valeur, surtout des bijoux d'or, des diamants et — cette idée géniale le ravissait — des terrains à bâtir.

— Tu bouffes une livre de beurre que tu chies ensuite, dit-il une fois, mais le sol ça reste ! Ça ne pourrit pas, et toi, l'idiot, tu amasses de l'argent !

Le vieux Lohmann, mais aussi Irmi, ne devinaient rien des affaires que Wegener concluait derrière la gare principale ou dans la Thieboldgasse.

Comme il portait vraiment des ordonnances à domicile, ou se rendait à des dépôts de médicaments et qu'il revenait à Lindenthal deux heures après dans l'Opel P 4 ferraillante, nul ne s'imagina qu'il pouvait être l'une de ces silhouettes du quartier des ventes au noir, que l'on attendait chaque jour plus impatiemment.

— En fait, je suis un porc ! dit-il un jour à Hobolka. Est-ce que je sais où va la morphine que je procure ? Je prétends que non, mais je le sais. Combien de vies détruisons-nous ainsi, Oscar...

— Combien de vies furent détruites dans la guerre ? On estime qu'il y eut 55 millions de morts !

— Il n'y a plus de guerre.

— Erreur ! Qu'est-ce donc que l'atmosphère où nous vivons ? Est-ce une époque normale ? N'allez pas me parler de sentiments humains, ni toi de conscience médicale ! Chacun ne pense qu'à se mettre le cul au chaud ! Que le voisin le puisse aussi n'intéresse personne !

Wegener n'eut pas l'occasion de parler à Hobolka de son plan qui prenait forme de plus en plus. Il n'en avait pas même parlé à Irmi et, certes, pas à Lohmann qui tenait son gendre pour un garçon fantasque et ne comprenait pas qu'il renonce à ses études. Il assistait de loin, désapprobateur, aux longues conversations que Wegener avait avec ceux qui livraient la pharmacie et dont il ne révélait pas le sujet à son beau-père. Celui-ci tenta donc d'interroger sa fille.

— Il a des idées précises, répondit Irmi évitant une franche discussion. Je le sens.

— Tu le sens ! répéta le vieux Lohmann, résigné. Ne te raconte-t-il rien ? Ne te fait-il aucune allusion ?

— Non.

— Bon Dieu, de quoi parlez-vous donc au lit ?

— Nous sommes heureux, père.

Le vieux Lohmann soufflait par le nez. Il tenait cette réponse pour ce qu'elle était : une gifle morale.

— Nous sommes heureux et nous attendons l'enfant.

— Et ce n'est pas ennuyeux à la longue ?

— T'ennuyais-tu auprès de maman ?

— J'ai toujours discuté de tout avec ta mère.

— Helmuth agit de même avec moi. Patiente, père. Il parlera sûrement lorsqu'il estimera que le moment est venu.

— Tu pourrais bien le questionner, Irmi !

— Non, car je sais déjà que ce qu'il fait est bien.

Le vieux Lohmann capitula. Il n'y avait pas d'argument à

opposer à un tel amour. Attendons, se dit-il. Mon gendre couve une idée. Mon Dieu, que ce soit au moins quelque chose de raisonnable !

Comme déjà dit, Oscar Hobolka n'apprit rien des projets de Wegener. Ce fut par la faute d'un policier allemand à Singing sur le Rhin qui, contre toute routine établie et malgré la croix rouge et la mention « Transport de médicaments » sur la carrosserie de son véhicule, inventoria le contenu du camion. Hobolka protesta et offrit, lorsque le policier eut découvert dix kilos de café, quatre kilos de beurre fermier et une tonne de viande salée, une participation de 60 %. Mais ceci ne le sauva pas. Son camion fut confisqué, il fut emprisonné à Coblence et y eut une congestion pulmonaire dont il mourut au bout de quatre jours, son cœur ayant lâché, malgré toute la pénicilline dont il disposait comme grossiste de produits pharmaceutiques.

Il fut enterré très discrètement. Il n'avait pas de parenté. Lorsque, dix jours plus tard, Wegener attendant Oscar et s'étonnant de ne pas le voir, apprit la vérité par des voisins, il ne put que se rendre à Coblence sur la tombe de son associé.

Il se garda de faire du bruit auprès des autorités qui avaient simplement inhumé un homme sans s'inquiéter de savoir s'il avait des amis. La cave de Hobolka, bourrée de marchandises de marché noir, avait été vidée par la police qui recherchait à présent les connexions et les complices du mort. Il était incroyable qu'un seul homme eût réussi à stocker tant de marchandises. Il était donc préférable pour Helmuth Wegener de rester tranquille en promettant à Hobolka au ciel ou en enfer de veiller sur sa tombe.

Le printemps fit verdir les décombres, le mois de mai vint, singulièrement chaud. Irmi prit des formes plus féminines, ses seins s'arrondirent, mais on ne remarquait rien encore à sa taille. Son tendre abandon s'accentua encore : Je le sens pousser en moi, disait-elle, c'est merveilleux, chéri.

Wegener ne faisait rien pour le moment, pour autant que l'on tienne l'action pour forcément productrice. Il flânait dans la pharmacie, cherchait les médicaments sur les étagères, s'en allait avec l'Opel chez le grossiste chercher d'autres produits, hantait comme un matou les rues où florissait le marché noir et examinait tout à fond. Le plus important : il nouait tout le temps de nouvelles relations, prenait contact avec tous les milieux et revint un soir à la maison avec cette nouvelle : incessamment, notre argent vaudra moins qu'une feuille de papier hygiénique ; on prépare une réforme monétaire. Les Alliés ont déjà fait imprimer les billets ; cette nouvelle monnaie s'appellera deutsche Mark D.M.

Si nous sommes prévoyants maintenant, nous pourrons tout de suite démarrer sur un grand pied après le jour X.

— Que signifie être prévoyant ? demanda Johann Lohmann.

— Cela signifie avoir ses réserves pleines afin de les vider contre du bon argent. Démarrer signifie qu'avec ce capital de base, nous bâtirons la fabrique de produits pharmaceutiques Lohmann et Wegener.

— Ce garçon perd la tête ! déclara Lohmann à sa fille, pour dire les choses clairement. Je sers en tant que pharmacien la santé de mes clients et ne saurais stocker chez moi aucun médicament d'importance vitale ! Ce serait une saloperie !

— Qui parle de médicaments ? Je pense à des reconstituants, à des fortifiants des nerfs au sucre de raisin, à des savons véritables, à des vins aux pepsines, à des jus de fruits, à tous ces produits sur lesquels les clients vont se jeter lorsqu'on leur dira : on a tout ça sans tickets ! A présent, les fortifiants pour les nerfs sont plus nécessaires que jamais !

— Ce gars-là apprend avec une facilité à éblouir la manière de rouler les gens, dit le vieux Lohmann ému. Dis donc encore que tu as déjà trouvé quelqu'un qui nous livrera l'installation de la fabrique !

— Je l'ai trouvé ! La firme Eberhanns & Co à Köln Niehl. Aussitôt après la réforme monétaire, tu dois aller les trouver et dire ce dont tu as besoin. Nous établirons un accord de crédit...

— C'est danser sans filet sur la corde raide !

— Certainement.

— Et si nous tombons sur la gueule ?

— Nous devons nous retourner en l'air pour retomber toujours sur les pieds !

— Je t'ai méconnu, Helmuth. — Lohmann fumait sérieusement son cigarillo. Comme d'habitude, cette conversation avait lieu le soir après le dîner, dans le coin intime autour de la table ronde. — Tu n'es pas un garçon fantasque, reprit le vieux pharmacien, mais un joueur qui mêle les cartes de trois mains !

Le 20 juin 1948, les millionnaires devinrent des mendiants.

L'ancienne monnaie s'effondra, un échange se faisait sur la base de 1 contre 10, mais seulement pour des sommes limitées. Chaque citoyen allemand reçut ce jour-là 40 D.M. dans le creux de la main. Ce fut le jour où pour la première fois — et sans doute la dernière — le vieux rêve humain se réalisa, même si ce fut pour quelques heures seulement : tous les humains étaient égaux !

Puis les chemins s'écartèrent de nouveau les uns des autres. Dans les boutiques, de vrais prodiges se réalisaient : les vitrines se remplirent comme s'il pleuvait, au pays de Cocagne, tout ce que l'on désirait. Il y avait des chaussures, des vêtements, du jambon, du lard, du cognac, du vin, des parfums, du savon. Il y avait de tout, même ce que l'on avait oublié : des manteaux de fourrure, des parures de diamants. Dans les boucheries, on ne pesait plus la viande à un gramme près et les laiteries ne vendaient plus le beurre dans de gros papiers d'emballage, ce qui au bout de la semaine représentait pour le client une perte de plus d'une livre de beurre.

Même la pharmacie de Johann Lohmann, qui avait été dans les temps les plus néfastes un lieu où nul n'était abandonné à son sort, étalait à présent ouvertement tout ce que l'on peut retirer d'une cave.

— Tout en montre, père ! lançait Wegener, haletant d'avoir traîné des cartons d'emballage. C'est une vraie ivresse ! Les clients achètent comme des fous ! Que ce soient des tétines de bébé ou des serviettes hygiéniques, c'est égal. Ils achètent !

— J'en ai honte. — Lohmann se tenait en retrait de sa caisse et observait les clients qui se pressaient dans sa pharmacie. Irmgard et Wegener servaient. Lohmann ne manifestait sa présence qu'au cas où quelqu'un apportait une ordonnance et il se comportait alors comme s'il s'excusait auprès de chacun : — Nous sommes des vautours, Helmuth !

— C'est une libération, père : on tend un mark et on reçoit quelque chose en échange. Depuis combien de temps n'était-ce plus possible ? Lundi, nous irons à Niehl pour nous occuper de la fondation de la fabrique !

Les semaines s'envolaient.

Toute la journée, ils restaient debout dans la pharmacie. La nuit, Wegener s'en allait en voiture pour chercher d'autres marchandises. A présent, les adresses récoltées au marché noir lui devenaient précieuses. Le matin venu, il tombait, épuisé, dans son lit. Se roulait contre le corps tiède d'Irmi et s'endormait aussitôt. Il n'entendait pas l'appel strident du réveil, n'entendait pas Irmi se lever, faire sa toilette, ne sentait pas le baiser qu'elle déposait sur son front, puis elle descendait retrouver son père pour préparer le café, lever à la manivelle le rideau de fer de la pharmacie et ouvrir la porte. Lorsqu'il descendait à son tour, le plus souvent vers dix heures et demie, Irmi, les joues rougies, se tenait derrière le comptoir, la sonnette de la caisse retentissait et Lohmann ne cessait de serrer des mains parce que chacun voulait témoigner sa sympathie à ce brave citoyen de Köln-Lindenthal. Derrière la maison, une bétonneuse ronflait, des maçons posaient des pierres les unes sur les autres. On bâtissait sur la cour. Le premier hall de production de la fabrique de produits pharmaceutiques se construisait.

En octobre, dans son huitième mois, Irmi était devenue si

grosse qu'elle ne pouvait plus se tenir derrière le comptoir. Le plus souvent, à présent, elle restait assise dans son fauteuil, chez elle, et mangeait des fruits en quantité. Elle en a sûrement absorbé un quintal à elle seule, dit une fois Lohmann au temps des cerises et il ausculta le ventre d'Irmi : l'enfant lui parut plein de vie, il envoyait des coups de pied dans le ventre de sa mère et grandissait, grandissait !

— Ce sera un géant ! déclara Lohmann avec une fierté anticipée de parfait grand-père. Ou ce n'est que du liquide amniotique, alors ce sera un pochard !

Il riait de sa plaisanterie, la répétait à la table du café réservée aux habitués et d'avance arrosait abondamment son petit-fils.

CHAPITRE IV

COMME TOUJOURS ILS NE se couchaient que sur l'un des côtés du grand lit à deux places. Etroitement enlacés, jambes mêlées. Il entourait sa tête d'un bras ou il enfouissait son visage entre ses seins dont le volume avait presque doublé. Même à présent alors qu'elle avait un abdomen énorme où l'enfant remuait et, de temps à autre, pointait un pied visiblement, ils dormaient l'un contre l'autre aussi serrés que possible. C'était pour elle la meilleure manière de dormir bien au chaud, avec un sentiment de sécurité absolue.

— Encore un mois et l'enfant sera là ! As-tu peur, Helmuth ?

— Je deviens fou, lorsque j'y songe... Ces souffrances que l'on doit éprouver à ce moment-là...

— Des millions de femmes ont subi cela.

— Je crois que je me soûlerai ce jour-là. Pour la première fois de ma vie ? Je me soûlerai vraiment !

— Pour la première fois ?

— Pour la première fois, parce que je le veux. Autrefois, lorsque j'étais étudiant...

Il eut de la peine à prononcer ces paroles, il se tut brusquement.

— A quoi penses-tu ? demanda-t-elle. Que faisais-tu lorsque tu étais étudiant ?

— Tiens ! je me suis soûlé comme les autres, naturellement !

— Ne va pas t'amener à l'hôpital avec un verre dans le nez, l'enfant pourrait avoir de toi une mauvaise impression ! — Elle rit, se serra très fort contre lui et murmura, les lèvres sur son cou :
— J'ai peur, moi aussi, mais je me réjouis follement !

Cette nuit-là, peu après une heure du matin, Irmgard se réveilla en sursaut. Elle ne put que lever la tête, car les mains de Helmuth restaient attachées à ses seins. Il marmonna dans un demi-sommeil :

— Donne-t-il de nouveau des coups de pied ? Qui lui a appris ça, au petit ?

— J'ai entendu un coup de feu, Helmuth, dit-elle en contenant sa respiration.

— Impossible ! Un coup de feu ?

Il faillit dire : Peut-être était-ce un pet ? Mais il ravala cette élégante remarque. Bon Dieu, se dit-il, tu n'es plus le serrurier Hasslick mais l'étudiant en médecine Helmuth Wegener, le futur successeur d'un pharmacien.

Il détacha ses mains des seins d'Irmi et ils restèrent tous deux assis dans leur lit écoutant dans l'obscurité. Quelque chose cliquetait non loin de là avec un son métallique, mais ce n'était pas un coup de feu.

— Là ! jeta Irmi en serrant la main de Wegener.

— Chérie, c'est quelque chose que le vent agite et qui se heurte à je ne sais quoi sur le chantier de construction.

— Mais avant, c'était bien un coup de feu, je ne me serais pas réveillée pour un simple cliquetis !

— La guerre est finie ! On ne tire plus ! répondit Helmuth, mais il se leva tout de même, s'en fut pieds nus jusqu'à la fenêtre et repoussa les rideaux.

La chambre à coucher donnait sur la cour où l'on voyait les échafaudages entourant le gros œuvre du nouveau bâtiment enveloppé de la clarté trouble de la nuit projetée par un ciel d'octobre. Il y avait alentour des monceaux de pierres, des tas de sable, des sacs de ciment, une bétonneuse, des madriers, des tuyaux, un énorme établi avec plusieurs étaux. Le vent soufflait, en effet, et jouait avec quelques parties encore mal ajustées du nouveau bâtiment et Wegener allait dire sur un ton rassurant : Le vent... le vent ce céleste enfant... (1) lorsqu'il vit une ombre se déplacer entre les sacs de ciment et les monceaux de pierres. Elle passa furtivement, à peine visible, un peu plus obscure dans l'obscurité, et sortit du hall de la fabrique.

Oh ! saloperie ! pensa-t-il. Mais il ne le dit pas à haute voix et laissa retomber les rideaux en se rappelant que sa femme observait son dos. Il ne faut pas qu'elle ait peur, s'affole, surtout pas ça ! L'enfant est à présent le plus important de notre vie ! Et si, en bas, un rôdeur veut s'approprier quelques conduites d'eau ou quelques pierres de taille, c'est dégoûtant, mais Irmi ne doit pas le savoir. Comment a-t-elle pu entendre un coup de feu ? Qui donc ira tirer dans cette construction en cours, alors qu'il est en train de voler ? D'abord, sur qui tirerait-il ?

— Qu'y a-t-il ? demanda Irmi. Elle était toujours assise dans le lit, nue, avec son beau ventre épanoui. Ses cheveux blonds collaient à son front en sueur, son visage rond d'enfant exprimait la crainte d'une petite fille qui a peur que l'on casse la tête de sa poupée.

(1) Dicton sorti d'un conte de Grimm.

— Rien du tout ! répondit-il. — Oh ! il avait appris à mentir, c'était un entraînement constant. — Mais si cela peut te rassurer, je vais voir en bas ce qu'il en est.

Il saisit son pantalon posé sur le dossier d'une chaise devant le lit. Puis il enfila aussi sa veste sur son torse nu. Le type est parti depuis longtemps, pensait-il. Je l'ai vu, d'ailleurs. Je vais y aller pour tranquilliser Irmi et lui montrer que je ne suis pas un lâche.

— Je vais avec toi ! dit-elle tout à coup en sortant ses jambes du lit.

— Tu restes ici ! Je suis de retour dans cinq minutes !

— Helmuth, je...

— Recouche-toi, je te prie ! Couvre-toi, pense à l'enfant !

C'était toujours l'argument le plus fort, rien d'aussi important que l'enfant.

— J'ai pu me tromper, reprit-elle d'une voix un peu plaintive. — Elle regrettait d'avoir réveillé Helmuth. J'aurais dû me taire, même s'il s'agissait d'un coup de feu. A présent, la peur l'assaillait de plus belle : — Peut-être n'était-ce pas du tout un coup de feu ! J'aurai rêvé...

— Je le crois aussi, chérie. — Il mettait ses chaussures sans en nouer les lacets. — Je vais même te le prouver...

— Je continue à rêver de la guerre ! — Elle était assise sur le bord du lit, nue, informe, de son fait, rendue telle par son amour. — J'entends toujours tirer, ou des obus qui éclatent, des bombes qui explosent. Et puis le sifflement des bombes incendiaires, le hurlement des sirènes, le vrombissement des moteurs de bombardiers, le crépitement des flammes dans les maisons incendiées... ces déflagrations...

— On ne peut pas oublier si vite, c'est juste ! dit-il. Peut-être n'oublie-t-on jamais. Notre génération gardera toujours ce fracas dans l'oreille. Mais notre enfant ne doit jamais, jamais entendre cela. Couche-toi, chérie, et couvre-toi ! Ce cliquetis est dû probablement à quelque planche mal vissée, je reviens tout de suite.

Elle se recoucha docilement, remonta le *plumeau* sur elle (chez les Lohmann on disait *plumeau* pour édredon, depuis que Napoléon avait occupé le Palatinat) et croisa ses mains sur sa poitrine.

— N'y va pas, dit-elle soudain. Reviens auprès de moi. J'ai sûrement rêvé.

— Dans cinq minutes !

Je veux voir ce qu'il a fauché, pensait Helmuth. Pourquoi ce type a-t-il tiré ? Un voleur n'erre sûrement pas dans les environs, ce serait de la démence !

Il s'approcha du lit, embrassa Irmi sur la bouche, ses lèvres étaient glacées, ce qui lui fit tirer le plumeau jusqu'à son menton. Il n'alluma aucune lumière dans la maison, descendit l'escalier à tâtons, alla d'abord dans la pharmacie et sortit d'un casier de la caisse où se trouvaient enfermés les narcotiques un pistolet 08 bien graissé, qu'il avait acquis au marché noir, contre un millier de comprimés d'aspirine. Ceci se passait le 10 mai 1948, alors qu'une cartouche de cigarettes américaines valait plus qu'un piano. Il avait pu échanger ce 08 avec trois chargeurs de munitions et trois cents balles à tirer pour la seule raison que le type crevait de faim. Celui-ci lui avait d'ailleurs confié qu'avec l'aspirine qu'il passerait à un intoxiqué — on s'intoxiquait alors à l'aspirine, ne cuisait-on pas de la poudre de tourteaux dans de la graisse à machines et ne faisait-on pas bouillir la peau des harengs pour faire de la soupe ? — il pourrait subsister une semaine, car l'intoxiqué avait du lard et de la margarine.

Helmuth introduisit le chargeur plein dans la crosse du 08, le glissa, le cran de sécurité ôté, dans la ceinture de son pantalon et sortit de la maison.

C'était une nuit d'octobre qui, sans être froide, semblait désagréable ; le passage à l'automne, avec beaucoup d'humidité dans l'air.

Wegener traversa la cour, contourna les tas de matériaux et pénétra dans le futur grand hall de fabrication, la main crispée sur la crosse du 08. L'ombre furtive était venue par là. Evidemment, il y avait beau temps qu'elle s'était enfuie et si vraiment un tuyau de cuivre des conduites d'eau devait manquer, je m'en fous, pensait-il. Mais Irmi dormirait plus tranquille et lorsqu'elle rêverait de nouveau d'un coup de feu, la nuit, elle n'aurait plus aussi peur.

Il s'arrêta dans l'entrée du hall et allait se détourner pour rentrer chez lui lorsqu'il entendit un son étrange dans l'obscurité : le bruit sourd d'une chute, comme lorsque tombe un sac. Mais les sacs ne tombent pas d'eux-mêmes, surtout par cette légère brise qui traversait le nouveau bâtiment.

Wegener arracha son pistolet de sa ceinture — étonnant comme on garde ces réflexes, et semble-t-il à jamais. Il se croyait de nouveau à Ranowjewo, pendant la guerre, lorsque ses camarades et lui-même étaient assaillis par des partisans dans la forêt, la nuit, et que de tous côtés giclaient en éventail les résistants. Après quoi, chacun se battait pour soi, homme contre homme, luttant pour la vie. On avait développé alors les instincts des animaux, on éventait et sentait l'ennemi avant même de le voir.

Il se glissa à l'abri d'un tas de combustible, s'agenouilla et écouta en retenant son souffle. Le bruit de chute ne se renouvela pas, aucun autre son ne se fit entendre, que le léger murmure du vent dans le hall. Ni glissements ni pas furtifs. Rien.

Attendons, pensa Wegener. Il y a là quelque chose, on ne me dira pas le contraire. Irmi avait tout de même raison... Quelqu'un se cache dans le hall en construction. Mais le coup de feu ? Pour quelle raison l'aurait-on tiré ? Y aurait-il eu deux types ayant la même pensée de chapardage et se seraient-ils rencontrés, et auraient-ils réglé la question l'arme à la main ?

Il attendit encore un moment, derrière les combustibles accumulés, puis il rampa sur le ventre — comme à la guerre — à travers la poussière des constructions en direction du point d'où lui était parvenu le bruit d'une chute.

Ses yeux s'habituaient à l'obscurité relative emplissant le hall. Il pouvait mieux distinguer le contour des objets : un tas de pierres au milieu de la salle, quelques caisses contenant du matériel d'installation, des tuyaux de terre cuite échafaudés qui ressemblaient à des canons, une grande cuve blanche contenant du plâtre, quelques treillages en fil de fer, des rouleaux de toile métallique et là-bas, entre le tas de pierres et quelques tas de charbon plus petits, quelque chose remuait lentement avec d'étranges soubresauts, quelque chose de tordu, de silencieux, qui était couché sur le sol. Wegener l'avait remarqué parce que cela seul bougeait parmi toutes ces masses immobiles.

Une poigne glacée étreignit son cœur. Irmi, pensa-t-il, que j'ai bien fait de la laisser dans son lit ! Il y a là un homme abattu avec une arme à feu. Il frémit encore, mais ce sera bientôt fini... Il s'y connaissait. On apprenait pendant la guerre à connaître la manière dont bougent les mourants.

Wegener leva son pistolet et se dressa sur les genoux. On ne sait jamais comment l'autre réagira. Il avait vu des Russes qui levaient encore la main pour appuyer sur la détente alors qu'il n'y avait plus de vie dans leurs yeux. L'impossible pouvait devenir possible. On avait dû vivre avec ça, sur le front.

— Reste par terre ! lança Helmuth à mi-voix à travers le hall. Etends tes bras de chaque côté et reste étendu ! Mon vieux, j'ai en main un 08 : sais-tu les trous que cela fait ? Je viens te trouver : si tu bouges, je tire !

Il attendit une réponse, mais la forme humaine étendue se taisait. Elle ramena seulement une de ses jambes en arrière, puis l'étendit de nouveau et resta tout à fait immobile.

Wegener, en trois bonds, se trouva auprès d'elle et se pencha sur le corps. Le visage était d'une pâleur de craie, poudré comme celui d'un clown, et dans cette tache blanchâtre deux yeux exorbités le fixaient. La bouche remuait, mais l'homme n'avait plus la force de proférer le moindre mot.

Wegener tomba à genoux, le pistolet heurta le sol, il glissa ses deux mains sous la tête du mourant et le regarda intensément.

— Père, balbutia-t-il. Mon Dieu, père !... Que se passe-t-il ? Père !... père !

Ce mot jaillissait de lui avec toute la douleur qu'il éprouvait en cet instant, avec toute la détresse, l'horreur, de la révélation qui s'abattait sur lui.

Johann Lohmann regardait fixement Helmuth Wegener. Ses lèvres remuaient, mais il n'y avait plus un son dans sa poitrine. Il racontait ce qui s'était passé : comment, au retour d'une soirée entre habitués à la brasserie, il avait remarqué le pinceau lumineux d'une lampe de poche dans le chantier, comment il avait ramassé une tige d'acier et crié, en faisant face au voleur invisible : On ne vole pas de combustibles chez moi ! Comment la lumière brutale de la torche électrique l'avait aveuglé et comment, en même temps, un choc l'avait atteint à la poitrine, qui lui fit perdre connaissance...

Il raconta tout, mais sans qu'un son sortît de sa bouche. Le cerveau pensait encore, alors que le corps avait renoncé.

Wegener tenait toujours la tête de Lohmann entre ses mains. Un médecin ! pensait-il. Une ambulance ! Et Irmi qui attend là-haut...

Je ne peux pas porter père à la maison, qui sait où il est atteint ? Il faut le laisser étendu ici, courir à la maison et appeler du secours, l'hôpital et les ambulanciers. Il faut... Il faut...

Mais il restait agenouillé, tenant la tête de Lohmann poudrée de plâtre et le regardait. Tout était inutile. Peut-être une minute encore... ou quelques secondes... il connaissait ça.

— Père, dit-il dans un souffle. Père, je te promets d'être toujours au côté d'Irmi. Toujours ! Toute ma vie sera dévouée à Irmi...

Johann Lohmann parut s'affaisser de tout son être, son corps semblait s'amenuiser, on eût dit que Wegener ne tenait dans ses mains que sa tête séparée du tronc. Il attendit, bien qu'il sût que Lohmann était mort, posa son oreille sur ses lèvres froides et laissa alors la tête retomber très lentement sur le sol bétonné.

Au même instant, un rayon de lampe de poche le heurta en plein visage. Violemment, il se jeta de côté, roula sur le sol, saisit son pistolet et se mit à l'affût derrière un stère de bois. Trop tard, salaud, pensa-t-il lorsqu'il fut en sûreté. On ne désapprend pas si vite ! A présent, j'ai le doigt sur la gâchette et je vais te descendre, comme tu as descendu Lohmann !

— Est-il mort ? demanda une voix enfantine derrière le pinceau lumineux. Qui l'a abattu ?

Le pistolet tomba de la main de Wegener. Il se leva d'un bond, se jeta au milieu du cône lumineux et ouvrit ses bras comme si, par ce geste, il pouvait dissimuler à ses yeux Lohmann mort.

— Irmi ! cria-t-il d'une voix déchirante. Tu devrais... Irmi !...

Il s'élança vers elle, lui ôta la lampe des mains et l'étreignit. Dans l'obscurité soudaine, il l'attira contre lui des deux bras. Elle tremblait et il sentit remuer l'enfant dans son sein.

— Reste couchée ! lui cria-t-il.

Il lui fallait crier bien qu'il sût que ni les cris ni le silence n'auraient le moindre effet maintenant.

— Pourquoi es-tu venue ?

Il serrait son visage contre sa poitrine et son corps, dans sa chemise de nuit, sous sa robe de chambre piquée, trembla plus fort.

— Il est mort, n'est-ce-pas ? dit-elle tout contre sa poitrine. Je n'ai pas rêvé.

Elle le dit si calmement, qu'il se mit à éprouver un froid pénétrant à croire qu'il était étendu nu sur un bloc de glace. Elle parlait avec une expression figée, comme si son âme était morte. Lui-même eût pu crier à présent, crier sans discontinuer une peur qui était inexprimable.

— Viens ! dit-il enfin avec difficulté. Irmi, rentre à la maison. Il faut appeler le médecin, la police nous...

Sa voix se brisa. Il voulut l'entraîner hors du hall, mais elle ne bougea pas.

— Pourquoi ? Pourquoi ? Pourquoi ? dit-elle tout à coup et chacune de ses paroles était plus éclatante. Pourquoi ?

— Irmi, je t'en supplie... viens maintenant ! Pense à notre enfant !

Elle lui répondit d'un hochement de tête et céda à ces paroles magiques : notre enfant. Elle se laissa conduire dehors jusqu'à la maison, s'assit dans la pharmacie derrière la table où se fabriquaient les recettes, sur le tabouret à vis, et écouta pétrifiée Helmuth appeler au téléphone d'abord le médecin, puis la police. Il lui fallait tout entendre. Inutile de chercher à la faire monter chez elle. Abattu d'une balle à bout portant, entendit-elle, parce que le policier qui avait la surveillance de nuit du quartier, ne cessait de poser des questions à l'autre extrémité du fil, à croire que la formule « abattu à bout portant » résonnait si harmonieusement à ses oreilles, qu'on ne pouvait l'entendre assez.

— Ils ont abattu le pharmacien Johann Lohmann, cria-t-il enfin. Ils sont entrés par effraction ! L'ont abattu ! Voici quelques minutes ! Avez-vous la compréhension ralentie ?

Le policier, pris à partie, dut estimer scandaleuse cette sortie. Wegener raccrocha et dit : Peut-être est-il exact que le port de l'uniforme dessèche l'intelligence ?

Puis tout alla plus vite qu'on ne s'y attendait.

Le Dr Hampel, depuis de longues années médecin des Lohmann, fut aussitôt sur les lieux, suivi de près par deux voitures de police, dont l'une transportait sept fonctionnaires en civil : la Commission criminelle dont l'un des membres en uniforme s'écria aussitôt : Qui était au téléphone tout à l'heure ? Qu'il se nomme tout de suite !

Irmi était encore assise sur son tabouret à vis dans sa robe de chambre piquée à laquelle Helmuth avait ajouté un manteau parce qu'elle avait refusé d'attendre en haut que toutes les investigations fussent terminées. Tout ce que Wegener put obtenir fut que le médecin et la Commission criminelle aillent seuls dans la nouvelle construction sans qu'Irmi exige de les y accompagner. Puis une troisième voiture stoppa devant la pharmacie, il en sortit un homme aux cheveux blancs qui se présenta comme étant un policier et qui se dirigea aussi vers le lieu du crime. Au bout de dix minutes, quelques hommes revinrent et, avec eux, les deux médecins et l'homme en uniforme. Puis-je téléphoner ? demanda l'un d'eux, le commissaire Runckel. Helmuth Wegener désigna le téléphone : Naturellement ! Je vous en prie !

Runckel leva le combiné. L'homme en uniforme fixa Wegener d'un regard féroce :

— C'est donc vous qui m'avez remisé si grossièrement tout à l'heure ? Je reconnais votre voix, lança-t-il.

Runckel eut un geste d'impatience, il appelait justement le Parquet au cas où il y aurait une permanence de nuit.

— Taisez-vous ! cria Wegener.

— Oui, c'est incontestablement un meurtre, déclara Runckel le commissaire avec la simplicité d'un homme pour lequel les cadavres font partie de la vie quotidienne. Balle tirée en plein cœur, quel tireur d'élite ! Malgré cela, d'après la déposition de son gendre, la victime aurait encore vécu quelques minutes : elle avait une santé de cheval, sans doute.

— Faut-il que l'on parle de tout ceci ? En présence de ma femme..., dit Wegener d'une voix enrouée.

— J'avais demandé, pour cette raison, que Madame remonte dans ses appartements, dit Runckel mécontent. Voulez-vous m'excuser, mais il faut que les constatations nécessaires à l'enquête soient faites même si votre femme est présente.

— Mais gardez pour vous vos remarques idiotes !

— Voyez-vous, monsieur le commissaire, dit l'homme en uniforme avec satisfaction, je vous avais bien dit...

Runckel fit encore un geste qui refusait toute discussion à ce sujet.

— Oui ! lança-t-il dans le téléphone. Envoyez-nous la voiture, jusque-là nous aurons pris toutes les photos et nous aurons relevé les empreintes. Effraction suivie d'assassinat. Ça devient classique ! Terminé.

Il jeta le combiné sur sa fourche, lança un bref regard à Irmgard, posa une main bienveillante sur son épaule et sortit à vive allure. Le médecin de la police et l'homme en uniforme le suivirent comme si la justice était un exercice physique rigoureux.

Le Dr Hampel, qui avait naturellement très bien connu le pharmacien Lohmann, se pencha vers Irmgard. Son regard était fixe et vide, son jeune visage qui ne parvenait pas à correspondre à son corps, déformé par la grossesse, était pâle comme une porcelaine sans coloris.

— Nous allons nous coucher, à présent, madame Wegener ! dit le médecin paternellement. Je vais vous faire une injection calmante.

— Non, je suis tout à fait calme, dit-elle à voix basse.

— Il faut vous étendre !

— Non.

— Pense à l'enfant, répéta Wegener.

Mais cette fois-ci elle ne réagit pas à l'évocation du bébé. Elle resta assise sur son tabouret, observant à travers la grande vitrine obscurcie la rue noyée d'ombre. Je sais ce qu'elle attend, pensa Wegener. Il faut empêcher cela, même si, pour y parvenir, il fallait lui faire une piqûre qui l'endormirait afin qu'on puisse la monter chez elle.

Devant la maison s'étaient groupés les hommes de la Commission criminelle. Le photographe revint avec sa caméra, le médecin de la police repartit et il fut assez sage pour éviter de prendre congé des Wegener.

— Irmi, dit Wegener à mi-voix en caressant ses cheveux, monte je t'en prie.

Elle secoua la tête, s'adossa et resserra son manteau sur elle. Le médecin regarda Wegener et haussa les épaules en gardant le silence. Comment se montrer sévère à l'égard d'une jeune femme enceinte, dont le père vient d'être tué, un père qui se trouve étendu à trente mètres de là sur du béton couvert de poussière de plâtre ?

Il était d'ailleurs trop tard pour faire monter Irmgard au moyen d'un stratagème. Devant la maison stoppa alors une voiture fermée, quelque chose comme une caisse noire. Deux hommes tournèrent autour de la maison portant une masse allongée qui luisait faiblement dans la nuit et ressemblait à une baignoire de zinc avec un couvercle. Helmuth Wegener remonta ses épaules.

Irmi se leva, rassembla ses vêtements qu'elle plaqua contre sa poitrine et son ventre et s'en fut lentement jusqu'à la porte du magasin.

— Faites quelque chose, docteur ! murmura Wegener horrifié.

— Nous ne pouvons que la retenir...

— Si je la retenais à présent, oui, si je la retenais, je crois qu'elle frapperait tout autour d'elle...

— Vous connaissez votre femme mieux que moi. — Le médecin passa une main sur ses yeux. — Nous ne pouvons pas faire plus que rester auprès d'elle... pour le moment.

Elle avait atteint la porte, mais ne l'ouvrit pas. Elle se tint derrière la vitre et regarda dehors dans la rue la voiture à l'aspect de caisse noire, les messieurs de la Commission criminelle. Le commissaire Runckel revint suivi des deux hommes transportant l'objet oblong un peu luisant ; en dernier lieu parut l'homme en uniforme.

Wegener et le médecin de famille se placèrent à droite et à gauche d'Irmgard et la saisirent chacun par un bras. Muette, elle regardait à travers la vitre de la porte d'entrée de la pharmacie le cercueil de zinc que les hommes poussaient à l'intérieur du fourgon funèbre. Quelque chose fut heurté, on l'entendit très nettement. Peut-être le cercueil avait-il cogné un recoin à l'intérieur. Mais les morts ne se font pas de « bleus », du moins pas ainsi.

La porte claqua en se refermant. Il n'y avait plus de Johann Lohmann.

Et subitement, sans que Helmuth ni le médecin eussent été prévenus par quelque signe avant-coureur, elle se mit à crier. Si effroyable, si strident était son cri, si inhumain que Helmuth saisit des deux mains la tête d'Irmi, sans savoir s'il devait lui tenir la bouche fermée. Et tandis que le fourgon noir démarrait sur trois pétarades de gaz d'allumage qui éclatèrent comme des coups de feu, elle criait, criait toujours. Le médecin courut à sa serviette, l'ouvrit d'un geste violent et y chercha une seringue et une ampoule.

— Ils l'ont emmené dans une baignoire de fer-blanc ! criait-elle. Mon père dans une baignoire de fer-blanc ! Père ! Père ! — Puis d'une voix plus claire, plus enfantine encore : — Papa ! Papa ! Pourquoi t'en vas-tu ? Pourquoi ?

Helmuth la serrait contre lui, mais elle criait, criait, la bouche ouverte contre sa poitrine, et lorsque le Dr Hampel remonta sa manche et lui fit une injection, elle mordit Helmuth à la poitrine. Il supporta la douleur et puis il se mit lui aussi à pleurer...

Tout aussi subitement qu'elle avait eu cette explosion de chagrin sauvage, elle s'effondra. Wegener la releva et la porta sur le divan avec l'aide du médecin.

— Il faut la transporter tout de suite en clinique ! dit le médecin. Ce choc... je ne m'y attendais pas. Vous non plus, cher collègue...

Wegener le dévisagea avec des yeux humides. Collègue ? Oui, naturellement, n'était-il pas l'étudiant en médecine Wegener qui n'avait pas terminé ses études, mais passait tout de même aux yeux des médecins pour une sorte de collègue... En de tels instants on peut l'oublier... On est subitement redevenu le serrurier Hasslick.

Le médecin téléphonait déjà. La clinique était toute proche, au coin de la rue, mais ils n'osaient pas y amener Irmgard autrement qu'en ambulance. Etendue sur le divan, elle respirait laborieusement. Son abdomen bombé s'élevait et s'abaissait. Elle avait froid de la tête aux pieds lorsque Wegener la tâta. Toute sa personne, avec son visage aux traits si purs encadré de cheveux d'or, paraissait se racornir tandis que son abdomen distendu s'agitait.

— Quand envoyez-vous l'ambulance ? rugit Wegener. Quand viendra enfin cette chierie d'ambulance ?

Le commissaire Runckel jeta un regard derrière la vitre à l'intérieur de la pharmacie, voulut prendre congé, se rendit compte aussitôt de la situation, referma la porte et rabroua l'homme en uniforme qui voulait pénétrer dans la pharmacie et parler à Wegener à propos de « l'insulte à fonctionnaire ». Puis les voitures de la Commission criminelle démarrèrent pour laisser la place à l'ambulance qui s'arrêta en crissant de tous ses freins devant la porte de la maison.

Les ambulanciers connaissaient déjà la situation, le service de renseignements du voisinage fonctionnait mieux qu'un téléscripteur : le pharmacien Lohmann aimé de tous abattu d'une balle, sa fille Irmgard Wegener durement « choquée ». Et dans son huitième mois ! Si seulement ça se passait bien...

Ils déposèrent Irmi sur une civière, l'y bouclèrent d'abord sans serrer parce que ce n'était guère nécessaire pour un si bref parcours, d'ailleurs Helmuth et le médecin de famille s'installèrent sur deux strapontins dans l'ambulance, à droite et à gauche de la civière.

— Vous attendiez-vous à cela, collègue ? répéta le médecin. Elle toujours si courageuse, et puis... ça !

A la clinique, le service des urgences n'était pas forcément très régulier.

Deux médecins accueillirent Irmgard. Elle fut déposée sur une civière roulante et emmenée au pas de gymnastique. Une grande porte capitonnée se referma derrière elle. Wegener eut l'impression qu'il était aujourd'hui, pour la seconde fois, témoin de la disparition définitive d'une personne. La première fois dans le cercueil de zinc de la police, la seconde sur une civière roulante de l'hôpital municipal... Pour toujours ?

Une infirmière vint le trouver, tenta un sourire de consolation et dit d'une voix douce :

— Suivez-moi, il nous faut vos coordonnées...

— C'est tellement important ? lança-t-il en fixant la porte derrière laquelle le sort d'Irmi se décidait.

— Mais certainement ! — L'infirmière souriait encore : — A cause de la Sécurité Sociale... la feuille d'hospitalisation... dans le cas où quelque chose se passerait...

A cause de la feuille... naturellement... Et s'il se passait... Il s'essuya le visage et remarqua alors seulement combien sa main tremblait fort, et puis il était trempé de sueur. Le médecin de famille causait avec animation devant une porte en verre dépoli. Son interlocuteur était un médecin plus âgé surgi d'un couloir latéral et qui, semblait-il, avait un rang supérieur dans la hiérarchie médicale à celui des médecins qui avaient emmené Irmi.

— Ma femme est une cliente privée, dit Wegener à l'infirmière d'une voix enrouée.

— Le professeur est déjà arrivé — l'infirmière désigna d'un geste discret le médecin nouveau venu — vous n'avez pas à vous inquiéter, monsieur...

— Wegener. Helmuth Wegener, bégaya-t-il.

— Monsieur Wegener, de tels cas se présentent à nous tous les jours. Un accouchement prématuré ! Ne vous inquiétez pas. A présent, pouvons-nous établir votre dossier ?

Wegener répondit d'un signe, suivit l'infirmière dans un bureau et lui donna les renseignements nécessaires.

— ... Mais elle est dans son huitième mois seulement ! dit Wegener à l'infirmière qui avait fini de remplir le questionnaire.

— Nous avons déjà réussi des accouchements à six mois de grossesse ! Monsieur le professeur y parviendra certainement !

Elle sourit de nouveau à Wegener d'un air de complicité amicale, puis serrant sous son bras les documents destinés à l'hôpital elle se leva.

— Vous partez ?

— Il faut que j'apporte tout ceci à la direction.

— Vous me laissez seul ici ?

Le sourire de l'infirmière se figea :

— Je ne peux tout de même pas rester assise auprès de vous, j'ai mon service...

— Puis-je... puis-je sortir dans le couloir ? dit-il en se levant brusquement.

— Certainement.

Il sortit dans le vaste couloir, elle se dirigea rapidement vers un ascenseur et disparut derrière une porte coulissante. Le professeur aussi avait disparu, mais le médecin de famille, le Dr Hampel, était encore présent. Debout devant la fenêtre, il regardait entre deux pots de géranium ce qui se passait dans la rue où une nouvelle ambulance à feu bleu tournant arrivait justement. Service de nuit d'une grande clinique. Les éclairs de lumière bleue se reflétaient dans la vitre et donnaient au visage du médecin un aspect fantomatique.

— Docteur, dit Wegener d'une voix sans timbre lorsqu'il se trouva près de lui, qu'en pense le professeur ?

— Ah ! Vous avez terminé la paperasserie ? Le professeur ne peut évidemment rien dire, car il est tout juste arrivé au bloc opératoire. Mais j'ai une bonne impression.

— Vous êtes toujours optimiste, docteur ! Un accouchement au huitième mois est inquiétant, n'est-ce pas ?

— On préfère autre chose ! Mais qu'est-ce qui peut convenir à un médecin ? — Le Dr Hampel rit, il était d'humeur à plaisanter, mais cela passait sur Wegener comme de l'eau sur une toile cirée.

— Votre femme a une santé de cheval, nous savons ça !

— Son père vient d'être mis dans un cercueil de zinc par les soins de la police, ne l'oubliez pas, dit Wegener à voix basse.

La situation n'est certes pas réjouissante, avait dû reconnaître le professeur Goldstein. Il le savait avant même d'avoir vu la parturiente. Un accouchement prématuré aussitôt après ce choc brutal, cela promet des complications !

— Que peut-il se passer ? demanda Wegener dans un murmure.

— Rien ne peut se passer ! gronda le Dr Hampel. Voyons, ne vous laissez pas aller ! Vous êtes vous-même presque médecin, vous avez été sous-officier pendant la guerre, grand blessé, vous avez traversé toute la chierie du front, vous portez les décorations du combat corps à corps et la EK I et maintenant qu'il s'agit de votre femme, vous vous comportez comme... comme... je ne trouve pas de comparaison ! Le professeur Goldstein retirera l'enfant et on n'en parlera plus ! Goldstein est un as !

Le Dr Hampel était d'autant plus optimiste que la conversation qu'il avait eue avec le professeur s'était déroulée sous les meilleurs auspices. Le Dr Hampel redoutait, en effet, que ce professeur israélite, qui avait émigré au temps de Hitler, se souvienne que les Lohmann, s'ils n'avaient été nazis jadis, avaient cependant beaucoup de proches parents dans le parti.

— Je veux bien le croire un as, répondit Wegener en s'adossant au mur laqué de blanc du couloir. — En bas, dans la rue, une ambulance à lampe bleue arrivait de nouveau. Cette nuit semblait inspirer aux femmes le désir d'accoucher. — Mais pourquoi personne ne vient-il ?

— Que voulez-vous voir venir ?

— Un médecin qui me donne des nouvelles d'Irmi !

— S'il fallait tenir un médecin consolateur à la disposition de tous les jeunes pères... Wegener, vous devenez puéril ! A présent, je rentre chez moi.

— Vous me laissez aussi ?

— J'ai constaté la mort de mon vieil ami Lohmann et j'ai amené à l'hôpital sa fille en couches : ça suffit pour la nuit ! Demain, il me faut être de bonne heure à mon cabinet de consultation. Quant à vous, c'est d'une double raison dont vous disposez pour fermer la pharmacie pendant quelques jours.

Helmuth se mit à aller et venir dans le couloir.

Elle ne vit plus, pensait-il. Irmi est morte et ils n'osent pas me le dire. Ils me laissent moisir ! Et puis viendra quelque jeune médecin qui me contera tout un drame... mais je casserai la gueule à ce blanc-bec, même s'il n'y peut rien. Ils verront ce que c'est qu'un poing avec lequel jadis le serrurier Peter Hasslick battait le fer rouge ! Ils le sentiront en le recevant en pleine gueule !

Il s'arrêta. La porte de verre dépoli s'ouvrit vivement. Le médecin plus âgé qu'il avait remarqué, sans doute le professeur Goldstein, s'arrêta sur le seuil en voyant Wegener, puis il alla vers lui.

— Vous êtes encore là ? dit-il. Vous êtes monsieur Wegener ? Goldstein, ajouta-t-il en se présentant.

Wegener ne serra pas les poings ni ne cogna... Il se sentit tout petit et regarda Goldstein dans les yeux, comme s'il pouvait trouver refuge au fond de ses pupilles :

— Ma femme, monsieur le professeur...

— Compliments ! C'est un garçon !

— Un garçon... — Wegener balbutiait et sentit ses os devenir comme en caoutchouc. Je vais tomber dans les pommes, pensait-il. — Un gars !

— Parfaitement constitué et bien vivant ! Bon poids, bonne taille, vous dira la sage-femme. Il a fallu faire une césarienne, votre femme a un bassin particulièrement étroit, la tête de l'enfant était coincée.

Wegener prit la main de Goldstein et la serra :

— Puis-je voir ma femme ?

— Naturellement ! Elle est encore sous l'effet de la narcose, mais elle sera tout de suite ramenée dans sa chambre dont le numéro est... Ah ! demandez donc à l'infirmière-chef, monsieur Wegener, et soyez prudent, parlez peu, les incidents de cette nuit, le choc, la césarienne dans ces circonstances... enfin inutile de vous en dire davantage, cher collègue, mais je réitère mes félicitations !

Nouvelle poignée de main, puis le professeur s'éloigna. On voyait à son dos la fatique que sa voix n'avait pas trahie.

Collègue ! Collègue ! Que je hais ce mot ! Entre collègues, on s'entend toujours n'est-ce pas ? Entre collègues, la mort même est une fin biologique, pas davantage... Collègue, mon Dieu, quand donc pourrai-je dire la vérité ?

Il suivit le professeur du regard, puis il alla vers l'ascenseur et monta à l'étage des accouchées du service privé. Il y trouva une infirmière d'âge mûr qui le mena dans une chambre particulière où le lit manquait. Votre femme sort tout de suite, dit-elle, cela ne peut pas durer plus de quelques minutes... Un garçon ? Je vous félicite ! Une césarienne ? Les enfants nés ainsi sont toujours plus jolis, jamais ridés comme les autres !

— Je sais, dit Wegener avec lassitude en souriant niaisement. J'ai... été étudiant en médecine.

Encore appris quelque chose, se dit-il. Si c'est vrai... Il faudra voir par moi-même tout de suite ! Les enfants nés par césarienne sont toujours plus beaux... cela fait bon effet au cours d'une conversation.

Il appuya sa tête sur ses mains et resta le regard rivé au sol couvert de linoléum.

Quelle pitié ! pensait Wegener, il faut continuer cette comédie parce qu'il n'y a pas d'autre issue. Mais surtout parce que j'aime Irmi. Et puis j'ai aussi un fils maintenant ! Que la vie pourrait être heureuse !

L'attente se prolongea une demi-heure avant que la civière d'Irmi fût roulée à l'intérieur de la chambre. Elle était réveillée et sourit à Helmuth. Son jeune visage était blême et plus étroit que jamais.

Alors il se mit à pleurer. En silence. Les larmes roulaient de ses yeux malgré lui. Il s'en défendait, mais comment contenir ses larmes lorsque de tout son être on sent que l'on se dissout ?

Irmi se rendormit aussitôt après qu'il lui eut pris la main. Il resta assis à son chevet sans la quitter des yeux et vit se lever un jour maussade, assista au réveil d'un grand hôpital parmi des centaines de bruissements... mais Irmi dormait, parfois seulement elle tremblait de tout son corps. Alors il prenait aussitôt sa main dans la sienne.

Je t'aime, pensait-il. Je t'aime... Quel prodige d'avoir un enfant ! Un fils ! Nous l'appellerons Peter, comme mon meilleur ami le serrurier Peter Hasslick, mort sur le seuil de l'hôpital russe d'Orcha.

En cet instant, il n'était nul autre que Helmuth Wegener.

Le jour nouveau. Dans le ciel, des nuages passaient. Tout cela gris, sourd, saturé d'humidité automnale.

Aujourd'hui il y aura fort à faire, pensa-t-il en tenant toujours serrée la main d'Irmi.

A la police, encore une déposition écrite. Au Parquet, les démarches pour la remise du corps de Lohmann l'assassiné, dès que l'autopsie du corps sera terminée. Puis les courses pour l'enterrement.

Des fleurs pour Irmi et l'enfant.

Chagrin et consolation dans chaque mot que l'on prononce. Ici on ferme une tombe, là on pare un berceau. Tout cela en même temps. C'est à croire qu'il faut recréer un monde...

Lorsque l'infirmière vint avec le thermomètre, Irmi se réveilla.

CHAPITRE V

IL EST DES REGARDS QU'ON n'oublie pas, qui s'impriment dans l'âme comme frappés au fer rouge, tellement qu'un être peut s'en trouver totalement transformé. Un nouvel univers se crée, des prodiges se manifestent, dont auparavant on n'avait nul soupçon.

Le premier regard d'Irmi, le premier regard conscient que Wegener reçut d'elle, consuma les derniers résidus de son passé. Il tint dans sa main sa petite main souple et blanche, cette main d'enfant qui, aux heures d'amour, savait le caresser avec une tendresse infinie, avec cette irrésistible douceur qui peut amener un homme à l'extase. A présent, cette main était faible et froide et se lovait dans sa paume comme un petit animal qui cherche refuge et lorsqu'il sourit à Irmi, silencieusement, avec une émotion qui lui nouait le gosier, ses doigts s'arrondirent légèrement et ses ongles s'enfoncèrent, presque imperceptiblement, dans sa peau.

— Tu... es là, dit-elle tout bas.

Son sourire était angélique. Il osait à peine respirer devant tant de tendresse qui n'était que pour lui, pour lui seul.

— Bien sûr, je suis là, dit-il d'une voix rauque, dont il ne contrôlait plus le timbre.

— Tout le temps ?

— Tout le temps.

— Que c'est bon !

Il se pencha vers son visage, déposa très prudemment des baisers sur son front et ses yeux, et remarqua qu'elle était en sueur. Effrayé, il fit un pas en arrière. Le front chaud, des mains froides... était-ce normal ?

— Comment te sens-tu, chérie ?

— Qu'est-ce que c'est, Helmuth, demanda-t-elle les yeux clos, notre enfant ?

— On ne te l'a pas dit ? C'est incroyable !...

— Si, si, on me l'avait dit à l'oreille dès que je me suis réveillée, mais je n'ai pas compris vraiment, car j'ai tout de suite après perdu conscience.

— Un garçon, Irmi, un gars ! Beau, solide, sain ! Un petit superbe ! Le professeur dit que les enfants nés par césarienne sont toujours particulièrement beaux !

Elle sourit de nouveau en ouvrant ses grands yeux bleus dans l'éclat desquels il reconnaissait son immense amour :

— Ça enchante le médecin que tu es, n'est-ce pas ? dit-elle. L'as-tu déjà ausculté ?

— Je ne l'ai pas encore vu, mais l'infirmière m'a dit qu'on va nous amener Peter...

— Peter... — Elle enfonça de nouveau ses ongles dans la paume de Helmuth. — Faut-il vraiment l'appeler Peter ?

— Peter Johann... oui.

Il se leva de sa chaise pour s'asseoir sur le rebord du lit et prit le thermomètre qu'Irmi avait sous l'aisselle. Il le tint en l'air et lut : 38°1. Un peu de fièvre, certainement une réaction du corps due à l'intervention chirurgicale. On lui avait tout de même ouvert le ventre et la fièvre — il le savait depuis l'hôpital du camp de Sibérie — était toujours une réaction de défense de l'organisme exactement comme le pus. Etait-ce bien exact ? Il n'en était pas certain. Il faudrait aussi s'en assurer : les questions les plus simples sont souvent celles sur lesquelles on trébuche.

— Ça me semble aller plutôt bien ! lança-t-il pour dire quelque chose. Cette fièvre est normale. Demain, tout sera rentré dans l'ordre.

— C'est la fameuse « crise inévitable », n'est-ce pas ? dit-elle.

— Naturellement.

— Peter Wegener... elle articula ces deux noms lentement. Peter Johann Wegener... cela sonne bien ! C'est typiquement allemand et dans la tradition. — La main d'Irmi serrait plus fort, sa main reprenait vie et énergie. — Tu as dû beaucoup aimer ton ami Peter, n'est-ce pas ?

— Beaucoup, répondit-il brièvement.

— Tu m'as peu parlé de lui.

— Que veux-tu que je te dise, ma chérie ? Notre amitié s'est faite à une époque cruelle et il est mort cruellement, sur un plancher crasseux, dans l'école d'Orcha, parce que personne n'avait le temps de s'occuper de lui.

— Toi non plus ?

— Moi non plus ! Et comment aurais-je pu le soigner ? Avec les mains nues ?

Lui venir en aide ? répéta-t-il intérieurement. En réalité, j'étais assis à côté de lui et j'aurais pu hurler face au mur... Le serrurier Hasslick était aussi désemparé qu'un homme amputé des bras. Je n'avais pour lui que des mots et la maudite promesse de devenir celui que je suis à présent. Maudite ? Ma vie est-elle maudite ? N'ai-je pas Irmi et maintenant l'enfant ? Mon enfant, cette fois, vraiment quelque chose à moi, Helmuth Wegener. Mais ce n'est qu'un nom, ce qui compte c'est la vie dans sa plénitude, la vie que je me suis faite. Cela suffit.

Irmi dut deviner qu'il était en proie à des pensées accablantes. Elle attira sa main contre ses lèvres et la baisa.

— Peter est un beau nom, reprit-elle. — La main de Wegener restait devant sa bouche et il sentait ses lèvres desséchées, fendues par places. — J'ai soif, chéri, dit-elle.

— Tu n'as pas encore la permission de boire, pour autant que je sache. — Il caressait du bout des doigts ses lèvres gercées. — Avec le ventre ouvert...

— Je sais, docteur, dit-elle en souriant de nouveau.

Le mot « docteur » le frappa comme un coup de couteau et soudain il se dit que le choix de ce nom, Peter, était une grande erreur... Certes, il n'avait pas assez réfléchi, toute une vie ce nom lui rappellerait le passé en voyant son fils, en le nommant lorsqu'il lui écrirait, toujours, toujours. Peter Hasslick ne pourra plus être repoussé dans l'oubli, il se retrouvera dans tout ce que nous ferons, Irmi et moi.

— J'ai tout de même soif, dit Irmi à voix basse, une soif terrible, ma bouche, mes lèvres me brûlent et je dois être affreuse, n'est-ce pas, chéri ? Tout enflée... — Elle se lécha les lèvres d'une langue chaude et sèche. — On croirait du papier de verre ! Donne-moi quelques gouttes d'eau, Helmuth, je te prie.

Il libéra sa main de l'étreinte de ses mains et se leva pour mieux regarder tout autour de lui. Sur la table de chevet se trouvait une boîte en verre pleine de tampons de gaze à pansements. Du pouce et de l'index il en prit un, s'approcha du lavabo dans un coin de la chambre, mouilla le tampon, en exprima l'eau en partie et revint auprès d'Irmi. Il déposa le tampon sur ses lèvres, l'y maintint d'une main tout en prenant garde qu'elle ne le serre pas entre ses lèvres.

Elle se montra obéissante, aussi fit-il plusieurs fois la navette entre le lit et la cuvette du lavabo et elle en éprouva un tel bien-être qu'elle reprit soudain sa main qu'elle baisa.

— Tu es tellement bon, Helmuth, murmura-t-elle. Tellement bon... — Elle serrait sa main sur sa bouche et parla dans le creux de sa paume : — Que va devenir père ?

Il avait redouté cette question. Mais elle devait venir. Près d'une naissance, il y avait chez eux la mort. Il se mordit la lèvre inférieure et regarda par-dessus la tête d'Irmi le mur en face de lui peint en vert pâle.

— Il me faut aller encore au Parquet, dit-il d'une voix hachée par l'émotion, puis voir la police criminelle, qui sait où j'irai encore ? Ces démarches officielles, c'est ce qu'il y a de pire. Mais tu ne devrais pas y penser maintenant, Irm...

La porte s'ouvrit brusquement. Dieu merci, pensa Wegener, voici enfin l'infirmière ! Cela va lui changer les idées. Tiens ! Ça va être la visite du professeur Goldstein avec sa suite. Tout cela réglé comme une parade militaire, et l'enfant, l'enfant nous sera enfin amené ! Mon... notre Peter, Peter Johann Wegener ! L'enfant au faux nom du père qui est un autre... Il ne l'apprendra jamais. Tous les papiers d'identité s'accordent et si quelque chose devait clocher, la guerre a détruit tant d'archives... pourquoi aurait-elle fait une exception pour les papiers de Helmuth Wegener ? L'année précédente avait prouvé combien il était facile de devenir un homme nouveau — extérieurement. Quelques témoignages sur parole suffisaient. Actuellement, les fonctionnaires de l'état civil étaient encore des camarades de guerre au courant de toute la merde. Plus tard ça changerait. Pour les jeunes fonctionnaires, la guerre ne serait plus qu'un mot, la faute d'une génération, celle de leurs pères. Pour eux ne compteraient que les documents tamponnés. Mais aujourd'hui, en octobre 1948, ils avaient encore toute la chierie des années passées dans les moelles. Où étaient-ils ? A Welikiji Louki ? A Smolensk ? Dans la boucle du Donetz ? Sur la route stratégique ? Dans les marais du Pripet ? Mon vieux, quelle époque, quoi ? Dire qu'on a encaissé ça ! Et où, dans le camp I/2319... Vieux, mais c'était le camp voisin du nôtre près d'Asbest ! Vous y étiez aussi ? Comment vous appelez-vous ? Helmuth Wegener, étudiant en médecine dans son quatrième semestre ? Vos papiers perdus ? Sale blague, quoi, mais une déclaration de perte remplace le serment exigé, camarade ! Mais pourquoi vous fourvoyer dans les études ? D'abord se cramponner à la vie et bouffer en vous servant du marché noir... ça, c'est plus important, mon vieux. On peut toujours se livrer aux études, le savoir ne s'envole pas, mais la faim vous reste ! Il en était ainsi : on pouvait être ce qu'on voulait à condition d'avoir la force morale de tenir le coup. Si l'on savait empoisonner sa conscience sans broncher et chier sur cette maudite morale !

— La sage-femme apporte tout de suite l'enfant ! lança du seuil la gentille infirmière, elle verra aussi si vous pouvez déjà le nourrir, je crois que vous avez peu de lait, madame Wegener !

Lorsque l'infirmière fut sortie, ils se regardèrent en souriant :

— Notre fils ne sera pas sous-alimenté ! jeta Wegener gaiement. Je me procurerai tout ce que l'on peut avoir, dussé-je convertir la pharmacie en maison réservée aux spécialités de la médecine pédiatrique !

Ils en rirent ensemble. Irmi en eut même assez mal au ventre, son enveloppe abdominale était sérieusement lésée, mais elle serra les dents courageusement. Puis la porte s'ouvrit toute grande en heurtant le mur et une grosse femme rougeaude en blouse bleue et aux cheveux gris, fit son apparition, berçant un paquet sur son bras qui ressemblait à un rouleau de langes.

— Voici le petit tyran ! hurla-t-elle en refermant la porte d'un coup de pied avant que Wegener eût pu accourir à son aide, puis elle avança vers le lit à grands pas. Vous êtes le père, sans doute ? dit-elle. Je suis la sage-femme, Mme Else Viernisch. Venez donc admirer votre produit ! Mais pas de trop près ! Sentez-vous l'alcool ?

— Je n'en ai pas bu une goutte. J'ai attendu ici toute la nuit et...

— Pas bu non plus de café ?

— Non, pas encore.

— On en apporte tout de suite ! — La sage-femme serra contre elle le paquet en forme de rouleau. — Votre femme est au régime sec, mais vous c'est différent. Avez-vous du vrai café ?

— A la maison, oui.

— Apportez-en donc demain, il n'y a ici que de l'orge grillée, de la mouture de mouches, quoi, et comment voulez-vous qu'on reprenne des forces avec ça ! Par contre, une petite tasse de vrai café...

— Je vous en apporterai demain deux livres, madame Viernisch.

Wegener dévorait du regard le rouleau de langes. Quel aspect peut-il bien avoir ? A-t-il les yeux bleus d'Irmi ? Sa jolie bouche, ses cheveux blonds, ou me ressemble-t-il ? Mon Dieu, fais qu'il ressemble à Irmi !

— Et voici notre gars ! La sage-femme souleva un linge et la tête du bébé parut toute ronde, couronnée de duvet blond, là-dessous des yeux fermés dans une crispation à cause de la lumière trop vive. Le nez un peu plat, la bouche aux lèvres serrées : une fente minuscule. Wegener fit une profonde aspiration, son cœur battait, ses jambes étaient de plomb lorsqu'il s'approcha du bébé. Ses mains reposaient sous son menton rond, elles étaient fermées, deux petits poings aux ongles roses, une peau aux tons doux de porcelaine.

La bouche de Wegener trembla, il ne put s'en défendre.

— 48 cm de longueur, proclama la sage-femme, et un poids de 3752 grammes ! C'est du bon travail ! Mais pas le vôtre, docteur ! Celui de votre petite femme ! Quant à votre contribution, ce n'est pas bien savant !

Elle sortit l'enfant du rouleau de lainages, le déposa sur le lit à côté d'Irmi et enfonça ses mains dans les poches de sa blouse.

Quel instant celui où une mère contemple son enfant pour la première fois ! Le premier regard d'une mère à son enfant décide de toute une vie.

— Mon petit ! dit Irmi tendrement en entourant prudemment ce bébé d'un bras protecteur et en le rapprochant d'elle. — Mère et enfant se trouvaient à présent tête contre tête. Avec une douceur infinie, Irmi avança ses lèvres et déposa un baiser sur la joue de l'enfant, puis elle posa sur Wegener un regard venu du ciel. — N'est-il pas adorable ? murmura-t-elle. Regarde-le ! Il comprend déjà, il sourit !...

— Il a faim ! déclara Mme Viernisch d'une voix bien trop claironnante selon Wegener, en cette minute solennelle. Il sent le lait ! Allons voir s'il en trouvera assez !

Elle repoussa la couverture, ouvrit la chemise d'Irmi, en sortit son sein gauche, le tâta d'une main experte, fit un petit signe et regarda vers Wegener.

— Je crois qu'il y en aura davantage et cela dès demain ! Une césarienne arrête parfois la montée du lait, mais avec ce sein ça devrait suffire ! Puis elle prit une compresse dans la boîte de verre, la plongea dans de l'eau bouillie tiède, lava le mamelon et mit l'enfant au sein en appuyant sa petite tête dont la bouche tâtonnait tout alentour, contre le mamelon. Lorsque soudain ses lèvres minuscules se transformèrent en ventouse aspirante, Irmi sursauta et regarda Helmuth avec des yeux brillants :

— Il boit ! murmura-t-elle. Helmuth, il boit.

Il se pencha vers Irmi et le petit Peter et considéra ce tout petit visage qui aspirait son lait farouchement. Irmi avait glissé une main sous son sein et le soutenait.

— Est-ce que ça ne fait pas mal ? demanda-t-il.

— C'est merveilleux, répondit-elle en fermant les yeux. Je le sens par tout le corps, Helmuth... notre enfant...

Cinq minutes plus tard, le professeur Goldstein entrait dans la chambre. Mme Viernisch, la sage-femme, resta assise non pas par manque de respect, mais parce qu'elle était fatiguée. Elle avait retiré des entrailles de leur mère quatre poupons au cours de la nuit, ce qui vraiment méritait la récompense de quelques tasses d'un bon café en grains. D'ailleurs, il y avait beaucoup de médecins accoucheurs, mais fort peu de bonnes sages-femmes ! Goldstein ne parut nullement choqué, il lui adressa un petit signe amical et observa la mère et l'enfant dans leur radieuse entente. Alors seulement il remarqua la présence de Wegener :

— Vous êtes encore là, cher collègue ? Vous avez une résistance à la fatigue peu commune ! J'ai tout de même dormi trois heures. Je constate que tout va bien.

Au même instant parut la jeune et gentille infirmière qui expliqua en quelques mots que l'accouchée saignait un peu.

— Souffrez-vous ? demanda Goldstein à Irmi. Le premier enfant à vingt-six ans, cela va tout seul habituellement. Pourtant le bon Dieu aurait pu vous donner un bassin plus large.

— C'est le sport qui est responsable, monsieur le professeur. — Irmi appuya sur son sein, l'enfant eut un claquement de lèvres retentissant. — J'ai fait beaucoup d'athlétisme léger ; j'étais même monitrice !

Wegener loucha vers Goldstein. Comment va-t-il prendre ça ? se disait-il. Il est juif, on a fait passer à la chambre à gaz toute sa famille, lui seul a pu fuir. Que va-t-il répondre ?

— Je sais, répondit le professeur Goldstein avec un sourire paternel. Votre médecin de famille m'avait prévenu, il s'y attendait. J'ai pu me rendre compte moi-même pendant mon séjour aux U.S.A. que souvent, médicalement parlant, les as du stade étaient des infirmes au cœur déficient. Quant aux femmes, elles ont les muscles durcis, ce qui complique les accouchements. Je n'ai rien contre les exercices sportifs raisonnables ; il semble que dans ce pays on soit toujours enclin à exagérer et à paralyser les progrès acquis.

Wegener répondit par un signe de tête. C'était le « coup de patte » attendu, bref, sec. Le professeur Goldstein replaça les couvertures après avoir tâté l'abdomen de la jeune mère :

— Tout est souple, c'est parfait ! — Et, s'adressant à l'infirmière : — Par mesure de précaution, donnons encore 200 000 unités de pénicilline et un goutte-à-goutte de glucose. — Puis s'adressant à Wegener : — D'accord, cher collègue ?

— Cela va de soi, monsieur le professeur.

La sueur inondait son front. A présent, il ne fallait pas se fourvoyer dans quelque conversation au sujet des soins postopératoires des césariennes ! Il ne connaissait que deux complications dans ce domaine : l'infection ou une thrombose qui permettaient les considérations générales sans entrer dans les détails.

Mais Goldstein semblait pressé. Il passa une main légère sur l'heureux visage d'Irmi, donna une chiquenaude à Peter qui tétait encore et eut un petit signe de collègue à collègue à l'adresse de Wegener :

— A présent, faites donc un bon somme ! dit-il arrivé sur le seuil. Dans l'après-midi la terre sera redevenue ronde ! Au revoir, cher collègue !

Wegener comprit qu'il devenait encombrant dans cette chambre de la maternité et il avait fort à faire ailleurs. Peter fut mis au sein droit par la sage-femme. Irmi s'endormait.

— Je reviendrai cet après-midi, dit-il.

Lorsque Wegener sortit sur la pointe des pieds, Irmi dormait déjà et la sage-femme assise sur le rebord du lit tenait l'enfant d'une main ferme et soulevait de l'autre main le beau sein blanc maternel d'Irmi.

A la police criminelle, le commissaire Runckel l'attendait. Celui-cî était assis derrière une vieille table à écrire, sur laquelle les dossiers s'échafaudaient. Il fumait un cigarillo et buvait du café contenu dans une Thermos. Du café en grains, ainsi que l'arôme qui s'en élevait l'annonçait. A côté, sur un papier parchemin, il avait posé la moitié d'un pain fendu en sandwich.

— Du jambon ! lança Runckel cordial. Après avoir dû faire trois cents kilomètres pour obtenir une livre de jambon, à présent qu'on l'achète librement, je ne puis m'en rassasier et l'odeur du jambon fumé m'induit à l'érotisme !

De son cigarillo, il désigna un fauteuil et Wegener s'assit, les yeux rivés au portrait suspendu au mur blanchi à la chaux derrière le commissaire. Un cadre de bois épais et dedans Bismarck, dans sa pose la plus avantageuse, en cuirasse aux reflets d'argent. Runckel eut un petit hochement de tête entendu :

— Les autorités occupantes ne s'y opposent pas : Bismarck est permis. Pourquoi, je l'ignore. Mais retournez-moi ce portrait : derrière il y a encore collé notre Adolphe ! J'ai montré ça aux Anglais qui, de rire, ont failli pisser dans leurs pantalons. Je serais curieux de savoir quel est le prochain personnage qui figurera dans ce cadre. Je parie pour notre Adenauer ou Schumacher. Il y en a toujours un pour orner les bureaux officiels et y symboliser le pouvoir. Cigare ?

— Merci, non !

Wegener serra ses mains entre ses genoux.

— Tasse de café ?

— Non plus.

— Comment va votre femme ?

— Nous avons eu un fils cette nuit.

— Félicitations ! Un garçon ! Et vous êtes à jeun ? Voyons j'ai une cave... — Runckel se pencha, ouvrit un tiroir et en sortit une bouteille de whisky. — Je n'ai pas de verres, nous boirons à même la bouteille !

Il la tendit à Wegener. Celui-ci but une gorgée. Ce liquide l'incendia intérieurement de manière ignoble, mais il ne broncha pas. Ensuite, Runckel but une bonne rasade, reboucha le flacon et le fit disparaître.

— Votre beau-père, dit-il enfin. Bah ! le cas est évident, mais l'instruction n'est pas close. Coup de feu ayant provoqué la mort au moyen d'un pistolet de 7,65. A peu près aucune trace, parce que dans votre bâtiment en construction, trop de personnes ont piétiné le sol... Le motif est clair. Le type, ou les types étaient venus voler chez vous. Les chantiers de construction, c'est un pot de miel sous le nez d'un ours ! On y trouve tout ce qu'on veut. Jadis, on échangeait tout ça, mais aujourd'hui où l'on se procure de nouveau tout ce qu'on veut ou presque, on s'en va voler. C'est plus simple, et l'on descend celui qui s'y oppose. On a appris à tuer, n'est-ce pas ? Raisonnement simplifié : un homme c'est un homme, qu'il soit russe, ami (1) ou français. Tu peux tuer ! Il y a peu, on te décorait même pour ce travail ! Il en est ainsi, monsieur Wegener ! — Runckel frappa du plat de la main le monceau de dossiers : — Le pharmacien Lohmann est le troisième en partant du haut... Dans la même nuit, il y eut encore deux morts plus tard, vers le matin dans un dépôt de machines. Une époque de pourceaux, vous dis-je.

— Puis-je reprendre mon beau-père ? demanda Wegener.

Runckel, d'humeur à plaisanter, fit une réponse peu spirituelle :

— Comment ça ? demanda-t-il. L'aurais-je chipé ?

— Le Parquet..., commença Wegener d'une voix enrouée.

— Mais naturellement ! L'autopsie est terminée, le rapport de l'Institut médico-légal est prêt. D'ailleurs, votre beau-père était affligé d'un foie un peu engorgé... oui, oui, le pharmacien vivait bien, même aux époques de sévère pénurie car chacun a besoin de médicaments ! Aucune opposition à ce qu'on vous livre le corps. Vous pouvez faire chercher M. Lohmann. Le Parquet l'a déclaré libre. Mais il faudra le chercher à l'Institut médico-légal. Vous ne pourrez pas l'enlever dans le coffre de votre voiture !

— Vous êtes décidément d'humeur à plaisanter ! — Wegener se leva : — Quand ?

— Quand vous voudrez. Réglez tranquillement toutes les formalités, votre beau-père a été mis sur une couche de glace ! Mais une question encore... — Runckel devint grave : — Si vous ne voulez pas être le prochain mort que l'on portera chez nous sur la table d'autopsie, n'entendez désormais plus les bruits qui pourraient s'élever la nuit dans votre chantier de construction.

— Ainsi le veut la nouvelle loi morale ?

— C'est le triomphe de notre impuissance, monsieur Wegener. Cela peut s'arranger ou devenir pire, qui sait ? Pour le moment, il faut encaisser.

— Je ne m'y habituerai jamais.

— Moi non plus. Monsieur Wegener, s'il y avait quoi que ce soit... venez me trouver. Je serai toujours présent pour vous.

Ce même jour se passa en courses incessantes.

Sous la rubrique des événements régionaux, la presse locale publiait le récit de l'assassinat du pharmacien Johann Lohmann avec tous les détails. Il y avait même une photo dans deux des journaux : celle qui se trouvait dans la pharmacie, laquelle

(1) Les Allemands, pendant la Seconde Guerre mondiale, appelaient ainsi les Américains. (N.d.T.)

montrait Lohmann à l'âge de quarante-deux ans lorsqu'il avait été nommé président de l'ordre des pharmaciens.

Les lettres affluèrent à la pharmacie, ainsi que les dépliants publicitaires des entreprises de pompes funèbres. Le mort était très connu et avait été fort considéré de beaucoup de ses concitoyens.

Helmuth Wegener soupira lorsqu'il eut pris connaissance de ce courrier abondant, puis il feuilleta les archives familiales tenues à jour par son beau-père et y trouva le lieu de sépulture de la mère d'Irmgard, le cimetière de Köln-Lindenthal, ainsi que le nom de l'entreprise de pompes funèbres : l'Institut Fortmann.

M. Fortmann était à la tête d'une affaire florissante, mais déjà âgé de soixante-seize ans ; il était resté modeste, sans doute parce qu'il avait la preuve journalière que, pour finir, l'on n'emporte jamais qu'une chemise.

— Ah ! ce bon pharmacien Lohmann ! s'était écrié Fortmann. Vous verrez, monsieur, qu'il faut compter au moins sur deux mille personnes à l'enterrement ! Notons-le bien, en considération du nombre de bouquets car chacun voudra jeter une fleur sur le cercueil !

Wegener donna son approbation à tout, en bloc. Il signa quelques pièces de formalités. Fortmann téléphona au Parquet et demanda quand il pourrait enlever le corps, puis il eut une discussion peu amène avec la direction du cimetière au sujet de la date et du lieu de la sépulture.

Wegener rentra chez lui en voiture, s'assit dans la pharmacie déserte. Dehors, contre la porte, se trouvait l'inscription : Fermeture provisoire pour cause de décès. Puis il but un cognac et considéra longuement les rayons contre le mur couverts de flacons et de boîtes.

A présent, se disait-il, comment continuerons-nous ? Derrière moi, la construction de la fabrique de produits pharmaceutiques avance chaque jour et je me trouve dans la vieille et célèbre Pharmacie Lohmann. A présent, l'ensemble m'appartient, ou plutôt appartient à Irmi, mais il me faut charger le tout sur mes épaules et je n'ai aucune idée précise en ce qui concerne la science pharmaceutique, à part le peu que j'ai pu en recueillir à me trouver au côté de Lohmann, c'est-à-dire la lecture des ordonnances, la vente des spécialités car je sais où elles se trouvent, la manière de broyer quelques mélanges et de donner des conseils pour une constipation opiniâtre, par exemple. Mais se débrouille-t-on avec cela tout le long d'une existence ? Que ferait Helmuth Wegener... le véritable Helmuth ?

Question idiote ! Il aurait sûrement pris des décisions, celles qui ne furent pas prises par moi. Il aurait certainement poursuivi ses études de médecine et ferait partie à présent d'un corps aux traditions quasi féodales.

Mais cela m'est encore possible ! pensa-t-il soudain, puisque je possède tous les papiers d'un étudiant en médecine et que je le suis, somme toute, retardé seulement par la guerre... Je pourrais me faire inscrire pour un nouveau semestre... — Et puis je me trouverais devant la table de dissection ou dans le laboratoire et je ne saurais même pas me servir d'un bec Bunsen. Dans une vie indépendante, sans contrôle, on peut toujours s'en sortir avec quelques répliques hardies autant qu'imprécises. Mais à l'Université, on comprendra tout de suite quelle sorte d'oiseau resquilleur s'est introduit dans le nid. Allons ! continuons la même comédie. Plus on vieillit, plus l'entourage devient indulgent, et puis le choc moral de la guerre qui explique suffisamment une perte partielle de la mémoire... Nous sommes tous des victimes, même si nous avons survécu. Si l'on raconte ceci partout on finit par s'en faire une auréole qui vous rend inattaquable. Un martyr de notre temps. N'y touchez pas, il a assez souffert !

Dans l'après-midi, Wegener se rendit à l'hôpital.

Irmi allait bien, même si elle souffrait de la cicatrice due à l'opération. Assise dans son lit, soutenue par des oreillers, elle avait bu quelques gorgées de thé, mais elle était alimentée par un système goutte-à-goutte qui lui ôtait toute impression de soif.

— As-tu revu père une dernière fois ? dit-elle lorsqu'ils se furent embrassés après avoir déclaré que le petit Peter était le plus bel enfant de l'univers.

— Non. Fortmann a tout pris en main.

— Quand l'enterrement ?

— La semaine prochaine, mardi, à Köln-Lindenthal ; on exhumera mère pour la placer dans la même tombe.

— C'est bien, je te remercie, Helmuth.

Elle entoura son cou de ses bras, abaissa son visage tout contre le sien et déposa des baisers sur ses paupières ce qui, semblait-il, mettait un point final au thème Johann Lohmann. La vie nouvelle qui allait lui être apportée de la nursery dans une demi-heure et qui retirerait sa subsistance de son sein, était plus forte que le chagrin. Toute crainte de voir Irmi sombrer à nouveau dans l'horreur de ce meurtre était mal fondée. Sa maternité, la conscience de son devoir qui serait de n'être plus désormais que mère et épouse étaient des sentiments bien trop exclusifs.

— J'ai suffisamment de lait ! reprit-elle heureuse. Imagine que la sage-femme dit que j'en ai même assez pour deux ! C'est venu tout à coup... une vraie fontaine... tâte donc...

Il se pencha, glissa sa main dans l'ouverture de sa chemise de nuit et entoura tendrement son sein de sa main :

— C'est beau, Irmi, très beau, nous aurons un gars solide !

— Comme toi, chéri. — Elle retint énergiquement sa main sur son sein lorsqu'il voulut l'en retirer. — Et aussi intelligent, aussi remarquable que toi.

Il éprouva de nouveau une honte démesurée, mais il lui répondit d'un signe de tête et mit un baiser sur ses lèvres redevenues douces et souples. La fièvre était passée. Elle lui semblait plus tendre, plus voluptueuse, il le sentait en passant la main sur son ventre, ses cuisses, puis sur ses épaules. Elle fleurissait sous sa peau.

Le soir venu, le professeur Goldstein jeta un regard dans la chambre de l'accouchée. Mais cette fois, ce n'était pas une visite officielle, il était en manteau de ville et prit pour la forme le pouls d'Irmi, puis jetant un regard sur le bouquet monumental apporté par Wegener, fait de roses et de chrysanthèmes, il remarqua :

— Malheureusement, ces fleurs vont passer la nuit hors de cette chambre !

— Je sais, monsieur le professeur... — Wegener alla vers la table : — Je vais les porter dans le couloir, ce vase est trop lourd pour l'infirmière.

Goldstein le suivit aussitôt et referma la porte.

— J'ai pris ce prétexte, commença-t-il lorsque Wegener eut déposé le vase, pour vous parler seul à seul. — Goldstein toussota : — Avez-vous écouté les dernières nouvelles de la radio ?

— Non, monsieur le professeur.

— On croit avoir arrêté l'assassin de votre beau-père. Par hasard. On l'a pris sur le fait alors qu'il volait dans un chantier de construction à Ehrenfeld. Il n'a pas encore avoué, mais le commissaire Runckel est sûr qu'il tient le criminel. D'ailleurs, l'arme qu'il portait sur lui est un pistolet 7.65 mm. C'est un garçon de seize ans ! Il reconnaît avoir traîné dès l'âge de treize ans des obus hors d'une position de D.C.A. A quatorze ans, il faisait partie du Werwolf (1), à quinze il s'est introduit dans une réserve de vivres des Alliés. Les circonstances peuvent faire d'un humain une créature bestiale.

— Nous avons tous reçu un coup sur le crâne, monsieur le professeur.

— Mais nous ne devons pas nous offrir cette excuse, ni vous ni moi en tant que médecins. A propos, continuez-vous ?

— Peut-être, monsieur le professeur.

— Vous vous spécialiserez ?

— Certainement en chirurgie.

— Alors, bonne chance !

Sur ce, le professeur serra la main de Wegener et s'éloigna vers la sortie de la maternité.

(1) Association de terroristes qui exista après la guerre en Allemagne. (N.d.T.)

Wegener le suivit des yeux jusqu'à ce que la porte de verre dépoli se fût refermée sur son passage, puis il prit dans le bouquet une rose rouge et la porta à Irmi dans sa chambre. Une seule rose n'altérerait pas l'air nocturne. Il la glissa dans la chevelure d'Irmi, lui baisa la main et attendit la sage-femme portant son fils Peter Johann.

Les enterrements sont de terribles cérémonies, mais pour la plupart des gens elles ne signifient guère plus qu'une diversion mondaine, une sorte de garden-party, dans l'épuisante uniformité de la vie quotidienne.

La mise au tombeau du pharmacien Lohmann au cimetière de Köln-Lindenthal fut une cérémonie solennelle, quasi officielle, à laquelle prit part une nombreuse assistance. Considéré comme un bienfaiteur de sa commune, le pharmacien Lohmann eut un enterrement digne de lui. Aussi y vit-on des représentants du conseil de l'ordre des pharmaciens, de la Croix-Rouge allemande, d'un club de jeu de quilles, etc. Enfin on y vit aussi deux représentants du conseil de l'ordre des médecins et même... l'oncle Hannes Lohmann, le plus jeune des frères du défunt, et son ami l'entrepreneur de transports Heribert Bluttke. Tous deux venaient de Hambourg où ils s'étaient réfugiés après qu'en 1945, à Cologne, ils avaient appris qu'on les recherchait en tant que membres du parti hitlérien et, de ce fait, comme coupables de toute la saloperie antérieure. Le danger était passé à présent. Ils étaient « dénazifiés » ayant été reconnus comme d'insignifiants suiveurs des meneurs à croix gammée. Pourtant parce qu'ils avaient établi leur nouvelle existence à Hambourg, ils y restaient, malgré la nostalgie qu'ils gardaient de la ville de Cologne.

— Nous te connaissons bien, Helmuth ! s'écria Hannes Lohmann en secouant les mains de Wegener. Ça t'épate, quoi ? Nous étions témoins à ton mariage... moi et Heribert Bluttke. Tu étais présent en photo, celle-ci était placée devant nous, sur la table, et un casque d'acier se trouvait posé à côté. Je me suis demandé alors : qu'est-ce que cet imbécile qui se marie sans avoir jamais vu sa promise ? Puis on a donné l'alerte d'un bombardement aérien : la cérémonie était finie ! Enfin, nous faisons ta connaissance ; en fait, tu n'as pas du tout l'air d'un imbécile !

— Merci, dit Wegener calmement. C'était bien une époque de démence et je suis heureux que vous soyez venus.

— Pour enterrer Johann ! Incroyable. Dire qu'on l'a assassiné !

Heribert Bluttke, plus gros que par le passé, pesait à présent près de cent vingt-cinq kilos ; il soufflait et s'essuyait le nez. Les personnes invitées à l'enterrement se massaient dans la chapelle du cimetière et dans les allées y menant — sûrement au nombre de deux mille. Dieu eut la bienveillance d'accorder un rayon de soleil d'automne à cette assemblée qui avait la chance de piétiner un sol sec, sans flaques de pluie, ce qui lui évita d'écraser en glissant dans la boue les couronnes de fleurs qui avaient été placées des deux côtés des allées. Le début de la Marche funèbre du *Crépuscule des Dieux* de Wagner retentit, ce qui, à présent, n'était plus considéré comme une manifestation d'agressivité politique.

— Il faudra tout nous raconter plus tard, mon cher Helmuth, reprit Hannes Lohmann. Où est Irmi ? Déjà à l'église ?

— A l'hôpital.

— Mon Dieu ! La mort de Johann l'aurait-elle abattue à ce point ?

— Elle vient de mettre au monde son premier enfant, notre fils Peter.

— Alors ça ! lança Bluttke à haute voix. Ils font la peau de Johann et Irmi pond un enfant dans la même heure ! Bon Dieu, quelle perversité !

— Allons-nous-en.

Wegener se détourna et courut presque jusqu'à la chapelle du cimetière. Il entendait Bluttke souffler derrière lui. Il éprouva une nausée de dégoût. Je vais me retourner et lui foutre mon poing sur la gueule, pensa-t-il. Et nous saurons aussi ce qu'il faut penser de Hannes Lohmann. Jusqu'à ce jour, ils ne s'étaient pas manifestés ces deux-là, et Johann Lohmann n'avait pas non plus parlé d'eux ni Irmi bien qu'ils eussent été témoins à son mariage. Que vais-je faire d'eux ? Ils sont apparemment les seuls membres de la famille. On aimerait leur faire avaler de l'eau-de-vie avec un entonnoir et les renvoyer ensuite à Hambourg.

Tout au fond de l'église se trouvait aussi le commissaire Runckel qui adressa à Wegener un signe amical. Un peu plus vers l'avant, Wegener aperçut le professeur Goldstein dont les cheveux blancs luisaient au soleil traversant les vitraux. Le maître de cérémonie Fortmann, l'entrepreneur de pompes funèbres, prit Wegener par la main comme un enfant et le conduisit au premier rang des bancs, tout contre le cercueil si couvert de fleurs qu'il en était invisible. Wegener s'assit. Le gros Bluttke était resté en arrière, haletant. Wegener entendit seulement Hannes Lohmann s'asseoir derrière lui. Par contre, quelqu'un le salua : un gros monsieur ventripotent dont la lèvre supérieure portait une courte moustache agressive. Sa joue gauche s'ornait d'une longue balafre.

Wegener lui rendit un bref salut et se prépara à une rencontre désagréable. Qui est-ce, pensait-il, un médecin ? Pour quelle raison est-il à côté de moi, sur le banc d'honneur ? Et cette balafre ? Elle le désigne comme un parangon d'académie. Il va m'interpeller et puis tout dépendra de quoi il me parlera. Avant tout soyons souple, écoutons attentivement, ne parlons que lorsque ce que l'on dit est absolument irréfutable.

La Marche funèbre était terminée. Le pasteur monta à sa chaire placée latéralement. L'homme à la balafre profita de cette pause pour se pencher vers Wegener.

— Schwangler, dit-il, Edouard Schwangler.

Wegener respira, soulagé. Tiens, c'est lui ! pensa-t-il, l'avocat de Lohmann son beau-père. Il ne l'avait jamais vu, mais Lohmann disait souvent de lui : c'est le meilleur avocat que je connaisse ! Mais aussi quel fieffé cochon ! s'il prononce cinq paroles, il y a quatre cochonneries... Ç'avait l'air d'être une peinture exacte de l'individu en question, qui se mit aussitôt à susurrer des propos à double sens, tous graveleux, tandis que le pasteur disait en chaire : Une précieuse source de vie s'est tarie... en allusion au défunt. En même temps, le pasteur dévisagea le gendre, Helmuth. Qui es-tu ? disait son regard. Wegener lui répondait par un regard aussi froid que défensif, les bras croisés sur la poitrine. Il abaissa ses yeux sur le cercueil sur lequel s'écroulait le monceau de fleurs. Certainement, l'avocat Schwangler aurait la haute main sur le testament de Lohmann, ce qui expliquait sa place d'honneur à l'enterrement. Mais ce ne pouvait pas être un testament compliqué. Irmi héritait de tout, parce qu'elle avait été la raison de vivre de son père. Personne d'autre ne pouvait avoir la moindre prétention à l'héritage.

Le pasteur termina son discours et se remit à prier, l'organiste fit retentir l'ouragan du Largo de Händel. Quelque part derrière Wegener, une femme sanglotait, touchée par la solennité sublime de la cérémonie.

Lorsqu'on m'enterrera, pensa Wegener, il faudra que tout se passe bien différemment ! Sans le moindre faste, sans bruit, un départ vers le néant que nul ne remarquera.

Enfin, au bout d'une heure, tout fut fini. L'assistance s'en fut, comme si elle quittait un stade de football. Quelques photographes de presse prirent des photos ; on demanda à Wegener, au sujet de l'assassin, s'il était partisan de la peine de mort et si, à ses yeux, l'assassin adolescent était un criminel obtus ou une victime de la guerre qui avait semé partout la violence.

— Mon beau-père est mort, répondit-il d'un ton raide. Le reste relève de la justice et des lois. J'ignore la vengeance. Ecrivez ce que vous voudrez ! Ça ne sera jamais exact qu'à moitié !

Ces propos le rendirent peu sympathique aux attachés de presse, mais il n'en avait cure. Seul, le Dr Schwangler, l'avocat de la famille, lui dit par la suite :

— Montrez-vous plus diplomate, monsieur Wegener. Une nouvelle Allemagne se développe qui sans doute sera tout aussi bête et incapable de rien apprendre du passé qu'elle le fut toujours, mais il nous faut vivre dans son sein. La plupart des gens prennent la vie telle qu'elle vient sans s'apercevoir qu'elle n'est qu'une constante prostitution.

Ainsi apprirent à se connaître au bord d'une tombe, Helmuth Wegener et le Dr Schwangler. Hannes Lohmann se tenait à côté d'eux, ainsi que le gros Bluttke suant d'émotion et plus haletant que d'habitude, mais il trouva tout de même assez de souffle pour dire qu'il avait soif et aspirait à boire une gigantesque chope de bière.

— Ça va grésiller comme si l'on crachait sur le nombril d'une fille chaude ! dit-il d'une voix grasseyante. Puis tous ils se détournèrent, abandonnant la tombe aux fossoyeurs pour rouler jusqu'à un restaurant dont Wegener avait loué une petite salle afin qu'ils puissent noyer leur chagrin en se pochardant « en mémoire de la peau de Lohmann ». Vinrent en ce lieu quelques amis choisis, les présidents de différentes chambres et sociétés, des voisins, quelques inconnus qui se disaient avoir été de vieux camarades. Assemblée qui, au bout d'une heure se révéla des plus joyeuses et qui se délecta de grosses plaisanteries que le porcin Dr Schwangler lançait généreusement parmi les hommes attablés. Il savait servir ses petites cochonneries avec le talent d'un beau parleur de province.

— Mes hommages à votre chère femme, dit Schwangler à Wegener lorqu'on se sépara le soir venu. Je pense que vous vous rendez à l'hôpital de ce pas ? Peut-on vous rendre visite ?

— Certainement.

— Faut-il attendre pour l'ouverture du testament qu'elle soit retournée chez elle ?

— Je crois que ce serait préférable.

— Ce n'est pas qu'une question de forme. Elle est légataire universelle. Pensez-vous à bifurquer vers la pharmacie, monsieur Wegener ?

— Je ne crois pas. Je mettrai un pharmacien dans la place et je m'occuperai de l'installation de la fabrique. — Wegener se comportait avec une extrême retenue. — A dire vrai, je n'ai plus envie de m'asseoir de nouveau sur les bancs de l'école, de potasser, de passer des examens. La guerre m'a lancé sur une autre voie et c'est elle que je suivrai. J'ai le sentiment que j'y réussirai.

Le soir même, il était de nouveau assis au chevet d'Irmi, puant le cognac et la bière, en train de manger son dîner, car elle n'avait pas encore faim.

— Ce fut un enterrement plein de dignité, déclara Wegener lorsque Irmi lui posa du regard une question silencieuse.

Il resta à la maternité jusqu'à ce que l'infirmière de nuit prît son service. La sage-femme parut aussi, prit les deux livres de café en grains qu'il lui avait promis et annonça joyeusement qu'Irmi avait assez de lait pour abreuver plusieurs poupons.

— Tu as l'air fatigué, chéri, dit Irmi en caressant les cheveux de son mari. Rentre à la maison et dors une bonne fois ! Tu as de grands cernes sous les yeux !

Il l'embrassa en silence et se glissa à la suite de la sage-femme jusqu'à la nursery où il examina longuement son rejeton. Celui-ci dormait, repu et satisfait.

— C'est un éternel étonnement, dit Wegener, de penser que l'on porte en soi un tel prodige !

— Bah ! quelques pauvres quarante-six chromosomes, dit la sage-femme, et elle recouvrit Peter qui avait repoussé sa couverture en agitant ses petites jambes.

Wegener regardait la sage-femme sans rien répliquer, puis il rompit cette conversation murmurée en se promettant de se documenter au sujet des chromosomes, afin de pouvoir prendre part aux conversations à leur sujet.

Je suivrai les cours libres de l'Université, je mettrai à profit chaque minute de liberté, c'est important ! Il faut acquérir des connaissances, même partielles !

Sur la pointe des pieds, il quitta l'hôpital qui, à cette heure, était fermé aux visites — comme médecin il faisait exception — et roula vers sa demeure. Désormais, il n'y aurait plus le moindre accroc.

Au bout de dix jours, Irmi quitta l'hôpital.

Son retour au foyer fut une marche triomphale. Toutes les pièces de la maison étaient encombrées de fleurs, une montagne de lettres de félicitations l'attendait. Les voisins affluèrent pour lui faire de brèves visites, on lui offrit des cocktails et des petits pains fourrés. Wegener parlait d'une « journée portes ouvertes »... Puis on eut enfin derrière soi ce moment éprouvant et la vie quotidienne reprit possession de la maison. Le Dr Schwangler, l'avocat à la barbiche conquérante, l'y introduisit par cette seule question :

— Où en sommes-nous ? La pharmacie doit continuer ! Vous n'avez pas les connaissances nécessaires, mon cher, étant un médecin en rupture de ban, bien que vous fûtes bon vendeur chez votre beau-père. Cependant les lois exigent qu'une pharmacie soit dirigée par un pharmacien. J'en ai déjà parlé au conseil de l'ordre des pharmaciens qui vous proposera d'installer un commis chez vous, un jeune homme qui ne vous coûtera pas trop cher et sera agréé officiellement. Vous resterez le patron et si vos plans réussissent, vous chierez bientôt dans une cuvette d'or pur. — Le Dr Schwangler toussota et eut un sourire gamin qui lui était habituel lorsqu'il extrayait de sa pensée quelque remarque cochonne : — Est-il vrai que vous projetez de fabriquer dans vos futurs laboratoires des spécialités reconstituantes ?

— Oui. Des comprimés de vitamines, des fortifiants des nerfs, en général des fabrications régénératrices...

— Autant dire des *fabrications redressantes !* lança le Dr Schwangler dans un rire.

— C'est votre version, docteur ! Quant à moi, je veux d'abord aider ceux que la guerre et l'après-guerre ont épuisés à fortifier leur organisme.

— Et leur orgasme aussi ! s'écria Schwangler enthousiaste en frappant dans ses mains. Mon cher Wegener, vous êtes en chemin de devenir millionnaire. La vente de « potentiel vital » est une idée en or ! Je vous propose mon association : dans trois ans, toute l'Europe avalera les pilules de perlimpinpin Lohmann et je dois me montrer franc : je vous ai méconnu vous prenant pour un fruit sec. Vous êtes un génie silencieux ! Le réanimateur des vigueurs endormies ! Mon vieux, quelle affaire !

Dès le 1er novembre, un commis fut installé dans la pharmacie Lohmann ; il s'appelait René Seifenhaar (1) et s'y était habitué car on ne choisit pas son nom. D'ailleurs, c'était un très joli garçon d'un type que l'on ne voit que dans les magazines de mannequins ou de stars, ou encore dans les films. Grand, svelte, une chevelure noire bouclée comme un méridional, d'une présentation élégante, la voix douce et des yeux bruns de biche. Les femmes en étaient folles et se rendaient en foule à la pharmacie. A chacune, René Seifenhaar accordait un doux regard, mais pas davantage.

— Ce gars-là est glacé jusqu'aux moelles ! proclamait le Dr Schwangler. Une vraie chance. Nous allons le choisir comme image publicitaire de notre spécialité ! Alors chacun croira qu'au bout de cinquante dragées, il sera nécessaire de renforcer d'une plaque de fer blanc le devant de son pantalon !

Peu avant Noël, Helmuth Wegener réussit, avec l'aide d'ouvrages donnant des recettes de pharmacie, qu'il étudia mot à mot, mais aussi avec l'aide de René Seifenhaar, à mettre au point la fabrication de la série zéro des dragées revigorantes que l'on devait soumettre à l'approbation de la commission de contrôle de la pharmacie. Le Dr Schwangler voulait appeler cette spécialité « Priaposan », d'après le dieu grec Priape dont l'érection constante mettait en extase toutes les déesses de l'Olympe. Mais on tomba d'accord sur cette appellation moins ambitieuse « Vitalan » et l'on ébaucha son empaquetage qui porterait l'image de René Seifenhaar en adolescent provocant au slip avantageux.

— Ça fiche un coup ! approuva Schwangler satisfait. Il a aux bons endroits les rondeurs désirées.

(1) Ce nom est un sobriquet qui signifie à peu près « tête savonnée ».

Le 17 janvier 1949 arriva l'invitation inattendue de faire une conférence devant un congrès européen ! Qui diable lui avait préparé cette chausse-trape ?

Il alla voir le médecin de famille, le Dr Hampel, et se plaignit de douleurs d'origine nerveuse dans la jambe gauche — ce que l'on ne pouvait ni contrôler ni démentir — et revint chez lui avec l'obligation de ménager ses nerfs, en restant huit jours alité.

— Ça nous manquait ! remarqua Schwangler de méchante humeur. Précisément à Zurich, vous auriez pu emboucher la trompette pour notre « Vitalan » ! Bon, envoyons-y le beau René.

C'est ainsi que Wegener apprit quel était l'auteur de l'invitation à la conférence. Il se mit au lit avec satisfaction. Irmi l'entoura de soins touchants, enveloppa sa jambe d'un bandage élastique afin de soulager ses nerfs et lorsque le jeune Peter avait tété son saoul il était couché à côté de Wegener sous la couverture piquée où il dormait au chaud en ronflant de tout son minuscule petit nez retroussé.

Une vie pleine de prodiges.

René Seifenhaar s'acquitta admirablement de sa mission à Zurich. Son esprit enjôleur et ses dispositions particulières lui permirent de prendre toute une série de contacts sur le plan international et de faire connaître dans les milieux professionnels la fabrication du Vitalan, encore à ses débuts.

— Celui-là nous ne le rendrons pas ! lança en riant Schwangler lorsqu'il vint apporter à Wegener encore alité les premières nouvelles parvenues de Zurich.

— Ce que tu ne fais pas avec ton intelligence ni moi avec mon entregent, le petit sait le faire avec sa face postérieure particulièrement érotique ! Voilà une association à trois qui promet un succès durable !

— Décidément, vous êtes toujours le même goret ! constata Wegener avec une grimace amusée. Mais il faut vous donner raison. Ah ! s'il n'y avait pas cette maudite jambe ! Elle a gelé en 1941 et mes nerfs ont dû en prendre un coup !

Il est bon d'avoir une porte de sortie sur la maladie, pensait-il assez fier de lui. On peut ainsi éluder beaucoup de choses et chacun vous croit ! La guerre viendra en aide à notre génération jusqu'à sa fin.

Peu avant le carnaval — à Cologne, on le célébrait de nouveau de bon cœur car quiconque priverait l'habitant de Cologne de sa cathédrale et de son carnaval pourrait aussi bien, en ce qui le concerne, anéantir le monde entier —, le courrier du matin apporta de nouveau une missive d'un caractère particulier.

Wegener se trouvait dans le nouveau bâtiment de la fabrique et assistait à la pose d'un revêtement destiné à l'insonorisation d'un plafond, lorsque le jeune stagiaire en pharmacie, Norbert

Schmitz, qui avait été engagé comme aide dans le secteur commercial, apporta le courrier.

Déjà l'aspect distingué du papier à la cuve de l'enveloppe où se trouvait écrit le nom de l'expéditeur annonçait un danger : Union des anciens élèves du Goethe Gymnasium de Hanovre. C'était l'invitation à une rencontre d'anciens camarades de classe, à un *revoir*, le premier après la guerre.

— Faut-il que tu ailles là-bas ? demanda Irmi.

Il fut alerté par le timbre de sa voix. Voulait-elle le mettre en garde ? Se doutait-elle de certaines corrélations ? Non, c'était impensable.

— Pourquoi pas ? dit-il. C'est amusant de retrouver de vieux copains.

Cela n'était pas dit sur un ton très convaincant, mais il voulait savoir si Irmi persévérerait dans son encouragement au refus.

Mais elle se contenta de hausser les épaules.

— Si ça te fait plaisir...

Et soudain, il eut conscience qu'il n'y avait plus pour lui de retour en arrière. Je suis idiot ! Je n'avais qu'à dire : Non, je n'ai pas l'obligation de m'y rendre, ça ne m'intéresse pas, et la page serait tournée.

A présent, il allait à la catastrophe. Mes camarades de classe ! La classe de fin d'études ! Je serai là comme un aveugle auquel on montre un coucher de soleil. Voyons, je ne connais aucun d'eux. Ma jambe doit de nouveau venir à mon secours et cette fois, ce sera ma jambe droite, celle qui a été blessée. Mon Dieu, Hanovre sera mon naufrage !

— Helmuth, dit Irmi d'une voix tendre, veux-tu que je t'accompagne ?

Est-ce que sa voix ne trahissait pas de nouveau une inquiétude ? Il la regardait de côté, mais elle s'était à demi détournée et serrait l'enveloppe entre ses doigts. Il avala sa salive et répondit par une brève inclinaison de tête. Le retour en arrière n'était plus possible.

Il répondit que ce n'était pas utile, que c'était une rencontre entre hommes et que, naturellement, il s'y rendrait. Pourtant, son ancienne blessure de la jambe droite le faisait de nouveau souffrir de manière tellement suspecte... mais après tout, on avait encore dix jours pour décider.

Pendant ces dix jours, Wegener se procura les noms de ses anciens camarades d'études. Ce n'était pas difficile, un bureau d'informations lui avait donné la liste des élèves de la classe de fin d'études de cette année. Mais à quoi bon ces noms ? Quels étaient les visages de ces adolescents ? Qu'avaient-ils vécu ensemble ? Helmuth Wegener avait-il reçu d'eux un sobriquet ? Et les autres élèves ? Quels étaient les noms des professeurs ?

Accablé d'incertitude et de peur refoulée, Helmuth Wegener roula jusqu'à Hanovre afin de prendre part à la réunion des anciens élèves de sa classe. Il faut subir cette épreuve, pensait-il. C'est comme une répétition générale : si elle est relativement réussie, j'en retirerai une assurance dont nul ne pourra jamais m'arracher ! Peut-être alors la personnalité de Helmuth Wegener sera-t-elle accomplie. Peut-être...

Lorsqu'il arriva à Hanovre, il avait les mains moites de sueur et il éprouvait une palpitation dans le cou invisible à l'extérieur.

CHAPITRE VI

LA VILLE DE HANOVRE avait un aspect encore assez ravagé, bien que ses décombres fussent rassemblés, mais c'était une cité propre, malgré toutes ses ruines, auxquelles Wegener était d'ailleurs accoutumé comme habitant de Cologne où l'on n'y prêtait plus la moindre attention, ce spectacle étant devenu le cadre de la vie quotidienne en Allemagne. Cette ville prouvait que même une guerre totalement perdue vous met peut-être à genoux, mais ne vous oblige pas à périr dans la poussière des décombres.

L'Union des anciens élèves de classe terminale au Goethe Gymnasium à Hanovre avait loué un petit hôtel reconstruit et tenait ses assises dans une pièce donnant sur une arrière-cour, qualifiée fièrement de « petite salle ».

Wegener était, semblait-il, l'un des premiers à se montrer au lieu du rendez-vous. Le directeur de l'hôtel l'accueillit avec une amabilité débordante et lui réserva une chambre à deux lits, avec eau courante et douche, alors qu'il eût de beaucoup préféré une chambre dans laquelle il eût été seul. C'était un effort d'attention dont il se serait bien passé.

— Nous n'avons pas de chambres à un lit, expliqua l'hôtelier. Pas encore, seulement lorsque nous aurons terminé le fond de l'immeuble... Pour le moment d'ailleurs, les chambres à deux lits sont d'un meilleur rapport.

Il eut un sourire entendu.

Wegener ouvrit sa valise, se changea et s'examina dans une glace. Il sortit aussi de son portefeuille la vieille photo de Helmuth Wegener et se compara à celle-ci. La photo type du militaire Wegener, en uniforme de sergent avec la EK II et la EK I, la médaille des blessés par le gel, l'insigne des combats corps à corps. le cheveu coupé court, une pose de héros... Une photo qui ne pouvait rien révéler. La Russie, la captivité ravinaient les visages. Et puis une certaine ressemblance subsistait entre eux.

Wegener replaça la photo dans le compartiment secret de son portefeuille, passa un peigne dans ses cheveux bruns qui étaient à présent plus longs qu'en 1944, un peu plus souples, et consulta le cadran de son bracelet-montre : encore trois heures jusqu'à la rencontre.

Il s'assit dans le seul fauteuil de la chambre, un siège boiteux recouvert de peluche, sortit de sa valise un résumé de médecine interne et de chirurgie générale, gros bouquin des plus encombrants, et se mit comme au cours de ces derniers mois à l'étudier mot à mot et page après page. Les expressions qu'il ignorait, il les cherchait dans le dictionnaire aux termes de médecine, il lisait certains passages à haute voix en s'écoutant lui-même. Vieux truc du temps de son apprentissage de futur serrurier. On se souvient mieux lorsqu'on a tout ressassé visuellement et auditivement. Les acteurs et les chanteurs suivent la même méthode, se disait-il. De cette manière, il avait engrangé beaucoup de connaissances et avait toujours pu se faufiler à travers toutes les conversations.

On frappa à la porte. L'hôtelier entra, un homme le suivait, le compagnon de chambre, celui qui allait occuper le second lit. Wegener referma ses livres et se leva.

Les deux hommes se dévisagèrent avec curiosité. L'hôtelier déposa la valise du nouveau venu près de la porte et disparut aussitôt.

L'homme toussota ; pour lui aussi, cette première minute était pénible, mais dès qu'il aurait dit les premiers mots tout irait mieux !

— Zyschka, dit l'homme enfin, tandis que Wegener restait muet. — Walter Zyschka.

— Helmuth Wegener.

— Mon vieux ! Tu es Helmuth ? — Zyschka frappa ses mains l'une contre l'autre, fonça vers Wegener, l'étreignit et l'embrassa sur la joue : — Vieux, ce que nous avons changé ! Cette chierie de guerre. Tu ne m'aurais pas reconnu, quoi ?

— Non, dit Wegener sincère. Mais à présent que tu le dis, oui, je te reconnais, Walter ! Ne portais-tu pas de lunettes autrefois ?

— Non, c'était le « Lunettard ». Que ne lui avons-nous pas envoyé comme brocards ! « V'là le Lunettard aux lunettes ! » Pauvre type, il est tombé à Minsk en 1942.

— Exact ! — Wegener frappa l'épaule de Zyschka du plat de la main sans omettre d'enregistrer tout : le Lunettard aux lunettes... — on pouvait exhiber adroitement ce détail par la suite. — Et toi, comment vas-tu ?

— Je suis assesseur de jurisprudence, en ce moment délégué au cadastre. Parfaitement chiant ! Je vais tâcher d'entrer au Parquet.

Et toi, Helmuth ? Tu te trouves sur le point de passer l'examen d'Etat ?

— Non, je n'ai pas continué, Walter.

— Tu es fou ! Tu étais la bête à concours de la classe ! Tout se passait pour toi comme par enchantement alors que nous bûchions tous ! Tu allais te promener l'après-midi avec les filles et nous, nous en étions à nous entonner des cours ! Tu ramais sur le lac alors que nous rabâchions des formules chimiques ! Et c'est toi qui as jeté le manche après la cognée ? Voyons ! vieux Helmuth !

— Après ma captivité, tout me dégoûtait, d'ailleurs je suis marié, j'ai un enfant, un fils Peter.

— C'est juste ! — Zyschka rassembla ses souvenirs et rit : — On m'a même dit que tu t'étais « marié à distance ». Ça, il faut être Wegener pour le faire ! ai-je pensé... et avec ça il est heureux !

— Je le suis. Irmgard est une femme merveilleuse.

— Et avec quoi vous mettez-vous du beurre dans les épinards ?

— Irmi a hérité d'une pharmacie, la meilleure de Cologne, et je suis en train de bâtir une fabrique de produits pharmaceutiques.

— Comment ai-je pu te poser des questions aussi stupides ? Helmuth Wegener sans veine insolente, ça n'existe pas ! Les choses te sont toujours tombées toutes rôties dans la gueule... Enfin, si tu as besoin d'un syndic pour ta fabrique, pense à ton camarade de classe, Walter !

— Naturellement, mon vieux.

Le « revoir » des anciens élèves dans la petite salle fut superbe, accompagné de schnaps, de bière, de vin et, à la fin, de champagne offert par Eberhardt von Hommer, le plus riche de la classe autrefois et actuellement aussi. Son père possédait des aciéries, en était à sa quatrième épouse, plus jeune que son fils Eberhardt, ce dont il résulta des relations « triangulaires ». Voilà une situation que vous devriez rechercher, grasseya Eberhardt von Hommer éméché ; celui dont le vieux père est veuf, devrait conseiller à celui-ci d'épouser un tendron. Rien de plus pratique : le senior la nourrit, le junior la maintient en bonne forme physique ! Il en résulte une vie de famille harmonieuse avec triple garantie de bonheur : papa est fier de sa jeune femme, la jeune femme est fière de ses bijoux, de ses fourrures, de sa voiture et du nom qu'elle porte. Quant au junior, il développe des ambitions légitimes et se voit délivré de la peine d'ouvrir constamment les draps de nouveaux lits. Ainsi, chacun a sa part du bonheur individuel, dont la maison familiale est le sanctuaire !

Il n'y eut en réalité que deux moments critiques pour Helmuth au cours de cette soirée. D'abord lorsqu'il lui fallut saluer les deux vieux professeurs qu'il ne connaissait naturellement pas et lorsque son voisin de banc, Fritzchen Leber, à présent architecte, lui dit :

— Mon vieux, je ne t'aurais pas reconnu ! Malgré nos neuf ans d'abrutissement sur le même banc ! Ta tête est devenue ronde !

— Peut-être à force de porter le casque d'acier ? répliqua Wegener du tac au tac.

Les autres éclatèrent d'un rire homérique, ce qui mit un point final à la question. Mais Fritzchen Leber exprima plusieurs fois son étonnement au cours de la soirée.

Il y avait aussi cette histoire avec Lore, la fille aux longues nattes cuivrées. Elle avait seize ans en ce temps-là. Wegener et Leber s'étaient battus pour elle comme des taureaux. Wegener avait eu le dessus, mais lui non plus n'avait pas été plus loin dans les bonnes grâces de Lore, la rousse, que l'octroi d'un baiser, une main hardie posée sur ses seins et une caresse jusqu'en haut des cuisses. Lore s'étant refusée, s'était montrée désagréable.

— Dommage en fait, dit Leber attristé, Lore a été ensevelie dans des décombres, elle est morte étouffée en 1944 au cours d'un bombardement aérien. Le sais-tu ?

— Non. — Wegener tentait de s'imaginer Lore aux longues tresses rousses, sa silhouette, ses seins qu'il devait avoir saisis, ses cuisses. — Comme elle savait embrasser !

On festoya ce « revoir » jusqu'à l'aube. Les professeurs s'en furent les premiers ; un taxi ramena ces messieurs un peu titubants à leurs retraites. La vieille classe, cependant, tenait encore le coup et parlait du vieux temps.

— Cessons de répéter le mot vieux, vieux, vieux ! s'écria Fritzchen Leber. Mes enfants, nous ne sommes pas des vieillards ! C'est tout juste si nous avons atteint les vingt-neuf ans ! Parlons plutôt de l'avenir ! On nous a volé sept ans, plus la captivité et, pour certains, il y a encore trois ans à attendre : deux d'entre nous sont encore quelque part en Sibérie ! Neuf sont tombés ou disparus ! Nous sommes restés douze gars qui devraient « tenir ensemble » comme autrefois et nous aider mutuellement à tirer le meilleur parti de cette après-guerre. En tout cas, une vie préférable à celle que nos parents ont gâchée !

— Voilà encore un nazi ! gronda Zyschka. — Il était tellement soûl qu'il fallut le monter jusqu'à sa chambre. — Mes gars, ne parlons plus *du parti !* Pas avec moi ! Quand un Allemand possède la carte d'un parti, il veut forcément rénover le monde ! Pourquoi ne créons-nous pas l'internationale des noceurs ?

On amena Zyschka dans ses appartements avant qu'il ait pu expliquer à la serveuse le programme de son parti. Quant aux autres camarades, ils titubaient, ayant atteint la limite de leurs capacités en absorption d'alcool. Seul Wegener restait alerte, en éveil, écoutant avidement chacun, buvant peu, versant les boissons par trop corsées dans un pot de fleurs, tout en accumulant dans sa mémoire ce qui pouvait lui servir plus tard avec le désespoir d'un homme pour qui son masque signifie la survie. Ainsi avait-il noté les relations de Hommer avec la grande industrie, l'appartenance de Zyschka à une clique de juristes, le bureau d'architecte de Leber, l'imprimerie de Peter Ortwin qui bientôt imprimerait un journal.

Les professions les plus diverses étaient représentées ici dans cette « petite salle », mais il n'y avait pas d'autre *médecin* que lui, ce qui rassurait Wegener en lui donnant un poids auquel il ne s'était pas attendu. La moindre remarque de caractère médical qu'il osait risquer était écoutée avec respect par les camarades.

Walter Zyschka ronfla effroyablement dans le lit jumeau lorsque Wegener se jeta tout habillé sur la courtepointe du lit qui lui était attribué. Toute la chambre puait l'alcool.

Bien, c'est fait ! pensa Wegener. Mais cette réunion de camarades de classe aura lieu tous les ans dans une autre ville, peut-être même à Cologne chez moi. Faut-il tenir le coup ou laisser tomber en ne me rendant pas à la prochaine rencontre ?

Il ôta ses souliers et se dit que chacun de ces hommes pouvait offrir un intérêt pour lui ; ils représentaient des affaires de poids ou des professions importantes et lui-même ne déparait pas la liste étant héritier d'une pharmacie et futur directeur d'une fabrique de produits pharmaceutiques, lui le médecin en rupture d'études, mais qui possédait assez de connaissances pour élever la voix parmi eux ; Helmuth Wegener, si tout cela ne suffit pas à te faire une existence digne d'être vécue, tu n'es qu'un fruit véreux ! En ce cas, va-t'en en rampant jusqu'à Osnabrück et redeviens serrurier. Car c'est bien une danse de tous les instants sur la corde raide qui t'attend, et sans filet !

Mais tu y arriveras ! Tu as Irmi et le petit, ton univers douillet, et surtout tu aimes d'un amour presque sacré tout ce que tu as su t'approprier. Après tout, tu n'as fait de mal à personne, ton activité augmentera la fortune de ta femme et de ton fils et tu donneras du travail à beaucoup de gens. Oublie donc *ce qui a été* et mets en pièces cette mauvaise conscience qui te murmure à l'oreille : Peter, tu es un gredin.

Helmuth Wegener ne put s'endormir bien que ses paupières fussent de plomb. Il se rendait compte de tout ce qui l'environnait dans une sorte d'état crépusculaire ; Zyschka débitait le mobilier en pièces détachées, dans la chambre voisine Fritzchen Leber, qui ne put se précipiter aux toilettes assez rapidement, avait ouvert la fenêtre en jurant pour pisser dans la rue, ce que l'on entendit distinctement. De l'autre côté du couloir éclata une discussion entre von Hommer et l'hôtelier qui refusait de faire descendre de son sixième la serveuse Hannelore, fût-ce pour la somme de cinq cents bons marks allemands.

Enfin, le silence s'établit. Wegener sommeilla un peu et se

réveilla en sursaut, affolé parce que Zyschka venait de tomber de son lit. Mais celui-ci poursuivit son somme sur le plancher. Wegener ouvrit la fenêtre pour chasser la puanteur qui régnait dans la chambre et considéra la rue déserte à cette heure.

Demain, je serai de retour à Cologne, pensait-il. Auprès d'Irmi, dans ses bras doux et blancs, tout contre sa peau de pêche, les doigts entortillés dans ses cheveux blonds avec contre ma cuisse le contact de son giron chaud et bouclé.

Mon Dieu, quelle vie heureuse !

Garde-moi cette vie, mon Dieu, je t'en prie !

Le Dr Schwangler attendait Wegener avec de bonnes nouvelles. Le voyage à Zurich du commis René Seifenhaar, au congrès des pharmaciens, avait été fructueux, surtout parce qu'il fit, en marge du congrès, la connaissance d'un potentat de l'industrie pharmaceutique italienne, un certain Guilio Betrucci, âgé de soixante-cinq ans, qui s'offrait un chauffeur marocain, un jardinier tunisien, un secrétaire sarde, un cuisinier vénézuélien, et s'était épris de René Seifenhaar. Une lettre et trois télégrammes étaient déjà arrivés venant de Rome où habitait Betrucci dans un palais où il rêvait de René.

— Comment était-ce à Hanovre ? lança le Dr Schwangler enthousiaste. Reconnu tous les camarades ? Naturellement, pas tous ! Ce que nous avons derrière nous a changé nos visages qui se sont ridés... par contre, autre chose devient de plus en plus lisse. Ah bah ! Notre chevalier Seifenhaar a décroché une coopération avec l'un des plus grands complexes italiens de l'industrie qui nous concerne ! Betrucci veut entrer dans notre affaire et l'élever à l'échelon européen. Il s'intéresse sérieusement à notre « Vitalan », à la façon d'un bouc qui aurait du nez !

Wegener s'assit, il était fatigué d'avoir roulé et ses nerfs surtendus avaient besoin de repos.

— N'est-il donc pas possible de parler avec vous sans encaisser des cochonneries ? dit-il. Dr Schwangler, que nous veut Betrucci à Rome ?

— En ce qui concerne René, son... bref, son inclination affectueuse... et il espère en même temps obtenir une étroite collaboration de notre part. Le Vitalan sorti comme produit de marque avec un bang publicitaire qui foutra tout par terre ! Dans deux ans, le Vitalan se trouvera sur toutes les tables de nuit. Nous allons créer une humanité nouvelle qui enfoncera toute résistance... dans le vrai sens du mot.

— Impossible de parler avec vous... — Wegener se leva : — D'ailleurs, je suis fatigué, nous reprendrons cette conversation demain et, cette fois, trêve de cochonneries ! — Il s'arrêta sur le seuil du bureau : — Avez-vous des bases concrètes ?

— Tout à fait concrètes. Betrucci veut se rendre dans une quinzaine à Cologne. René Seifenhaar l'attend déjà tout désir... A propos, y avait-il des femmes à ce congrès des camarades de classe ?

— Nous étions entre nous, docteur ! rugit Wegener. Rien que de vieux camarades !

— Ce fut assurément une classe modèle ! lança Schwangler en secouant la tête. A demain donc, je prépare tout l'exposé : Bettrucci veut tout de suite commencer la production.

— Mais la préparation a tout juste dépassé le stade du laboratoire, docteur !

— Tiens ! la belle affaire : juridiquement c'est une préparation prête à être mise en production ! Comporte-t-elle des substances vénéneuses ?

— Mais non !

— Ou dangereuses pour la santé ?

— Pas davantage.

— Rien que des vitamines et autres machins ?

— Entre autres. C'est une combinaison judicieuse de...

— Ça marche, mon vieux : judicieuse ! Ça, c'est bon, ça se vendra ! Tout individu pensant appréciera le mot judicieuse ! *Combinaison judicieuse !* Et ce nom Vitalan ! Vitalan, mot plein de sens ! Sensuel Vitalan ! Nous transformerons le monde en clapier à lapins !

Wegener eut un geste de refus et sortit de la pièce. A sa manière, Schwangler est un génie, se disait-il. Certes, il ne s'encombrera jamais de considérations morales, il crèvera peut-être à force de bouffer, de boire, de coucher et ça, il estimera que c'est tout naturel. Betrucci en Italie. Un multicomplexe... et tout ça parce que mon commis, un certain René Seifenhaar, porte des pantalons trop étroits. Que ce monde est donc fou !

Il monta l'escalier en se disant que jamais il ne saurait inventer seul certaines publicités tapageuses et... convaincantes, il était par trop un homme normal.

Il en fut d'autant plus persuadé après avoir pris un bain, lorsqu'il se fut couché et que, assise au bord du lit, Irmi lui présenta une tasse de café d'un arôme exquis.

— Pose-la, dit-il paresseusement, tout envahi d'une langueur avide de tendresse. Viens sous la couverture, tu sais bien que je ne me repose vraiment que lorsque je te sens contre moi...

Il dormit profondément, quatre heures durant, jusqu'au dîner. Irmi étendue près de lui, prêtant l'oreille à sa respiration au rythme égal, et heureuse jouissait de son contact. Elle avait posé une main sur sa virilité, de l'autre elle feuilletait silencieusement, pour ne pas l'éveiller, le *Journal de la Pharmacie* qu'elle avait appuyé sur ses genoux remontés.

Elle finit pourtant par se lever, car le petit Peter réclamait son repas constitué moitié de lait maternel, moitié de babeurre. Le lait d'Irmi diminuait et la sage-femme, Mme Viernisch, qui venait visiter Irmi de temps à autre, avait préconisé ce régime pour l'enfant, ce qui permettait de le sevrer peu à peu, ne serait-ce que pour épargner les seins de sa mère : Vous garderez des seins fermes, madame Wegener. Vous avez une jolie poitrine, restons-en là. Les hommes sont fous des poitrines bien rembourrées ! Une poitrine qui a trop servi devient souvent flasque en tarissant et ces gars-là, même s'ils ne disent rien et font semblant de ne pas voir de changement, n'en pensent pas moins. Prenez garde que vos seins restent fiers si vous voulez que l'homme reste au foyer.

Irmi retourna au lit lorsqu'elle eut nourri Peter. Helmuth dormait encore. Elle chercha un journal illustré, remonta de nouveau ses genoux, poursuivit sa lecture et posa de nouveau la main sur son bas-ventre. Elle sentit quelque chose grandir et se gonfler.

— Dors, mon chéri.

Il soupira tout bas et dans son sommeil souleva un peu son bas-ventre dans sa main tiède, mais il ne se passa rien de plus, il était vraiment trop fatigué.

Deux événements se rencontrèrent le même jour qui transformèrent toute l'existence de Wegener.

Le lundi gras parut, venant de Rome, l'industriel Betrucci, afin d'avoir avec Wegener et le jeune René Seifenhaar des conversations sérieuses au sujet du travail qu'ils projetaient d'accomplir ensemble concernant le projet « Vitalan ». Le Dr Schwangler renonça, en se faisant violence, à y introduire tout commentaire de sa façon. Il costuma Betrucci en brillant cow-boy, tandis que René Seifenhaar se métamorphosait en corsaire borgne. Puis ils se propagèrent dans la mer déchaînée du carnaval de Cologne et ne reparurent que le mercredi des Cendres.

— Nous n'avons plus rien à craindre en ce qui concerne les contrats, déclara Schwangler satisfait en s'adressant à Wegener. On y a déjà apposé quelques tampons...

— Docteur ! lança Wegener choqué.

Schwangler eut un soupir sardonique et disparut dans son bureau. Depuis quinze jours, il avait réussi à tout mener de front : son cabinet d'avocat et la direction des affaires du Vitalan-GmbH... Il était surchargé d'occupations, car il avait un cabinet d'avocat renommé dans la région et à présent que les relations se normalisaient et que l'on se mettait à gagner du bon argent tandis que les ruines lentement mais sans trêve disparaissaient dans les villes, où s'épanouissaient certaines existences et où le bâtiment devenait une mine d'or, il pleuvait de nouveau des divorces. C'était la spécialité du Dr Schwangler. Le plus souvent il défendait la cause des maris. Les épouses n'avaient ensuite plus aucune chance d'avoir le dessus contre Schwangler, car celui-ci leur posait nonchalamment des questions d'un caractère tellement intime, que les malheureuses, rouges de honte, ne savaient que répondre. Avantage qui permettait à Schwangler de se lancer dans des suppositions sans preuves telles que « comportement frigide », ou des formules telles que « tendances aux privautés sexuelles » qui désemparaient ses adversaires parce que ces ex-épouses capitulaient face à tant d'impertinence. Elles n'avaient pas les nerfs assez résistants pour tenir le coup.

« Mon client a toujours raison ! » Telle était la devise de Schwangler. Les tribunaux se méfiaient de lui. Il avait même osé dire au cours d'un procès que le substitut du procureur avait été vu sortant le matin même d'un hôtel avec une dame témoin du procès.

L'instinct de Schwangler ne le trompa point. Le jeudi après le carnaval, Betrucci demanda à avoir un entretien avec Helmut Wegener. Mais ce jeudi-là vint de Hanovre la lettre d'un notaire, le Dr Siemsmeier. Wegener se posait des questions tout en décachetant l'enveloppe. Le Dr Siemsmeier ? Non, ce n'était pas un camarade de classe, le seul juriste était Walter Zyschka, son voisin de lit.

Wegener relut deux fois la lettre, puis il la mit dans la poche de sa veste, monta à ses appartements et se jeta dans un fauteuil. Irmi le regarda, effarée. Helmuth paraissait avoir l'esprit dérangé. Elle mit le petit Peter, qu'elle tenait sur ses genoux, dans son berceau et s'assit à côté de son mari.

— Qu'as-tu, chéri ? dit-elle doucement, car elle savait que sa voix était pour lui un véritable médicament.

Lorsqu'il avait des problèmes, il disait : Parle-moi, Irmi, dis n'importe quoi... Ou encore : Viens, allons faire un tour en voiture n'importe où... Alors Irmi devait s'asseoir au volant de l'Opel, Wegener s'affalait près d'elle et fixait droit devant lui la campagne, qu'il ne voyait même pas. Elle le conduisait ainsi pendant une heure, le plus souvent à travers la forêt proche de la ville, jusqu'à l'instant où il disait : Ça va, Irmi, rentrons à la maison. Alors c'était le moment où ce qui l'accablait et dont il ne parlait pas était enfin apaisé par la parole d'Irmi ou par cette promenade.

— Un notaire, le Dr Siemsmeier, vient de m'écrire de Hanovre, dit Wegener en sortant la lettre de sa poche.

Il la déplia et se frotta l'arête du nez.

— Qui est Siemsmeier ? demanda Irmi, puis elle attendit.

— Il faut que je remonte loin dans le passé... — Wegener regardait la lettre d'un œil fixe. Ce qu'il expliqua alors à sa femme, il venait seulement de l'apprendre par cette missive : — Jusqu'à présent, j'ai toujours cru que tous mes parents étaient morts. J'étais persuadé que j'étais le dernier Wegener originaire de Hanovre. La guerre a consciencieusement décimé notre famille. Mais aujourd'hui, j'en sais davantage. Il y avait à Hanovre l'un de mes oncles, un frère de ma mère, l'oncle Axel Hellebrecht, ma mère était une Hellebrecht.

— Je le sais.

— Cet oncle Axel, je ne l'ai jamais connu, c'est-à-dire j'ai dû le voir étant enfant ! Il s'est donc intéressé à moi sans que je le sache.

Wegener sentait brûler sa cervelle tandis qu'une légère sueur sortait de ses pores. Il n'existe pas un homme sans passé, pensait-il, et d'une manière ou d'une autre, à un moment donné, ce passé resurgit inopinément, fantôme venu de l'obscurité de l'oubli. Dans ce cas, c'est l'oncle Axel Hellebrecht, il est mort et son décès remet le passé en pleine lumière.

— Le mieux serait que je te lise ce que m'écrit le Dr Siemsmeier, dit-il en prenant un ton d'homme d'affaires. Ecoute-moi : « Cher Monsieur Wegener, j'ai le regret de vous apprendre que votre oncle, M. Axel Hellebrecht, habitant Hanovre — Herrenhausen Schlosstrasse 19 — est mort subitement voici trois jours et je tiens à vous exprimer mes très sincères condoléances.

« Depuis plus de trente ans, je représente dans le cadre des activités de mon étude, les intérêts du défunt et, selon ses dernières volontés exprimées dans le préambule de son testament, j'ai fait procéder à son enterrement anonyme, abstraction faite d'un avis de décès. Mais ce préambule m'engageait à vous faire savoir, après ces trois jours, que le dernier vœu de votre oncle était que vous preniez chez moi connaissance de son testament et l'acceptiez.

« Je suis chargé de vous faire savoir par avance que vous êtes son légataire universel. Que le vœu le plus cher de votre oncle était que vous soyez étudiant en médecine, ce que vous avez été ; vous héritez donc de tous ses biens qui consistent en une villa entièrement meublée entourée d'un parc de trois mille mètres carrés à Hanovre-Herrenhausen, de son compte en banque dont la somme doit encore être précisée, enfin des fabriques de produits chimiques « Protosano ».

« Afin de vous donner une explication rigoureuse de l'ensemble du complexe dont vous héritez et afin d'en considérer le côté juridique, je vous prie de me faire savoir quand vous pourriez vous présenter à mon étude à Hanovre, pour l'ouverture du testament, etc. »

Wegener laissa tomber la lettre sur ses genoux :

— L'oncle Axel... dit-il d'une voix enrouée, c'est vrai... j'ai été étudiant en médecine parce qu'il l'a souhaité...

Irmi le couvrait d'un regard figé. Elle avait croisé ses mains et les os de ses doigts craquaient tant elle les serrait fort, dans son émotion.

— Les entreprises Protosano... dit-elle à voix basse, Helmuth, elles appartenaient à ton oncle ? Ces énormes fabriques et tu... tu... en hérites à présent ? Nous sommes les propriétaires de Protosano ? Je me sens comme paralysée...

— Moi aussi.

Wegener s'essuya le visage des deux mains. Il était trempé de sueur. Ça, c'est la fin, pensait-il. On ne peut pas fourrer un tel héritage dans sa poche tout simplement, comme une montre. On est obligé de prouver que l'on est vraiment le dernier Wegener. Helmuth Wegener. On est passé aux rayons X par les autorités officielles. Il s'agit de millions, d'une fabrique de produits chimiques dont le nom est mondialement connu. Bon Dieu, pourquoi Helmuth n'a-t-il jamais parlé de cet oncle Axel, du frère de sa mère, que le monde entier connaît ? Comment m'en sortir ? Comment puis-je rendre crédible le fait que je suis le dernier Wegener ? Est-ce que le certificat de libération remis en Sibérie suffit ? Et la carte de *reconnaissance d'identité* établie à Cologne après avoir juré de la vérité de mes explications ? Si à Hanovre, toutes les pièces d'état civil n'ont pas été brûlées, je dois encore être inscrit quelque part. Où suis-je né ? A la maison ou à l'hôpital ? Quels étaient les prénoms de mon père, de ma mère ? Quand sont-ils nés ? Dire que je n'avais plus besoin de tous ces renseignements... Je suis revenu de Sibérie comme « vieux » mari et l'on ne m'a pas demandé davantage.

— Nous avons maintenant les entreprises Protosano, dit Irmi d'une voix tremblante. Chéri, nous... Mon Dieu, nous voilà possesseurs de millions...

— Pas encore !

— Mais si tu es le seul héritier...

— Il faut encore éclaircir la question, Irmi. Un héritage aussi gigantesque, on ne l'emporte pas dans une musette. Cela oblige à une quantité de démarches, de délibérations des autorités, de cérémonies de prise de possession, et... je ne sais pas encore si je l'accepte !

— Tu es fou, Helmuth ! lança-t-elle à voix haute. — Pour la première fois, il lui entendait ce ton plus dur, plus énergique. Il la regardait, le cerveau vidé. — Il faut vraiment que tu sois fou si tu prenais cette décision ! Pourquoi donc ? Que deviendraient ces fabriques ?

— Peut-être une société par actions, dont je ferais partie comme actionnaire principal, sans fonction précise. Et pourquoi ? Irmi, cet héritage détruira notre famille ! Si je l'accepte, tu n'entendras plus parler de moi que par des lettres, des cartes postales venues tantôt de New York, tantôt de Rio ou de Tokyo. Je ne sacrifierai pas mon mariage au plaisir pervers d'être le maître d'un vaste complexe industriel !

— Et Peter ? dit-elle simplement. Ne penses-tu pas à Peter ?

Il sursauta comme sous un coup :

— Quel Peter ? bégaya-t-il.

— Notre enfant, chéri. Quel Peter veux-tu que ce soit ?

— Il aura assez avec la pharmacie et notre fabrique de Vitalan, Irmi ! — Il se leva d'un bond et courut à elle, la saisit par derrière, attira en arrière son mince visage et baisa ses paupières closes : — J'ai peur tout simplement d'accepter cet héritage fabuleux.

— Peur ? — Sa voix s'effrita sous ses baisers. — Et si je venais à ton aide pour tout ceci ?

— Comment pourrais-tu m'aider ?

— Je serais toujours avec toi et je te masserais les tempes lorsque tu serais fatigué. Cela a toujours été une aide pour toi lorsque tu te sentais à bout, n'est-ce pas ?

— Ce qui nous tombe sur la tête, Irmi, nous écrasera, dit-il d'une voix enrouée. Tout ça est trop grand pour nous de dix pointures au moins, ce n'est pas une montagne mais un massif montagneux qui se précipite sur nous !

— Es-tu plus faible que ton oncle Axel ? lança-t-elle. S'il était capable de soutenir ce poids ayant... quel âge avait-il atteint ?

— Soixante-dix-huit ans.

— Un Helmuth Wegener en sera d'autant plus capable à trente ans ! Va là-bas, chéri, et vois sérieusement ce qu'il en est. Tu n'es pas seul : tu as des directeurs et des chefs de fabrication, des chimistes, des juristes, des chefs du personnel...

— Et ils auront un maître suprême qui restera assis dans un gigantesque fauteuil, comme le roi des grenouilles (1) !

Mais le roi des grenouilles dans le conte de fées était un vrai roi que l'amour délivra. Elle étreignit sa tête des deux mains et l'attira vers elle :

— Dans aucun conte de fées ne se trouve une femme qui aime comme je t'aime. Nous partons pour Hanovre, Helmuth !

(1) Conte allemand.

Le Dr Schwangler fut du même avis. Il se montra carrément transporté par les possibilités qu'il entrevoyait à présent.

Les fabriques de Vitalan, les fabriques Protosano, la coopération avec le Signor Betrucci à Rome, c'était la naissance d'un empire Wegener à une époque où la plupart des Allemands cherchaient encore à rattraper les joies dont ils avaient été longtemps privés, celles de la gourmandise et du boire et accédaient à la renaissance de leur garde-robe.

— Vous êtes mieux qu'un veinard ! déclara le Dr Schwangler à Wegener lorsqu'il eut longuement étudié le message venu de Hanovre. Avec ça de l'espèce la moins tapageuse, mon cher, vous avez l'art d'endormir même le destin et de susciter avec lui quantité de petits millions. Les fabriques Protosano ! A présent, nous avons une porte de sortie vis-à-vis de Betrucci pour l'usage de laquelle nous n'aurons plus besoin du charme de Seifenhaar.

Il était vain de vouloir imposer au Dr Schwangler un autre mode d'expression. Peut-être changerait-il lorsque Wegener le nommerait directeur général ? Mais ce n'était pas sûr et il se pourrait que les réunions du futur comité directeur eussent une teinte de colloque pornographique.

On traita avec Betrucci le jeudi, brièvement. Il se montra prêt à tout, du moment que René Seifenhaar permuterait à la direction romaine de l'affaire.

— Vous l'aurez, Betrucci ! conclut Schwangler et il dit plus tard à Wegener : — Nous avons placé là un morpion à l'endroit même où il doit se trouver ! Tout ce qui se passera à Rome, nous le saurons quelques heures plus tard. Et maintenant, en route pour Hanovre !

Schwangler eut un bref entretien au téléphone avec le Dr Siemsmeier, et lui annonça leur visite. Le lundi matin suivant, ils se mettaient en route en deux voitures.

Le notaire Siemsmeier était un monsieur à la chevelure gris acier, juriste de la vieille école. Il baisa la main d'Irmi, ne rit pas à la remarque de Schwangler dès le seuil, selon laquelle ses secrétaires étaient terriblement mûres et, certes, de tout repos. Il en vint tout de suite au fait, alla chercher le testament de l'oncle Axel dans son coffre-fort et en rompit les cachets. Schwangler en compta sept.

— Un vrai testament moyenâgeux ! remarqua-t-il.

Le testament était bref et clair : Helmuth Wegener était légataire universel. Le Dr Siemsmeier reconnut comme valable la carte de *reconnaissance d'identité,* les dates concordaient avec celles de l'extrait de naissance qu'il avait depuis longtemps réclamé. Les archives d'état civil de Hanovre n'avaient donc pas été détruites.

Pendant toutes ces vérifications, Wegener resta très tranquille.

Que tout cela se passe simplement, se disait-il comme si souvent déjà. Personne ne pose de questions, quelques dates suffisent et quelques tampons, et, comme selon toute apparence on est le dernier représentant de la famille, on pose encore moins de questions. Il semble même qu'on se réjouisse d'avoir retrouvé la trace du dernier Wegener.

— Ayons d'abord une vue générale des choses, disait Irmi qui déployait une grande activité. Est-ce que cela est possible ? D'abord, la fabrique ?

— Mais certainement ! — Le Dr Siemsmeier regardait Wegener aux aguets, lui semblait-il. — Vous acceptez le testament ? demanda le notaire avec l'expression d'un renard affamé.

— Nous voulons d'abord tout passer en revue ! répondit gaiement Schwangler. J'ai perdu l'habitude d'accepter une fille tout habillée — pardon, chère madame ! — Il s'inclina légèrement devant Irmi. — Mais les examens de visu sont toujours les plus sûrs.

Il s'avéra que les propos cochons du Dr Schwangler avaient des arrière-pensées concrètes : les manufactures Protosano, situées à la limite de la ville de Hanovre, étaient un gigantesque complexe industriel en ruine, dans lequel on avait inséré deux petites halles rénovées ; une seule cheminée fumait. Une pénétrante odeur de médicament flottait dans l'air qui rappelait l'aspirine lorsqu'on la chauffe sur une pelle à feu.

— En voilà une plaisanterie ! s'écria Wegener. L'oncle Axel ne manquait pas d'humour.

Ils se trouvaient rassemblés sur une colline qui avait été faite de décombres accumulés et sur laquelle à présent l'herbe croissait. Il y avait même quatre bancs sur ce point de vue.

— Le lieu de délassement des usines, expliqua Siemsmeier avec une pointe d'humour noir.

— Au printemps, nous y planterons encore dix arbres, des bouleaux ! C'est une essence particulièrement rassurante. — Le Dr Schwangler jeta un regard à l'immense prairie recouverte de ruines et aux deux halles-baraquements dominées par l'unique cheminée : — Quelle cuisine fait-on là ? Des comprimés pour *dégager* le cerveau ?

— Quelque chose d'approchant. — Le Dr Siemsmeier sortit de la poche de son manteau un petit flacon de cognac que l'on appelait « Flachmann » dans la région de la Ruhr. Il le fit passer parmi les visiteurs qui en burent chacun une gorgée. Il faisait très frais par cette journée de mars. — Du fait des circonstances, les usines limitent leur production à une seule fabrication, un médicament appelé Cerebralon contre la calcification des artères.

— Exclusivement ! lança le Dr Schwangler.

— Nous le vendons aussi dans notre pharmacie, dit Irmi.

— Il est vendu partout... — Le notaire but encore une gorgée de cognac : — Il a eu un bon départ et pourrait servir de base à...

— Combien y a-t-il dans le compte en banque ? demanda Wegener.

— 120 000 D.M.

— A titre privé ?

— Oui, les usines peuvent marcher avec le crédit des banques.

Le Dr Schwangler ouvrit sa serviette et dévissa le bouchon de son stylo :

— Soyons parfaitement concrets, cher collègue, que vaut toute cette chierie ?

— Le terrain deux millions, les baraquements qui travaillent encore tout juste 100 000 D.M., les machines 500 000 D.M., les ruines...

— Plaisantin ! Elles coûtent de l'argent si on les enlève ! — Schwangler écrivait. Wegener avait pris Irmi par un bras. Ils regardaient en silence l'étendue des ruines et aspiraient l'odeur médicamenteuse qui s'échappait de la cheminée en épaisses volutes jaunes. — Combien d'employés en ce moment ?

— Quarante. Quinze dans l'administration et la recherche, vingt-cinq à la production.

— Vous avez encore un laboratoire de recherche ?

— Trois chimistes hautement qualifiés que M. Hellebrecht a même pu faire libérer de leur service en pleine guerre, ce qui prouve leur valeur ; par ailleurs, une succursale des fabriques Protosano fabriquait des gaz asphyxiants.

— Avec ça la chierie est complète ! — Schwangler referma sa serviette et fit un geste enveloppant en direction du champ de ruines : — Des coups au but ? Chapelets de bombes ?

— Non !

Le notaire Siemsmeier but encore une gorgée de cognac. Il avait été l'ami d'Axel Hellebrecht pendant plus de vingt-cinq ans, mais il convenait de dire franchement *ce qui s'était passé.* Les usines Protosano avaient sauté sur l'ordre des Alliés, le demandeur des gaz toxiques ayant été la formation militaire des SS.

— Je renonce à l'héritage ! dit Helmuth Wegener à voix haute. Allons-nous-en ! Inutile d'en discuter davantage. Plus un mot !

— Arrêtez ! — Le Dr Schwangler retenait Helmuth par sa manche. — Ce que l'on produit ici combat la calcification des artères ! Et ce que nous produirons, nous, sera utile à toute l'humanité. Axel Hellebrecht est mort, la fabrique a été détruite par une explosion. Dans deux baraquements, une nouvelle génération est au travail. Vous aussi, vous êtes la nouvelle génération, Wegener. Bon Dieu, je repousse cette conception de parenté coupable des fautes qui accablent une même race ! Vous n'avez pas produit le gaz toxique et quiconque, plus tard, vous ferait grief de ce qui fut l'erreur de votre oncle, je lui botte le cul ! C'est clair ? Nous acceptons l'héritage !

— Avec toutes les conséquences ?

— Toutes ! Toute cette chierie là en-bas sera vendue. Nous rebâtissons le complexe Protosano à Cologne !

— C'est très raisonnablement pensé ! — Le notaire Siemsmeier tendit la main à Wegener : — J'ai gardé pour la fin une révélation qui vous encouragera : comme vous voyez, on nous a accordé une nouvelle autorisation de production pour des préparations purement médicales, et le nom de notre firme Protosano est sans prix.

Ils séjournèrent une semaine à Hanovre, afin de tout régler avec les autorités de la ville. Irmi fit venir le petit Peter ; une voisine se chargea volontiers de le lui amener. Une semaine sans l'enfant, Irmi ne pouvait le supporter. Elle alla le promener au parc Herrenhausen.

Lorsque le dimanche suivant ils retournèrent à Cologne en voiture, Helmuth Wegener était millionnaire. Mais la possibilité lui était à jamais enlevée de reconnaître qu'il était en réalité le serrurier Hasslick.

Ce qu'accomplirent Helmuth Wegener, Irmi et Schwangler dans les mois, les années qui suivirent, ne s'explique pas seulement par les circonstances favorables à tout essor d'une entreprise, mais aussi par le besoin de regagner de cette manière leurs meilleures années perdues par la guerre. Le fait qu'ils travaillèrent dix-huit heures par jour, ne dormant la nuit que six heures et cela sans se reposer vraiment parce leur cerveau ne pouvait se libérer d'une extrême tension de toutes ses facultés, que par leurs mains grâce à leur courage en prenant tous les risques, les usines Protosano s'élevèrent aux portes de Cologne dans une région mise en culture sur un ancien lieu d'extraction de houille brune, en un endroit de désespérance et de laideur environné d'excavatrices, tandis que Wegener confiait à des paysagistes la création d'un nouvel environnement ; tout cela intéressa fort peu par la suite la société d'exploitation et les partis de gauche qui hurlaient à l'appropriation de l'exploitation et à l'abus de pouvoir. Mais ceci n'arriva que beaucoup plus tard. En ces années 1949, 1950 et 1951, les chefs de fabrication des grandes manufactures ne possédaient eux aussi qu'un pantalon et un pull. En ce temps-là, ils se tenaient encore près de la piocheuse ou gâchaient eux-mêmes le béton, crachaient dans leurs mains et se disaient heureux lorsque leurs firmes recevaient des commandes.

Reconstruire ! Tel était le mot d'ordre. Sortir de la merde ! Foutons les ruines en l'air ! Aucun peuple au monde n'est jamais tombé sur la gueule comme nous, mais nous montrerons à tous ce dont un être humain est capable dans l'épreuve.

Dès le 1er mai 1951, la nouvelle usine Protosano commença sa production. Le Dr Schwangler avait réussi à vendre de telle manière l'héritage de Hanovre que l'on put bâtir les usines sans emprunt. Parallèlement s'élevait la petite fabrique de Vitalan à Lindenthal, derrière la vieille pharmacie Lohmann dont on refit la façade et qui eut désormais quatre vitrines et une sorte de promenoir autour d'une énorme armoire de verre à quatre faces dans laquelle Wegener exposait des peintures et des sculptures, œuvres de jeunes artistes. Révolution sans exemple ! L'art mêlé à des purgatifs !

Ce furent ces mêmes mois où Irmi ne profita guère des avantages de sa vie de jeune épouse. Le soir, Helmuth tombait dans son lit, lisait pendant une dizaine de minutes quelque policier — il n'était plus capable d'absorber des lectures d'un caractère plus intellectuel — puis il se mettait sur le côté, de temps à autre saisissait les hanches ou un sein d'Irmi et s'endormait aussitôt. Qu'ils se trouvassent seuls pour une fois, parce que leur amour était plus fort que tout projet de construction, tout conseil d'administration, toute conférence et toute fatigue physique ou morale, cet instant d'intimité se limitait aussi, comme s'il faisait partie du plan de développement des affaires. C'était une brève et violente incandescence, un souvenir radieux, un prolongement des heures anciennes, ils se cramponnaient l'un à l'autre, comme s'ils se doutaient combien ces instants allaient être séparés les uns des autres par des espaces de temps toujours plus longs. Combat presque désespéré pour atteindre au plaisir absolu, puis tombant chacun de leur côté, ils restaient étendus, désillusionnés, avec cet aveu douloureux au bord des lèvres : c'était merveilleux, Irmi, je t'aime comme avant, je t'aime même beaucoup plus profondément, mais aujourd'hui je suis resté debout dix-neuf heures et après cette demi-heure avec toi, je suis comme brisé. As-tu été heureuse, Irmi ?

Puis il se rendormait, la tête entre ses seins, la bouche entrouverte, respirant laborieusement, avec un frémissement des muscles parce que ses nerfs l'affolaient. Lorsqu'il était couché ainsi, il avait l'air comme torturé, aux limites du supportable. C'était effrayant.

Alors Irmi restait étendue sans bouger, les yeux grands ouverts, fixant le plafond. Elle entourait d'un bras le corps trempé de sueur de Helmuth et ne savait si elle devait pleurer ou si elle devait être assez forte pour lui dire : Tu te tues, Helmuth ! Et moi en même temps ! Pourquoi tout à la fois ? Pourquoi si vite ? Nous avons encore tellement de temps...

Le matin venu tout s'était dissipé. Il était assis dans le lit avant même la sonnerie du réveil. Recharge d'énergie : il embrassait Irmi pour la tirer de son sommeil et lui disait :

— Ecoute, dans quinze jours nous achèterons aux U.S.A. une nouvelle « chaîne à pilules ». Sais-tu ce que c'est ? En deux mots : à un bout, tu introduis de la poudre et à l'autre bout, les pilules ressortent tout empaquetées dans leurs boîtes de produit médicamenteux. La machine fait tout, même les mélanges et leurs dosages au millième de gramme près. Ce truc-là coûte deux millions !

— Et nous avons cet argent ?

— Nous avons un nom et du crédit ! lança-t-il en riant. Il faut parfois prendre des risques, chérie. Une époque telle que celle-ci ne se renouvellera pas ! Nous avons la possibilité de redevenir des pionniers, nous avons une terre vierge devant nous ! Ou — comme dirait Schwangler — prends un tas de merde, saupoudre-le de craie teintée en bleu et vends-le comme fumier destiné à faire pousser les roses !

— C'est honteux ! disait-elle en sautant du lit pour se mettre sous la douche et alors il arrivait, dans la cabine carrelée, que la virilité matinale de Helmuth l'inondât comme autrefois. Alors tout était comme jadis et elle aurait pu en pleurer de joie.

L'ouverture des nouvelles manufactures Protosano fut confiée à Peter Wegener. Agé à présent d'un peu plus de trois ans, il avait les cheveux blonds de sa mère, la silhouette carrée de son père, les yeux perçants de son grand-père Lohmann et... il avait acquis la manière de s'exprimer du Dr Schwangler qu'il appelait oncle Edi. A peine savait-il articuler papa et maman que l'oncle Edi lui avait appris à dire *chierie,* ce qui était un tour de force pédagogique. Wegener avait fait une terrible scène à Schwangler à ce sujet. On se tutoyait à présent et Helmuth avait crié : Si tu apprends d'autres saloperies au gosse, tu foutras le camp en dépit de toute notre amitié !

Peter Wegener ouvrit donc la fabrique par un quatrain qu'il dégoisa sans faute. Le poème était l'œuvre de René Seifenhaar qui, à toutes les connaissances dont il disposait, ajoutait encore un talent de poète anonyme. Il était venu de Rome assister à cette solennité et portait un costume super-élégant, une orchidée à la boutonnière, des souliers pointus de provenance italienne et cinq bagues chargées de brillants aux deux mains. Il arborait d'ailleurs une nouvelle manière de se balancer sur la pointe des pieds qui n'avait qu'une seule signification.

La petite voix de Peter avait résonné clairement dans le grand hall I où ils se trouvaient tous assis : le bourgmestre, le directeur des travaux de la ville, le délégué du gouvernement, le président de la chambre de commerce, le commandant britannique de la ville de Cologne, le représentant du conseil de l'ordre des pharmaciens, du syndicat des employés en pharmacie et tout le conseil d'exploitation. Derrière ces personnages carrés dans leurs fauteuils se trouvaient les ouvriers et employés au nombre de cent douze. Tout le monde applaudit Peter que le bourgmestre embrassa sur les deux joues ; Irmi était très fière et regardait Wegener de ses yeux rayonnants. Celui-ci, au contraire, semblait de méchante humeur. Le Dr Schwangler enchaîna en disant :

— Monsieur le Président représentant du gouvernement a la parole !

— C'était vraiment bien, Papi ? demanda Peter en grimpant sur sa chaise au côté de son père.

— Très bien, sans faute, mais écoute donc ce que va nous dire l'oncle président !

— Chierie ! lança Peter.

Wegener sursauta. Le Dr Schwangler eut un petit signe de tête satisfait :

— Ce petit donnera un jour un gars de taille ! murmura-t-il.

Ce fut vraiment une grande fête. Buffet froid, lequel en ce temps-là — 1951 — fut photographié et parut dans les journaux. On avait besoin de preuves visibles que l'on remontait la pente.

Tard dans la nuit, on dansait encore dans le grand hall I. Les invités d'honneur s'en étaient allés depuis longtemps et l'équipe des chefs restants transformait les tickets de ravitaillement qui avaient été distribués, en nourriture et boissons englouties avec entrain. Schwangler était assis à une table à l'arrière-plan en compagnie de René Seifenhaar, du Signor Betrucci, du pasteur de la commune, de l'inspecteur des forêts et — il faut savoir tout supporter dans ces sortes de réjouissances — du directeur du département des finances. Le juriste lançait des plaisanteries qui eussent brûlé la queue du diable.

Au même instant, Irmi assise au bord du lit, regardait Helmuth ôter son habit noir et déboutonner sa chemise blanche.

Rien n'avait changé ici. Ils habitaient toujours ces pièces étroites au-dessus de la pharmacie Lohmann. Seule, la disposition des meubles était changée. Il y avait à présent des fauteuils de cuir, un vieux bahut de style vieil-allemand, un vrai tapis d'Orient et quelques toiles aux murs qu'Irmi trouvait affreuses et dont les auteurs avaient été qualifiés par les nazis de peintres dégénérés. Dans quelques années, elles vaudront une fortune ! avait dit Wegener en les achetant. Klee, Macke, Dali, Chagall... Tu verras, j'ai le nez !

La chambre à coucher aussi était neuve. Lits modernes aux matelas en mousse de caoutchouc. Une longue armoire encastrée dans toute la longueur de l'un des murs avait des portes en glace, si bien que l'on se voyait dans les miroirs lorsqu'on était au lit. Un véritable aphrodisiaque, mais deux ans trop tard, avait remarqué une fois Irmi. D'ailleurs, elle ne le dit pas à haute voix ni en s'adressant à Helmuth, mais tout bas, pour elle-même, lorsqu'elle regardait dans l'armoire à glace son mari épuisé, englouti dans un sommeil de plomb.

A présent, ces glaces avaient un autre usage : Wegener s'y mirait en slip de face et de profil, en passant une main sur son abdomen dénudé.

— Irmi ! s'écria-t-il horrifié. Je prends du ventre !

— Je sais, chéri.

— Depuis quand ?

— Tu t'es alourdi, lorsque tu es sur moi...

— Irmi ! — Il quitta son slip et se glissa aussitôt dans le pantalon de son pyjama. — Est-ce que je te fais mal ?

— Mais chéri, dit-elle tendrement, j'aime beaucoup que tu ne sois plus tout en os !

— Est-ce vrai ? — Il l'embrassa sur le front, se roula dans le lit et bâilla : — C'était vraiment une belle fête, Irmi ! Je crois que nous avons impressionné les gens et que nous nous sommes fait des amis, et Peter a été parfait malgré la stupidité de cette poésie...

Elle répondit en hochant la tête, resta assise au bord du lit et attendit. Elle était encore nue, sa chemise de nuit au décolleté profond bordé de dentelle formait de petites vagues sur ses pieds. La clarté douce de la lampe de chevet à l'abat-jour rose éclairait délicatement ses seins épanouis.

— Bonne nuit, chérie ! lança Wegener dans un bâillement. Toi aussi tu étais très belle dans ta robe neuve et avec cette nouvelle coiffure. J'étais vraiment fier de toi. Bon Dieu, ce que je suis crevé...

Il se retourna sur l'autre côté et s'endormit aussitôt.

Elle s'étendit auprès de lui nue comme elle était, serra entre ses genoux ses mains ouvertes et pleura silencieusement.

Des années de travail intensif passèrent si vite qu'on les eût prises pour des heures... Pourtant les montres n'ont pas changé de rythme, la terre ne tourne pas plus rapidement autour du soleil, mais les jours deviennent si courts que l'on souhaite des journées de trente-six heures !

Wegener prit part, une fois encore, à une rencontre d'anciens élèves de sa classe. La prochaine devait avoir lieu à Bruxelles, mais à Cologne ce fut une rencontre particulièrement nombreuse parce que Wegener engagea bon nombre de ses anciens camarades pour la réalisation de ses projets : le petit Leber comme architecte, Hans Lehmann comme transporteur des machines, Eberhardt von Hommer fut chargé de surveiller toutes les livraisons de barres d'acier et de tôles destinées à la construction des halls de fabrication, Walter Zyschka, le juriste, y installa un cabinet d'avocat-conseil, le Dr Schwangler étant trop occupé comme directeur général pour superviser les questions juridiques, et Peter Ortwin, chargé du département de la presse, devait lancer dans les journaux la publicité illustrée qui mettrait l'accent sur le réveil de l'industrie pharmaceutique allemande.

Wegener agissait de la sorte parce qu'il était persuadé que pas un de ceux qu'il emploierait dans ses affaires ne se poserait de questions. Il avait raison. Si Helmuth Wegener avait un autre physique qu'à présent sur les vieilles photos de classe, si ses cheveux étaient plus clairs, ses yeux autrement placés, son nez surtout tout à fait différent, on admettait que la guerre, la Russie, la Sibérie pouvaient à tel point métamorphoser un homme, que son aspect extérieur s'en trouvait changé. Mais l'ancien dynamisme était semblable, ainsi que la souplesse de la pensée, le courage de prendre des risques qu'ils admiraient chez Wegener dès le lycée. Qui donc aurait pu avoir la pensée que cet homme n'était pas Helmuth Wegener ?

Ainsi la vie avançait sur trois rails : la construction des fabriques, la pharmacie aux heures de repos qu'il prenait chaque jour et l'étude personnelle intensive des ouvrages de médecine et de pharmacie. Le soir la vie d'époux, les jeux avec le petit Peter, l'intérêt qu'il devait témoigner pour tous les petits soucis féminins qui s'accumulaient au cours de la journée. Les caresses au lit, où le plus souvent il capitulait laissant l'initiative à Irmi, pour s'endormir enfin comme anéanti.

Pendant trois ans.

A mener cette vie, il grossit, à l'étonnement de tous, prit un ventre en brioche et pesa moitié plus qu'à son retour de Sibérie.

Au mois de juillet 1952, Irmi eut son second enfant, de nouveau grâce à une césarienne pratiquée également par le professeur Goldstein dans sa clinique. Et cela se passa comme pour la naissance de Peter. Wegener attendit, la mort dans l'âme, dans un salon d'attente, le Dr Schwangler parut avec une énorme corbeille de fleurs car, selon toute probabilité, Irmi devait être roulée hors de la salle d'opération à peu près à ce moment-là. Mais on n'avait nul indice de sa venue et Wegener tournait en rond dans le salon comme un loup hirsute.

— C'est la dernière fois, dit-il d'une voix enrouée, je le jure, la dernière fois !

— Alors fais-toi annoncer à la salle d'opération n° 11 et fais-toi castrer ! répliqua Schwangler à sa manière. Helmuth, toutes les secondes, un enfant naît en ce monde et il arrive que ce soit grâce à une césarienne !

— Mais je n'ai plus les nerfs assez solides ! s'écria Wegener.

Lorsque je les vois en pensée découper de nouveau tout le ventre d'Irmi, seulement parce que pendant cinq minutes nous... non, le prix en est trop élevé !

Mais à ce moment-là on ramena tout de même Irmi dans sa chambre, bien vivante et nettement plus forte qu'après la naissance de Peter. Dès le seuil, elle fit un signe à Helmuth et dit :

— Chéri, une fille ! Imagine-toi une fille ! Je l'ai déjà vue, elle a les cheveux noirs, une adorable petite fille !

— Félicitations, rugit Schwangler qui se tenait derrière sa gigantesque corbeille fleurie. Ce sacré gars réussit tout ! Il a une jolie femme, un héritage massif, un fils et enfin une fille !

Mais le professeur Goldstein, lorsqu'il parla à Wegener, se montra moins joyeux :

— Vous devriez maintenant faire une pause, dit-il, deux césariennes cela suffit pour votre femme. J'ai détaché les adhérences dues aux cicatrices de la première intervention et, bien que votre femme jouisse d'une constitution saine, je vous conseille d'en rester à deux enfants. Votre femme n'accouchera jamais que par une césarienne, c'est certain à présent. Nous ne pouvons pas encore placer de fermeture Eclair dans un ventre !

— J'ai eu les mêmes pensées que vous, monsieur le professeur, répondit Wegener. Deux enfants, cela fait une famille parfaitement composée.

— Vous avez une femme admirable et courageuse, cher collègue ! — Ces quatre dernières années, le professeur Goldstein avait blanchi jusqu'à avoir une chevelure de neige. Il tendit ses deux mains à Wegener : — Vous faites beaucoup parler de vous avec votre nouveau système d'empaquetage automatique moderne pour vos comprimés... D'ailleurs je vais accepter de faire l'essai de votre dernier produit d'œstrogénothérapie pour les ovariectomies totales.

— Voilà qui me réjouit singulièrement, monsieur le professeur.

Ce fut par un soir de juin 1953 que le Dr Schwangler eut, pour une fois, le temps de dîner chez les Wegener.

— C'est effrayant, commença-t-il, mon programme est tellement chargé que je dois abréger chacun de mes rendez-vous d'au moins cinq minutes, afin d'en gagner cinquante pour faire quelques galipettes ! — Il but toute une bouteille de vin rouge, fuma un cigare et jeta un regard circulaire dans la pièce. Wegener devina ce qui allait suivre, et cela vint, en effet : — Dis donc, ajouta Schwangler lorsque Irmi eut disparu dans la cuisine et que l'on entendit la vaisselle cliqueter dans l'évier, es-tu idiot, avare ou un cas pathologique de peur de vivre ?

— Peut-être tout cela, dit Wegener tranquillement.

— Tu habites toujours ces pièces vieillottes au-dessus de la pharmacie.

— Comme tu vois.
— Tu n'as pas d'aide ménagère. Malgré ses deux enfants, Irmi fait tout toute seule.
— Oui.
— Elle cuisine, fait le ménage, la lessive, les parquets, lave les vitres, etc.
— C'est le devoir d'une femme.
— Que tu sois un dominateur, je l'ai toujours su, mais sais-tu la somme que tu as en banque ?
— Naturellement.
— Et ça ne t'encourage pas à bâtir une maison ? Enfin, une maison rationnelle pour ton extraordinaire famille ?

Helmuth Wegener se pencha en avant, prit le cigare que Schwangler avait entre les lèvres, en aspira une longue bouffée dont il souffla la fumée au visage de son interlocuteur, après quoi il replaça le cigare entre ses lèvres.

— Dans trois semaines aura lieu la pose de la première pierre, dit-il. Un terrain merveilleux en bordure de la forêt domaniale. Fritzchen Leber a dessiné des plans, si je bâtis ce qu'il a projeté tout le monde me tiendra pour fou !
— Salaud ! — Schwangler mâchait son cigare. — Et personne ne le sait ?
— Personne.
— Irmi non plus ?
— Ce sera son cadeau de Noël. Edi, si tu en souffles un *seul* mot... !
— Planter un arbre, construire une maison, engendrer un fils fut toujours considéré comme le but de la vie d'un homme, reprit Schwangler avec une inhabituelle solennité. Mon gars, quelle génération que la nôtre ! Regarde donc en arrière : que n'avons-nous pas réalisé en cinq ans, depuis que, les bottes bourrées de paille, tu revenais de Sibérie !

CHAPITRE VII

CELUI QUI, EN 1953, BATISsait pour lui une villa telle que l'avait conçue Fritzchen Leber avec toutes les fantaisies architecturales qui, faute de commandes, n'avaient nulle part vu le jour, celui-là était non seulement jalousé par son entourage, mais on prétendait aussi qu'il avait su tirer le meilleur parti de la réforme monétaire en ces temps de chien, qu'il ne pouvait être qu'un des grands profiteurs de l'époque. Car se constituer de 1948 à 1953 un tel magot, c'est-à-dire en cinq ans, cela ne pouvait se faire honnêtement. Oui, d'accord, Wegener avait hérité d'une fabrique de produits pharmaceutiques à Hanovre, ainsi que ce grand terrain en friche et des monceaux de ruines, et tout cela il l'avait revendu magnifiquement — à vrai dire, c'était une escroquerie à l'égard de la collectivité — puis il avait mis au point quelques préparations telles que le « Vitalan » qui, disait-on, était un reconstituant (?) mais, en réalité, enrichissait seulement Wegener. Et lorsque la nouvelle usine Protosano GmbH se mettrait à tourner, alors les millions en sortiraient à flots ! Jusqu'ici — depuis l'inauguration de la nouvelle usine par le petit Peter avec la poésie idiote de René Seifenhaar, qui était à présent sous-directeur de tout le groupe italien du Signor Betrucci, preuve que la personne de Seifenhaar présentait des côtés divers, en dehors de ses activités professionnelles — les usines Protosano avaient seulement tenté de rétablir sur le marché mondial leur image de marque fâcheusement compromise.

Wegener parvint à cette réussite par des moyens inoffensifs. Il trouva dans les livres de recettes de l'oncle Axel des formules contre l'insomnie, la toux, les céphalées, et des mélanges permettant de préparer des comprimés contre la grippe, un désinfectant contre l'inflammation des reins, ainsi qu'un émollient qui fut le bienvenu, tout le monde s'étant jeté sur le chocolat dont la vente était de nouveau libre, ce qui provoqua des constipations opiniâtres ; enfin, comme fabrication publicitaire de Protosano, il lança un tampon hygiénique pour parer aux ennuis mensuels de la femme.

Malgré cela, il était difficile — surtout à l'étranger — de se débarrasser du mauvais renom que les livraisons par l'oncle Axel de gaz toxiques aux S.S. avaient propagé de par le monde. Souvent, les représentants de Protosano à l'étranger entendaient cette réflexion haineuse : Merci ! nous n'avons pas de prisonniers politiques, tentez donc votre chance en Russie...

— Nous devons coûte que coûte éliminer le passé, répétait le Dr Schwangler. Peau de citrouille et balais de crin, assez de foutaises, tu ne vas pas payer pour les vieux !

— On n'y peut rien, disait Wegener en haussant les épaules.

— Peut-être devrions-nous changer le nom de l'usine ? proposa Schwangler.

— Non. — Wegener posa ses deux poings sur la table, c'était un non définitif. — J'ai été couché dans la merde en première ligne pendant la campagne de Russie. J'ai la Sibérie derrière moi et je n'ai jamais capitulé. Il y a aussi d'autres choses, Edouard, devant lesquelles aussi je ne me suis pas mis à plat ventre. Faut-il, parce que j'ai hérité de Protosano, que je sois obligé de me reconnaître coupable des fautes de l'oncle Axel ? On devrait donner enfin le feu vert à la nouvelle génération qui s'efforce de construire un monde meilleur !

— Mon gars, tu devrais faire de la politique ! répondit Schwangler, le peuple allemand éternellement stupide te suivrait comme un chat qui hume une touffe de valériane !

Telle était la situation en 1953, lorsque Wegener se mit à construire sa villa à la lisière de la forêt proche de la ville de Cologne. La situation n'était pas rose, mais nullement désespérée au contraire : on n'avait pas de soucis financiers. Wegener parlait peu de ses affaires à la maison. Il détournait la conversation si Irmi effleurait ce sujet. Elle avait ses deux enfants, sa maison, un époux affectueux parfois sujet à des crises de fatigue, elle mettait de temps à autre une robe du soir (toujours une robe neuve que Wegener choisissait lui-même) et se voyait obligée à une certaine représentation : invitations d'autres firmes, concerts, bals privés qui redevenaient à la mode, congrès à l'étranger, surtout en Suisse, Autriche, France, Italie où l'on était d'une grande élégance comme s'il fallait effacer le souvenir des vêtements en fibre de bois que l'on avait portés pendant six ans. Et surtout à Rome aux bals donnés par le Signor Betrucci où se pressait l'aristocratie romaine et où, une fois, Farouk, le roi d'Egypte, baisa la main d'Irmi et lui fit une déclaration voilée en lui donnant rendez-vous pour le lendemain. Irmgard Wegener était devenue une précieuse parure que Wegener arborait aux grandes occasions. Si l'on était séduit par Irmgard belle et désirable, il fallait s'accommoder de cet Allemand déplaisant qui trimait dur, tellement qu'il devenait gênant. Etre travailleur est une bonne qualité, mais un succès démesuré obtenu par le travail équivalait à un coup de pied dans les tibias de ses concurrents.

Et l'on disait : Voyez-moi ça ! Wegener se bâtit une demeure en lisière de la forêt ! A croire qu'il est prince ! Voyez ces fondations ! Et le hall d'entrée ! A quoi veut-il en venir ? C'est de la mégalomanie ! C'est l'une des particularités des « gros », le Reichsmarschall Goering par exemple, avec son Karinhall et le reste... Et tout ça provient de pilules à faire crotter, de sirop pour la toux, de dragées de Dieu sait quoi... On peut s'imaginer sans peine ce que coûte la fabrication de ces spécialités et le profit qu'elles assurent. Mes amis, c'est de la cochonnerie !

Mais on disait cela la main devant la bouche. Tandis que le gros œuvre s'élevait, les badauds s'attroupaient en file le long de la clôture et admiraient la maison dont les formes se précisaient peu à peu. Quant à l'architecte Fritzchen Leber, il était aussi fier de son œuvre que s'il bâtissait de nouvelles pyramides. Il venait deux fois par semaine à Cologne passer l'inspection des travaux et en profitait pour se soûler à mort avec les entrepreneurs.

Le Dr Schwangler visitait aussi de temps à autre ce chantier de construction. Ayant examiné les plans, il ne cacha pas à Wegener qu'il estimait que cette villa était de quelques pointures au-dessus de la sienne. A vrai dire, il ne s'agissait pas des dimensions, mais de l'organisation intérieure.

— J'ai encore la moitié d'une vie devant moi, lui répondit Wegener, je n'ai que trente-quatre ans.

— Si tu continues à ce rythme, tu n'atteindras pas quarante-quatre ans ! lança Schwangler grossier. Quand donc peut-on te voir ? Tu es sans cesse en chemin !

C'était exact, mais Wegener ne se déplaçait pas ainsi qu'on se l'imaginait.

C'était l'un de ses grands mystères. Après deux réunions d'anciens élèves et quelques congrès, il avait compris avec un effroi grandissant, que toutes les connaissances qu'il avait accumulées seul en médecine ou pharmacie et même en ce qui faisait partie de la « culture générale », ne lui suffisaient pas pour mener une conversation prolongée. Lorsqu'une discussion en venait aux détails d'une question, Wegener était obligé d'écouter en silence ou de s'excuser en prenant congé rapidement parce qu'il avait des rendez-vous... Que sait un serrurier des satrapes perses, des Ptolémées, du paléolithique ou des peintures du Greco ? Une fois qu'il était question de la paix d'Utrecht, Wegener songea aussitôt au mot médical *utérus*. — Naturellement, la paix de l'utérus est souhaitable ! lança-t-il triomphant. Tout le monde autour de lui éclata de rire, croyant à une plaisanterie de carabin, ce qui sauva Wegener, bien qu'il comprît de manière fulgurante, en cet instant, que l'on pût spontanément se suicider.

Le Dr Schwangler le félicita même sur le chemin du retour : Je ne te croyais pas si doué, Helmuth ! Ma sympathie pour toi prend des proportions perverses.

Mais pour Wegener c'était un signal d'alarme. Il chercha et trouva un professeur de lycée qui, pour un cachet particulièrement élevé, consentit à lui donner des leçons trois fois par semaine, concernant des sujets littéraires, artistiques, historiques, un véritable pot-pourri de culture générale. Après ces gavages précipités, Wegener était souvent tellement éreinté, qu'il s'endormait assis à son bureau, dans la manufacture.

Ses devoirs — car son pédantesque professeur en réclamait — Wegener s'en acquittait également en secret. Il avait donc loué dans un quartier peu fréquenté et assez mal famé de Cologne une chambre meublée, sous le nom de König. Il s'y installait, écrivait ses devoirs, ingurgitait des mots et des tournures de phrases. Déjà en Sibérie, il avait remarqué dans son camp de prisonniers qu'il n'était pas seulement visuellement doué, car il comprenait rapidement ce qu'il voyait et en gardait le souvenir, mais encore qu'il enregistrait tout ce qu'il entendait à la manière d'une bande magnétique dont on peut déclencher le déroulement à volonté.

Une fois, peu avant Noël, sa destinée fit de nouveau quelques cabrioles. Le Dr Schwangler, qui sillonnait Cologne dans le but de faire des achats pour les fêtes de Noël — il était depuis trois semaines l'amant d'une licenciée en droit — prit un raccourci à travers la ville en grande partie en ruine et buta soudain sur Wegener qui sortait justement de la maison où, au troisième étage, il peinait dans une modeste chambrette sur l'histoire du Moyen Age.

— Tiens ! tiens ! lança Schwangler ébahi. — Puis il regarda la maison, eut un sourire ironique et lança : — Toi ici ?

— Et toi que fais-tu en ville ? lui répondit Wegener d'une voix enrouée.

— Je fais des courses pour le père Noël ! lança Schwangler avec un sourire entendu en regardant Wegener avec une pointe d'impertinence. — Tu m'as l'air fatigué. Ta maison doit jouer son rôle...

— Edi, si tu dis *un seul* mot... !

Wegener respirait à un rythme précipité.

— Pour qui me prends-tu ? Mais que toi, le modèle des maris... Est-elle blonde, brune ou rousse ?

— Cheveux noirs, articula Wegener d'une voix terne afin de fortifier Schwangler dans sa supposition.

C'était ce qu'il avait de mieux à faire. Pour ces questions-là, Schwangler se montrait aussitôt compréhensif.

— Jeune ?

— Vingt ans.

— Ne va pas te claquer, vieux ! — Schwangler rit en frappant l'épaule de Wegener du plat de la main. — Mon vieux, je m'en doutais depuis des semaines sans savoir la raison de ton dépérissement. Freine cette petite ! Dois-je te révéler un truc qui permet d'être toujours le plus fort sans te dépenser ? Ecoute donc...

— Laisse ça, Edi ! — Wegener eut un geste las : — Ta gueule, ça suffit ! A présent, continue les courses du père Noël.

— Et toi ?

— Je vais à l'usine. Viens-tu chez nous ce soir ?

— Comme alibi ? Volontiers. Nous avons été aujourd'hui toute la journée chez Mullerjan & Co, ça va ?

— Je m'en fous !

Wegener se détourna pour s'éloigner lentement en direction de la cathédrale. Le Dr Schwangler le suivit du regard, leva les yeux vers la façade de la maison, grimaça avec la capacité d'imagination d'un bon vivant en ces sortes de choses, et poursuivit son chemin. Voyez-moi ça, ce chaste Helmuth ! Il s'offre un appétissant petit corbeau, sans doute, qui sait lui amollir les genoux ! Que fera Irmi si jamais elle l'apprend ? Schwangler s'arrêta devant une maison qui avait comporté des bureaux à tous les étages, mais qui attendait d'être rasée et reconstruite. Dans les caves béantes, les herbes folles foisonnaient encore. Irmi est le type de la jalouse silencieuse, pensait-il. Elle souffrira sans jamais rien dire. Pourtant, elle pourrait exploser, donner libre cours à sa féminité primitive, alors Wegener pourrait en voir de dures ! Mais il est une chose qu'Irmi ne fera jamais : se venger avec les mêmes armes. Elle est l'image même de la fidélité et elle en attend autant de Helmuth. Mais voilà, le diable suscite en ce monde de jolies filles qui n'ont pas froid aux yeux et devant lesquelles on ne passe pas sans s'arrêter ! Quelle épouse admettra ce péril ?

Il prit la résolution de réveiller suffisamment la conscience de Wegener, pour qu'il n'en vienne pas à être voituré un jour par le médecin des urgences hors de cette maison fatidique, située dans un quartier mal famé de Cologne.

Au début de l'après-midi du 24 décembre, veille de Noël, Wegener arrêta sa voiture devant la pharmacie — c'était à présent une Opel-Kapitan — et monta l'étroit escalier menant à l'appartement en enjambant toujours deux marches à la fois. Irmi avait paré l'arbre de Noël, non pas de couleurs vives comme on en voit généralement, mais seulement de boules de bois rouges, de cheveux d'ange d'or et d'un séraphin doré au sommet de l'arbre. Un arbre qui atteignait le plafond, très touffu, occupait la moitié de la pièce. Il avait été coupé nuitamment dans la forêt par le nouveau commis de la pharmacie, malgré le danger d'être pris sur le fait. « N'allez pas le dire à mon mari ! lui avait conseillé Irmi. Dites que vous l'avez trouvé au marché au foin, autrement Helmuth le jettera par la fenêtre et vous avec ! »

— Voler un arbre, porte bonheur à Noël ! avait répondu le commis. Evidemment, ce n'est pas moral, c'est même une grande cochonnerie, mais c'est une tradition que je connais depuis l'enfance.

Sous l'arbre se trouvait la crèche que Wegener avait achetée l'année précédente et qui enchantait Peter, particulièrement sensible au genre « chromo » et aux petites lumières rouges qui éclairaient ce chef-d'œuvre. Et puis il y avait aussi cette année Vanessa-Nina, et si, avec ses dix-huit mois, elle ne comprenait pas tout à fait ce qu'elle voyait, elle remarquait tout de même les lumières rouges, les boules et les cheveux d'or, ainsi qu'un certain carrousel aux personnages découpés dans du fer-blanc et que la chaleur de deux bougies faisait tourner.

Wegener se réjouissait à l'avance de cet instant : Peter le « grand » devant ses jouets et la toute petite Vanessa-Nina sur le bras de son père, ses grands yeux bruns fixant la clarté dansante des bougies qui se reflétaient en eux.

Quel instant pourrait me combler davantage, pensait Wegener lorsqu'il s'en réjouissait à l'avance.

Pourtant, dès le petit couloir menant aux chambres, il cria :

— Habillez-vous ! Irmi, Peter, nous allons encore faire un tour en voiture ! Emmitouflez bien Moineau, il fait un froid de loup dehors !

Moineau, c'était Vanessa-Nina. Irmi sortit de la cuisine. Elle avait noué un tablier de couleur vive autour de sa taille. Un parfum d'anis l'environnait, elle devait sans doute terminer une fournée de petites galettes à l'anis que l'on savoure à Noël. Peter sortit sa tête blonde bouclée dans l'entrebâillement de la porte de la chambre d'enfants. Il était vêtu d'un costume de velours bleu foncé qui ne lui plaisait pas du tout. Depuis Noël de l'an passé, il savait qu'on ne devait plus se salir. Il fallait attendre, assis, en regardant un livre d'images et en contenant la peur que le père Noël, qui surgirait soudain devant l'arbre, ne sache trop de choses au sujet de ses méfaits de l'année. Peter ne sut que deux ans plus tard que le commis de la pharmacie revêtait la houppelande du père Noël. Mais alors il feignit de ne pas le savoir et joua le jeu pour ne pas gâcher le plaisir de ses parents. Enfin devenu adulte, il devait continuer cette tradition familiale : recevoir le père Noël dans la maison Wegener à la veille de Noël.

— Maintenant ? lança Peter. Où donc irons-nous ?
— C'est une surprise, mon fils ! répondit Wegener.
— J'ai justement des galettes dans le four, Helmuth...
— Arrête le four ou arrange-toi autrement ! Qu'importe quelques galettes de plus ou de moins ? Il s'agit de quelque chose de grandiose ! Habillez-vous tous ! — Wegener riait en enfonçant ses mains dans les poches de son gros manteau de laine. — Oui, une surprise !
— Pour Noël ? demanda Peter qui se mettait rapidement au fait des choses.
— Oui !
— Avec la voiture ? dit Irmi incrédule. Qu'as-tu encore inventé, chéri ?
— Pas de questions ! Habillez-vous !
Un quart d'heure plus tard, ils étaient installés dans la voiture et au bout de vingt minutes, Wegener roulait lentement sur la route longeant la forêt domaniale. Ils étaient tout à fait seuls ici, une neige légère recouvrait arbres et buissons, il faisait un froid vif et il lui fallait rouler lentement parce que la voiture commençait à glisser sur la route verglacée. Avant d'arriver au gros œuvre, il laissa l'auto rouler librement avec prudence, puis il freina avec émotion.
Irmi et Peter regardaient à travers les glaces de la voiture... la carcasse d'une maison en construction sans toit, entourée de tas de pierres et de sable, de bétonneuses, de poutres. Wegener attendit en tambourinant des dix doigts sur son volant. Que vont-ils dire à présent ? pensait-il. Quelles questions poseront-ils ? Comprendront-ils tout de suite ? Mais Irmi et Peter se taisaient, Vanessa-Nina frappait de ses petits poings la glace de la portière.
— Eh bien ? lança Wegener comme personne ne soufflait mot. Allons-nous descendre enfin ?
Irmi le regarda, décontenancée :
— Tu veux te promener ici ? Maintenant ? Ici ?
— Oui !
Il ouvrit la portière et sortit. Peter et Irmi le regardaient comme si, sans raison, il venait de jeter un grand cri.
Ils restaient assis.
Une promenade à la veille de Noël !
— S'il s'agit d'une surprise, dit Irmi un peu agacée, mes galettes à l'anis auraient été plus agréables !
Wegener ne répondit pas, contourna la voiture, ouvrit l'autre portière et s'inclina comme un chauffeur bien stylé :
— Madame, dit-il, et le jeune monsieur, la petite demoiselle...
— Tu es fou ! — Ils mirent pied à terre et restèrent groupés devant la grande carcasse de ciment ; ils gelaient littéralement. —

Eh bien, que nous veux-tu ? lança Irmi. Faut-il aller jusque-là à travers les arbres, puis revenir ?

Jamais Wegener ne l'avait vue d'humeur aussi agressive. Elle était furieuse, on le voyait à l'expression de son visage, mais elle se dominait comme toujours. Seuls ses yeux bleus se plaignaient : Jouer ce tour une veille de Noël ! Qu'as-tu, Helmuth ?

Wegener prit Irmi sous le bras tandis qu'elle portait sur l'autre la petite Vanessa-Nina, et l'attira vers la maison en construction. Peter les suivait, soufflant sur ses doigts — comme d'habitude, il avait oublié ses gants.

— Que vois-tu là ? demanda Wegener lorsqu'ils se trouvèrent devant l'énorme fosse de fondations.

Irmi serra plus fort contre elle Vanessa-Nina. Soudain, comme si son cœur était frappé d'un éclair fulgurant, elle comprit. Les yeux démesurément ouverts, elle regardait tout l'environnement. A l'arrière-plan, de vieux beaux arbres, une sorte de parc, au premier plan on devinait une avenue d'accès entre des plates-bandes de fleurs et des groupes de buissons — la maison. Une maison gigantesque ! Comme le gros œuvre n'avait pas encore de toit, mais que les cloisons des diverses pièces existaient déjà, on pouvait, avec un peu d'imagination, se faire une idée de la maison une fois terminée.

— Tu... tu deviens fou ! Tu es vraiment fou, Helmuth, balbutia Irmi. Dis-moi vite, bien vite, que tu as seulement voulu nous faire peur !

— Peur ? — Wegener tourna sur la pointe des pieds. — Vous devriez sauter en l'air de joie ! C'est votre maison ! *Notre* maison ! Et je l'appellerai Villa Fidelta — ce qui veut dire : fidélité ! C'est le cadeau de Noël que je vous fais !

— Fou ! Totalement fou ! — Irmi s'appuyait à Wegener comme s'il lui fallait un soutien pour tenir debout. Son regard passait sur l'énorme gros œuvre. Ce que d'autres, des étrangers, avaient éprouvé à cette vue, elle le pensait soudain aussi : celui qui, en 1953, bâtit une telle demeure doit être riche comme le légendaire Crésus ! Mais Helmuth Wegener n'était pas un Crésus. — Helmuth, dit-elle à voix basse — sa voix tremblait — Helmuth...

— Tu ne te réjouis donc pas ? demanda-t-il plein de fierté. Fritz Leber a dépensé toute sa fantaisie dans cette construction !

— Je m'en aperçois ! Et qui la paiera ?

— Les spécialités Protosano commencent à s'établir sur le marché européen, répondit Wegener quelque peu déçu, parce que sa surprise avait en quelque sorte « assommé » Irmi. La fabrique de Vitalan fait des profits substantiels, la pharmacie va parfaitement, dans deux ans je créerai une chaîne de pharmacies tout comme on a maintenant des chaînes de maisons d'alimentation.

— Ça... — Elle fit un mouvement de la tête vers le bâtiment. — Ce n'est pas une maison, c'est un palais.

— Comparé à notre habitation au-dessus de la pharmacie, c'est peut-être exact.

— Combien de pièces ?

— Quinze.

— Pourquoi ?

— Trois chambres à coucher, un fumoir, un grand salon avec cheminée, une salle à manger, deux chambres de domestiques, un jardin d'hiver, une bibliothèque, une cuisine, un boudoir...

— J'ai peur, Helmuth, dit-elle tout bas en se serrant contre lui. J'ai franchement peur. Cette maison est comme une montagne qu'il nous faudra escalader. Je sais, tu te réjouis, c'est un merveilleux cadeau de Noël, tout est d'une beauté indescriptible. Ce terrain, sa situation, le parc à l'arrière-plan... mais j'ai peur tout de même. Tant de chance m'angoisse, Helmuth. Ça ne peut pas prendre un bon chemin !

— Ça marchera parfaitement bien, Irmi ! dit-il d'une voix haute et assurée. Nous sommes jeunes encore et j'ai en moi tant de force et tant de chance grâce à toi, Irmi, à toi seulement, qu'il faudrait l'anéantissement de l'univers pour me retenir ! — Il entoura d'un bras ses hanches, l'attira contre lui et déposa un baiser sur ses lèvres glacées. Vanessa-Nina, qui était assise sur le bras de sa mère en profita pour lui assener des coups de poing sur le front. — Je ne suis rien que par toi ! dit-il dans un murmure frémissant. Sans toi je n'existerais pas !

— Ce n'est pas vrai ! — Ses grands yeux bleus lui souriaient. — Tu es l'homme le plus extraordinaire en ce monde...

— Dis que tu te réjouis ! murmura-t-il. — C'est à peine s'il pouvait parler. Si tu savais qui je suis, pensait-il. Oh ! si tu savais ! — Dis que tu es heureuse d'habiter cette maison !

— Je suis ravie, chéri, c'est un vrai conte de fées.

Elle ferma les yeux et serra plus fort contre elle la petite Vanessa-Nina. Peter planté devant la carcasse de la maison avait depuis longtemps compris que ces échafaudages deviendraient une demeure qui leur appartiendrait, mais d'autres préoccupations le tourmentaient.

— Va-t-on aussi l'inaugurer ? dit-il.

— Naturellement ! répondit Wegener.

— Et faudra-t-il que je récite encore une poésie aussi bête ?

— Non ! Non ! en aucun cas ! — Wegener rit aux éclats, comme libéré. — Mon gars ! Le voilà qui me ramène à la réalité. Nous fêterons ça tout à fait entre nous, seuls, tranquillement !

— Et maintenant, nous retournerons à la maison, dit Irmi en se détournant. Moineau a froid, moi aussi ! Et dans trois heures ce sont les cadeaux !

Elle regagna la voiture, s'y assit et ferma la portière. Wegener jeta encore un regard à la construction. Peter, à côté de lui, lança un gravier contre le mur de la cave.

L'an prochain, à Noël, nous habiterons ici, pensait-il. L'arbre de Noël sera dressé dans le grand hall qui s'élèvera à travers toute la hauteur de la maison. Ce sera un arbre gigantesque. Helmuth Wegener, toi, le véritable Helmuth, tu es là-haut près de Dieu, si c'est possible... es-tu content de ton vieux copain Peter Hasslick ? Il faut que je te dise quelque chose : ma conscience ne me reproche plus d'être toi.

La construction dura deux ans. Fritzchen Leber y déposa les limites de sa fantaisie. Lorsque la villa Fidelta fut terminée et que les revues du corps des architectes vantèrent et reproduisirent à l'envi toutes les particularités de cette construction, en portant aux nues le talent de l'architecte Leber fortement secondé en ceci par le « camarade de classe » Peter Ortwin et sa presse publicitaire, Leber lui-même fut pris de vertige, il divorça et eut une liaison avec une blonde éclatante mais stupide. Le Dr Schwangler montra comme d'habitude de la compréhension pour un tel cas sentimental : on crève de mettre dans son lit une femme philosophe, par exemple, mais une nigaude qui a du poivre vert dans le cul, c'est exactement ce qu'il faut aux hommes de notre trempe !

Lorsque Helmuth Wegener déménagea et que l'appartement installé au-dessus de la pharmacie fut remis à neuf, tandis que le nouveau gérant de la pharmacie s'installait, Wegener se montra soudain d'humeur romantique. Bien que la nouvelle villa fût installée avec un déploiement de luxe extraordinaire et une dépense d'inventions remarquables, c'est-à-dire pourvue de meubles, de tapis, de lampes, et que Fritz Leber découvrît à Amsterdam, Rome, Londres, des pièces antiques particulièrement belles, Wegener emportait son vieux mobilier dans sa nouvelle maison.

Ce qui jadis avait meublé quatre pièces, il put le placer dans une seule grande pièce et recréer ainsi l'ancien appartement au-dessus de la pharmacie. Il plaça des cloisons en contre-plaqué et reconstitua la disposition du petit appartement, et l'on y retrouvait la salle de séjour, la chambre d'enfants, le petit bureau. Seule, la cuisine se révéla intransportable à cause des conduites d'eau.

— Un chien fou ! clamait Fritz Leber qui voyait dans ce caprice une profanation de son chef-d'œuvre. A quoi bon bâtir ce palais gigantesque, s'il y place ses vieilleries ?

— Parce qu'il était heureux parmi elles, disait Irmi en souriant doucement. Mais je crois que tu ne le comprends pas.

Pourtant Irmi ferma à clef cet ancien sanctuaire contenant tous les meubles encastrés qui formaient leur intérieur auparavant.

Wegener était encore en cet instant à la fabrique, disait-on. En réalité, il se trouvait avec un professeur de chirurgie et travaillait dur la chirurgie abdominale, science qu'il avait choisie de préférence parce qu'elle offrait toujours un sujet de conversation des plus étendus. Il en allait de même pour la chirurgie du thorax, mais cela semblait trop difficile à Wegener. Quoi qu'il en fût, il était « préparé » à ce point qu'au bout d'un an de « gavage » intensif, il fit une communication à un congrès de médecine qui avait lieu à Bruxelles au sujet d'une nouvelle forme de la gastro-entérostomie. Certes, il n'annonça pas de nouveautés découvertes personnellement, mais il fut fier de se trouver assis à la même table que des « sommités » célèbres et d'échanger avec elles quelques remarques frappantes qui témoignaient d'une grande connaissance en la matière.

Entre-temps, Peter avait commencé à fréquenter l'école où il se fit beaucoup d'amis, car chacun aspirait à aller jouer dans le parc de la somptueuse villa à l'orée de la forêt. Les fabriques Wegener travaillaient à plein régime de nouvelles préparations pharmaceutiques dont un antibiotique qui attaquait les microbes jusqu'alors résistants. On donnait à la villa Fedelta des cocktails et de petits dîners pour les clients étrangers. Des politiciens en franchirent également le seuil, afin de faire comprendre au maître de maison que leur parti accueillerait volontiers des chefs d'industrie ayant son envergure. Et comme si souvent déjà Wegener leur répondait : Il faut être né politicien, je n'ai pas le don de dire ce que je ne pense pas...

En février 1956, Vanessa-Nina tomba malade. Pour la première fois. Jusqu'alors elle avait ignoré toutes les maladies qui frappent les enfants de son âge. Brusquement, elle eut de la fièvre, 38°7, tout son corps était brûlant comme cuit dans un four et elle avalait douloureusement sa salive dès qu'elle parlait. Irmi inspecta sa gorge et dit calmement :

— Elle a une inflammation des amygdales. Vois toi-même, chéri !

Wegener vit l'enduit jaunâtre qui recouvrait les amygdales enflammées, gonflées et d'un rouge incandescent, et fut pris de panique. Il téléphona aussitôt au professeur Goldstein et le pria instamment de venir voir son enfant.

— Mais, cher collègue, répondit Goldstein doucement, que voulez-vous que je fasse s'il s'agit d'amygdales ? Je suis gynécologue... Aux étages supérieurs vous avez nombre de collègues à votre disposition et surtout vous avez chez vous tout le nécessaire, vous fabriquez vous-même la meilleure série d'antibiotiques !

— Tout de même... — Wegener mordait sa lèvre inférieure, au diable cette appellation : cher collègue... — Vous comprenez, monsieur le professeur, que je préfère m'adresser à un collègue...

— C'est juste, un chirurgien ou un médecin redoute de soigner lui-même les siens, aussi je vous recommande le Dr Ewald Bernharts qui habite, si je ne me trompe, dans votre voisinage dans la ceinture verte de la ville...

Le Dr Bernharts vint tout de suite, regarda au fond de la gorge de Vanessa-Nina et lança :

— Il faut l'en débarrasser !

— En aucun cas !

Le Dr Bernharts eut un signe d'assentiment :

— Vous avez parfaitement raison, cher collègue, mais lorsque nous aurons guéri cette amygdalite, nous en ferons l'ablation ! — Il eut un rire joyeux, caressa les joues rougies de Vanessa-Nina et haussa les épaules : — Vous ne devez pas avoir besoin d'une ordonnance ? — Il rit encore : — Ou dois-je vous désigner ce que vous produisez vous-même ? Simplement pour nous plier au règlement de la Sécurité Sociale ?

Puis ayant encore lancé un éclat de rire, il sortit de la chambre d'enfants où Fritz Leber avait là aussi laissé son empreinte : une chambre de style vénitien, ce qui inspirait à certains visiteurs une pitié sincère à l'égard de Vanessa-Nina. Le Dr Bernharts resta encore deux heures chez les Wegener, but quatre cognacs, adressa des compliments à Irmi — on ne pouvait la croire mère de deux enfants — puis il raconta sa vie, des anecdotes du temps où il était médecin-major pendant la campagne de Russie dans la IIe armée. Il avait fait toute la retraite. Lorsque le Dr Bernharts prit congé, il était minuit passé.

— Je pourrais m'habituer à lui, dit plus tard Wegener lorsqu'il fut couché avec Irmi.

Leur lit avait un vaste ciel de lit en dentelle de Calais, c'était ce qu'on appelle en Allemagne un « lit français » et, en ce temps-là, c'était un meuble sensationnel. Le mur couvert d'un grand miroir en face d'eux gênait beaucoup Irmi, mais elle ne demandait pas la suppression de cette glace indiscrète parce que Fritz Leber était très fier de cette chambre : Une copie de l'un des lits de la grande Catherine de Russie ! lançait-il. Et Schwangler, cochon comme d'habitude, avait ajouté : Je ne crois pas qu'Irmi fera pour autant attacher de jeunes étalons aux montants de sa couche !

— Le Dr Bernharts est un gentil garçon ! reprit Wegener en bâillant. — Ce qu'Irmi vit deux fois en réalité, et dans la glace. — Nous devrions en faire notre médecin de famille.

— Mais nous t'avons, toi, chéri, depuis que notre médecin, l'ami de père, est mort.

— Oui, sans doute, mais il arrive comme maintenant avec Moineau... il vaut mieux avoir un collègue sous la main. D'ailleurs, je n'ai pas terminé mes études, ne l'oublie pas.

— C'était certainement une erreur. — Elle se pelotonna tout

contre lui — un lit français facilite une telle manœuvre. — Peut-être fut-ce la seule erreur que tu aies commise, chéri.

Wegener glissa un bras sous la nuque d'Irmi et enferma son sein droit dans sa main. Souvent, ils s'endormaient ainsi dans la tiédeur du corps de l'autre, se retenant l'un à l'autre dans cette heureuse certitude : Tu es à moi seul !

— S'il en était advenu autrement, je serais maintenant chirurgien d'une clinique et nous n'aurions pas d'usine de produits pharmaceutiques.

— Que préfères-tu être, chéri ?

— Ce que je suis à présent ! Il y a assez de chirurgiens mais seulement *un* Helmuth Wegener avec une femme comme toi.

Cette nuit-là, Irmi ne se sentit plus aucun grief à l'égard de l'énorme miroir recouvrant entièrement le mur en face du lit.

Le Dr Bernharts venait plus souvent qu'il n'était nécessaire.

Les amygdales de Vanessa-Nina désenflèrent. La couche de pus disparut, la fièvre baissa dès le lendemain de sa visite, mais le Dr Bernharts revenait inlassablement. Il revint aussi lorsque Moineau, depuis longtemps, avait repris ses jeux au jardin. Il fit l'éloge des antibiotiques de Wegener et plaida pour l'ablation des amygdales de sa jeune malade. Il restait volontiers dans le boudoir d'Irmi, buvant du thé qu'il n'aimait pas, mangeant des petites galettes bien qu'il préférât les pains au jambon. Il était plein de verve et savait raconter ses expériences de médecin et ses nombreux voyages.

— C'est un célibataire ! lança Schwangler en réponse à Wegener qui avait fini par remarquer la fréquence des visites de Bernharts. Et puis Irmi est une femme séduisante ! Partout où elle paraît, les hommes ont tout à coup des yeux au bout d'une tige ! Et tu veux que Bernharts réagisse autrement ? Alors qu'il a comme médecin de famille une situation privilégiée auprès d'Irmi ? Et puis si d'aventure il l'ausculte et qu'elle dénude ses épaules, ce qu'il doit trembler ! Et s'il écoute son cœur, ce qui l'oblige à soulever ses seins...

— On devrait te castrer, enfin ! dit Wegener furieux. Dis-moi simplement ce que tu en penses !

— As-tu confiance en Irmi ?

— Entièrement !

— Que veux-tu de plus ! Laisse Bernharts s'embraser en présence d'Irmi, elle ne daignera jamais s'en apercevoir.

Cependant Wegener restait en alerte.

Quant à Irmi, elle devenait vraiment de plus en plus belle et Schwangler disait : Au Moyen Age on eût caché aux yeux de tous un tel trésor et occis tout homme qui eût osé poser un regard sur elle. Helmuth, mon vieux, à ta place, je serais fou de jalousie lorsqu'elle va chez son coiffeur et si elle y restait plus qu'il n'est nécessaire. Où est-elle ? me dirais-je. Qu'a-t-elle fait ? Etait-elle vraiment avec une amie rencontrée par hasard, avec laquelle elle dit avoir été dans un café ? Ou ce café était-il une chambre d'hôtel ? Une maison de rendez-vous ? Avec un type, peut-être ? Et pendant que tu la crois en train de se chauffer la tête sous un casque de coiffeur, c'est un lit inconnu qu'elle chauffe ! Mon gars, quels tourments ! Je les aurais... Mais toi, éternel veinard, tu as épousé un ange !

Ces paroles que Wegener ne prit pas mal cette fois-ci, lui restèrent en mémoire. A cela s'ajouta que le Dr Bernharts lui dit lors de la visite suivante :

— Etant votre médecin et ami, je me promets de vous dire de faire quelque chose pour sauvegarder votre silhouette ! Vous accumulez de la graisse ! Pendant la guerre, on ne s'inquiétait pas de ces problèmes. Nous vivions aussi mieux portants que maintenant ! Deux tartines de pain de maïs par jour et vingt grammes de beurre nous gardaient de tels soucis. Combien pesez-vous ?

— Cent soixante dix-huit livres.

— Et vous mesurez 1,76 m ? C'est trop, bien trop, mon cher, je le vois d'ailleurs à votre pantalon, votre ventre déborde à la ceinture ! Il faut que nous fassions quelque chose !

Lorsque Bernharts eut pris congé, Wegener dit à Irmi :

— Il est peut-être sincère, Irmi, mais de quelle manière il ose me le dire ! Bon Dieu, je le sais mieux que lui que je suis devenu trop gros. Mais jusqu'à présent, tu n'as jamais dit que cela te gênait.

— Je ne le dirai jamais, chéri, répondit-elle en enlevant les verres.

Il était très tard, la femme de chambre était déjà couchée.

— Même si cela te gênait vraiment ?

— Alors oui, tout de même.

— Suis-je donc trop gros ?

— Tu es à la limite, chéri.

— Voilà un mot évocateur ! — Wegener arracha sa cravate. — Quel jour sommes-nous ? Le 6 avril ? En Suisse et dans les Alpes italiennes, il y a encore assez de neige. Je vais tout de suite donner l'ordre à mon secrétaire d'organiser des vacances de neige et en avant sur mes skis ! Ma graisse glissera de tous côtés !

— D'accord ! — Elle déposa les verres, contourna la table et l'embrassa. — Merci, chéri !

— Pourquoi ?

— Depuis combien de temps sommes-nous mariés ?

— Bon Dieu ! — Il la regardait, désemparé. — Exactement quatorze ans, c'est-à-dire dix ans *vraiment* si l'on veut...

— Et ce sera nos premières vacances en dix ans. — Elle l'embrassa de nouveau : — Aussi merci, mon trésor !

La station de ski s'appelait San Geromino ; elle était située quelque part dans les Dolomites. Des fenêtres de l'hôtel, on admirait le panorama du massif de Marmolada, le soleil du couchant le dorait et avant que la nuit n'engloutisse tout, il était noyé dans une pourpre intense. Mais ces visions ne consolaient guère Helmuth Wegener plein d'une colère qu'il lui fallait contenir.

Assis à sa fenêtre, la jambe gauche étendue plâtrée de la cheville à la cuisse, il était plein de hargne à l'égard de tout ce qui bougeait. Cela lui était arrivé dès le troisième jour de la manière la plus bête, alors qu'il dévalait le flanc d'une petite colline sur laquelle les plus jeunes enfants glissaient aisément. Il avait culbuté, comment, on ne se l'expliquait pas. Etendu dans la neige, la jambe brisée. Irmi appela à l'aide. Deux moniteurs de ski l'emportèrent en disant : La cuisse brisée ! Il en aura pour un bon moment avec son plâtre ! Pauvre jolie femme, elle sera longtemps seule...

C'était l'époque où un professeur de ski se fatiguait moins sur les pistes qu'au lit. La fringale des touristes nordiques à l'égard des beaux compagnons de jeux à la chevelure de jais bouclée, était fantastique...

Le Dr Schwangler eut, comme toujours, le mot de la situation, Wegener l'ayant fait venir à San Geromino comme pare-feu pour la raison que l'on sait : Les Russes disent que le diable a neuf queues, c'est le rêve de tout professeur de ski... déclara-t-il sarcastique.

— Quel fumier de vacances, ajouta Helmuth. Mais ne perds pas ta bonne humeur à cause de moi, Irmi, tu as plus que moi besoin de cette permission. Je vais m'imposer une diète totale, ce qui me permettra de perdre des kilos sans perdre mon temps.

Irmi apprit rapidement à skier, le petit Peter plus vite encore et parfois Irmi descendait à tombeau ouvert les pentes immaculées accompagnée par un seul moniteur aux cheveux noirs bouclés qui riait toujours. Ils buvaient du jus de pomme dans les refuges montagnards, goûtaient un vin rouge épicé et se livraient sans souci à « l'après-ski », cet instant tant redouté des maris, qui devient tourment pour celui qui a une jambe plâtrée. Pendant ce temps, Wegener soignait sa fracture compliquée et lisait des policiers ou des romans de guerre. En dessous de lui retentissaient les rires et les cris lorsqu'un conférencier plaisantait en trois langues. Ce jour-là, Peter — qui devait aller au lit à 9 heures — fit remarquer à son père : Papi, Mami danse très bien, elle a été choisie comme « Miss après-ski » ! Wegener, malgré sa jambe plâtrée, en éprouva un vif plaisir.

Mais Irmi ne lui parla pas de cette élection, ce qui le perturba grandement. Voilà qu'elle a des secrets pour moi ! se disait-il. En dix ans, ce n'est jamais arrivé... Mais qu'ai-je à me plaindre : chaque instant de ma vie n'est-il pas un mensonge à son égard ? Tout de même, passer sous silence de petites choses mène à la méfiance et puis qu'est-ce que cette histoire de « Miss » ? Généralement, il s'agit d'une jeune fille, leur faut-il donc une mère de deux enfants ?

Wegener en parla au maître d'hôtel qui comprenait l'allemand. Celui-ci eut un sourire entendu et répondit : Votre épouse, Signor, est devenue la reine de San Geromino, je vous félicite !

Bon Dieu, je deviens jaloux ! constata Wegener, et c'est un vilain sentiment ! Il appela le Dr Schwangler au téléphone et lui lança : Edi, viens tout de suite à San Geromino ! Puis il raccrocha sans attendre la réponse de Schwangler. Ensuite il fit venir les deux valets de chambre et donna à chacun mille lires ; c'était un soir où, dans le grand hall du rez-de-chaussée de l'hôtel, avait lieu un bal costumé dont le thème était « Une nuit à Venise ». Ça dans les Alpes ! grogna Wegener amer, assis devant sa fenêtre avec sa jambe dans le plâtre. C'est par trop idiot ! Cependant il regardait Irmi qui, à l'aide de châles multicolores et de colliers en perles de verre, se métamorphosait en une ravissante princesse vénitienne et habillait le jeune Peter en gondolier paré d'une écharpe de soie.

— Serait-il possible, demanda-t-il aux valets de chambre qui tous deux parlaient allemand étant originaires du Tyrol-sud, de me dissimuler dans la salle de bal de manière à ce que je puisse tout voir sans être vu ?

Les deux hommes réfléchirent, puis ils tombèrent d'accord sur la même possibilité : Nous vous porterons jusqu'au grenier, par la trappe qui sert à l'aération vous pourrez avoir une vue complète de tout le hall, mais là-haut il va faire chaud, Signor, l'air sera lourd car tout s'échappera d'en bas vers cette trappe d'aération...

— Je n'étoufferai pas, allez ! lança Wegener en se délestant encore de mille lires que les valets glissèrent nonchalamment dans la poche de leurs tabliers et le soir venu, lorsque le grand bal commença, les domestiques l'ayant transporté dans son fauteuil par un escalier de service jusque sous le toit, le placèrent contre la trappe et ouvrirent celle-ci toute grande pour qu'il lui fût possible d'apercevoir l'ensemble de la salle. Puis ils lui souhaitèrent de bien se divertir. Cela avec des sourires pires qu'impertinents. Wegener encaissa en grinçant des dents. Il découvrit Irmi aussitôt entourée d'hommes empressés qui tous avaient l'aspect de gondoliers. Elle était exquise, riait, buvait du champagne et lui parut toute différente de l'Irmi habituelle. La reine de la fête. Je ne la connais pas du tout sous ce jour-là, pensa Wegener, et le poids qui pesait sur son cœur devenait de plus en plus lourd. Est-ce ma faute ? se disait-il. A-t-elle manqué de cette joie, de cette insouciance libérée des devoirs de représentation ?

Il était fort mal dans son fauteuil incommode. Sa jambe plâtrée étendue, condamné à l'immobilité, avalant l'air usé qui l'enveloppait, voyant danser Irmi, couvrant d'injures les hommes qui s'empressaient auprès d'elle. Il fut heureux lorsqu'au bout de deux heures, des valets de chambre vinrent le chercher pour le traîner dans sa chambre.

Lorsque Irmi revint du bal, il était couché depuis longtemps et feignit de dormir. Il ronflait même si savamment qu'elle se déshabilla sans bruit et se glissa dans le lit pour ne pas le réveiller. Wegener, qui était couché sur le côté, cligna vers le réveil sur la table de chevet. Presque quatre heures du matin ! C'était la dernière fois, pensa-t-il, je ne pourrais plus le supporter et si j'étais jamais obligé de garder le lit, je me ferais rouler jusqu'au lieu même de la réception où se trouvera Irmi ! J'en deviendrais fou...

Deux jours plus tard, le Dr Schwangler faisait son apparition :

— Sacrée brute ! lança-t-il à Wegener, te voir là immobilisé et jaloux au point de bouffer les tentures de ta chambre ! Et toi donc ? Que fais-tu de ta brunette des mauvais quartiers de Cologne ? Cette noiraude si « sauvage », m'as-tu dit ? Et tu ne permets pas même à Irmi un innocent flirt de skieuse !

— Les mauvais quartiers de Cologne, comme tu dis, c'est autre chose, Edi, répondit Wegener d'une voix étouffée.

— Dis-moi donc, que veux-tu que je fasse ici ? Je te préviens que s'il s'agit de défendre ton honneur, les moniteurs de ski sont plus forts que moi !

— Occupe-toi d'Irmi.

— Comme « ersatz » de son époux ?

— Quelque chose comme cela, Edi.

— Je suis vraiment bon à tout ! — Le Dr Schwangler soupira, résigné : — Et combien de temps restes-tu encore ici ?

— Dix jours.

— Merde ! pourquoi suis-je devenu ton ami ?

Ces dix jours n'en furent que trois. Le Dr Bernharts téléphona le matin du quatrième jour. Il était assez ému et sa voix tremblait :

— Je ne veux pas gâcher vos vacances, monsieur Wegener, dit-il, mais je considère comme un devoir de vous dire que nous sommes tous ici profondément émus. La nuit dernière, le professeur Goldstein a voulu se suicider.

— Mon Dieu, murmura Wegener en regardant par la fenêtre les cimes s'élevant de trois mille mètres dans le ciel et que le froid soleil faisait étinceler tandis qu'il couvrait d'un éclat bleu leurs pentes vertigineuses. Quel beau jour !... — Pourquoi ? pourquoi ?

— Personne ne le sait. On a pu le sauver. Il n'a donné aucune explication. J'ai pensé que cela devait vous être dit, car vous connaissez bien le professeur Goldstein...

— Je vous remercie beaucoup, docteur, dit Wegener d'une voix blanche, merci.

Il raccrocha et attendit qu'Irmi sorte de la salle de bains. Elle parut nue, l'eau chaude s'égouttait de sa peau lisse.

— Qu'était-ce ? demanda-t-elle. De si bon matin ? Tu vas me sécher !

Elle avança vers lui, lui tourna le dos et il baisa la naissance de ses hanches, les fossettes de ses fesses et caressa, en passant à l'autre face de sa personne, le duvet qui frisait entre ses cuisses. Elle m'appartient, se disait-il. A moi seulement ! A moi ! Sans cette femme, je ne suis qu'un fumier ! Je ne vis que par elle !

— Tu dois me sécher chéri ! répéta-t-elle en tendant le bas de son corps vers la caresse de sa main. Rien d'autre !

— Nous partons ce soir, dit Wegener d'une voix enrouée. Goldstein a tenté de se suicider !

Tard dans la nuit, ils arrivèrent à Cologne ayant roulé sans arrêt, Schwangler et Irmi se relayant au volant.

Lorsque Wegener arriva à l'hôpital, le médecin-chef de la clinique Goldstein lui permit une courte visite au professeur, qui avait été placé sous une tente à oxygène.

Le professeur Goldstein était éveillé lorsque Wegener entra sans bruit. Sa chevelure blanche entourait comme une couronne son visage pâle et buriné. Ses yeux regardaient Wegener comme pour lui dire : Toi aussi, tu ne peux plus rien faire.

Il renonce, pensa Wegener comme touché d'un trait fulgurant. Cet homme étendu là est écœuré par la vie et c'est le professeur Goldstein ! Comment le comprendre ?

Mais au bout de dix minutes, Wegener comprit.

Goldstein parla d'une voix faible, mais très distincte comme toujours. Resté même aux approches de la mort un aristocrate :

— Vous n'êtes pas un confesseur, dit-il, et à vous non plus je ne dirais rien, si cela n'avait pas indirectement trait à vous-même.

— Moi ? — Wegener regardait le professeur avec incrédulité : — Comment cela ?

— Le passé m'a rattrapé. Ce qui n'avait été possible à personne, il l'a réussi. J'ai les nerfs affaiblis, mon ami, seulement personne ne le sait. La fuite devant les nazis les a rendus aussi ténus que des fils, fragiles... — Goldstein regardait vers le haut, le fond de la tente à oxygène. — Cela s'est passé la semaine dernière : une femme a été portée sur la table d'opération. Je ne puis vous dire son nom... une femme de cinquante-trois ans. Ovariectomie totale, pour une tumeur épithéliale. L'opération se passa sans complication et trois jours après, cette femme me dit : Vous vous appelez Goldstein, monsieur le professeur ? Puis-je vous parler librement ? Vous êtes tenu de garder le secret comme un prêtre ? Puis-je vous faire une sorte de confession ? Et moi de répondre : Naturellement, un médecin doit aussi être un peu prêtre ! Et la femme poursuivit : Monsieur le professeur, j'ai été autrefois surveillante au camp des déportés de Flossenburg, mais nul ne le sait. Je porte à présent un autre nom. Et je crois qu'à Flossenburg nous avions quelques prisonniers du nom de Goldstein. Est-ce possible ? Il... faut que je vous pose cette question ! J'ai été comme assommé ! A Flossenburg, ma mère, ma sœur, ma belle-sœur ont été exécutées...

— Avec le gaz toxique fourni par mon oncle Axel Hellebrecht, dit Wegener d'une voix à peine perceptible.

— Peut-être. — Goldstein ferma les yeux. — La femme m'a demandé le silence parce que c'était une confession, mais mes nerfs n'ont pas eu la résistance nécessaire pour me permettre de vivre avec ce fardeau... c'est la raison pour laquelle j'ai... — il se tut dans un soupir... — Ils m'ont tout de même pincé les nazis...

— Quelle est cette femme ? dit Wegener d'une voix rauque.

— Je n'ai pas le droit de vous le dire ! Malgré tout ! Non, ne dites rien, cher collègue, je voulais que vous receviez cette explication. Peut-être me ressaisirai-je ? C'est une torture que d'être aussi sensible, croyez-moi, j'admire votre force de caractère !

Lorsque Wegener sortit de la chambre de réanimation, il était songeur. Il admire ma force, pensait-il, mais il ignore la peur qui ne me quitte pas. Cela aussi use un homme. Le passé vous entoure sans cesse, on en a la preuve chez Goldstein. Impossible de lui échapper. On le traîne toute la vie avec soi. Mille facteurs inconnus peuvent déclencher la catastrophe.

La peur ! Il n'est pas de force qui puisse la vaincre.

Le professeur Goldstein ne mourut pas sous la tente à oxygène. Il sortit de l'hôpital au bout de trois semaines. Ayant retrouvé sa douce gaieté, il donna une soirée à ses collègues dans sa villa où l'on but de la bière selon la coutume régionale, puis il fit une conférence à Genève et partit en vacances. Il choisit l'île de Capri, afin de voir la maison de son collègue Axel Munthe, « San Michele ».

Et c'est à Capri que cela arriva. En longeant une arête rocheuse qui surplombait la mer, le professeur glissa et roula dans le vide. On ne retrouva jamais son corps emporté par la mer.

Beaucoup crurent à un accident. Wegener pensait autrement. Mais il n'en parla à personne, pas même à Irmi, il se disait seulement : Quel courage ! Pourrais-je en être capable ? Je ne le crois pas. Je n'ai pas même eu celui de lui dire après la Sibérie, en arrivant à Friedland : Tu serres dans tes bras un autre... Helmuth Wegener que tu attendais est mort à Orcha sur le seuil d'une école. Comme un chien. Oui ! Pas en héros ! On ne meurt pas en héros, ce n'est qu'une formule perverse pour dissimuler la vision de ces corps déchiquetés, de ces êtres misérables, hurlants, immolés à des idées et qui crèvent dans les déjections, le sang, le pus et ne savent que hurler maman ! maman !

Combien de fois ai-je vécu cela.

Lors de la cérémonie funèbre organisée par l'ordre des médecins, Helmuth Wegener prit aussi la parole et ce fut de l'homme qu'il parla, non pas du médecin. Beaucoup de ses collègues eurent les yeux pleins de larmes.

— Et tu finiras par faire de la politique ! s'écria ensuite Schwangler. Quel style ! Tu pourrais attendrir le granit !

Chacun a son destin particulier et c'est toujours un « grand » destin si, en ayant rassemblé tous les éléments, on le considère dans son ensemble. La vie d'un être humain est, dans sa diversité, selon les situations décisives auxquelles elle fut soumise, ses passions, ses souffrances, d'une fascination telle que chacun de nous, lorsqu'il regarde en arrière, peut dire : J'ai eu une vie remarquable. Les années n'y sauraient rien changer dans leur déroulement qui rappelle la fuite régulière des eaux d'un fleuve.

Ainsi la vie de Helmuth Wegener fut-elle également, les années suivantes, un écoulement régulier. Elles lui apportèrent forcément une augmentation de sa productivité, de son travail, de ses succès. Les enfants grandissaient. Peter allait au lycée, la villa Fedelta s'emplissait d'année en année de meubles plus précieux, de tapis, de peintures. Les usines Protosano et la fabrique Vitalan étaient depuis longtemps devenues des entités lorsque Wegener, en 1964, se décida à les réunir en appelant l'ensemble de ses firmes « Fabrications Euromedica ». Il y avait été encouragé par la parution d'un article venimeux dans un journal allemand, dont le rédacteur en chef avait été connu pour ses comptes rendus pendant la guerre concernant les armées au combat. Il réchauffa l'histoire de l'oncle Axel et de ses gaz toxiques. Wegener téléphona à la rédaction.

— Vous prenez, pour nous, trop d'importance ! répliqua, désinvolte, le rédacteur en chef. Personnellement, vous ne nous intéressez pas ; par contre, le monopole que vous exercez sur le marché de la pharmacie est une question importante ! Vous êtes le type de capitaliste repu. Que vous ayez acquis tout cela à la sueur de votre front peu nous chaut : vous êtes riche, des millions d'autres hommes sont pauvres, c'est là le hic ! Si nous n'avions pas de tête de turc à monter en épingle, que deviendrions-nous !

Wegener raccrocha — cela ne menait à rien. On parlait entre quatre yeux, franchement, mais la rédaction démentirait tout en bloc, lorsqu'on ferait connaître les termes de cette conversation.

La villa Fedelta, sur la lisière de la forêt environnant Cologne, devenait un centre de la société pensante de la région et Irmi en était l'âme. Elle ne paraissait pas vieillir, elle fleurissait simplement. Wegener, dont le poids s'était élevé à 190 livres, sans parvenir à le diminuer du fait de ses trois dîners d'affaires par semaine, se sentait perdu si Irmi n'était pas présente aux réceptions. Comme la plupart des contrats étaient conclus aux dîners, les mises en garde du Dr Bernharts ne servaient à rien, même s'il donnait en exemple Henri VIII qui avait creusé sa tombe avec ses dents ; d'ailleurs, ajouta-t-il, chaque kilo au-dessus du poids normal écourte la vie d'un an.

Quant au Dr Schwangler, il n'arrivait pas à comprendre que son ami, en menant une vie aussi remplie, ne perdît pas de sa substance. Il croyait toujours que Wegener se dépensait en passions dévastatrices dans un quartier louche de Cologne. Pendant des semaines, il avait contenu sa curiosité, mais un beau jour celle-ci fut tout de même la plus forte.

Depuis son retour de Sibérie, Irmi et Wegener avaient toujours tout acheté ensemble. Irmi ne possédait pas une robe que Wegener n'eût choisie avec elle, pas une paire de chaussures dont il n'eût pas approuvé le style, pas un corsage qu'elle ne lui eût exhibé. Souvent il restait des heures avec elle chez les couturiers, car Irmi n'achetait en principe que ce que Helmuth avait sanctionné. Parfois, il fouillait lui-même dans les armoires à robes, en retirait ce qui lui plaisait ou le faisait modifier. Il en vint même à s'installer chez la corsetière où Irmi essayait des soutiens-gorge et de petites culottes fort abrégées.

— Un animal de ta sorte, on devrait plus tard l'embaumer ! remarquait Schwangler lorsqu'il apprit ces sorties, ces achats frivoles. En fais-tu autant pour ta brunette des bas-fonds de Cologne ?

— Je n'ai pas de brunette, blagueur ! lança Helmuth grossier.

Mais, de toute façon, c'en était fini des heures passées au troisième étage de la maison perdue parmi les ruines qui attendaient encore leur restauration. Les leçons particulières l'avaient enfin lassé et Wegener estimait avoir accumulé suffisamment de « culture générale » pour s'en tirer adroitement en toute occasion. Il n'ignorait plus rien de la chirurgie abdominale et il s'était abonné à plusieurs revues médicales qui le tenaient au courant des dernières nouveautés. Il eut bientôt une bibliothèque médicale que tout médecin lui eût enviée.

Il ne peut plus rien arriver, pensait Wegener, au cours de ces années. Absolument rien ! Le passé est entièrement effacé. Je suis moi, c'est-à-dire Helmuth Wegener, et on me reconnaît partout pour tel.

C'est ainsi que vint le 17 septembre 1965, un jour comme un autre.

Wegener se trouvait dans son gigantesque bureau des Fabrications Euromedica et écoutait le rapport de l'un de ses chefs chimistes concernant le développement d'un produit contre l'hypertension artérielle. Vanessa-Nina, à présent âgée de treize ans, était chez une amie pour faire avec elle ses maudits devoirs de math. Irmi avait un thé de dames en petit comité auquel assistaient quelques femmes de diplomates venues de Bonn. On y discutait du théâtre absurde de Ionesco, tandis que Peter le fils, grand garçon de dix-sept ans, une « bête à concours » selon Schwangler et qui n'avait pas à s'éreinter pour tenir la tête de sa classe, s'était proposé, cet après-midi-là, de rechercher dans le gigantesque grenier de la villa des vieilleries amusantes que l'on pourrait employer pour un « bal de mendiants ».

Au cours de ses fouilles, il découvrit un vieux coffre qui datait encore de l'ancienne dynastie des pharmaciens Lohmann. Il parvint à ouvrir les serrures, y trouva toute une bande de poupées, des jouets, et se douta qu'il s'agissait de ce qui avait diverti sa mère étant petite fille. Il les déballa non sans une certaine hésitation et tomba soudain en arrêt devant un petit paquet de lettres qui étaient nouées d'un ruban de soie lilas. Le tampon que portait la première enveloppe éveilla son intérêt : « Poste aux Armées. »

Il s'assit sur le coffre, défit le ruban lilas et se mit à lire les lettres.

Des lettres du temps de guerre écrites par son père à sa mère, en ce temps-là Irmgard Lohmann, à Cologne. La première missive était datée de 1943, quelque part en Russie, expéditeur : Sous-officier Helmuth Wegener, plus tard Helmuth Wegener. En février 1944, il posait cette question d'une grande importance : Veux-tu devenir ma femme ?... Trois photos jaunies, à demi effacées, se trouvaient avec les lettres : le lieutenant Wegener parmi ses camarades, quelque part sur le front de l'Est.

Peter examina ces photos, lut les lettres, rassembla de nouveau le tout et descendit du grenier. Il attendit que les dames du thé fussent reparties et rejoignit Irmi au salon.

— Maman, j'ai fouillé le grenier et j'ai trouvé ça, dit-il.

Il déposa les lettres sur la table. Irmi les reconnut aussitôt et sourit :

— J'ai un fils plutôt curieux, dit-elle. Les as-tu lues ?

— Oui, maman.

— Tu es assez grand pour comprendre que ces seules lettres suffirent pour m'éprendre de ton père. — Elle sortit une lettre du paquet et la parcourut. — C'était hier... murmura-t-elle, je sais encore exactement comment elles me sont parvenues. Noue-les de nouveau ensemble et replace-les dans le coffre.

— Mais certainement, maman. — Peter prit une autre lettre et la déplia. Le papier était grossier, jauni, comme fait de fibre de bois, l'écriture serrée, pleine de mots émouvants. — Vois donc ça ! Quel intéressant exemple de ce que les circonstances peuvent changer un homme ! Vois donc l'écriture de Pa en ce temps-là... et son écriture aujourd'hui... elles diffèrent totalement !

CHAPITRE VIII

IRMGARD WEGENER regardait son fils en silence. C'était un de ces regards que l'on craignait dans la famille. Au cours des années, elle n'avait presque jamais élevé la voix, moins encore levé la main. Entre les parents et les enfants, il n'y avait pas eu trace de cette éducation qui résout les problèmes par des gifles. Presque toujours un regard avait suffi et chacun pouvait décider librement s'il valait la peine de poursuivre la discussion autour d'un sujet épineux.

Peter déposa d'un geste rapide le paquet de lettres sur la table et replia celle qu'il tenait à la main :

— Je voulais seulement te faire remarquer, maman..., dit-il embarrassé.

— Tu ignores ce que fut cette époque, mon petit.— Elle replaça les lettres les unes sur les autres et mit la faveur lilas autour du paquet. — Mais tu peux te l'imaginer, tu es assez intelligent pour savoir ce que signifie la guerre, la Russie, des années de captivité en Sibérie. Lorsque ton père est revenu de la Taïga il *était devenu* un autre homme bien qu'il fût le même, je l'ai à peine reconnu, je n'avais d'ailleurs que ses photos où je voyais son clair et riant visage. Lorsque nous nous sommes trouvés face à face à Friedland, il nous fallut quelques heures pour nous reconnaître : c'est comme ça ! Voilà ce que la guerre a fait de nous. Voilà ce que la Sibérie nous rendit comme Helmuth Wegener ! Il faut nous y habituer. Mais ensuite, tout a été ainsi que nous l'avions rêvé. Comprends-tu, Peter ?

— Naturellement, maman. Et l'écriture ?

— Une écriture aussi peut se perdre dans la Taïga. — Elle regardait l'enveloppe placée sur le dessus du paquet. — Autrefois, Pa avait une écriture penchée vers la gauche, aujourd'hui elle s'incline plutôt à droite, peut-être même est-ce un signe de protestation ? Fuyons cette ancienne existence...

— C'est sûrement ça. — Peter paraissait convaincu. — Seulement, au premier instant, cela m'a paru étrange, n'est-ce pas, maman ?

— Non, pas étrange, Peter, tragique ! — Elle poussa de nouveau le paquet vers lui, en travers de la table : — Va les remettre où tu les as trouvées. Et songe à ce que cela peut être de végéter en Sibérie sans l'espoir de revenir jamais bien portant à son foyer. Et puis il est venu tout de même et se trouva là, soudain maigre, la joue creuse, en vieil uniforme militaire sale de son long voyage, les yeux fiévreux... Un homme qui retourne vers la vie. Et combien nous avons été heureux !

— C'est juste. — Peter prit les lettres et les entoura de ses doigts comme quelque chose de fragile : — Votre mariage est vraiment heureux. Lorsque je vois d'autres couples et que j'écoute ce que me racontent mes camarades de classe au sujet de ce qui se passe chez eux... Votre mariage si serein est presque anormal !

— Vois-tu, mon petit — Irmi sourit avec tendresse ; lorsqu'elle souriait ainsi, elle ressemblait à une madone et sa parole revêtait l'importance d'une révélation — combien il importe peu que l'écriture de Pa penche à droite alors qu'autrefois elle penchait vers la gauche, que ses K aient un aspect différent et ses F ne soient formés que de trois traits alors que par le passé il les enjolivait d'une sorte de paraphe. Un homme dépend-il de ça ?

— C'est déjà oublié, maman. — Peter se leva : — Vous êtes, pour tout dire, une génération qui avait quelque chose du caméléon !

— Merci, mon fils !

— Ce n'est pas une critique, maman, mais... Pourquoi Pa n'a-t-il pas poursuivi sa médecine ? En 1948, c'était parfaitement possible.

— En 1948, tu es né.

— Cela ne l'empêchait pas de faire ses études !

— La pharmacie était plus importante, mon petit. Il faudrait que ton père te raconte tout une fois, vous n'avez aucune idée du tour de force qu'il fallait accomplir alors pour survivre seulement : d'ailleurs, Pa était à bout de nerfs.

— La Sibérie.

— Lorsque tu comprendras ce mot, mon enfant, tu en sauras long sur notre génération !

— Votre passion démente pour Hitler ne sera jamais comprise de personne.

— Et comment se comportent les Chinois sous la férule de Mao ?

— Ça, c'est tout autre chose, il s'agit d'une révolution sociale qui changera le monde d'une manière exemplaire.

— Lorsque nous avions dix-sept ans, nous pensions exactement la même chose de Hitler ! Chaque peuple, chaque génération a ses problèmes, ses bons ou mauvais bergers, ses tragédies et ses heures de rêve aux étoiles, ses erreurs historiques. Nous ne sommes que de stupides humains !

— Tu es la raison même, maman !

— J'ai tout appris de ton père. Avant lui, je savais seulement où se trouvait l'aspirine dans la pharmacie et quel tiroir contenait l'onguent pour guérir les pieds écorchés. Sais-tu que tu as un père remarquablement intelligent ?

— S'il est capable de mettre sur pied de telles fabriques...

— Ce ne sont là que des capacités superficielles, Peter ! Il existe aussi une intelligence qui sait se montrer modeste... mais nous en parlerons une autre fois.

Le soir venu, Peter avait depuis longtemps remis les lettres dans le vieux coffre et se trouvait sans doute chez un ami qui avait un billard. En réalité, ces jeunes gens se rencontraient dans la forêt proche de la ville avec de jeunes élèves du lycée de la Reine Louise. Ce même soir, Irmi et Helmuth s'étaient assis dans le jardin d'hiver. Comme toujours lorsqu'ils étaient tous deux seuls, Wegener avait étendu ses jambes dans un fauteuil et, tout en regardant l'écran de télévision, il buvait une demi-bouteille de vin rouge français en poursuivant une conversation à bâtons rompus qui tournait autour des événements de la journée. Sans doute, Helmuth eût préféré regagner son lit, avec un livre pour s'endormir — lire trois, quatre pages, sentir Irmi contre lui et ce sentiment d'heureux apaisement qu'il éprouvait toujours lorsqu'il se couchait. Puis cette exquise fatigue, le petit clic de l'interrupteur de la lampe de chevet lorsqu'on l'éteint, se rouler sur un côté, tandis qu'Irmi éteint aussi sa lampe, c'était une merveilleuse fin de journée, une part de ce pour quoi il valait la peine de vivre, travailler, trimer, se crever.

— Il faut que j'aille à Rome la semaine prochaine, dit-il tandis que Dieu sait quel chanteur crachait dans le micro on ne savait quoi, une prétendue chanson.

Wegener espérait toujours que le chanteur finirait par avaler le micro. Vanessa-Nina, qui écoutait à ce moment-là des disques pop dans sa chambre, devait connaître ce garçon de génie et eût appelé ses gueulements des « arômes ». Pour Helmuth, ces harmonies rappelaient le crissement d'une lime sur les ongles des orteils.

— Vraiment ? dit Irmi en regardant fixement le chanteur dont les hanches roulaient en cadence, tandis qu'il jetait des cris préhistoriques. A Rome ?

— J'ai autant de plaisir à faire ce voyage qu'un clochard en éprouve à travailler.

Irmi se cala dans son fauteuil. L'écran transmettait maintenant un ballet.

— J'ai oublié de te dire que Peter avait trouvé les lettres que tu m'avais écrites pendant la guerre.

Helmuth ne manifesta aucun sentiment, mais dans son crâne la sonnette d'alarme retentissait comme presque jamais encore. Il trempa seulement ses lèvres dans le verre qu'il tenait d'une main ferme.

— Elles existent toujours ? demanda-t-il calmement en louchant vers Irmi.

Elle gardait les yeux attachés à l'écran.

— Oui, je les ai toutes conservées. Liées en un seul paquet. Peter a fouillé dans le vieux coffre et les a trouvées. Je ne pouvais pas me séparer de tes lettres du front, chéri.

— Et ce galopin les a lues ?

— N'en aurais-tu pas fait autant ?

— Non. Mais quand je me souviens de tout ce que je t'ai écrit... Et Peter est au courant à présent. J'éprouve un sentiment étrange.

— Ces lettres ne sont pas tellement libres... — Irmi souriait. — Nous étions, comparés à la jeunesse actuelle, aussi sages que des enfants de chœur.

— Tu crois ? demanda-t-il distrait.

— Tu le sais bien ! Tes lettres, les miennes, on les lit de nos jours avec l'impression de se pencher sur un autre siècle !

— Tout de même, il s'agissait des plus intimes secrets de nos âmes. Et ce vaurien les connaît maintenant ?

— Voilà qui ne l'intéresse pas du tout, ce qu'il a remarqué, c'est ton écriture.

— Mon... quoi ? lança Wegener tandis que dans son crâne tout flambait.

C'est à désespérer, pensait-il, j'ai pensé à tout sauf au fait que Helmuth Wegener avait écrit des lettres parvenues à destination par la poste aux armées. Il avait, il est vrai, fait la connaissance d'Irmi de cette façon : « Les jeunes filles allemandes écrivent au front... » Mais comment penser qu'elle a conservé ces lettres et que mon fils les trouverait vingt-deux ans après ! Faut-il qu'au bout de tout ce temps je trébuche sur quelques lignes d'écriture ? Et que mon propre fils me mette au tapis ?

— Ton écriture, reprit Irmi tranquillement, a beaucoup changé depuis ce temps-là. — Sur l'écran, on dansait un tango de rêve. — Peter l'a remarqué.

— Bah ! La guerre ! La Sibérie !

— C'est ce que je lui ai expliqué et nous en avons discuté.

— Où sont ces lettres à présent ?

— Dans le coffre au grenier.

— Tu veux les garder encore ?

— Mais certainement, chéri, et si cela ne devait pas sembler ridicule aux yeux des autres, je les mettrais sur un piédestal de marbre comme une statue. Tes lettres de Russie, cette question que tu m'envoyais de « quelque part sur le front » : veux-tu être ma femme ? On ne détruit pas cela, mon amour !

Il répondit d'un petit signe de tête et ferma les yeux. L'écriture... Demain, je retirerai une des lettres de ce paquet et je m'exercerai à écrire comme Helmuth Wegener. Je m'y suis déjà exercé, comment l'ai-je oublié ? Que je suis idiot ! J'ai écrit à Irmi alors que j'étais en captivité, mais en lettres d'imprimerie, il est vrai, et puis les événements se sont précipités au point que je n'ai plus pensé à cette chierie d'écriture. J'ai écrit comme d'habitude, ce qui veut dire tout à fait autrement que Helmuth Wegener.

— A quoi penses-tu, chéri ? demanda Irmi.

Le chanteur collait de nouveau sa bouche au micro.

Wegener rouvrit les yeux : « A Rome », dit-il. Non, je ne m'exercerai pas à changer mon écriture habituelle, se disait-il ; on le remarquerait ; ce serait me reconnaître coupable. J'écrirai comme jusqu'à présent. Je suis l'homme que la Sibérie a changé en un autre. Mais je suis resté celui qu'Irmi a pris dans ses bras à Friedland en lui disant : Enfin, enfin tu es venu ! Et c'était l'homme au visage et à l'écriture changés ! Et c'est à présent le fabricant Helmuth Wegener, l'un des célèbres millionnaires européens pesant 190 livres et que son médecin dit promis au diabète parce que sa vésicule fera grève un jour.

Bon, je suis Helmuth Wegener et je chie sur cette autre écriture ! Mais on se rend compte du danger qu'offrent les graviers rencontrés en chemin et sur lesquels on trébuche bel et bien !

Voici dix-sept ans que je vis au côté d'Irmi, la chance me poursuit et j'ai perdu l'habitude d'avoir une conscience en certaines situations, mais parfois aussi, lorsque je me trouve devant ma glace, le serrurier Peter Hasslick me regarde. Alors je pourrais prendre un objet pesant et briser en mille éclats cet impertinent visage, l'anéantir totalement. Au fond, on reste toujours celui que l'on était.

— Je relirai ces lettres, dit-il enfin à haute voix en bâillant sans gêne. Je ne me rappelle plus une seule des phrases que je t'ai écrites.

— Moi je sais encore par cœur certaines d'entre elles. Veux-tu que je t'en récite une ?

— Non, je t'en prie ! Ce chanteur me suffit, Irmi chérie, je suis fatigué j'ai eu six conseils d'administration aujourd'hui, ensuite le compte rendu d'une fabrication nouvelle : une drogue qui épaissit le sang des hémophiles ; je crois que nous avons fait une découverte !

— Que c'est beau ! Que ne faites-vous pas ? Tu verras qu'on te décernera un jour le prix Nobel !

— Ce serait le comble ! Je n'aurais plus même le temps

d'écouter ce lécheur de micro vaseux ! — Il bâilla de nouveau et s'étira dans son fauteuil de damas. — Irmi, ne devrions-nous pas...

— Va, chéri, le « show » sera terminé dans dix minutes.

Il se mit debout, quitta le jardin d'hiver et gravit l'escalier dans le hall pour atteindre le premier étage où il pénétra dans la chambre à coucher vénitienne. Dans dix minutes, elle me rejoindra, se dit-il en s'arrêtant devant le somptueux lit. Je vais me déshabiller, me doucher et me laver les dents, puis enfiler mon pyjama, me coucher, prendre un livre et peut-être que je dormirai déjà, lorsque Irmi viendra.

Ce n'était pas comme cela auparavant ! Nous allions ensemble au lit, chacun éprouvait le contact de l'autre dont il n'avait jamais assez. Jamais nous n'étions las des caresses, des baisers déposés partout, pour nous unir enfin. Alors la venue de l'obscurité, les pas allant vers le lit étaient autant de joyeux signaux qui, après un jour d'épreuves, annonçaient à deux êtres le bonheur qui n'appartenait qu'à leur couple.

Et maintenant ? Va, chéri, je te suis dans dix minutes... Une fois en haut, on se jette dans le lit sans se demander si les dix minutes se sont écoulées...

Depuis combien de temps les choses en sont-elles là ? C'est venu sans qu'on s'en aperçoive. Pourtant, rien n'est mort de notre amour, au contraire. Irmi est plus belle que jadis, je suis plus fier d'elle que jamais, je deviendrais fou si je découvrais un autre homme auprès d'elle. Bien que ce soit impensable. Mais on vous dit tout de même comme si ça allait de soi : Monte donc ! je te suis dans dix minutes, il me faut voir la fin du « show » sur le petit écran...

Il ne se dévêtit pas, renonça à son bain et resta debout devant le lit. Puis il s'assit sur le rebord sculpté et doré et attendit. Sa lassitude était grande. Il fixait le lit entrouvert et éprouvait une envie irrésistible de s'y étendre. Il s'aperçut enfin dans la grande glace murale et s'examina à la clarté du lustre vénitien.

Tes épaules se sont élargies, constata-t-il, et quel ventre ! Assis au pied du lit, il déborde de la ceinture de ton pantalon ! La ceinture en est trop étroite, car tu es trop orgueilleux pour convenir que tu as encore pris du poids. Et dire que des hommes à la taille élancée entourent Irmi de leurs hommages ! N'aurais-tu pu rester encore dix minutes auprès d'elle ?

Il se dévêtit et se rassit entièrement nu au pied du lit pour se contempler encore dans la glace.

Quel ventre ! Si j'étais une femme, je me dégoûterais de ce goret rose géant qui croit être encore un homme séduisant ! Voyons, voyons-nous tel que nous sommes ! Mais non, je vais me coucher et ronfler confiant dans l'amour d'Irmi qui t'aimera toujours même si ton ventre prend les proportions d'un ballon captif !

Il ne savait pas depuis combien de temps sa contemplation l'absorbait. Soudain, Irmi surgit devant lui et le regarda étonnée. Non parce qu'il était nu, mais parce qu'il restait assis. Sa nudité d'obèse faisait partie de son existence.

— Tu es encore debout ? dit-elle.

— Comme tu vois.

— Pourquoi ne dors-tu pas, chéri ?

— Ton « show » est donc terminé ?

— Oui, ils ont donné à la fin un charleston divin !

— Tiens ! charmant.

Il restait affalé sur le lit et regardait Irmi se déshabiller. Il resta dans la même posture tandis qu'elle prenait sa douche et ne se leva que lorsqu'elle reparut, son drap de bain drapé sur son corps nu.

Sans un mot, il lui arracha le tissu éponge et des deux mains s'empara de ses seins.

— Es-tu fou ? dit-elle franchement surprise.

— Oui !

— Helmuth... tu es si fatigué et demain tu as ces conférences...

— Suis-je un monstre de graisse ? dit-il d'une voix enrouée.

— Mais, chéri...

— Si je n'en suis pas un, alors aime-moi ! Viens ! aime-moi comme avant ! Je puis encore faire l'amour, je vais te le prouver, je tiens le coup et je ne le cède à aucun sur ce chapitre... à aucun !

Il la poussait vers le lit, elle tomba sur le matelas et lui sur elle. Instinctivement, elle l'étreignit de ses longues jambes bien galbées.

— Que t'arrive-t-il ? — Elle tenta de bouger sous lui. Elle voulait s'en aller, mais il la tenait serrée et la plaquait au lit, elle ne pouvait même pas tenter de glisser sous son ventre. — Prends garde à ton cœur !

— Mon cœur, c'est toi ! rugit-il. Tu es tout ! Tout, Irmi !

— Mais Helmuth, tu sais combien je t'aime !

— Ces cent quatre-vingt-dix livres ?

— Voyons, ces cent quatre-vingt-dix livres, c'est toi ! Cela seul compte !

Il l'embrassa, elle l'enserra plus fort de ses deux jambes, il la pénétra et pourtant ce n'était pas comme avant, son ventre était partout un obstacle. Elle gémit tout bas, enfonça ses ongles dans sa nuque grasse et répondit à son rythme qui lui coupait le souffle. Une seule fois il risqua un regard vers la grande glace, afin d'observer leur joute amoureuse, ce qu'ils avaient si souvent fait avec délices autrefois. Il se vit couché sur elle, son formidable derrière bombait, ses fesses frémissantes s'élevaient et s'abaissaient tour à tour. Cette vision le frappa comme un coup de matraque.

Un gémissement désespéré lui échappa, il enfouit son visage entre les beaux seins d'Irmi et eut grande envie d'éclater en sanglots.

Je briserai cette glace, pensait-il, je la briserai, cette réalité est atroce : voir un ignoble faune devenu obèse chevaucher une nymphe de rêve !

Il se mit à sangloter vraiment, roula de côté sur le lit en s'écartant d'Irmi, puis resta couché sur le dos, ses deux mains appuyées sur son visage.

— Ça ne va plus, balbutia-t-il. C'est terrible, ça ne va plus !

— Même si tu avais l'intention de te défiler, disait le Dr Schwangler le lendemain matin avant le conseil d'administration d'Euromedica, il faut te rendre à Rome ! Moi, je ne peux pas étant attendu à Stockholm ; là-bas, ils ont mis au point un truc fantastique, qu'il me faut voir de plus près et écoute ça : ce dont nous allons obtenir la licence, c'est un préservatif au goût de framboise !

— Sors d'ici ! rugit Wegener. Je ne suis pas d'humeur à écouter tes cochonneries.

— Ce n'est pas une cochonnerie, mais un fait réel, répondit Schwangler, impavide. Enfin, n'en parlons plus. Il me faut donc aller à Stockholm, tandis que les autres directeurs voltigeront aussi de par le monde. Tu es donc le seul resté libre. D'ailleurs, suer un peu ne te ferait pas de mal !

— En septembre !

— Le thermomètre marque 39 degrés à Rome en ce moment. Dans les boxons, on exige des primes spéciales... Non ! je ne sortirai pas d'ici ! D'ailleurs, il ne s'agit pas d'une visite artistique aux antiques, mais tu dois préparer le contrat. Les questions juridiques, je te les donne toutes préparées, elles n'attendent que ta signature. Tu n'as qu'à maintenir Betrucci en belle humeur, dîner avec lui, boire et ajouter trois livres à ton poids, c'est ton métier !

— Je ne sais pas pourquoi je ne te poignarde pas avec les ciseaux à papier ! lança Wegener hors de lui. Je m'arrangerai d'ici peu pour disparaître dans une clinique pendant six à huit semaines. Une clinique où je pourrai maigrir enfin ! Je ne puis moi-même plus me souffrir !

Le Dr Schwangler regardait son ami et comprenait soudain qu'il ne plaisantait pas. Il y avait là un homme désespéré. Il sortit du bureau. Dehors, il s'accouda à la fenêtre du vestibule. D'ici, de ce dixième étage, on avait vue jusqu'à Cologne. Les flèches de la cathédrale perçaient le brouillard laiteux de ce jour d'été.

Ça l'a pris brusquement, pensait Schwangler. Que s'est-il passé, et où ? Au lit ? Le souffle lui aurait-il manqué ? Quoi qu'il en soit, il y a en lui une détresse qu'on ne doit pas traiter de bagatelle. Peut-être Rome l'en détournera-t-il... du moins pour quelques jours.

Schwangler s'en fut en face, dans son bureau, et appela René Seifenhaar à Rome, avec lequel il s'entretint pendant un quart d'heure. Puis satisfait, il déposa le combiné. J'ai souvent mis la main parmi les fils que tisse la destinée, se dit-il. J'ai souvent sorti Helmuth de certaines situations critiques sans qu'il s'en aperçoive. Cette fois aussi, je réussirai. Il serait le premier homme à ne pas retrouver sa jeunesse sous le soleil du Midi.

René Seifenhaar se trouvait à l'aérodrome lorsque Wegener y atterrit. Devant la gare aérienne, une Maserati au capitonnage recouvert de cuir rouge (cadeau de Betrucci à René). A volant, il y avait une femme en courte robe blanche fendue sur le côté jusqu'à la naissance des cuisses. Autour de sa longue chevelure noire, elle avait noué une résille d'or et lorsqu'elle sourit à Wegener, sa bouche d'un rouge incandescent promettait tout. Wegener s'arrêta.

— Qui est-ce ? murmura-t-il.

— La comtesse Elietta Dagliatti.

— Avec toi dans cette voiture ? Aurais-tu de toutes nouvelles ambitions ?

René Seifenhaar, fort éloigné de trouver insultantes de telles remarques, eut un sourire las :

— Elietta est divorcée depuis un an, elle appartient à la plus haute aristocratie romaine, elle possède un palais, donne des « parties » où se rencontrent tous ceux qui comptent à Rome. Elle vous recevra donc, monsieur Wegener. D'ailleurs, elle passe pour la plus jolie femme de Rome.

— Je le crois volontiers ! Mais en quoi cela me concerne-t-il ?

— Son tempérament de feu est célèbre !

— Je n'en doute pas, mais qu'ai-je à voir avec la comtesse ?

— Rien ! Rien du tout ! — Seifenhaar éleva ses deux mains dans un geste de défense : — Je pensais seulement que la comtesse pourrait nous ouvrir bien des portes, afin de gagner de nouveaux clients. C'est ce que pense aussi le Signor Betrucci.

Wegener fit signe qu'il avait compris. Ainsi, introduisons encore cette comtesse dans l'emploi du temps, se disait-il. Après tout ça m'est égal ! Il pensait à cette nuit avec Irmi, à son échec, à ses sanglots, aux paroles qu'elle répétait inlassablement : Mais puisque je t'aime ! Je t'aime tel que tu es, tu es toi ! L'amour ce n'est pas seulement... Chéri, tu me dis des bêtises ! Tu es mon mari ! Toujours, toujours, à jamais ! Et lui restait couché nu, obèse et impuissant tandis qu'elle l'embrassait, déposait des baisers sur toute sa personne, mais lui, au tréfonds de son être n'éprouvait aucun éveil, nul aiguillon érotique. Un vide absolu régnait en lui, comme dans une noix creuse. Ç'avait été la nuit la plus douloureuse après la mort de Helmut Wegener sur le seuil de l'école d'Orcha... Je suis mort, se disait-il sans cesse, je suis un morceau de viande morte. Je vis comme une mécanique. Mais intérieurement, ce qui fait l'homme n'existe plus tout à coup. Vivre cela, c'est vivre son exécution.

Il avança vers la voiture sport, saisit l'étroite main que lui tendait la comtesse, y déposa un baiser distrait et la regarda avec stupéfaction lorsqu'elle referma sur sa main ses doigts aux ongles laqués de rouge.

— Je me réjouis ! dit-elle en allemand avec un accent qui trahissait son éducation dans une institution helvétique. J'ai beaucoup entendu parler de vous. Montez donc !

— Dans cette voiture ? Nous y serons serrés comme des harengs !

— René nous suivra dans une autre voiture avec vos valises. Je vous invite dans la mienne. Ou craignez-vous une femme au volant ?

— Si vous conduisez avec autant de maîtrise que vous avez de beauté...

Il se mettait à bégayer, mais Elietta tenait la situation en main tout comme elle tenait la main de Wegener :

— Je comprends, dit-elle avec un rire perlé en se rejetant un peu en arrière dans les capitonnages de cuir écarlate, sa robe blanche se tendit et moula un corps qui lui parut parfait. — Vous avez dit ça gentiment, monsieur Wegener, montez !

Elle lâcha sa main, il contourna la voiture et s'assit à côté d'elle. Seifenhaar portant les valises se dirigea vers une Fiat et ne regarda plus en arrière. Sa mission était accomplie.

— Où habitez-vous ? demanda la comtesse.

— Je ne sais pas. Je ne connais pas Rome. René a choisi mon hôtel.

— Alors, c'est l'Excelsior ! Je vous y conduis.

Elle posa la main sur le volant, mais ne tourna pas la clef de l'allumage. Elle tendit seulement ses jambes vers les pédales, geste qui entrebâilla sa jupe. Wegener vit ses cuisses hâlées et lisses, ses genoux fins, ses chevilles de biche. Elle avait les pieds nus.

— Je conduis toujours pieds nus, dit-elle en lui souriant encore. On a un sentiment tout différent de la conduite. D'ailleurs, on devrait bien plus souvent obéir à ses sentiments !

— Il est permis à une femme de le dire...

— Pas à un homme ? — Sa bouche légèrement entrouverte, aux lèvres rouges comme mouillées de rosée, était proche de lui. Il sentait son parfum exotique qu'il ne pouvait situer bien qu'il connût beaucoup de parfums qui se trouvaient dans le rayon de cosmétiques de la pharmacie. Ce parfum était comme un nuage venu d'une forêt d'orchidées, sucré, troublant, séducteur et dangereux à la fois. — Avez-vous peur des sentiments ? demanda-t-elle ?

Wegener sentait quelque chose se réveiller en lui qu'il avait cru mort. Ce sentiment chaud, entraînant, pesant sur son cœur à la vue d'une jolie femme. Un sentiment auquel on voudrait échapper et qui vous ligote à ce point que l'on préférerait mourir dans ses liens que de renoncer à la présence de cette femme.

— J'ignore la peur ! dit-il tranquillement.

— Ne l'avez-vous jamais éprouvée ?

— Jamais, comtesse.

— Elietta est plus joli !

— Ce nom vous sied comme une rose rouge dans vos cheveux.

— Voyez-vous ça, vous savez tourner un compliment, Helmuth...

— C'était une inspiration lyrique, Elietta.

— Aurais-je touché chez vous la fibre poétique ?

Elle rit de nouveau, une roulade perlée, tourna la clef de contact, dégagea la Maserati de la rangée du parking et la voiture fusa sur la route. Wegener contenait son souffle, non seulement parce qu'elle conduisait si audacieusement mais parce qu'il se demandait : Que m'arrive-t-il ? Comment parles-tu tout à coup ? « Une rose rouge dans les cheveux... », tu n'as jamais rien dit de tel de ta vie !

Il observait Elietta Dagliatti qui, dans cette voiture rapide, se faufilait adroitement à travers la circulation démente de Rome. Ses jambes élégantes étaient nues jusqu'en haut des cuisses et il se demandait si, quelques centimètres au-dessus, il y avait vraiment un soupçon de slip sous sa robe ou si elle ne portait rien en dessous. Cette supposition l'énervait démesurément — pour la première fois depuis des années, il se mordit la lèvre inférieure, puis il regarda avec ostentation du côté opposé. Mais sa présence, son rayonnement, ce parfum de forêt vierge étaient là ; il croyait même, malgré les bruits de leur course, entendre voleter dans le vent ses longs cheveux noirs, tel le murmure léger d'une brise, la nuit, dans un bois de palmiers. Je perds la tête, pensait-il. Un bois de palmiers... une rose rouge... Tu es devenu toi-même complètement démodé, « Kitsch », oui une monstruosité de 190 livres qui ne peut que ridiculiser la comtesse Dagliatti. Songe à la glace dans ta chambre à coucher, à ton ventre blême, à ton effondrement lorsque tu as eu Irmi auprès de toi et que tu as voulu lui donner ce que peut donner un homme. C'est *ça* la vérité et non pas la rose qui pare une chevelure. Imbécile ! Clown !

— Vous voilà bien silencieux, Helmuth, dit-elle tout à coup.

— Je goûte cet instant, répondit-il seulement.

— S'agit-il de Rome ou de moi ?

— Ils ne peuvent être séparés l'un de l'autre.

— Ce n'est pas précisément un compliment ! Rome, malgré sa beauté, est une antiquité. Moi aussi, peut-être ?

— Elietta, vous me faites honte.

— Non, mais pour cette erreur d'appréciation, vous me consacrerez une soirée !

— Vous avez raison, disposez de moi.

— Ce soir, à neuf heures ? J'irai vous prendre à l'hôtel et nous flânerons sur la Via Veneto, nous dînerons quelque part, pas dans une boîte de luxe, mais dans un coin intime où cela sentira le vin, l'ail, le paprika, les tomates...

Tout en conduisant, elle posa sa main droite sur le haut de la cuisse de son compagnon, sa main gauche tenant fermement le volant. Ce contact provoqua en lui un flot brûlant qui traversa tout son être des cuisses à la racine des cheveux. Geste familier, innocent et pourtant d'un érotisme explosif. Il fit une profonde aspiration et se tourna vers elle. Le regard de la comtesse le frappa, lancé du coin de l'œil. Oeil noir piqueté d'or, œil de panthère.

— Nous arrivons tout de suite, dit-elle vivement lorsqu'elle remarqua qu'il cherchait ses mots, encore trois rues et nous arrêterons devant l'Excelsior. A 21 heures, donc ?

— Je compterai les minutes jusque-là.

— Vous me semblez plutôt doué, Helmuth.

Ils s'arrêtèrent devant l'hôtel. Elietta resta assise. Il répéta le baise-main. Sa bouche rouge rieuse, gouffre insondable, ses yeux d'or scintillants, ses pieds nus sur les pédales, son parfum, il lui fallait fuir...

Il sortit vivement de la voiture, esquissa encore un geste d'adieu et bondit dans le hall de l'hôtel par la porte tournante. René Seifenhaar et ses valises l'attendaient déjà à la réception.

— Démon tentateur ! lui lança Wegener.

Seifenhaar lui tendit la clef de sa chambre sans faire la moindre grimace. Bel éphèbe que les problèmes de Wegener laissaient froid.

— Vous avez la suite nº 15, monsieur Wegener.

— Toute une suite ? Vous êtes fou ?

— Une chambre à coucher avec un lit français, un salon, un fumoir avec bar, un bureau...

— Je veux dormir, non pas « résider » en ce lieu, René !

— Il vous faudra recevoir des visites. — Seifenhaar était la sérénité même. — Beaucoup de personnes influentes viendront vous voir. A Rome, l'environnement de celui qui vous reçoit a toujours une importance dominante, dont les conséquences sont sensibles. Des murs de cristal, cela signifie un maître de maison de haute qualité.

— C'est de l'idiotie à cent pour cent !

— C'est la nouvelle société, monsieur Wegener.

— Ça, après une telle guerre !

— La guerre est terminée depuis vingt ans. Dans cette société-ci, nul ne veut s'en souvenir ! On veut vivre pleinement !

— Alors je vais parler sans arrêt de mes expériences de guerre ! jeta Wegener dans un élan d'opposition brutale.

Seifenhaar eut un petit signe de tête sans émotion.

— On vous écoutera fasciné... mais une nouvelle passion du comte Laparollo ou la bataille de Smolensk, c'est tout un : une distraction.

— Ça pourrait devenir amusant ! — Wegener prit la clef de la suite 15. — Quel est l'interprète ? Je ne sais pas trois mots d'italien.

— La comtesse Dagliatti.

— Encore ?

— Oui. — René Seifenhaar regardait droit devant lui. — Elle ne cessera pas de vous entourer, dit-il.

— Merci.

Wegener se détourna pour se diriger vers l'ascenseur. La suite 15 ne le surprit pas, il s'était imaginé quelque chose d'approchant, c'est-à-dire de surchargé, d'écrasant, le mobilier d'un prince de la Renaissance. Tout de même assez fascinant. Un seul détail le troubla démesurément : un grand miroir face au lit.

Il s'y revit, vêtu cette fois, son obésité masquée par un tailleur savant en son art. Mais ensuite, lorsque je me dépouillerai de ce prince de Galles, mon effroyable nudité ranimera mes complexes qui me rendent impuissant...

— Je ne boufferai plus rien après ce voyage à Rome ! cria-t-il au miroir. Il faut me délester de quarante livres ! Entends-tu ? Quarante livres !

Il bondit dans la salle de bains, emplit la baignoire et déjà éprouva l'appréhension de la soirée qui l'attendait. Elietta Dagliatti... il aurait un comportement aussi réservé et austère que possible, éviterait les sujets de conversation périlleux... surtout la définition des sentiments, jeu pour lequel Elietta montrait une préférence marquée.

Exactement à 9 heures, elle se trouvait en bas dans le hall de l'hôtel, dans une robe... qui lui coupa le souffle. Ses jolies seins, plus petits et plus pointus que ceux d'Irmi, reposaient dans deux coupelles de dentelle arachnéenne et ses longs cheveux noirs étaient nattés avec des roses rouges.

— Comment me trouvez-vous ? demanda-t-elle lorsqu'il la salua. Vous avez peu parlé pendant notre promenade à votre arrivée, mais le peu que vous m'avez dit laissait à penser. Est-ce que je vous plais ainsi ?

La résolution de Wegener de jouer le rôle d'un paysan du Danube inaccessible, fut aussitôt abandonnée :

— Je ne suis pas poète, les mots me manquent vraiment, répondit-il en s'emparant de sa main.

Il sentit que ses doigts répondaient à l'étreinte des siens, tellement qu'elle se donnait déjà toute, du bout de ses doigts.

Si je me tais, maintenant, dit-il, cela signifie plus que mille paroles !

— Merci, Helmuth. Partons-nous ?

En sortant, le regard de Wegener tomba de nouveau sur son reflet dans une glace : un homme superbe en smoking blanc. Il fallait en attribuer le mérite à son tailleur. Mais tu es tout de même resté un homme qui impressionne les femmes, se dit-il. Certes, ton ventre, ton arrière-train, ton double menton, tout ça ce sont des défauts qui te mettent hors de course avec n'importe quel jeune homme plus ou moins bien bâti. Mais est-ce que l'agrément d'une silhouette suffit à tout ? Un homme n'a-t-il pas mieux à offrir que ses muscles ?

Elietta, qui avait déjà atteint la porte tournante, le regarda pardessus son épaule :

— Vous venez, Helmuth ?

— Je suis coquet, Elietta, et croyez-vous, je viens de me revoir dans une glace.

— Et vous n'étiez pas content de vous ?

— Comment cela ?

Il retint son souffle.

— C'est exact ?

— Comment le savez-vous ?

— Je puis lire dans vos beaux yeux si francs comme dans un livre ouvert. D'ailleurs, vous ne savez pas mentir !

Wegener ne répondit pas. Oh ! si vous saviez tout, pensait-il. La connaissance de l'être humain est une science rarement exercée. Il était reconnaissant à Elietta de n'y rien comprendre.

Ils trouvèrent une petite auberge proche de la Via Veneto, un peu à l'écart de la promenade où l'orgueil se plaît à parader. Ils s'assirent dans un coin et commandèrent une pizza tout à fait démocratique avec des tomates et des cœurs d'artichaut, accompagnée d'une carafe de vin doré. Ils personnifiaient la richesse et mangeaient comme des paysans.

— J'étais impatiente de vous connaître, disait la comtesse.

— Et maintenant ? Vous avez devant vous un bon quintal !

— Pourquoi coquettez-vous avec votre poids ? Je vois vos yeux, j'écoute votre voix, je goûte vos paroles, je sens votre supériorité, je me repose dans votre calme. Ce quintal n'est qu'un attribut, si vous y tenez absolument, vous pouvez l'amoindrir !

— Vous voulez me consoler, Elietta ! Mais, je vous le jure, je me ferai dégraisser ! Aussitôt après mon passage à Rome, je me rendrai dans une clinique et y jeûnerai jusqu'à la minceur désirée !

— Et puis vous vous retrouverez avec un visage ratatiné : tout le monde vous plaindra sans le dire. Vous serez fier de vos kilos perdus, mais vos nerfs seront détruits ! Pourquoi, Helmuth ? S'agit-il de complexes ?

Il eut un signe de tête indécis :

— Oui, dit-il tout bas. Maintenant encore.

— Aussi à mes yeux ?

— Vous êtes la plus jolie femme, on ne saurait en rêver de plus jolie, et moi...

— Pourquoi suis-je avec vous ici, Helmuth ?

— Parce que vous serez mon interprète à Rome.

— Helmuth, vous vous fuyez vous-même ! Vous savez que ce que vous dites est un mensonge !

— Je n'en sais rien.

— Alors je vous le dis.

Ils choquèrent leurs verres, se regardèrent en silence par-dessus le bord du cristal et burent. Et après ce regard, ils savaient qu'entre eux quelque chose de nouveau s'était passé, dont il était inutile de parler davantage.

— Allons-nous-en, dit-elle.

Helmuth paya, ils prirent un taxi. Elietta donna une adresse et il ne la questionna pas. Tandis qu'ils roulaient, elle appuya sa tête contre son épaule, il l'entoura d'un bras et sa chaleur, son corps délié, le parfum de sa chevelure l'enchantaient. Ils restèrent silencieux pendant toute la course, regardèrent par la vitre et lorsqu'elle laissa aller sa tête dans le creux de son épaule, la main de Helmuth se posa sur son sein droit. Il ne laissa pas glisser sa main, mais il ne l'appuya pas plus fort. Il sentait seulement sa peau lisse, ce globe au sommet pointu, la dureté du mamelon, avec l'impression de caresser du satin.

— Nous aurions dû nous connaître beaucoup plus tôt, dit-elle soudain à voix basse. C'est effroyable tout ce que l'on peut manquer dans la vie, combien de temps on sacrifie à la légère, un temps perdu à jamais.

La voiture s'arrêta en dehors de Rome, près de la Via Appia Antiqua, devant un palais entouré de hautes murailles. Wegener le regarda, le cœur battant, tandis qu'ils sortaient de la voiture.

— Notre demeure familiale, dit-elle, celle de *ma famille !*

— Ah ! bien...

— M'aurais-tu cru assez peu de tact pour t'emmener dans la demeure de l'époux dont j'ai divorcé ? Car elle m'appartient aussi.

Il la suivit, tandis que le taxi retournait vers la ville. Ils traversèrent un parc pour atteindre le petit palais et avant même qu'elle en eût ouvert la lourde grille, elle se jeta contre lui, s'accrocha à sa nuque et l'embrassa. Son baiser était tellement sauvage, ses lèvres tellement ouvertes que ses dents égratignèrent les lèvres de Helmuth et qu'il sentit un goût de sang. C'était un baiser comme il n'en avait encore jamais reçu.

— Je t'aime ! dit-elle d'une voix haletante singulièrement enfantine. Je ne sais pas pourquoi, je n'y puis rien... mais je t'aime.

— Je suis aussi un autre homme auprès de toi, répondit-il. Tout est tellement différent, si merveilleux, si vraiment un rêve : je ne suis plus du tout Helmuth Wegener.

Irmi, pensait-il, lorsqu'elle eut ouvert la porte, tourné un commutateur et que la splendeur d'un grand passé l'entoura. Voilà ce que Fritzchen Leber serait incapable de copier, remarqua-t-il soudain, absolument sans raison. Et puis encore : Irmi ! je vais te tromper ! pour la première fois, il y aura une autre femme que toi ! Peut-être est-ce bien : une épreuve voulue du destin. Si j'échoue aussi avec Elietta, je sais ce que j'aurai à faire : peu de motifs autres que celui-ci amènent un homme à se détester au point qu'il met fin à sa vie.

Plus tard, vers l'aube, Elietta était étendue contre lui haletante, tremblant de tous ses nerfs. Elle semblait hagarde, les cheveux trempés et le corps luisant de sueur, avec des marques rouges faites par des morsures sur les seins et les cuisses. Auprès d'elle, Wegener reposait, le cœur battant à tout rompre, avec la peur d'avoir une syncope. Son dos brûlait comme fouetté au sang, une blessure saignante à son cou, là où dans l'orgasme elle avait enfoncé ses dents et serré en aspirant avec avidité.

— Je n'ai jamais fait une telle expérience..., dit-elle avec cette voix singulièrement enfantine qu'elle avait toujours lorsqu'elle était vibrante de sensualité. Non, jamais. Quel amant tu es ! Quel mâle ! — Elle roula sur le côté et couvrit son corps de baisers de la tête aux pieds, sans oublier la citatrice en haut de la cuisse droite, ce souvenir de Russie. — Blessure de guerre ? demanda-t-elle.

— Oui, en Russie.

— Je vais l'effacer par enchantement, dit-elle. — Elle déposa un baiser sur la cicatrice et aspira sa chair tandis qu'il sentait avec une joie sans égale qu'une vie nouvelle envahissait sa virilité. — Pas déjà de nouveau ! murmura-t-elle en se couchant sur lui. Laisse-moi souffler ! Tu me tues !

Ensuite, ils burent un champagne assis nus l'un auprès de

l'autre sur le bord du lit, en se donnant des baisers à chaque gorgée.

— Quel âge as-tu ? demanda-t-elle.

— Quarante-six ans.

— Ce n'est pas possible !

Il se pencha en avant, sortit son passeport de la poche de son veston et le lui tendit. Elle lut sa date de naissance et tout le reste, et le regarda soudain étonnée :

— Viens, viens vite, il faut que j'embrasse encore ta cicatrice !

— Ma cicatrice ? Laquelle ? — Wegener sentit de nouveau grandir en lui la conscience du danger. — Comment cela ?

— Je lis sur ton passeport : cicatrice sur le haut du bras gauche, due à un coup de feu. Donne-moi ton bras gauche !

Wegener restait immobile, comme pétrifié. Elietta lui prit le bras et chercha la cicatrice, mais il savait... qu'elle n'existait pas. Encore un de ces riens qui peuvent détruire un homme : une cicatrice en haut du bras gauche.

— Où est-elle ? demanda Elietta en passant ses lèvres sur son bras gauche.

— Je l'ai fait effacer chirurgicalement, voici des années ! Tu sais que je suis coquet. Cette marque m'était désagréable, en costume de bain par exemple...

— Et celle de la cuisse ne te gênait pas ?

— Chose étrange, pas du tout !

Cette cicatrice ! Irmi ne l'a-t-elle jamais remarquée ? Elle n'en a jamais parlé. Mon Dieu, elle sait pourtant que Helmuth Wegener avait une blessure au bras gauche et il n'existe pas de blessure sans cicatrice !

Il déposa sa flûte de champagne, se coucha sur le dos et tandis qu'Elietta s'étendait sur lui comme une chatte, avec une souplesse animale, le serrait dans l'étau de ses jambes et se remettait à aspirer la plaie ouverte dans son cou et à le mordiller de ses petites dents pointues, il pensait tout à fait dégrisé : Il faut supprimer cette cicatrice ! Je la ferai ôter ici même à Rome. Tout ce que Wegener avait pu être ou qu'il avait pu posséder, on pouvait le contrefaire, mais pas une cicatrice signalée dans le passeport. C'est ineffaçable, un signe particulier irréfutable. Il faut que je me fasse opérer pour obtenir cette cicatrice. En payant, à Rome, c'est possible.

Il posa ses bras sur le dos souple à la chair satinée d'Elietta et la serra contre lui. Ses cheveux recouvrirent son visage comme un voile. Il entendait contre son cou sa respiration précipitée et sentit de nouveau frémir ce corps radieux. Elle n'était plus que désir, attente, don, jouissance.

— Je deviens folle, dit-elle tout bas en le mordant au cou comme un vampire. C'est toi qui me rends folle.

CHAPITRE IX

ILS NE PASSERENT PAS seulement la nuit dans le vaste lit où, selon Elietta, le cardinal Sampieri avait dormi — personnage qui n'avait pour Wegener aucune signification. Ils y furent tout le jour suivant et la nuit aussi. Ce lit étant dans le palais le seul lieu où ils se tenaient.

La comtesse Dagliatti, insatiable dans sa passion et douée pour les variations les plus fantaisistes en amour, emprisonnait leur existence dans ce havre. Une jeune camériste apportait du café, des gâteaux, du jambon, des œufs jusqu'à leur porte où, sans honte, Elietta prenait le plateau nue comme elle était, les cheveux emmêlés. La même scène se répétait à midi, dans la journée et le soir : un plateau chargé de tous les mets les plus exquis préparés dans la cuisine d'une maison noble d'Italie, était régulièrement apporté par une femme de chambre en noir, portant petit tablier blanc, qui, certes, ouvrait de grands yeux, mais se montrait assez discrète pour ne jamais jeter un regard vers le lit.

Helmuth Wegener fit face victorieusement aux deux nuits d'amour et à la longue journée suivante. Il s'étonnait lui-même de sa vigueur et eut la justification de l'espoir qu'il avait eu, selon lequel un homme d'âge mûr est capable, dans certaines conditions exceptionnelles, de renouveler les prouesses de sa jeunesse. Elietta était bien un cas exceptionnel et Wegener s'avoua, tandis qu'assis dans le lit, la tête d'Elietta sur ses genoux, il dévorait des toasts de caviar glacé, que ce fait le transportait d'orgueil. Non, le terrible échec qu'il avait éprouvé dans les bras d'Irmi ne s'était plus renouvelé. Au contraire. Il est vrai qu'il sentait son poids, son ventre le gênait parfois, et après un embrasement rythmé, sauvage, il ruisselait de sueur, comme sortant d'un bain de vapeur. Et pourtant il se trouvait, après une courte pause, toujours prêt à étreindre le corps félin d'Elietta et à se laisser surprendre par son imagination érotique.

A trois reprises, on fit passer une communication téléphonique dans leur retraite d'amants. Une fois, le Signor Betrucci téléphona pour parler de la pluie et du beau temps en lui recommandant de se sentir à Rome comme chez lui, et deux fois il y eut un appel de René Seifenhaar qui transmit des messages d'affaires sur un ton froid, direct, bien qu'il dût savoir dans quelle situation — à la lettre — Wegener se trouvait justement.

— Maintenant, foutez-moi la paix ! lança-t-il grossier au troisième appel, et Seifenhaar se le tint pour dit mais cette fois il parut offensé.

— Tu es un homme merveilleux, murmurait Elietta une fois de plus, serrée contre son corps nu. Oui, tendre, rude, fort, velouté, lourd comme un roc et léger comme une plume lorsque je te sens en moi.. je t'aime... je t'aime...

Le surlendemain, au matin, Wegener s'examina dans le grand miroir de la salle de bains tout en marbre des Dagliatti et ne comprit pas qu'une femme aussi étonnante qu'Elietta pût l'aimer. Ça ne pouvait pas être pour son argent — elle en avait assez elle-même. Son nom de fabricant ne comptait pas — les Dagliatti avaient pris part aux Croisades et avaient un nom qui résonnait en écho à travers l'histoire. Il ne restait plus guère à Wegener de beauté masculine. Et malgré cela, elle l'aimait, ce n'était pas des phrases. Lorsque son corps svelte et hâlé restait allongé, épuisé, contre son flanc, lorsque ses cheveux voilaient son visage comme un rideau déchiqueté, lorsque ses mollets, ses cuisses, les boucles noires de son sexe tremblaient encore d'une jouissance totale, il la regardait alors en silence, pensait à Irmi et s'étonnait de n'éprouver aucun remords.

J'aime pourtant Irmi, pensait-il en toute conscience, tandis qu'Elietta lui griffait les cuisses des ongles de ses orteils, cherchant encore dans l'apaisement total le plaisir de son contact. Cela paraît fou de le dire en cet instant, mais je l'aime ! Mais... j'aime aussi Elietta ! Peut-on aimer deux femmes à la fois ?

Il prit un bain, se rhabilla après tant d'heures de nudité et il lui fallut un moment encore pour expliquer à Elietta la nécessité de se trouver dans une heure à Rome où il était venu pour signer des contrats et non pas pour passer son temps jour et nuit dans un lit Renaissance. Elle se soumit enfin, mais lui arracha la promesse qu'il l'aimerait toujours, ce qu'il lui accorda avec bonne conscience. Puis il demanda un taxi.

Mais Wegener ne se rendit pas seulement chez Betrucci pour discuter du contrat en question — il ne lui fallut pas plus d'une heure — mais ayant obtenu une adresse qu'il avait demandée, il roula vers les environs de la villa Doria Pamphili où, dans un grand parc, s'élevait une maison blanche à deux étages qui, extérieurement, avait l'air de la villa d'un industriel mais qui, en réalité, était une clinique de chirurgie esthétique. Le médecin-chef, le Dr Mario Salieri, lui fit savoir par une infirmière, qu'il lui faudrait attendre un peu, car il était occupé à la réfection d'une poitrine. Wegener s'assit dans l'austère salon d'attente climatisé et se mit à feuilleter des journaux illustrés. Au bout de vingt minutes parut un homme très grand et mince, portant blouse blanche à la Mao.

— Salieri, dit-il d'un ton bref.

Il parlait un bon allemand et observait rapidement et sans qu'il y parût, son visiteur : il ne s'agissait pas d'un appendice nasal crochu ou trop long, d'oreilles écartées de la tête. Un « lifting » n'était pas nécessaire, ni la moindre transplantation de cheveux. Peut-être le ventre ? Un « dégraissage » ? Pas de tares apparentes... Mais que ne dissimule pas un costume bien coupé ?

— J'ai un problème, commença Wegener lorsqu'il se trouva assis en face du Dr Salieri.

Celui-ci eut un sourire encourageant.

— C'est la raison pour laquelle on vient me trouver. De quoi s'agit-il ?

— Une cicatrice.

— Nous la gommerons si elle a des turgescences inesthétiques. Pas de problèmes. Quoi encore ? Peut-être voulez-vous vous débarrasser de votre ventre et de vos fesses ? Mais si vous continuez à être gros mangeur, ils reviendront ! Il existe pourtant une méthode américaine qui consiste à accélérer la digestion par l'ablation d'une partie de l'intestin grêle — minceur assurée parce qu'il n'y a plus d'accumulation... Mais cette opération n'est pas pratiquée dans ma maison, je corrige les écarts de la nature, mais je ne la mutile pas !

— Il me faut une cicatrice, dit Wegener en se levant.

Le Dr Salieri regarda son client comme s'il déraisonnait.

— Que vous faut-il ?

— Une cicatrice en haut du bras gauche ! Il faut qu'elle paraisse vieille de vingt ans et causée par un coup de feu ! — Wegener se pencha en avant. — Pouvez-vous faire cela, docteur ?

— Je puis tout faire avec mon bistouri. Mais... je vous en demande pardon, ne devriez-vous pas voir un psychiatre auparavant ?

— Je m'attendais à cette réaction, car je la comprends, j'ai aussi été étudiant en médecine bien que je n'aie pas été jusqu'au bout. — Wegener posa son carnet de chèques sur la table, geste toujours convaincant. — Il me faut une cicatrice en haut du bras gauche. De toute urgence !

— Comme alibi ?

— Vous voyez à peu près la question, collègue !

— En monnaie allemande, cela fait 4000 D.M.

— Une cicatrice fort chère, certes en Russie je l'aurais eue à meilleur compte !

— Les folies volontaires coûtent toujours de l'argent, dit le Dr Salieri sentencieux. Quand montez-vous sur le billard ? Tout de suite ?

— Le 29 septembre.

— Vous êtes aussi précis ?

— Ce jour-là, je prendrai mon vol pour Hong Kong.

— Vous m'en direz tant ! Et Hong Kong, ce sera moi ?

— Oui. Combien de temps vous faut-il, docteur ?

— Pour pratiquer cette cicatrice ? Cela prendra une seconde. Mais pour lui donner l'aspect d'une blessure vieille de vingt ans, il faudra bien quinze jours.

— Et l'on pourra la prendre pour une vieille cicatrice due à un coup de feu ?

— Si votre corps consent à jouer le jeu et ne provoque pas de complications, ce serait possible. Mais il faut d'abord que je me livre à quelques tests sur votre peau, vous n'ignorez pas la multiplicité des types de cicatrisation...

Wegener répondit d'un signe de tête : il en ignorait tout, mais il avait confiance en Salieri.

— Ainsi donc, attendons septembre ! dit-il en se levant.

Salieri se leva aussi.

— Non ! je procède à ce test tout de suite ! Puis je réfléchirai à votre personnage et à votre cicatrice niaise pour le moins. Qui vous a donné mon nom ?

— Signor Betrucci.

— Ah ! vous connaissez Betrucci ?

— Nous sommes associés en affaires, pas davantage.

Wegener sourit et Salieri lui répondit également par un sourire.

— Suivez-moi, je vous prie.

Le petit bloc opératoire dans lequel Salieri fit son prélèvement de peau et son test était immaculé, climatisé et installé selon les derniers principes. Le Dr Salieri ne fit venir ni infirmière ni assistant. Nous ferons ça seuls, dit-il. Déshabillez-vous, je vous prie. Il attendit que Wegener se fût déshabillé, puis il examina, effaré, ce corps massif.

— Aimez-vous jouer avec des fauves ? dit-il.

Wegener se sentit rougir.

— Commencez, collègue, dit-il entre les dents.

Salieri le contourna et le considéra comme s'il allait acheter un esclave :

— Beaucoup de marques, on dirait des morsures ; a-t-elle vraiment tellement de tempérament ?

— Est-ce là votre « test » ? gronda Wegener, furieux de rougir plus encore.

— Madonna, quelle femme ! conclut Salieri en s'asseyant devant Wegener sur un tabouret à vis. Ne craignez-vous pas pour votre cœur ? Cette femme est une panthère ! — Il passa la main sur le corps de Wegener, examina les griffures faites par les ongles démesurés d'Elietta et parut satisfait : — Ces griffures ont été faites en l'espace de vingt-six heures et déjà les premières sont en voie de guérison. Vous avez une chair qui cicatrise bien, cher collègue.

— Je crois que vous êtes génial, docteur ! dit Wegener en se rhabillant. Votre diagnostic est exact.

— Mes comptes aussi ! — Salieri eut un sourire sarcastique et amical à la fois : — Ainsi donc, rendez-vous au 29 septembre, je vous garde une chambre pour cette date où vous serez seul, car je ne peux pas laisser voir votre cicatrice. Nous ferons cela entre nous.

— Je vous remercie, docteur, dit Wegener soulagé... et vous ne me posez pas d'autres questions ?

— Non ! Vous n'êtes pas un gangster dont je dois changer le visage, la plupart, tous pourrait-on dire, viennent pour faire effacer des cicatrices. Vous en demandez une ! Je présume qu'au mois de septembre vous m'en direz davantage au sujet de cette cicatrice.

— Peut-être. — Wegener regardait autour de lui : — Vous ne voyez plus rien à me demander ?

— Plus rien. — Salieri l'accompagna jusque devant la porte de la clinique où le taxi attendait. Il donna la main à Wegener et la retint entre les siennes. — Perdez du poids, dit-il amicalement. Je m'inquiète de ce que, à la longue, votre cœur d'obèse ne soit plus en état de supporter les assauts de votre tigresse. Votre corps tient le coup sous ses griffes, mais comme ce sont là les coups de pattes de l'amour, ils pénètrent jusqu'au cœur, ce qui pourrait provoquer une conclusion prématurée !

— Je pars dans quinze jours pour une cure de repos. Diète totale ! J'ai peur déjà de ce que je verrai dans la glace !

— Vous êtes marié ?

— Oui et heureux.

— Une femme aimante, plus une bête fauve comme maîtresse, vous êtes à envier ! Vous avez dû rencontrer des femmes qui aiment en vous sans mesure l'homme que vous êtes et sont aveugles quant au reste. C'est rare. Pourtant vous ne devriez pas accepter cela tout simplement ! Songez à vous-même, et à vos femmes...

Helmuth Wegener resta encore quatre jours à Rome. Quatre jours de plus que prévu. A Irmi, il expliqua que les tractations avec les nouveaux clients tunisiens et égyptiens traînaient en longueur — tous des types durs à la détente. Il dit au Dr Schwangler :

— Rome me fait du bien. J'ai raconté à Irmi que...

— Je sais, je sais, répondit Schwangler en éclatant de rire dans le téléphone. Irmi te plaint : tant de travail dans cette Rome incandescente ! Elle vient de me téléphoner pour me demander si elle ne doit pas aller te retrouver...

— Elle veut quoi ? s'écria Wegener. Edi, je t'en prie...

— Pour qui me prends-tu ? lança Schwangler presque offensé. Naturellement, j'ai freiné son élan ! Elle a compris qu'elle ne ferait que s'ennuyer à l'hôtel, tandis que tu travaillerais. Autrement : comment cela va-t-il ?

— Terminé ! jeta Wegener dans le téléphone, mais il ne posa pas l'écouteur.

— René m'a dit que tu étais en passe de décrocher le diplôme du bouc triomphant...

Cette fois, Wegener posa le combiné sans un mot, bien qu'il sourît en même temps. Je me suis métamorphosé, pensait-il. La plus jolie femme de Rome a planté ses dents dans ma peau... si ça n'excite pas un homme autant que dix « Tornados ». Je ne suis pas encore vieux, mais je ne suis en aucun cas assez jeune pour une telle vie ! Et malgré cela, il me semble que ce n'est pas du sang qui coule dans mes veines, mais de l'essence de roses. C'est un état fou, plein de félicité, une sensation paradisiaque, illimitée, qui confine à l'apesanteur. Le monde entier en est changé : je vis encore mais j'ai tout de même succombé dans le giron de cette femme. Chacun me voit, peut me parler, je suis présent... Pourtant je me suis tellement confondu en elle, que je constate qu'un homme peut se désagréger en différentes parties sans que nul ne s'en aperçoive.

Le soir venu, il retourna au palais Dagliatti sur la Via Appia Antiqua. Dans le salon vert, Elietta l'attendait, moulée dans un étroit pantalon de lamé or qui laissait deviner qu'elle était nue en dessous. Elle avait dormi toute la journée et paraissait à présent fort alerte et reposée. Elle mordit la lèvre supérieure de Wegener et enfonça ses ongles dans son dos à travers l'étoffe de son costume. Pendant ce baiser, son corps de félin se colla au sien et de nouveau il la sentit trembler de tous ses nerfs.

— Une journée entière sans toi... je ne la supporterai plus ! dit-elle. — Ses cuisses vibraient comme parcourues d'ondes électriques. — Ne me laisse plus seule ! Emmène-moi. Il me suffit que je puisse te toucher, te sentir du bout des doigts, entendre ta voix, regarder au fond de tes yeux. Mon Dieu, que nous sommes fous...

Au cours de ces quatre jours, ses forces primitives paradisiaques ne se trouvèrent pas en défaut. Ils s'aimèrent comme s'ils attendaient la fin du monde pour le lever de l'aube. Mais ils montrèrent moins de violence animale qu'aux premières heures de leur rencontre. Elle ne mordait ni ne griffait plus, n'aspirait plus son sang, elle laissait ses forces s'épuiser, sa passion dériver dans les élans frénétiques de son corps.

— Elle le verra lorsque tu rentreras chez toi..., dit une fois Elietta. Si dément que cela paraisse, il faut nous mettre au pied du mur, que veux-tu lui dire lorsqu'elle verra ces ecchymoses et ces griffures ?

« Elle », c'était Irmi. Wegener avait déjà réfléchi à une explication pour Irmi. Naturellement, Irmi ne se tromperait pas sur l'origine de ces marques. Car elle n'était pas non plus une amante passive. Pour Irmi et Helmuth aussi il y avait des nuits où leurs corps explosaient, mais elles devenaient de plus en plus rares sans qu'ils sachent pourquoi. La passion des premières années était tout à fait éteinte. Combien souvent, en ce temps-là, revenant de la pharmacie ou de la fabrique, il déshabillait Irmi en tremblant de désir et tombait avec elle sur le divan du salon. Mais il n'avait jamais rien connu comme à présent avec Elietta, où les nuits et les jours se soudaient les uns aux autres également teintés de pourpre. Il essayait de se souvenir et pensait à ces heures désolantes où il désirait Irmi, prenait sa voiture pour rentrer chez lui mais une fois arrivé, ne pouvait que dire n'importe quoi, tournait en rond comme s'il cherchait quelque chose, puis reprenait sa voiture pour s'en aller. En franchissant le seuil de sa maison, il avait déjà éprouvé *que rien n'était possible* et lorsqu'il embrassait Irmi avec un vrai désespoir pour se forcer à réveiller par le contact de son corps cette passion exaltante, son corps ne « suivait pas ». En ce temps-là, une sorte de panique s'implanta en lui jusqu'au jour de l'affreuse scène où il avait pleuré étendu contre Irmi, anéanti par sa déchéance.

Son éveil n'en avait été que plus radieux, dans la certitude de pouvoir encore vaincre une femme, la forcer au don total, oui, en l'annihilant pour un moment.

Ces quatre jours passés, on vit René Seifenhaar, Signor Betrucci et Elietta accompagner ensemble Wegener à l'aérodrome. Betrucci et Seifenhaar se tinrent discrètement à l'écart à l'instant des adieux.

— Quand reviens-tu ? demanda Elietta.

Elle se suspendait au cou de Wegener et ne se souciait aucunement qu'on l'observât de tous côtés. Beaucoup de personnes présentes la connaissaient, surtout les employés de l'aérogare, car la comtesse, l'une des V.I.P., se trouvait chez elle dans le hall de départ d'un aérodrome.

— Bientôt, répondit Wegener en regardant de côté. Très bientôt, je ferai la navette entre Cologne et Rome.

— Je t'aime, je t'aime !

— Elietta, tout ce monde autour de nous...

— Tout m'est égal à présent ! Même si nous avions mille spectateurs ! Je t'aime ! Et, en vérité, tu ne devrais pas t'en aller ; demain, je deviendrai folle sans toi...

— C'est impossible !

— Oui, je sais, je sais... Tes usines, ta situation, ta femme, tes enfants, le monde que tu as su te créer...

— Il en est ainsi !

— Et je sais que jamais tu ne divorceras...

Il la regarda, abasourdi. Il n'y avait jamais pensé.

— Non ! dit-il rudement. Je ne divorcerai pas d'avec Irmi. Si elle le veut, je serais obligé de l'accepter, elle en aurait à présent tous les droits ! Mais moi ? Jamais ! J'aime ma femme. D'ailleurs, en dehors même du mariage, tout s'effondrerait !

— Mais je t'aime ! Je ne me reconnais plus ! Toute ma vie est changée par toi. En quelques jours... Quand reviens-tu ?

— Dans trois semaines, dit-il seulement pour la rassurer. — Il détacha son bras de sa nuque et regarda la grande horloge du hall, auprès du tableau des vols programmés pour la journée. Soudain, le voyant du vol pour Cologne fit clignoter ses feux rouges : dernier avertissement. — Il faut m'en aller, dit-il, l'avion n'attend pas. Mon Dieu, je m'arrache un morceau de moi-même !

Il l'embrassa une dernière fois, la repoussa avec douceur, prit sa mallette de bord et courut au portillon. Cours, cours, ne regarde pas en arrière, autrement tu retourneras vers elle et le grand drame commencera... Tu sais qu'elle est restée à la même place, d'où elle t'adresse des signaux, elle va et vient devant la porte qui ouvre sur l'aérodrome pour te voir jusqu'à la fin. Ne regarde pas en arrière, tu n'aurais plus la force de monter dans ton avion. Il faut que tu ailles à Cologne auprès d'Irmi, de Peter, de Vanessa-Nina. Il faut retrouver tes manufactures, ton travail, l'énorme succès de ton gigantesque et ineffaçable mensonge. Il faut ! Tu as toujours été un homme de raison, cela seul t'a toujours sauvé ! Sauve-toi encore maintenant ! Sois la raison même. Elle ne changera rien au fait que tu aimes la femme qui, arrêtée contre le portillon, te regarde t'en aller. Tu l'aimes à la folie. Car tout ce qui a eu lieu à Rome avec Elietta est folie. Cours, mon gars, cours ! Et ne te retourne pas ! Il franchit le contrôle des passeports, passa la douane et son cœur battit plus lentement lorsqu'il se trouva assis dans l'avion à une place de fenêtre d'où il avait vue sur la tribune des visiteurs, trait coloré au loin. Des centaines de personnes s'y trouvaient et elle aussi, pensa-t-il. Elle est là-bas qui me fera signe lorsque l'avion prendra la piste. Je ne la vois pas à cette distance, son geste se fond dans la foule de ceux qui agitent leurs bras, mais je sais, je sais qu'elle est debout là-bas et elle pense : je t'aime ! je t'aime !

Il se détourna de la fenêtre. L'hôtesse distribuait des journaux. Il prit un journal anglais qu'il était incapable de lire et le regarda d'un œil fixe rongé de préoccupations. Qu'adviendra-t-il de tout cela ? se disait-il. Rome m'a déchiré, je suis devenu un homme double et même triple à bien considérer les choses.

Irmi, je t'aime. Elietta, je t'aime.

Quand perdrai-je la raison ?

Il s'était quelque peu assoupi dans le ronronnement des moteurs d'avion, lorsque quelqu'un le secoua par l'épaule. Il se redressa vivement et vit un visage aux chairs un peu gonflées avec le sentiment de l'avoir déjà rencontré.

— Pas possible ? dit l'homme avec sans gêne. — Il s'assit auprès de Wegener sur le siège resté libre et lui frappa l'épaule de la main : — Mon vieux Peter ! Après tant d'années ! Et ça nous arrive en plein vol au-dessus des nuages ! Je m'en vais pisser et je te vois, puis je pense : je connais cette tête-là ! Peut-être avec moins de lard autour... Ah ! ah ! mais tout de même. Et puis tout en pissant je pense : ça ne peut être que Peter ! 3e compagnie, Baranowitchi. Vieux, c'est bien toi Peter Hasslick ? Nous avons été ensemble à plat ventre dans la merde. Ne me reconnais-tu plus ? Rudi Velbert... Sergent Velbert ! Mon vieux !

Il paraissait se réjouir autant que s'il avait gagné un million à la loterie.

Le sang se glaça dans les veines de Wegener. Plus de vingt ans s'effaçaient. Il y avait assis à côté de lui quelqu'un sachant avec certitude qu'il était Peter Hasslick. Il avait toujours prévu qu'une telle situation se présenterait. On ne vit pas seul au monde et les survivants de la 3e compagnie étaient en nombre. Mais pendant vingt ans, tout avait marché, sa photo avait paru dans les journaux et nul ne s'était présenté pour dire : ce n'est pas du tout Wegener, c'est Hasslick. Et maintenant, au cours de ce vol Rome-Cologne, le passé le reprenait dans ses serres.

— Je ne peux pas me souvenir..., répondit Wegener comme frappé de paralysie.

Tout ce qu'il s'était proposé de dire en pareil cas était effacé. Rudi Velbert eut un rire cordial. Son visage bouffi avait rougi.

— Mais tu faisais bien partie de la 3e compagnie à Baranowitchi ! Vieux, nous avons ensemble chopé cette oie, tu sais bien ? Un cul-terreux russe l'avait cachée, mais nous l'avons entendue et pendant la nuit... Peter, comment ça va, toi ? Tu m'as l'air superbe ! N'étais-tu pas serrurier ? Tu as sûrement une fabrique, à présent ? Que fabriques-tu ? Des vis, des boulons, des ressorts ? — Il s'adossa et croisa les jambes : — D'ailleurs, j'habite Hambourg, je suis avocat, j'ai même passé mon doctorat en droit après la guerre. Mais je ne sais pas pourquoi l'argent ne m'aime pas et je n'ai jamais atteint les gros gains. A présent, je défends les putains et les souteneurs, ce n'est pas une bonne affaire. Mais on s'en tire tout de même. Ça suffit pour les whiskies et les femmes ! Habites-tu toujours à... Dieu sait où en Westphalie ?

— Osnabrück, dit Wegener sourdement.

— C'est ça ! Mon vieux Peter ! Dire qu'on se retrouve comme ça ! Dommage qu'il me faille changer d'avion à Cologne pour prendre le vol de Hambourg. Nous aurions tant à nous raconter ! T'en vas-tu par le train à Osnabrück ?

— Non, on vient me chercher.

— C'est aussi plus commode.

Me Velbert prit une tasse de café des mains de l'hôtesse. Wegener refusa. Il avait le gosier noué.

— Puis-je vous apporter autre chose, monsieur Wegener ? demanda l'hôtesse.

— Non merci ! répondit Helmuth d'une voix enrouée.

Me Velbert, ahuri, le dévisageait :

— Qu'a-t-elle dit ? Wegener ?

— Elle me confond avec un autre.

— Wegener ! Nous avions bien un sous-officier de ce nom dans la compagnie ? J'y suis : Helmuth Wegener. Un chic type ! Vous étiez des copains ; n'était-il pas étudiant en médecine ? Pendant cette chierie de retraite, tout était confondu et vous avez été « dispersés », comme on disait alors. Dis donc, pourquoi celle-là t'appelle-t-elle Wegener ? — Me Velbert se pencha vers Wegener : — Tu es bien Peter Hasslick ? Je m'en ferais castrer sur parole ! Wegener ne te ressemblait pas du tout... — Il entoura d'un bras les épaules de Wegener et l'attira à lui : — Vieux, que se passe-t-il ? Allons, raconte ? Quelle comédie joues-tu ? Je ne suis tout de même pas idiot. Je me doute que vous avez tous deux monté une machination... Permets à ton brave Rudi de s'en mêler, vas-y !

Il me tient, pensa Wegener parfaitement lucide. A présent, il m'a jusqu'au trognon. Il n'y a pas de fuite possible, maintenant c'est : *toi* ou *moi* ou... nous deux ?

— Que fais-tu donc, Helmuth Wegener ? demanda Velbert avec un empressement odieux. Serais-tu chef de service médical quelque part ? Qu'est devenu Peter Hasslick ?

— Helmuth a crevé sur le seuil d'une école à Orcha, parce qu'une doctoresse soviétique n'a pas trouvé le temps de le soigner, répondit Wegener à mi-voix.

Me Velbert le comprit à peine.

— Et tu as pris ses papiers, et pfft ! mort Hasslick ! déclara Velbert avec la logique d'un avocat. Tout ça c'est très joli, mais pourquoi ? Qu'y as-tu gagné ? Voulais-tu avoir le grade de sous-officier ? En tant que « plenny » des Russes ? Tu ne t'es encore jamais montré aussi con !

— Merci. — Inutile d'éviter l'explication, pensait Wegener.

Pour lui, ce sera un jeu d'enfant que de découvrir les activités de Wegener : — J'étais déjà devenu Helmuth lorsqu'il est mort, dit-il.

— Vous aviez fait l'échange auparavant ?

— Oui.

— Bon Dieu, pourquoi ? Ça ne te donnait aucun avantage.

— J'ai à présent une pharmacie, un commerce de produits pharmaceutiques et trois fabriques.

— Tu m'en diras tant ! lança Me Velbert en dévisageant Wegener avec un étonnement sans borne, puis il regarda droit devant lui : — En tout cas, c'est une super-affaire ! Félicitations, Peter ! Ou... dois-je dire Helmuth ?

— Si tu peux t'habituer à Helmuth...

— Et comment ! Je suis l'homme le plus adaptable de l'univers ! Et avec moi règne la dis-cré-tion. En tant qu'avocat, songe donc ! Il existe trois sortes de confesseurs : le prêtre, le médecin, l'avocat. — Me Velbert rendit sa tasse vide à l'hôtesse, puis il se mit à tambouriner des doigts sur le dossier du siège placé devant lui qui était inoccupé. — Comme je te l'ai déjà dit, je suis avocat à St-Pauli-Hambourg. Avocat des putains ! Je ne l'ai jamais souhaité, mais on dégringole la pente plus vite qu'on ne la monte ! Pourtant ce n'est pas mon « style ». J'avais d'autres aspirations ! — Il se tut et tambourina de nouveau des dix doigts sur le dossier devant lui. Soudain, il regarda Wegener droit dans les yeux. — N'aurais-tu pas besoin d'un avocat pour défendre les intérêts de tes trois fabriques ?

— Non ! répliqua Wegener rudement.

— Ou un poste qui emploierait un juriste ?

— Rien.

— Mais ce n'est pas possible, avec trois fabriques !

— Demande à mon chef du personnel.

— Qui est le patron *du tout ?* Toi ! Et moi, je devrais... Helmuth, réfléchis sérieusement : il y a sûrement une place pour moi !

— Je n'ai aucune influence en ce qui concerne ces décisions...

— Bon, je vois ! — Me Velbert s'adossa : — On se rend compte qu'il y a vingt ans déjà que la guerre est finie... Les camarades sont tous tombés...

— Ne dis pas d'idioties !

— Je nage dans la merde, Helmuth, et tu pourrais m'en tirer !

— Et tu t'offres le voyage de Rome dans une situation aussi désespérée ?

— J'ai essayé d'obtenir quelque chose ici, en faveur d'un client... je ne suis qu'un messager. Rends-toi compte : je suis juriste, j'ai passé tous mes examens avec la mention très bien et me voilà ravalé au rôle de simple messager, avec une livre d'héroïne dans la doublure de mon veston...

— Rudi, tu n'aurais pas dû le dire ! lança Wegener très enroué.

Me Velbert lui jeta un regard presque amusé :

— Pourquoi ? Vas-tu me dénoncer ? Peter Hasslick qui se fait appeler Helmuth Wegener, prétend-il passer à la casserole le porteur d'héroïne Me Velbert ? Cela promet une sauce succulente !

— De l'héroïne ! Sais-tu combien de destinées diaboliques elle peut déclencher ?

— Je m'en fous ! On me paye ! J'ai moi aussi une destinée diabolique !

— Alors il faut t'en sortir, Rudi !

— Certainement ! Avec ton aide. Le ciel t'a envoyé vers moi, Helmuth. Dans le sens exact de cette formule. Nous voguons vers les cieux ! Avec 3 000 D.M. par mois, je serais satisfait. Ça n'est rien pour un homme de ton envergure ! Et je te le promets : je sais travailler ! J'en donne pour mon argent ! Nous sommes après tout des camarades, Peter-Helmuth...

Wegener se taisait. ***Peter-Helmuth,*** c'était la menace à laquelle il s'attendait. C'était dire : Fais quelque chose pour moi ou tu sauteras ! Quant à moi, je n'ai rien à perdre...

— Appelle ce numéro, dit-il en inscrivant sur le cornet-crachoir en papier le numéro de téléphone du Dr Schwangler. Recommande-toi de moi.

— Qui aurai-je à l'autre bout du fil ?

— Mon fondé de pouvoir.

— Ça vous jette un jus ! Son nom ?

— Le Dr Schwangler.

— Juriste ?

— Oui.

— Merci, Helmuth. — Me Velbert lui frappa l'épaule du plat de la main. — Merci.

A Cologne, Irmi, Peter, Vanessa-Nina et le chauffeur vinrent prendre Wegener à sa descente d'avion. Le Dr Velbert, qui prenait l'avion de la ligne de Hambourg, quitta Wegener avec une cordialité surabondante et voulue. Tout le monde devait constater leur bonne amitié réciproque. D'ailleurs, cette jolie femme blonde poserait des questions et il lui faudrait bien répondre. Le pont était non seulement jeté, mais il tiendrait bon !

Irmi ! Qu'elle était jolie ! Portant une nouvelle robe avec une coiffure différente... tout cela pour le surprendre et le charmer... et ses vêtements à lui restaient imprégnés du parfum d'Elietta...

Ils s'embrassèrent ; il lui dit combien il la trouvait ravissante et soudain il la désira aussi. Peter et le chauffeur portèrent les valises, Vanessa-Nina était suspendue à sa main et grignotait déjà du chocolat italien.

— Tu as l'air fatigué, remarqua Irmi, épuisé, les yeux cernés de bleu... Ta tension serait-elle trop élevée ?

— Je vais parfaitement bien ! — Il eut un rire âpre, enfonça ses mains dans les poches de son pantalon et se dirigea vers la sortie. — Rome a été fatigant, naturellement, dit-il. Nous avons eu conférence après conférence. La prochaine fois, j'enverrai tout de même Edi ! Je ne suis pas un type à rester des heures à discuter autour d'une table !

Il sifflota, l'air distrait et continua d'avancer, tandis qu'Irmi, préoccupée, fixait son regard sur sa nuque en le suivant à trois pas en arrière. Qu'est-ce qui a donc été de travers ? pensait-elle. Le voilà qui siffle, l'air absent ! Il est nerveux, agacé, à vif intérieurement. Il siffle et joue le matamore ! Que s'est-il passé à Rome ? Il ne sait pas mentir. Ses yeux trahissent tout ! Il faut agir très prudemment avec lui.

Cette nuit-là, Wegener dormit comme un ours sans avoir touché Irmi. Mais elle restait éveillée, en alerte et le contemplait en silence, essayant de lire sur son visage. Bien que la nuit fût chaude, il portait un pyjama boutonné jusqu'au cou. Mais elle n'en fit pas la remarque. Rome, pensait-elle seulement. Rome, il y avait à Rome elle ne savait quel danger.

Finalement, elle s'endormit de fatigue. Lorsqu'elle se réveilla le matin venu, Wegener était déjà habillé et lisait le premier journal en bas, dans la petite salle à manger, où l'on servait le « breakfast ». La chance était cette fois de son côté : Irmi n'avait pas vu son dos griffé.

Trois jours après, le Dr Schwangler dit :

— Un type vient de me téléphoner qui s'est recommandé de toi, un Dr Velbert, de Hambourg ; il prétend que tu lui as promis une situation chez nous.

— Et alors ?

— Je l'ai découragé, il m'avait l'air ivre ou sous l'effet d'une dose de stupéfiant. Je n'ai jamais rien entendu d'aussi stupide. Le connais-tu vraiment ?

— Oui, dit Wegener sans appuyer. Il était sergent dans ma compagnie en Russie. Nous nous sommes rencontrés par hasard au cours du vol Rome-Cologne.

— En tout cas, ce n'est pas un homme pour nous ! — Et Schwangler raconta que l'interlocuteur au téléphone s'était présenté à lui en état d'ébriété. — Il eût mieux fait de me dire tout de suite : Mon cher confrère, je vous appelle d'un bordel...

— Peut-être s'y trouvait-il réellement, conclut Wegener. Quoi de neuf, autrement ?

Schwangler le dévisagea interloqué ; pour la première fois, Wegener ne lui avait pas dit : Plus un mot, cochon, ou je te fiche dehors !

Quelque chose ne tournait pas rond.

Deux jours après, Wegener reçut une lettre de Hambourg, « personnelle ».

« Me voici de nouveau en plein merdier, lui écrivait Me Velbert. Je fais camarade sur toute la ligne ! Il me faut immédiatement 10 000 D.M. ! »

Et Helmuth Wegener paya.

Le Signor Betrucci était sans doute devenu ces derniers temps un associé carrément coriace et des plus perfides : Helmuth Wegener s'envola plusieurs fois pour Rome les mois suivants pour y passer quelques jours, en « mettant de l'ordre » comme il disait. Il détacha même cinq jours de sa cure d'amaigrissement dans une clinique du Tegernsee, pour se rendre à Rome dans les bras d'Elietta. Il se sentait tel un jeune dieu et plusieurs fois ce fut la comtesse qui capitula et le supplia de la laisser souffler.

Il avait tout de même perdu plus de trente livres ; son ventre n'existait plus, sauf un bourrelet.

— Celui-là, nous ne le réduirons pas, disait le médecin-chef.

Sa tension toujours instable et, malgré son poids, plutôt trop basse, se régularisait et maintenant lorsqu'il se regardait dans une glace, s'il voyait un visage par trop émacié à son goût, il constatait que son corps pouvait de nouveau porter des costumes de taille courante. Certes, il n'avait plus la tournure d'un homme entre vingt et trente ans, c'était impossible, mais il pouvait avouer quarante ans. Elietta le lui confirma. Après ses orgies de morsures et de frénésies, elle reposait sur lui, le serrait dans l'étau de ses bras et de ses jambes et lui murmurait à l'oreille : Tu es un animal radieux, je pourrais mourir dans tes bras !

Rome ! Helmuth Wegener pensait au 29 septembre, date à laquelle le Dr Salieri devait lui faire l'opération d'une fausse cicatrice, dans le haut du bras gauche. Plus cette date approchait, plus il était certain que ce jour signifierait la fin de son amour pour Elietta. Il ne pouvait s'expliquer pourquoi il tenait à avoir cette cicatrice. Elietta avait vu son passeport, avait découvert que la cicatrice n'existait pas : lorsque cette marque se trouverait sur son bras, il ne lui resterait plus que la fuite. Jamais Irmi ne s'était préoccupée de cette cicatrice. Peut-être même ne savait-elle pas qu'il devait en avoir une. Quelle épouse ira éplucher le passeport de son mari ? Elle ne connaissait que sa grande cicatrice à la cuisse droite, savait que Helmuth Wegener avait été blessé, mais que ce fût au bras ou à la cuisse, ce détail s'était effacé en vingt ans. Elietta seule l'avait remarqué et les explications embarrassées de Helmuth avaient été englouties dans les transports amoureux de cette rencontre volcanique. Elle n'avait jamais plus posé de questions à ce sujet, mais elle ne manquerait pas de le faire s'il reparaissait soudain avec une « vieille » cicatrice..

Le 10 septembre, Wegener prit pour la dernière fois la route de Rome pour se rendre auprès d'Elietta. Il ne savait ce qu'il allait lui dire. Il n'avait aucune raison pour rompre avec elle qui lui était même fidèle, ainsi que René Seifenhaar le lui apprit. Elle ignorait toutes les tentatives de faire sa conquête et vivait dans son palais ou dans les salons de Rome comme une épouse heureuse. Il ne pouvait rien lui reprocher, ce qui eût pu faciliter une séparation. D'ailleurs, il l'aimait et devait la sacrifier pour la seule raison que le passé s'était rendu maître de lui, doublement même. En ce qui concernait Me Velbert, on en viendrait à bout, c'était une question d'argent... Mais la cicatrice était absolument nécessaire, sans elle il ne pouvait y avoir de Helmuth Wegener ! Pour l'inévitable, il n'est pas de trop grand sacrifice — même s'il a nom Elietta.

Wegener rabâcha cette phrase stupide, jusqu'à s'en persuader lui-même. Mais lorsque le 10 septembre à 11 heures 39 du matin, il vit Elietta l'attendant debout à l'aérodrome, il savait qu'il anéantirait ce jour-là une partie de son moi.

Cela se passa plus simplement et plus vite que Wegener ne l'avait craint. Déjà du fait qu'en arrivant au palais ils ne tombèrent pas aussitôt l'un sur l'autre, comme des bêtes de proie en rut, mais qu'ils purent rester assis dans les profonds fauteuils de damas, était le signe qu'ils savaient l'un comme l'autre, qu'ils se doutaient de ce que cette heure serait déterminante. La femme de chambre servit du café et des gâteaux, mais dans le salon et non pas devant la porte de la chambre à coucher... Ils burent en silence, pendant un moment, les yeux rivés au tapis de soie, mais ils succombèrent tout de même au désir l'un de l'autre.

— Pourquoi ne me le dis-tu pas ? demanda-t-elle enfin de la voix enfantine qu'elle avait lorsqu'elle restait étendue auprès de lui épuisée de l'avoir aimé. Donne-moi une cigarette, ours maudit.

— Que veux-tu que je te dise ? demanda Wegener en réponse.

Il souffrait de son cœur qu'envahissait une douleur poignante qui se propageait jusqu'à ses côtes. Est-ce ainsi que s'annonce un infarctus ? pensa-t-il. Mon Dieu, je ne peux pas le supporter ! Je ne peux tout de même pas la rejeter comme un chiffon de papier ou la traiter comme une putain ! Et personne ne me vient en aide, personne !

— Dis-moi ce que tu penses, répondit-elle à mi-voix.

— Je n'ai pas de raison valable.

— Ta femme ?

— Rien n'a changé : je l'aime, je t'aime !

— Mais je te veux pour moi seule ! Ça, c'est une raison !

Il regardait sans la comprendre.

— Tu sais pourtant... dit-il faiblement.

— Je ne veux pas le savoir ! As-tu encore *une raison ?*

— Pourquoi ? Veux-tu m'en donner une ?

— Ton ami m'a téléphoné. Ce Dr Schwangler... — Sa voix était de plus en plus plaintive et pleine de larmes contenues, mais elle se dominait. — C'est un maître de l'*argumentation !*

— C'est exact.

— J'ai pu admettre ses motifs.

Elle se laissa aller en arrière et ferma les yeux. Comme d'habitude, elle était nue dans son pantalon. Il voyait les pointes de ses seins et le léger renflement de son sexe. Je connais chaque détail de ce corps, pensait-il. Le moindre recoin secret. Chaque frémissement de ses nerfs. Est-il possible de m'en séparer ?

— Je le savais dès le début, dit-elle en croisant ses mains. Cette heure viendra. L'amour est ce qu'il y a de plus égoïste au monde. Mais toi, il te faut penser différemment : trop de choses dépendent de toi, de ta situation, de tes devoirs, de ton avenir...

— C'est ce que Schwangler a dit ?

— Quelque chose d'approchant. Et j'ai dû en convenir. D'abord, j'ai cru que je n'y survivrais pas. J'ai voulu me noyer dans le Tibre, me jeter du haut du Colisée, m'ouvrir les veines dans mon bain, m'empoisonner... Je me refusais à vivre cette heure-là. Mais me voici assise bien tranquille et j'en discute avec toi. Comment en suis-je capable, je l'ignore moi-même. Peut-être que je t'aime au point que la séparation devient un acte d'amour à ton égard. La plus grande preuve d'amour que je puisse te donner.

— Elietta, je suis un porc, conclut Wegener. — Son visage se crispait, impossible de se dominer davantage : — Je suis un misérable porc... Jette-moi dehors, traite-moi comme je le mérite, aide-moi à m'en aller !

— Tu restes mon grand ours sauvage... — Elle se leva d'un bond, courut vers la porte, l'ouvrit violemment. Wegener la regardait l'œil fixe. Elle rappelait un tigre se jetant contre les barreaux de sa cage. — Je n'en peux plus ! cria-t-elle. Va-t'en, mon ours ! Va-t'en, ou je nous tue tous deux si tu restes ! Je te le jure, ici dans ce tiroir, j'ai un revolver chargé. Mon Dieu... ô Madonna... j'ai *voulu* te tuer...

— Ce serait peut-être la bonne solution ! dit-il d'une voix sans timbre.

— Et tes fabriques Euromedica ? Ta femme, tes enfants ? Est-ce que je vaux tout cela ?

— Oui.

— Sors ! — Elle lui désignait la porte de son bras tendu : — Sors, idiot ! Tu t'en remettras !

Il se leva, traversa la pièce du pas d'un vieillard épuisé et s'arrêta sur le seuil de la porte ouverte .

— Et toi ?

— Moi aussi ! Il y a suffisamment d'amants à choisir !

— Elietta !

Elle lui envoya un coup dans la poitrine. Il vacillait en s'éloignant dans le grand hall, elle repoussa brutalement le battant de la porte et la verrouilla à l'intérieur.

— Elietta ! cria-t-il en martelant la porte de ses poings. Si tu prends le revolver...

Elle ne répondit pas. Il attendit plus d'une demi-heure devant la porte de la chambre, comme un chien, et puisque jusque-là aucun bruit de détonation ne lui était parvenu, il s'en alla. Personne ne le raccompagna. Seul, le taxi stationnait dehors devant le mur d'enceinte du palais et le chauffeur lui dit :

— Oh ! Signor, vous en avez pour une grosse somme ! Voilà deux heures que j'attends ici...

— Démarrez ! lui cria Wegener en se jetant sur la banquette. Et si vous entrez dans un arbre à 180 à l'heure et que vous puissiez d'abord vous sauver, je vous fais cadeau d'un million de lires !

Le chauffeur de taxi loucha vers son client, sourit en silence et poursuivit paisiblement sa course. Un Italien comprend toujours un homme au désespoir.

Le 29 septembre, le Dr Salieri opéra le bras de Wegener : il l'entailla et, à cette lésion cicatrisée, il sut ensuite donner l'aspect d'une ancienne blessure de guerre.

Tandis que Wegener mettait son torse à nu avant l'opération, le Dr Salieri, assis devant lui sur un tabouret laqué de blanc, lui donnait une petite tape sur le ventre :

— Vous m'aviez pourtant promis de perdre du poids ! dit-il.

— C'est ce que j'ai fait, près de trente kilos, et puis je me suis regardé dans la glace et j'ai vu une tête de vieillard pas plus grosse qu'une carotte, un épouvantail. Alors je me suis remis à bouffer, cher collègue. D'abord avec mesure pour « reprendre » aussi lentement que possible. Mais tout de même ! Je crois que je ne suis pas de ceux qui servent de modèles classiques aux sculpteurs !

— Votre graisse me préoccupe ! Comment réagiriez-vous au cours d'une narcose ? Nous allons tout de suite prendre votre tension.

— Elle était dernièrement de 18.

— Bon alors ? Si elle s'élevait encore, par exemple maintenant sous le coup de l'émotion, vous seriez chargé à bloc comme une bombe prête à exploser !

— J'en ai vu d'autres.

Wegener regardait tout autour de lui. L'assistante, une anesthésiste, longue fille aux boucles noires, roula une petite table couverte d'instruments de chirurgie tout contre la table d'opération.

— Allez-vous m'imposer une narcose totale pour si peu de chose, cher collègue ? demanda Wegener.

— J'allais vous le demander ! Je pensais vous faire une anesthésie locale et si je vois que vous claquez des dents, je passerai à des moyens plus énergiques. D'accord ?

— Allez-y !

— Dans cinq minutes ! — Le chirurgien se pencha au-dessus des tiges chromées de la table d'opération. — Ainsi, vous êtes en principe à Hong Kong ?

— Oui, pourquoi ?

— J'admire votre sang-froid. Et si un membre de votre conseil d'administration cherchait à vous atteindre par le téléphone à Hong Kong !

— J'ai donné des ordres pour n'être pas dérangé ; mon syndic, le Dr Schwangler dirigera mes fabriques pendant mon absence.

— Et votre femme ?

— Ma femme ? Que lui voulez-vous ?

Wegener sentait son bras se glacer. Etrange sensation : de l'épaule au coude, le froid le paralysait, mais le reste du corps n'éprouvait rien de tel.

— Je m'imagine que votre femme s'attend à recevoir au moins une carte postale de Hong Kong.

— Irmi ? Non !

Wegener ferma les yeux l'espace de quelques secondes : quand donc lui ai-je écrit mes dernières cartes postales ? se demandait-il. A Rome... la première fois, deux jours après ma rencontre avec Elietta.

Il avait écrit cette carte — une vue du château Saint-Ange — alors que ses doigts gardaient encore le parfum d'Elietta. Et tandis qu'il écrivait : « Irmi chérie, Rome mérite un voyage, le vieux Goethe avait raison, au printemps prochain nous y passerons nos vacances... », tandis qu'il traçait ces lignes, tout son corps brûlait encore des griffures et des morsures d'Elietta et ses reins éprouvaient une sensation de tension due à un excès de fatigue.

— Si je dis que je me trouve à Hong Kong, ma femme le croira, comme toujours.

— Etonnant.

— Pourquoi ? Notre mariage est heureux, basé sur une confiance réciproque.

— Votre femme aurait-elle à sa disposition le pendant d'Elietta Dagliatti ?

— Qui vous a dit son nom ?

— Cher collègue, le jour où vous êtes venu chez moi déchiré par les ongles et les dents d'une amoureuse quelque peu féroce, j'ai cédé à la curiosité et j'ai appris de Betrucci l'identité de cette radieuse tigresse. Encore mes félicitations !

— Cette affaire est réglée ! lança Wegener d'un ton bref. Certes, cela m'a coûté, mais je vous l'ai dit, j'encaisse bien ! — Il hésita et se demanda s'il devait risquer ces quelques mots : — Betrucci vous a-t-il dit ce qu'Elietta est devenue ?

— Je crois qu'elle a entrepris un voyage en Amérique du Sud. Elle cherche l'oubli. Il semble qu'elle tenait davantage à vous que vous ne teniez à elle.

— Ce n'est pas vrai, je l'ai aimée jusqu'au sacrifice. Elle était une force de la nature ; est-il jamais arrivé que l'on réussisse à museler le Vésuve ?

— Et vous vous êtes tout de même enfui ?

— J'aime aussi ma femme et j'ai deux enfants superbes !

— Votre heureux mariage...

— Comme vous dites, docteur, même si vous essayez d'ironiser. J'y ai réfléchi longuement et vous devez aussi me comprendre ; lorsque des hommes de nos âges sont épris, il s'agit d'une crise de vraie démence ! Ah ! ce grand amour en pays interdit... et, d'autre part, cette tendresse inextinguible depuis vingt-cinq ans... C'est une situation dans laquelle on voudrait se déchirer soi-même ! — Wegener haussa les épaules malgré son bras insensible. — Cher collègue, ne sommes-nous pas prêts ?

— Tout de suite ! Tournez la tête, je vous prie.

— Pourquoi ?

— La vue de votre sang vous indiffère ?

— J'ai été à la guerre.

— Ce sera une cicatrice exemplaire, collègue ! Vous ferez fureur avec ces marques laissées par vos combats ! Une à la cuisse, l'autre au bras. C'est de l'héroïsme !

L'opération ne dura que vingt minutes. L'assistante Franca défit les courroies qui maintenaient Wegener sur la table d'opération. Il se redressa et resta assis sur le rebord. De son nombril montait la fourrure qui envahissait sa poitrine et son dos, vraie toison de mâle. Mais son ventre s'arrondissait, blanchâtre au-dessus de la ceinture de son pantalon où déferlait cette chair malsaine.

— Ai-je eu du cran ? lança Wegener moqueur. Vous n'allez pas m'envoyer me coucher ?

— Dans trois jours, nous ôterons les fils. Il faudra que vous restiez chez moi jusque-là. — Le Dr Salieri s'essuya les mains et jeta la serviette dans une coupe chromée. — Je vous ai fait réserver une petite chambre dans le nouveau bâtiment, avec radio, télévision et téléphone. Il n'y a qu'une fille que je ne saurais vous procurer. Supporterez-vous trois jours de chasteté ?

— Vous me prenez pour un taureau, à ce que je vois ? —

Wegener se laissa glisser de la table d'opération et fit quelques pas hésitants. L'anesthésie locale se manifestait à présent dans ses jambes qui lui parurent engourdies. — Je dormirai trois jours, dit-il. Savez-vous que je dispose habituellement de peu de temps pour me livrer au sommeil ?

Ce furent trois jours de paix délicieuse. Le quatrième jour, le Dr Salieri libéra Wegener avec une tape cordiale sur l'épaule.

— Je suis très satisfait. Dans trois semaines, tout le monde croira que vous avez végété dans un hôpital de campagne soviétique et que votre blessure fut traitée par un dentiste...

Wegener roula vers Rome, s'installa dans un petit hôtel sans prétention et attendit l'avion de Hong Kong qui transitait à Rome. Puis il rentra joyeusement à Cologne. Mais il ne put éviter d'avoir encore à garder pendant dix jours un emplâtre sur son bras, car sa plaie coulait un peu.

Il avait préparé une explication pour Irmi : à Hong Kong, une clef qui dépassait malencontreusement son espace rationnel lui avait infligé cette égratignure déchirant même son costume. Il montra à Irmi la manche de sa veste de smoking mise à mal.

— J'avais bu un coup de trop, dit-il d'un air repentant. Tu sais bien, ces discussions d'affaires sans manger ni boire n'ont aucune saveur. Et puis ces messieurs paraissant offensés de mon refus d'absorber quoi que ce soit, on finit par céder. — Il soupira, considéra l'emplâtre qui masquait sa nouvelle vieille cicatrice et passa son pyjama : — On ne se libère pas du péché...

— Si cela se limite à boire et à manger ! jeta Irmi sur un ton légèrement ironique.

Il la suivit du regard, tandis qu'elle pénétrait dans la salle de bains, et avança la lèvre inférieure. Que voulait dire ce sous-entendu ? pensait-il. Etait-ce une boutade, ou se doute-t-elle de quelque chose ?

Ensuite, ils s'endormirent côte à côte comme toujours. Elle respirait profondément dans son sommeil. Il n'arrivait pas à s'endormir, la contemplait, et se félicitait que tout se fût passé aussi bien. Le cercle s'était refermé, la vie reprenait son cours normal.

Il ne restait plus que Me Velbert comme fossile des années enfuies.

Et Me Velbert suscita des difficultés.

D'abord, il écrivit de temps à autre de gentilles lettres dans lesquelles il exigeait de l'argent. Puis il surgit à Cologne dans les fabriques, se fit annoncer auprès de Wegener et se plaignit de son triste sort. Il était encore plus défait que d'habitude, avait les yeux brillants et les mains tremblantes.

— Cesse de mendier ! lui dit Wegener. Et si tu crois que tu peux toujours demander de l'argent, tu te trompes !

— Camarade, nous sommes embarqués sur la même galère ! — Mᵉ Velbert souriait avec insolence. — Que peux-tu faire ? On verra un grand industriel se dégonfler comme un ballon de baudruche que l'on a piqué ! Tu n'es d'ailleurs rien d'autre et c'est moi qui tiens l'épingle !

— Et Mᵉ Velbert serait un vulgaire maître chanteur ?

— Ça ne m'offense nullement, j'ai déjà fait bien autre chose pour ne pas me noyer ! — Il se pencha par-dessus le large bureau : — A bien considérer les choses, Helmuth ou... Peter, je suis ton associé. En me taisant, je permets à l'affaire de prospérer. Logiquement, il devrait y avoir entre nous, partage des bénéfices de 50 % à 50 % !

— Tu es absolument fou ! dit Wegener glacial.

— Si tu restes ce que tu es, c'est bien grâce à moi, mais en retour je n'ai reçu jusqu'à présent qu'une aumône !

— Que veux-tu ?

— Une somme plus importante, Helmuth, disons cent mille D.M... Une maison sur la Côte d'Azur. C'est là que j'ai toujours voulu vivre. — Mᵉ Velbert s'adossa voluptueusement : — Il faudra t'habituer à héberger un ver dans ton lard. Je te promets d'être un hôte discret, seulement je veux vivre !

— J'y songerai, dit Wegener sourdement. Je te donnerai un chèque de plus, de 20 000, et puis disparais !

Mᵉ Velbert prit la route de Cannes. Là-bas, il loua d'abord une villa et envoya les quittances du loyer et les notes de frais divers à Wegener, sans fausse honte. Comme ses lettres étaient de caractère privé, elle ne passaient pas par le secrétariat. Wegener les déchirait ou les enfermait dans son coffre-fort.

Ça ne peut pas continuer ainsi, se disait-il. Rudi Velbert deviendra de plus en plus hardi et je serai obligé de payer, payer toujours, payer jusqu'à ce qu'il ait attiré à lui la moitié de tout ce que j'ai créé par mon travail. Faut-il dire la vérité à présent ? D'abord à Irmi, puis au Dr Schwangler ? Mais le peut-on encore ? Tout ne s'effondrera-t-il pas alors ?

Il retourna ce problème dans sa cervelle jusqu'au jour où Velbert téléphona de Cannes qu'il désirait acheter la villa. Car il avait à présent une folle maîtresse de vingt-cinq ans, qui se comportait au lit comme un ouragan. Enfin tout l'ensemble coûtait bien plus cher que jusqu'alors.

— Je sais ce que c'est que vivre ! jubilait Mᵉ Velbert au téléphone. Tu as bien compris, Helmuth ?

— Non ! répliqua Wegener rudement. Je ne paie plus !

— Tu es fou ? cria Velbert. Peter Hasslick, réfléchis donc...

— J'ai réfléchi. Tu en es à l'hallali et moi aussi, à bien considérer les choses.

— Et tes usines ? Ta femme, tes enfants ?

— Tout leur appartiendra après ma mort ! Ce que j'ai créé, on ne peut plus me l'ôter. Ils n'auront que ma peau ! Mais cela m'est égal à présent ! J'ai formé déjà mes successeurs. Mes fabriques continueront à tourner. Mais toi, maudit porc, tu peux te noyer à Cannes, dans la mer ! Pas un sou, compris ?

— Allons, traitons, Helmuth...

— Non !

Il déposa le combiné et considéra le téléphone d'un œil fixe.

Que va-t-il arriver maintenant ? Comment Velbert réagira-t-il ? Irmi et les enfants étaient en sécurité. Le Dr Schwangler continuerait à assurer la direction générale. Lui seul, Peter Hasslick qui s'appelait Wegener disparaîtrait de la scène. Serait-ce une si grande perte ? Tout est remplaçable, même un Helmuth Wegener.

Attendons la fin, se disait-il. Ce furent vingt belles années. Le destin ne fait un tel cadeau qu'à peu d'individus. Et puis ne doit-on pas payer le bonheur ?

Les fêtes sont une épreuve terrible pour celui qui est fêté, d'autant plus qu'il s'agit d'exalter ce qui est forcément lié à l'âge.

Telle était du moins l'opinion du Dr Schwangler.

En 1969, deux événements se superposèrent : les noces d'argent du ménage Wegener et les cinquante ans du patron.

— Nous en ferons une fête populaire, avait déclaré Schwangler. Nous célébrerons les deux anniversaires en même temps et nous cognerons sur la grosse caisse. Mon gars Helmuth, quelle existence que la tienne ! Après vingt-cinq ans de mariage, tu as une femme que tout homme aimerait t'enlever, tu es toi-même à cinquante ans un type que l'univers envie pour ses succès. Tu devrais être fier de ce bilan ! Je sais que ce n'est pas ton genre. Mais tu es libre de toute contrainte pour ces deux jours de célébration !

Ce fut une fête grandiose. On dressa une tente gigantesque dans le parc de la villa Fedelta, on installa autour tout un décor de foire campagnarde où l'on voyait tourner des carrousels, des stands de tir, des boutiques, mais le joyau de ce lieu de plaisir était une grande roue qui montait dans le ciel ensoleillé de mai, pur de tout nuage. Le point culminant des réjouissances devait être un feu d'artifice. Les voisins étaient invités ou d'accord, la police et la mairie avaient donné leurs autorisations. La presse, la radio, la télévision étaient invitées. Et dans tout ce tintamarre, Wegener se tenait à côté d'Irmi, large, puissant, souriant aux caméras, débitant des phrases stéréotypées, serrant des mains par centaines ; puis il dansa la valse d'honneur sous la toile rayée de la grande tente et pour la première fois de sa vie, il lui vint l'envie de commettre un meurtre.

Me Velbert était apparu. Correct, en smoking blanc, portant beau étonnamment ; à son côté, une blonde à la longue crinière qui souriait constamment, exhibait une toilette audacieusement décolletée et qui, dès 23 heures, se trouva être manifestement ivre. On la porta dans une chambre d'amis. Me Velbert l'y enferma à clef et mit celle-ci dans sa poche.

— Pour qu'on ne vienne pas me mettre la petite à poil ! dit-il gaiement. Cette gosse est chaude comme un piment !

Il était seul avec Wegener. Chacun s'assit dans un fauteuil et ils se dévisagèrent intensément.

— Alors quoi ? demanda Velbert. Faut-il que j'embouche la trompette pour faire connaître à l'honorable société la véritable identité de Helmuth Wegener ?

— Je t'en prie !

— Ce serait un feu d'artifice avant le bouquet !

— Ça m'est égal ! répondit Wegener.

Mais il pensait : — A présent, il faudrait le tuer ! Pour la première fois de ma vie, j'ai envie de tuer ! De tuer de mes propres mains ! Etrangle ce chien puant et jette-le par la fenêtre ! On dira ensuite : un accident ! Me Velbert était ivre mort !

Mais il n'en fit rien. Il resta assis à regarder tranquillement Me Velbert.

— Eh bien, qu'attends-tu ? lui lança-t-il. — Velbert plongea la main dans sa poche de smoking et en sortit une très vieille photo toute fripée. — J'ai encore trouvé ça, dit-il en la tendant à Wegener, une photo du camp de Posen. Te voici, Peter Hasslick, et à côté de toi, c'est Helmuth Wegener, sous-officier, et derrière c'est moi, simple soldat. Les autres sont sans intérêt. N'est-ce pas une bonne photo ? Les gars de la compagnie de propagande savaient prendre les instantanés ! Que préfères-tu : la photo ou le cliché ? Les deux sont dans un coffre de banque à Cannes.

— 300 000 D.M. pour la dernière fois !

— Bah ! ce n'est qu'un mot. Quand ?

Me Velbert remit la photo dans sa poche.

— Dans dix jours, j'irai à Cannes chercher le cliché.

— Il y a encore des camarades ! reconnut Me Velbert suavement en applaudissant, ému. Je ne cesse de le répéter : la guerre fut notre grande aventure !

Wegener le quitta brusquement pour retrouver ses invités. Conduits par le Dr Schwangler et Irmi, ceux-ci dansaient une polonaise qui se déployait à travers tout le parc.

Quelqu'un a dit que la chance était la putain du destin.

Helmuth Wegener en eut la confirmation. Cinq jours après la fête donnée pour la double commémoration, le Dr Schwangler tendit un télégramme envoyé de Cannes. Cette fois, le message ne portait pas la mention « personnelle ». Il avait pris le chemin de la firme, c'est-à-dire qu'il avait passé « par Schwangler ». Expédié par une demoiselle Sylvie Charreau, il annonçait en français que Me Velbert s'était noyé au cours d'une promenade en mer, au large de la Côte d'Azur. Tombé par-dessus bord par gros temps. Son corps avait été recueilli plus tard, alors qu'il se trouvait échoué sur des rochers. Il était donc bien mort...

— Qu'as-tu à voir avec ce type-là ? demanda Schwangler. Cette liaison ne s'est donc pas rompue ?

— C'était un camarade de guerre, répondit Wegener pensif.

Cette brusque délivrance lui pesait étrangement. Ce bonheur l'angoissait. Il avait pu constater combien mince était le mur qu'il avait élevé entre lui et le passé. Une rencontre, une photo, une cicatrice, une écriture différente et pour si peu tout s'effondrait. Qu'y avait-il encore en fond de tableau ? Jusqu'alors il avait fait face à tout et, à présent, le hasard venait à son secours. Mais quelque part dans le passé, un danger rôdait encore auquel il serait livré sans défense. Il le sentait venir, de même que la pluie prête à tomber lui était annoncée par des douleurs dans la cicatrice marquant le haut de sa cuisse.

— C'était un alcoolique infect ! lança Schwangler.

— Il n'avait pas de chance, simplement. — Wegener posa le télégramme dans la corbeille des documents à conserver. — Veille, je te prie, à assurer à Me Velbert un enterrement décent et fais en sorte que Sylvie Charreau puisse vivre sans souci toute l'année prochaine.

— Comme tu veux ! — Le Dr Schwangler haussa les épaules : — De combien d'hommes ta compagnie était-elle forte ?

— Cent quarante-trois hommes.

— Si tu as l'intention de nourrir cent quarante-trois familles sur ce modèle...

— Il n'en restait plus que sept et Velbert était peut-être l'avant-dernier. Je suis probablement le dernier.

— Espérons-le !

— Oui, espérons.

Le soir venu, il se retrouva assis dans son gigantesque bureau directorial, occupé à relire toutes les félicitations reçues récemment. On l'avait submergé de titres honorifiques et d'honneurs. Il se réjouit surtout de son titre de *docteur en médecine*, qui lui serait bientôt solennellement accordé. La Croix-Rouge allemande, aussi, lui annonçait que lui serait décernée la grande croix d'honneur. Devant lui se trouvait la liste annuelle des recherches de cette Croix-Rouge. Des parents, des épouses recherchaient encore leurs fils ou leurs maris disparus. Des photos, encore des photos, des noms et des noms. Il parcourut cette longue liste plutôt par curiosité et buta soudain sur un nom. Puis son cœur se crispa.

Ce n'était qu'une courte ligne dans la longue liste : « Berta Hasslick recherche son fils. Lübeck, Kesselstrasse 15 (Maison de Retraite). »

Wegener s'adossa et appuya sa tête contre le cuir du fauteuil. Puis il ferma les yeux et croisa ses mains devant sa bouche.

Elle vit. Elle n'a pas été atteinte par les bombes qui ont plu sur Osnabrück. Elle vit et je l'ai ignoré pendant vingt-trois ans. Je savais seulement qu'elle était morte étouffée sous les décombres dans la cave de sa maison.

Mère vit ! Ma mère est vivante ! Mère...

Et soudain, comme si ses yeux s'ouvraient enfin, il se mit à pleurer.

CHAPITRE X

IL TRAÎNA QUATRE JOURS cette nouvelle dans son for intérieur. Quatre jours effroyables, pendant lesquels il fut « imbuvable », selon la formule d'Irmi. Même Schwangler l'évitait. Voilà ce que nous vaut son amaigrissement sensationnel ! dit Schwangler à Irmi. Jadis, il était le « bon gros », à présent c'est une trique énervée ! Si ça continue, je jouerai le rôle du démon tentateur et je le fais bouffer jusqu'à ce qu'il retrouve son ventre !

— Surtout pas ça ! s'écria Irmi qui se promenait avec Schwangler dans le parc de la villa Fedelta où, de temps à autre, elle arrachait un rameau dans un buisson planté au bord de l'allée couverte de gravier blanc.

Elle est également nerveuse, pensait Schwangler, mais elle se domine. Voici vingt-cinq ans qu'ils sont mariés. Ils se sont créé une existence exemplaire en fait de dévouement, de capacités, de travail, d'amour à l'égard du conjoint. Chacun connaît l'autre jusqu'à la moindre de ses fibres et pourtant il y a tout à coup des instants où l'un comme l'autre des partenaires doit convenir que l'autre lui est étranger, inaccessible. Ainsi, Helmuth, enfermé dans un profond mutisme, tournait en rond comme une bête captive, les mains dans le dos, la tête enfoncée entre les épaules, le menton rentré, et quiconque l'approchait était pris à partie et faisait bien de battre aussitôt en retraite.

Pourtant, aucun motif apparent ne justifiait cette humeur. La production de ses fabriques avait augmenté de 21,5 %, on ne lui savait pas de nouvelle maîtresse, avec Irmi aucune difficulté, jamais elle n'avait offert à Helmuth l'occasion de jouer les Othello. La comtesse Dagliatti habitait à présent Rio de Janeiro, ainsi que René Seifenhaar l'avait fait savoir de Rome. Elle avait fui son palais plein de souvenirs de Helmuth. Quelle raison pouvait à ce point changer Wegener ?

Peut-être que son fils Peter voyait juste lorsqu'il disait :

— Papa ne peut pas accepter ses cinquante ans. Cinquante ans, c'est le commencement de l'âge et Paps est un homme qui ne consentira jamais à être vieux ! Vous verrez qu'il paraîtra un jour affublé d'une chemise « pop » ! Maman, vous devriez faire un voyage de six semaines sur la Côte d'Azur et là-bas tu te promènerais *topless* avec lui...

— Qu'est-ce que *topless ?*

— Rien « en haut ».

— Peter !

Elle posait sur son fils un regard réprobateur. Il avait vingt et un ans, était étudiant en chimie à Cologne, roulait en voiture de sport anglaise, ramenait à la maison des bandes de jeunes gens barbus et de filles aux longues crinières, et fumait la pipe. Il avait une taille élevée, une silhouette osseuse, il était blond comme sa mère.

— Ne te choque pas, maman, mais change de point de vue ! Les hommes de l'âge de Paps ont une manière absolument fausse, étant donné leurs possibilités, d'envisager la vie.

— Je connais ton père depuis plus de vingt-cinq ans !

— C'est bien ça ! Vous êtes collés l'un à l'autre depuis tout ce temps ! Pourtant chacun de vous est un individu ayant sa personnalité !

— Ton père et moi, nous avons toujours...

— Nous ! Nous ! Pourquoi ne dis-tu jamais *moi ?* Pourquoi ne lui fais-tu pas comprendre que tu n'es pas sa chose, comme le Picasso suspendu dans sa bibliothèque, mais une personne, une femme parfaitement consciente d'elle-même ?

— Je ne peux pas, Peter.

— Tu le peux ! Si tu es capable de représenter le grand industriel dans les bals et les réceptions, tu es aussi capable de te mettre en vue. Pour Pa, tout dévouement va de soi s'il en est l'objet ! Et ce dévouement finit par le lasser, il aspire à du neuf, à de l'insolite, les hommes de son âge sont hantés par la pensée *d'avoir manqué* quelque chose qui est peut-être encore à leur portée...

— Mes pauvres jeunes théoriciens, vous n'y comprenez rien ! jeta Irmi dans un sourire. Vous jonglez à la perfection avec les mots, mais je connais Pa mieux que vous tous !

Au bout de cinq jours, Wegener s'était maîtrisé. Il lui avait fallu tout ce temps pour surmonter ses hésitations et n'être enfin plus que le fils que sa mère appelait à elle. Cette pensée effroyable : ne bouge pas, feins de croire encore qu'elle est morte au cours de l'attaque aérienne sur Osnabrück ! Oublie les quelques mots que tu as lus. Tu es Helmuth Wegener, non pas Peter Hasslick. Si tu n'avais lu par hasard cette liste des recherches de la Croix-Rouge, tu ne l'aurais jamais appris. Oublie, oublie ! Cette pensée infâme le paralysa quatre jours, jusqu'à ce qu'il l'eût détruite.

Vers midi, lorsqu'il fut sûr de n'être pas dérangé, il téléphona de son bureau à l'asile de vieillards de Lübeck. Il fut mis en communication avec la direction, où une voix de femme confirma que les registres de la maison contenaient bien le nom de Berta Hasslick. Elle habite le bâtiment V, chambre 34, dit la voix. Seriez-vous son parent ?

— Non ! mais j'ai connu son fils. Je voudrais lui envoyer quelque chose.

— Cela pourrait lui faire plaisir, dit la dame qui devait mâcher un chewing-gum et elle parut consulter un registre : Mme Hasslick nous a été confiée par l'Assistance Publique. Elle n'a plus de famille... a quatre-vingt-deux ans...

— Oui, elle doit être âgée de quatre-vingt-deux ans, dit Wegener d'une voix étranglée. Comment vit-elle ?

— Grâce à l'Assistance sociale qui paie son entretien...

— Je comprends, merci.

Wegener laissa tomber le combiné sur sa fourche. L'assistance sociale... une chambre de pauvre... ma mère...

Il enfouit son visage dans ses mains et pleura de nouveau.

Le lendemain, il partait présider des conférences d'affaires à Hambourg. Afin de donner à ce déplacement un caractère officiel, il se fit chercher par la grande limousine de la direction conduite par le chauffeur et Irmi, habituée aux voyages impromptus, n'eut aucune raison de s'en étonner. Le Dr Schwangler, en revanche, fit toutes sortes de suppositions :

— Il n'a rien à faire à Hambourg, absolument rien ! disait-il à René Seifenhaar venu de Rome par hasard, portant des pantalons blancs si serrés qu'on le sifflait dans la rue, ce qui ne le troublait nullement. Sais-tu s'il y a quelque chose à Hambourg qui pourrait l'y attirer ?

— Non !

— Réfléchis bien, car ce n'est pas naturel, il a été cinq jours à errer comme un homme assommé, puis brusquement ce voyage insensé à Hambourg ! René, j'ai le pressentiment de quelque chose de grave. Songe donc, j'ai traversé avec Helmuth des douzaines de situations critiques et je sens qu'un danger menace ! J'aurais dû le suivre !

Wegener roula, en effet, jusqu'à Hambourg, mais il fit arrêter devant la gare centrale. Vous restez ici, dit-il à son chauffeur, et vous irez me chercher demain soir à l'Hôtel Atlantic. Téléphonez à Madame que nous sommes bien arrivés... Non ! je m'en charge ! Vous pouvez à présent aller à l'hôtel, Emile.

Il quitta le bureau de poste de la gare après avoir conversé au téléphone avec Vanessa-Nina qui lui avait appris qu'Irmi était chez son coiffeur. Le second coup de téléphone avait été pour l'hôtel à Hambourg ; on lui apprit que Schwangler avait appelé pour parler à M. Wegener...

Tiens ! pensa Helmuth amusé d'avoir réussi à tromper la vigilance de son directeur général, tiens ! il a pris le vent et ne sait pas quelle piste suivre, d'autant plus qu'il a constaté que l'on m'attendait vraiment à l'hôtel de Hambourg où ma chambre est retenue...

— Vous direz à toute personne qui désirera me parler que je suis sorti pour une conférence ! lança-t-il au portier.

— C'est entendu, monsieur Wegener.

Mon alibi « colle bien », pensa Wegener satisfait, et demain je serai de nouveau accessible pour tous. Pour Schwangler, ce sera un mystère absolu...

Il quitta le bureau de poste de la gare, alla au guichet des départs et prit un billet de première classe, aller et retour, pour Lübeck. Le train partait dans vingt minutes. Il avait le temps d'acheter au kiosque de confiserie un grand sac de pralines.

Maman a toujours tant aimé les pralines ! pensait-il. Le jour de son anniversaire, à Noël ou à Pâques, nous lui avons toujours offert un grand sac de pralines, père et moi. Ensuite, quand père est mort et que j'ai été en apprentissage, j'ai continué. Elle a toujours eu ses pralines qu'elle mangeait l'une après l'autre, sans s'arrêter, sauf les pralines de massepain que, chose étrange, elle n'aimait pas. Elle nous les réservait. Et maintenant, elle vit à Lübeck, la ville des massepains.

Il fit empaqueter le sac de pralines, le plus grand que Berta Hasslick eût jamais reçu de sa vie, et veilla à ce que sa présentation fût particulièrement somptueuse avec un beau nœud de ruban, puis il attendit sur le quai de la gare la venue du train pour Lübeck. Lorsqu'il y monta, il sentit battre son cœur, comme s'il était un criminel en fuite.

A Cologne, le Dr Schwangler était déconcerté. Il avait téléphoné de nouveau et le portier-chef de l'hôtel de Hambourg lui répondit selon les ordres reçus de Wegener. Le chauffeur Emile Zyllik, que Schwangler voulut interviewer, ne put être rejoint car il venait également de sortir.

— Il est évidemment à Hambourg ! dit Schwangler à son confident René Seifenhaar. « Il est en conférence ! » Qu'est-ce que ça peut bien être ? Nous sommes amis depuis vingt ans et brusquement, il fait le mystérieux ! Je prends demain le premier avion pour Hambourg !

— Et s'il s'agit tout de même d'une femme ?

— Alors il doit avoir découvert une femme encore plus dangereuse qu'Elietta ! Autrement, il ne me la cacherait pas. Quelques aventures de temps à autre... fermons les yeux ! Mais s'il met Irmi et les enfants dans le pétrin, il faudra lui faire retrouver de force la raison et je m'en chargerai !

Le Dr Schwangler téléphona encore sept fois de suite pour obtenir toujours la même réponse : M. Wegener est sorti. Zyllik, le chauffeur, n'était pas là non plus. Il restait affalé dans un petit bar, une fille sur les genoux, et il était décidé à dépenser jusqu'à cent marks au cours de cette soirée mémorable. Car Wegener avait glissé cette somme dans sa poche en manière de gratification, tandis qu'ils roulaient vers Hambourg. Il y a des patrons compréhensifs.

L'asile de vieillards de la Kesselstrasse comprenait plusieurs grands bâtiments et ressemblait à un hôpital ou à une caserne. Entre les différents complexes, on avait semé de vastes gazons plantés de bosquets d'arbrisseaux et tracé des allées bordées de bancs. Petit monde en soi, lieu d'attente fleuri, voie de garage de la vie.

Wegener se fit conduire en taxi jusqu'au bâtiment de la direction. Il paya, serra son paquet de pralines sous son bras et se mit à la recherche du bloc V. Au coin des maisons, les numéros étaient peints en blanc : de grands chiffres que personne ne pouvait manquer de voir.

Bloc V, chambre 34.

Mère.

Il s'arrêta devant le bloc V et suivit du regard la rangée des fenêtres. Derrière l'une de celles-ci, elle vit encore ! Dans une chambrette payée par l'Assistance Publique. Une existence qui n'est qu'attente patiente de la mort. N'ayant qu'une minuscule espérance au cœur : cette ligne dans le bulletin des recherches de la Croix-Rouge : Berta Hasslick recherche son fils Peter.

« Disparu en Russie » au cours de l'immense retraite des armées du front central. Sur la route stratégique... la route sanglante.

Helmuth Wegener serra contre lui le sac de pralines. Pourquoi hésites-tu ? pensait-il. Ta mère habite là-haut ! Mais tu restes planté là sous le nom de Helmuth Wegener, la peur au ventre, la peur que cette rencontre n'anéantisse tout ce que tu as acquis au cours des années.

Il contourna le bâtiment à une allure de plus en plus lente tandis qu'il se rapprochait de l'entrée. Il s'arrêta devant la porte et fit une profonde inspiration.

Mon cœur... se dit-il soudain, mon cœur ne tiendra pas le coup ! J'étouffe ! Mais sale type que je suis, ce n'est pas à cause de la joie que j'éprouve à revoir ma mère. Il ne s'agit là que de peur, celle d'être démasqué et de paraître à nouveau, moi le grand Wegener aux yeux de tous, ce que je suis seulement : un petit serrurier d'Osnabrück !

Wegener ouvrit la porte du bloc V et pénétra dans un vestibule séparé de la cage d'escalier par une porte à tambour. A gauche se trouvait la loge du concierge ; une infirmière, derrière la cloison de verre, l'examinait d'un œil critique. Sans doute, les habitants du bloc V ne recevaient-ils guère de visites.

— Je voudrais me rendre à la chambre 34, dit-il.

L'infirmière consulta un plan :

— Mme Hasslick ?

— Oui.

— Etes-vous attendu ?

— Non. Pourquoi ?

L'infirmière se leva et poussa vers le haut la glace perforée du guichet :

— Je vous pose cette question parce que vous êtes le premier visiteur.

— Le premier ? Comment cela ?

— Mme Hasslick n'a jamais reçu de visites jusqu'à présent, depuis dix ans.

— Pas de visites depuis dix ans ? — Wegener serra contre lui le gros sac de pralines. La crampe qui s'était emparé de son cœur était tellement douloureuse qu'il s'étonnait de rester debout. — Mais en voici une, enfin, dit-il en faisant un grand effort. Puis-je me rendre à la chambre 34 ?

— Naturellement ! Premier étage, couloir gauche. — L'infirmière regardait le paquet que Wegener tenait sous le bras, noué d'un grand ruban de satin. — Annoncez-vous d'abord à Else, l'infirmière de l'étage, cela vaut mieux.

— Mme Hasslick serait-elle malade ?

— Non... mais lorsque au bout de dix ans tout à coup... vous me comprenez...

— Je comprends.

— A quatre-vingt-deux ans, les surprises même heureuses offrent un danger. Connaissez-vous Mme Hasslick ?

— Non, dit Wegener abrupt.

Comment est-il dit dans ce passage de la Bible : ... Avant que le coq ne chante, tu me renieras trois fois ! Pierre renia Jésus et moi, je renie ma mère...

— Alors pourquoi... — L'infirmière posait sur lui un regard inquisiteur : — Pourquoi venez-vous voir Mme Hasslick ?

— Je suis membre de la Croix-Rouge, répondit Wegener d'une voix enrouée. Nous choisissons tous les ans un nom parmi les personnes âgées et sans famille et nous allons la voir.

L'infirmière fit de la tête un petit signe de satisfaction :

— Au premier à gauche de l'ascenseur. Vous ferez plaisir à la vieille dame...

Wegener poussa la porte de verre donnant sur la cage d'escalier bien astiquée, sentant l'encaustique. Des couloirs, des portes numérotées, au centre l'ascenseur assez large pour accueillir les lits roulants. Deux vieux hommes revêtus de vêtements bien trop larges causaient devant la fenêtre d'un couloir. Dans un autre couloir, une vieille femme manœuvrait un fauteuil roulant, elle croisa Wegener, le salua de la tête et disparut au tournant d'un autre couloir.

Les couloirs convergent tous vers le même point, se dit Wegener, on se croirait place de l'Etoile à Paris. Mais ici ce sont les avenues de la solitude. Il ne prit pas l'ascenseur et monta à pied au premier. Couloir gauche, chambre 34, c'est là que se trouvait Berta Hasslick. Else, l'infirmière de l'étage, alertée par la porterie, attendait devant l'ascenseur lorsque Wegener déboucha au coin du couloir.

— Etes-vous le monsieur qui désire se rendre auprès de Mme Hasslick ? Vous êtes membre de la Croix-Rouge ?

— Oui.

— Avez-vous une autorisation ?

— Naturellement.

Wegener allait plonger une main dans la poche de son veston lorsque Else, une jolie rousse piquetée de taches de rousseur, fit un geste de refus :

— Cela va comme ça ! Voulez-vous que je vous accompagne.

— Pas nécessairement, mademoiselle Else.

Wegener suivit le couloir. Il semblait se cramponner à son sac de pralines. Devant la porte n° 34, il s'arrêta et regarda en arrière. L'infirmière Else qui préparait une tisane sur un réchaud le regardait de loin. Il lui sourit et agita son sac de pralines. Elle eut un rire clair, puis elle disparut dans une chambre.

J'ai vraiment étudié à fond la manière de tromper les gens afin de leur faire prendre des mensonges pour des vérités. Mais ici, voici le terminus de ma carrière de menteur. Lorsque j'ouvrirai cette porte n° 34, Peter Hasslick sera, après vingt-cinq ans, retourné chez sa mère.

Il frappa à la porte, n'attendit pas la réponse et entra.

Berta Hasslick était assise à sa fenêtre qui donnait sur un carré de pelouse et elle se tirait les cartes tandis que le visiteur entrait dans sa chambre. Elle se pencha en avant, prit ses lunettes sur sa table et les mit. Les cartes me l'ont annoncé ! pensa-t-elle. *Une visite prochainement !* A trois reprises ! Elle avait souvent obtenu ce résultat aux cartes ces dix dernières années, mais alors il n'était venu chaque fois que des infirmières, le médecin-chef, l'économe de la maison de retraite ou le représentant de l'Assistance sociale. Ce ne sont pas des *visites,* avait-elle pensé chaque fois. Sa voisine, qui occupait la chambre contiguë et venait parfois se plaindre de sa goutte, ne comptait pas davantage. Une visite, c'est quelque chose d'inespéré : un événement !

Wegener laissa la porte se refermer et s'adossa au mur.

Elle se fait les cartes comme autrefois... pour savoir l'horoscope de la journée : un ami va venir... une surprise bientôt, ou psst ! ne le dis pas à père qui n'aime pas ça, il y aura un mort dans le quartier... une lettre importante vous est envoyée. Enfant, il en était profondément impressionné. Et combien souvent il voyait s'accomplir ce qu'elle avait prédit ! Bien plus tard seulement, il devait comprendre que les présages s'accordent aux espoirs et peuvent être appliqués à volonté aux événements de la vie quotidienne.

Oh ! mère... mère...

Elle avait mis ses lunettes et le fixait maintenant en silence. Lui aussi se taisait. Il restait adossé au mur et sentait d'irrépressibles sanglots monter dans sa gorge.

Elle avait laissé ses mains tomber sur ses genoux et ces petites mains ridées qui n'avaient jamais fait que travailler, qui jamais n'avaient connu le repos jusqu'à ce que l'âge les y oblige, ces petites mains d'ivoire jauni toutes tavelées, se mirent à lisser d'un geste nerveux l'étoffe de sa robe.

— Oui, dit-elle. Que voulez-vous ?

C'est toujours sa voix... un peu cassée, mais le même timbre. Vingt-cinq ans auparavant, lorsqu'il était venu en permission, il avait entendu cette voix pour la dernière fois. Et en cet instant, il lui semblait l'avoir toujours eue dans l'oreille, aussi familière que jamais, une voix dans laquelle il était lové depuis les débuts de son être, de sa pensée, de sa connaissance. Mère...

— Je suis Helmuth Wegener, dit-il.

Malheureux, tu déguises ta voix et tu oses dire à ta mère : Je suis Helmuth Wegener...

— Vous êtes Helmuth Wegener ? dit-elle lentement. Ses yeux l'examinaient à travers ses lunettes cerclées de nickel — procurées par l'Assistance sociale — et ses mains caressaient de nouveau sa robe. Puis soudain, ses bras retombèrent de côté. Ce petit corps se tassa, seule sa tête resta levée bien droite et derrière ses verres de lunettes, sur ses yeux grands ouverts, glissèrent comme sur une vitre ses pleurs silencieux.

Le sac de pralines s'échappa des mains de Wegener, il se détacha du mur et avança comme un aveugle vers la fenêtre :

— Mère, dit-il, mère, c'est moi... c'est bien moi ! C'est moi, mère !

Il prit sa tête des deux mains, souleva la frêle silhouette, la serra contre lui et se mit à sangloter violemment. Et tandis qu'il étreignait ce corps minuscule, osseux et ridé qui l'avait mis au monde, elle entourait son cou de ses bras et murmurait avec une tendresse dont seule une mère est capable :

— Mon garçon... mon enfant chéri, je savais... j'ai toujours su que tu reviendrais... Les cartes me l'avaient dit...

— Tes cartes... mère, sanglotait-il. Oh ! mère, tes cartes...

Il la fit se rasseoir dans son fauteuil, s'assit devant elle et la regarda ; elle élevait sa main ridée, essuya les larmes roulant sur les joues de son fils. Puis il lui fallut ôter ses lunettes et les essuyer avec un coin de sa robe. A son tour, il prit son mouchoir et épongea les larmes restées dans ses rides tout en passant sa main sur ses cheveux blancs et bouclés jusqu'à ce qu'elle eût remis ses lunettes.

— Tu es devenu gros, dit-elle en retenant ses mains, bien trop gros ! Mais je t'ai reconnu tout de suite, dès que tu es entré et que j'ai pu te voir. Mon garçon ! Tu portes donc un autre nom ? Tu as eu peur que j'aie un coup de sang ? — Elle essaya de sourire et se remit tout de même à pleurer. — Je savais que tu reviendrais... je t'attendais. Puisque je le savais !

— Tes cartes, mère...

— Elles ne m'ont jamais menti. Par trois fois aujourd'hui, elles ont dit : vous recevrez une visite inespérée...

— Oh ! mère, mère...

De nouveau, il lui ôta ses lunettes pour tamponner ses larmes, puis il s'assit sur l'accoudoir de son fauteuil. Elle appuya sa tête contre sa poitrine et s'empara de ses mains.

— Tu as cinquante ans à présent, mon petit.

— Tu le sais mieux que moi !

— Puisque j'ai vécu toutes ces années avec toi... J'ai senti comment tu vieillissais en même temps que moi. Cinquante ans ! Lorsque tu es venu la dernière fois en permission, tu avais vingt-quatre ans.

— Oui, mère.

— Où es-tu resté si longtemps ? — Elle leva sa petite tête de vieillarde et le dévisagea : — Tu vas bien, n'est-ce pas ?

— Mère, je vais te faire sortir d'ici tout de suite !

— Pourquoi ? Je me plais ici.— Elle replaça ses lunettes qui avaient glissé sur son nez et secoua la tête : — On ne replante pas les vieux arbres !

— C'est un dicton stupide, mère. Il entoura d'un bras ses minces épaules et loucha vers la porte. Après le choc du revoir, sa maison se rappelait à lui. Il était encore seul avec sa mère, mais que se passerait-il si la jeune infirmière Else entrait et que mère lui présente pour son fils l'inconnu envoyé par la Croix-Rouge ? Il avait peut-être, quelques minutes encore, la possibilité de tout expliquer à sa mère. Il n'osait espérer qu'elle le comprendrait, mais il saurait l'amener à ne point le nommer son fils... Pas encore...

Wegener passa de nouveau une main caressante sur les cheveux blancs de la vieille femme :

— Il faut que je raconte quelque chose, mère, dit-il le souffle court, et j'ai besoin de ton aide.

— Je *peux* t'aider, mon petit ? — Elle le regardait attentivement. — N'es-tu pas aussi heureux que tu en as l'air ? Cette maudite guerre...

— La guerre est finie depuis longtemps, mère, la plupart des gens ne veulent plus en entendre parler, justement parce qu'ils ont la vie trop bonne. Mais ce que je veux te confier n'est, en effet, pas étranger à cette guerre.

— C'est bien ce que je dis ! — Elle prit ses mains d'un geste vif : — Mais si je puis te venir en aide, mon fils...

— Tu le peux, mère. — Il se pencha vers elle et déposa un baiser sur son front ridé. — Seulement, je me demande si tu me comprendras...

Une heure plus tard, on frappa à la porte qui s'ouvrit aussitôt livrant passage à un homme de taille moyenne, grassouillet, en blouse blanche, suivi aussitôt de l'infirmière Else portant un plateau. Mme Hasslick était du nombre des personnes âgées qui ne prenaient pas leurs repas dans la salle à manger depuis qu'il avait fallu la remonter dans sa chambre, en proie à un trouble de la circulation.

L'homme en blouse blanche salua aimablement de la main, dès le seuil, Wegener qui s'était levé. Entre celui-ci et sa mère se trouvait dénoué le gros sac de pralines. Avec soin, les pralines au massepain en avaient été retirées pour être posées sur le rutilant papier d'emballage. Comme autrefois : pour toi, mon petit.

— Ça m'a l'air d'aller assez bien ! lança l'homme à la blouse blanche, mais aussi nous serons affligée dès demain d'une belle constipation !

— Monsieur le médecin-chef ! — Berta Hasslick lui sourit avec respect. — Voyez, monsieur le docteur, voyez, j'ai une visite ! Un monsieur envoyé par la Croix-Rouge qui a connu mon fils Peter. Ils ont été ensemble sur le front. Monsieur le Dr h. c. Wegener... ai-je bien dit ?

Elle regardait son fils. Wegener répondit d'un signe de tête, la gorge serrée.

— Wegener, répéta-t-il avec raideur.

— Methusius. — Le médecin-chef serra la main du visiteur. — Mlle Else vient de m'annoncer ce grand événement Mme Hasslick reçoit une visite ! Et quelle visite ! Un camarade de guerre...

— Mon fils Peter est mort, dit Berta Hasslick à mi-voix. Tombé au front... Je... le sais à présent...

Le Dr Methusius posa sur Wegener un regard pénétrant :

— Vous le lui avez dit ?

— Je viens seulement d'apprendre que... Mme Hasslick est vivante et j'ai tout de suite pris le chemin de Lübeck. J'étais présent lorsque son fils est mort... j'étais son meilleur ami.

— Bah ! il en est ainsi ! — Le médecin enfonça ses mains dans les poches de sa blouse. — Mais je crois que vous vous en êtes toujours doutée, madame Hasslick ? dit-il pour rompre le silence.

— J'étais persuadée que ce jour viendrait, répondit la vieille dame, mais elle seule et son fils comprenaient le double sens de ses paroles.

— Puis-je avoir un instant d'entretien avec vous, docteur ? demanda Wegener.

— Je suis dans la maison jusqu'à 22 heures. — Il se tourna de nouveau vers Berta Hasslick et se pencha vers elle : — Comment va la santé aujourd'hui ? le cœur ? — Methusius saisit le poignet de la vieille femme trop brièvement pour compter les pulsations et fit un petit signe de satisfaction. — Un « librium » avant de se coucher, dit-il à Else, car il faut compter sur les réactions inévitables ! — Et tourné vers Wegener : — C'est une femme courageuse ! Toujours de bonne humeur, toujours reconnaissante envers la vie, ne se plaignant jamais. Nous aimons tous notre Mme Hasslick.

— On doit l'aimer, dit Wegener d'une voix rauque. Dans une demi-heure, docteur ?

— Je serai dans mon bureau.

Il posa une main amicale sur le dos étroit de Berta Hasslick, lui souhaita bon appétit pour son dîner et sortit de la petite chambre suivie de l'infirmière Else.

— C'était *bien* comme cela, mon enfant ? demanda Berta Hasslick, tandis qu'ils entendaient s'éloigner leurs pas dans le couloir.

— Tu as été admirable, mère ! Il courut à elle, s'assit de nouveau sur l'accoudoir de son fauteuil et entoura d'un bras ses épaules. — A présent, plus rien ne peut m'arriver.

Elle hocha la tête. Ses doigts glissèrent de nouveau, nerveux, sur sa robe.

— Quand te faut-il retourner à tes fabriques, mon petit ?

— Demain, mère.

— J'aurais tant voulu connaître ta femme et mes petits-enfants. Mais ce n'est pas possible.

— Pourquoi pas ? Je te ferai chercher par mon chauffeur. Tu es la mère de mon camarade Peter Hasslick tombé sur le champ de bataille, je t'inviterai et tu pourras les voir tous.

— Je ne suis pas si forte que ça. — Elle appuya de nouveau sa tête contre sa poitrine et croisa les mains : — Et puis un si long voyage... Si tu m'écris de temps à autre, mon fils, ou si tu me téléphonais (nous avons un téléphone dans le couloir), nous pourrions nous parler. Ce serait une joie...

— Mère, chaque fois que je le pourrai, je viendrai te voir !

— Je sais. — Elle souriait, le regard perdu au loin : — L'important est que tu sois en vie. Je le savais, je le savais ! Et personne ne voulait me croire.

Une demi-heure plus tard, il se retrouvait en face du Dr Methusius. Wegener avait beaucoup de peine à dissimuler le déchirement que lui causaient ses adieux avec sa mère. Car tandis qu'il disait : Je reviendrai bientôt, il aurait voulu se fracasser la tête contre le mur parce qu'il savait que cela aussi était un mensonge.

— Je voudrais que Mme Hasslick change tout de suite de logement, dit-il au médecin-chef, la meilleure chambre de cet asile, qu'il ne lui manque absolument rien, que le moindre de ses désirs soit satisfait. Les frais n'ont aucune importance. J'enverrai un chèque de 20000 D.M. à votre administration. On mettra sur mon compte toutes les dépenses supplémentaires.

— C'est grandiose ! — Le Dr Methusius frappa de son stylo à bille le dessus de son bureau : — Mais est-ce encore nécessaire ?

— Que voulez-vous dire ? demanda Wegener d'une voix terne.

— Mme Hasslick est un phénomène médical, si l'on peut dire. Elle a vécu jusqu'à présent dans le seul espoir de voir son fils revenir un jour. Vous êtes venu, vous, pour lui dire la vérité. — Le médecin interrompit son tapotement rythmé : — Pour cette vieille femme, sa vie est accomplie.

— Vous croyez...

Wegener fut obligé de se retenir au rebord du bureau. Methusius ne s'en rendit pas compte, il regardait droit devant lui.

— Cela ne m'étonnerait pas.

— Mais si, au contraire, ma visite lui rendait le goût de vivre ?

— Soyons optimistes ! Dès qu'une bonne chambre sera libre, nous l'y installerons.

— N'y en a-t-il pas de libre ?

— Nous avons de longues listes d'attente...

— Alors ajoutez une chambre dans vos bâtiments ! Je vous l'ai dit : la dépense ne compte pas. J'ai voulu faire sortir Mme Hasslick de chez vous. Il y a de magnifiques maisons de retraite dans la Forêt-Noire, mais elle ne veut pas changer.

— Elle vit depuis dix ans dans cette chambre, monsieur Wegener !

— Mais elle n'y vivra pas la onzième année ! — Wegener se leva d'un bond : — Il doit tout de même être possible, dans cette grande maison, d'installer mieux Mme Hasslick !

— Il serait beaucoup plus simple de la changer de maison de retraite !

— J'essaierai de le faire.

— S'il est encore temps, comme je vous l'ai dit.

— Elle deviendra centenaire, à présent, dit Wegener à haute voix en se levant.

Methusius l'imita.

— Ce serait un rêve ! Alors elle pourrait encore profiter de vos bienfaits. — Methusius sourit : — Mais n'anticipons pas...

Comme assommé à coups de marteau, Wegener quitta l'asile de vieillards et prit le premier train pour Hambourg. Le lendemain matin, le Dr Schwangler le tirait du lit. Il fallut du temps à Wegener pour se réveiller, car il avait absorbé un somnifère pour trouver le repos.

— Je suis en bas dans le hall, disait Schwangler au bout du fil. J'arrive à l'instant. Helmuth, qu'est-ce que cette comédie ? Nous aurons une conversation ! Une « conférence » à Hambourg ? Je monte chez toi, es-tu seul au lit ?

— Va-t'en au diable ! lança Wegener à demi abruti. Je suis seul, je veux le rester et si tu montes, je t'envoie mon pied dans le ventre. Compris ?

— Parfaitement ! Quand prenons-nous le petit déjeuner ensemble ?

Wegener soupira et jeta le combiné sur la fourche. Mais il ne pouvait plus dormir. Il se leva, se doucha et descendit pour prendre son petit déjeuner. Le Dr Schwangler, obèse et rubicond, était assis à une petite table pour deux personnes. Il adressa à Wegener un geste engageant :

— Viens, mon ange ! Assieds-toi ! Je me renseigne : tu es vraiment seul ? Du moins dans cet hôtel ! Elle a donc une habitation où elle peut te recevoir ?

— Oui ! Es-tu content ?

— C'est aussi sérieux qu'avec Elietta ?

— Non !

— Pas de danger pour Irmi ?

— Pas de danger.

Le Dr Schwangler adressa à Wegener un regard scrutateur, puis eut un petit signe de tête désinvolte :

— C'est donc une question réglée. Mais, mon vieux, était-ce nécessaire ?

— Ça l'était, Edi.

— La marmite menaçait de nouveau d'exploser ?

— Idiot ! C'était un revoir et peut-être des adieux !

— Sur cette dernière affirmation, buvons tout de suite un cognac !

— D'accord.

Ils prirent leur vol pour Cologne dans le premier avion en partance.

Le chauffeur Emile Zyllik suivait avec la voiture, par l'autoroute. Il était heureux de n'avoir pas à conduire Wegener. Dans son crâne, mille mouches bourdonnaient. A Hambourg, il n'avait pas eu le temps de voir son lit d'hôtel.

Le Dr Methusius devait avoir raison. Neuf semaines plus tard, Berta Hasslick mourait. Elle s'endormit contente, avec un sourire d'enfant sur les lèvres. Elle se glissa simplement hors de la vie. L'infirmière Else la trouva, le matin venu, dans son lit, les mains jointes, comme si, avant de mourir, elle avait une fois encore remercié Dieu pour tout ce que la vie lui avait donné.

Wegener ne l'apprit que lorsqu'elle était enterrée depuis longtemps. Il revenait de Tokyo où il était resté six semaines. Ayant aussitôt téléphoné à Lübeck, le Dr Methusius lui parla de la douce mort de la vieille femme.

— Arrêtez ! lança-t-il comme Wegener allait s'engager dans toute une suite de considérations désolées. Epargnez-vous les reproches ! Elle voulait n'être l'objet d'aucune inquiétude, jusqu'à ce qu'elle se trouve sous terre. Il a tant d'autres affaires ! a-t-elle dit à votre sujet à Else et à moi-même. C'est un homme tellement important, le Dr h. c. Wegener... je ne veux lui causer aucun dérangement... Bon, à présent, grondez-moi !

Wegener ne répondit pas, il raccrocha sans un mot et se couvrit le visage des deux mains.

Mère, que tu étais forte ! pensa-t-il, et combien je suis pitoyable comparé à toi !

Ce jour-là, il s'enivra. Irmi ne sut comment s'expliquer cet incident. Il passa cet après-midi à la maison. Assis dans la bibliothèque, il déversait l'alcool dans son gosier. Lorsque Wegener resta muet, même en face de son fils, Irmi appela au secours le Dr Bernharts. Il vint aussitôt et s'assit auprès de Wegener dans l'un des somptueux fauteuils de cuir. Wegener le fixait d'un regard d'homme ivre.

— Continue ! lui jeta Bernharts. Continue ! Tu as sans doute un cœur d'acier, n'est-ce pas ? Le « stress » que tu dois à ton métier ne te suffit pas, il faut encore y ajouter les éreintements de la vie privée !

— Que dis-tu comme idioties ? répliqua Wegener, la langue pâteuse. Tu n'as donc jamais bu un coup de trop ?

— Etant ton médecin, il est de mon devoir de te dire que tu ne *tiendras* pas longtemps !

— Et moi, ton pauvre malade, je me permets de te dire que tu n'auras jamais ma veuve, jamais !

Le Dr Bernharts se leva et quitta la bibliothèque. Irmi l'attendait dans le hall, ainsi que Peter et Vanessa-Nina.

— Il n'est pas à prendre avec des pincettes ! déclara Bernharts. Il traverse une phase dépressive. Ça passera.

— Mais pourquoi ne s'explique-t-il pas ? Il sait bien qu'il peut tout me dire ! répétait Irmi. Il me semble parfois qu'il se tient derrière une épaisse cloison de verre. Que faut-il que nous fassions ?

— Laissez donc Pa en paix ! disait Peter. — Le Dr Bernharts l'approuvait d'un signe de tête. On entendait des objets qui s'entrechoquaient dans la bibliothèque. Des chaises étaient renversées. Wegener s'en allait en titubant par un couloir étroit vers sa chambre à coucher. Lorsque Irmi voulut s'élancer à sa suite, Peter retint sa mère : — S'il veut être seul, laisse-le en paix. Ne lui demande surtout pas ce qui l'accable ainsi. Il est toujours « l'homme fort », à présent aussi ! Ne détruis pas cette auréole !

Le lendemain matin tout était passé. Wegener était assis dans son lit, l'œil bordé de rouge, et regardait Irmi se doucher. La porte de la grande salle de bains de marbre était ouverte. Nue, tenant son drap de bain d'une main, elle fit quelques pas en arrière et se retourna. Qu'elle est jolie ! pensa Wegener. Elle a maintenant quarante-six ans, mais personne ne les lui donnerait ! Elle est plus belle qu'au temps où je l'ai vue pour la première fois.

— Sèche-moi le dos, s'il te plaît ! dit-elle.

Il prit la grande serviette et lui frictionna le dos, puis il la laissa tomber et déposa un baiser dans l'une des fossettes situées audessus de ses fesses.

— Etais-je vraiment ivre ? dit-il.

— Assez.

— Pour parler franc : totalement soûl ?

— Oui.

Elle se retourna. Il saisit ses beaux seins et la regarda. Son visage aux yeux noyés d'alcool n'offrait pas une belle vision.

— J'avais du chagrin, dit-il, mais c'est passé.

— Dieu merci !

— Mais tu es là, Irmi. Si je ne t'avais pas...

Elle refoula son désir de lui poser des questions au sujet de ce qui l'avait peiné, mais elle se libéra de ses mains. Il y avait longtemps qu'il ne l'avait attirée à lui dès le matin et s'il lui plaisait de le faire maintenant, elle n'était pas en humeur d'y répondre. Aussi lorsque Peter disait : Ne détruis pas son auréole...

— Qu'y a-t-il au programme aujourd'hui ? demanda-t-elle en s'enveloppant du drap de bain.
— Rien !
— Rien ? Comment ça ?
— Je reste à la maison.
— Voilà qui provoquera une surprise générale !
— Chatte !
Il voulut s'emparer d'elle, mais elle fut plus rapide et lui échappa. Il perdit l'équilibre, roula hors du lit et resta étendu sur le dos comme une énorme grenouille. A cette vue plutôt comique, Irmi rit aux éclats, laissa tomber son drap éponge et se mit à marcher toute nue à travers la pièce. Il se releva, s'assit sur le rebord du lit, essuya ses yeux brûlants et frotta la plante de ses pieds l'une contre l'autre.
— Voici longtemps que tu n'as pas ri ainsi, dit-il à Irmi comme elle retrouvait enfin son souffle. Cela m'a manqué. Viens donc...
— Non, pas maintenant.
— Je veux seulement te demander si tu es heureuse.
— Je suis heureuse.
— Avec moi ?
— Avec toi seulement !
Wegener la contempla, puis la suivit du regard, jusqu'au seuil du cabinet de toilette où elle s'habillait. Elle se dit heureuse avec moi, pensait-il. Est-ce possible ? Peut-on être heureux avec moi ?
Il se leva, pénétra dans la salle de bains, s'examina dans la grande glace, puis s'en détourna écœuré.
Ils passèrent ensuite toute la journée à Cologne, se promenant à travers la ville, la main dans la main, comme au temps de leur jeunesse.
— La vie est belle ! disait-il heureux.
— Mais seulement avec toi ! répondait-elle.
Devant la cathédrale, ils s'embrassèrent et personne ne le remarqua. A Cologne, on est déjà un peu parisien.

Pendant six ans, tout marcha pour le mieux, jusqu'à ce jour de janvier 1975 où le ministère de la Santé à Bonn pria Helmuth Wegener d'assister comme conseiller à la prochaine conférence sur les drogues pharmaceutiques et d'apporter à cette occasion sa contribution aux nouvelles lois les concernant.
— La haute politique t'appelle ! s'écria Schwangler. Ce qu'ils n'ont pu obtenir avec leurs « partis », ils vont pouvoir le réussir par le moyen de tes capacités professionnelles ! Helmuth Wegener adhérera à leur politique !
Il s'en rendit compte tout de suite. Automatiquement, il se trouva entraîné dans le champ visuel de l'organisme pour la

défense de la Constitution, chargé d'examiner son intégrité politique. Helmuth Wegener devenait un sujet d'intérêt pour ceux qui épluchent les dossiers. On s'intéressait discrètement à son passé.

Tout aussi discrètement, l'un des hauts conseillers supérieurs du gouvernement le pria de venir à son bureau s'entretenir avec lui. On avait à éclaircir quelques questions sans importance. Cela ne pressait pas. Il n'avait qu'à en fixer lui-même la date.

Voici la fin, pensa Wegener. Impossible d'y échapper. Je me détruis moi-même par l'importance que je me suis donné. Mon succès m'anéantit. A présent, on va étaler ma vie que beaucoup qualifieraient de fantastique. On peut dire de moi beaucoup de choses, mais on doit m'accorder ceci : j'ai fait mon devoir ! Je suis devenu un Helmuth Wegener tel qu'il ne peut y en avoir de meilleur.

Il consulta son emploi du temps et entoura une date d'un trait : « Organisme pour la défense de la Constitution », 11 heures.

Puis il traça une ligne rouge en diagonale sur le reste de la page.

Il n'y aurait plus d'autre rendez-vous.

Il s'était accordé quatre jours pour prendre congé.

Demain, je commence, pensa-t-il. Ainsi qu'il convient, Irmi *le saura* enfin. Ce qui suivrait lui était indifférent. Le déroulement d'incidents techniques...

Il referma le livre des rendez-vous, s'approcha de l'énorme fenêtre et parcourut du regard ses usines de produits chimiques. Il était parfaitement calme et cela l'étonnait. Il n'aurait jamais cru que l'on pouvait accepter si tranquillement sa fin.

CHAPITRE XI

LES MALADIES ARRIVENT toujours à point nommé, dit un dicton populaire. Mais pour Helmuth Wegener, une maladie devait se manifester comme un don du ciel : Irmi se mit au lit avec une forte fièvre et le Dr Bernharts diagnostiqua une bronchite compliquée d'une grippe. Il fit une piqûre à la malade et dit à Wegener :

— Tu as tout le reste sous la main ici !

Ils quittèrent Irmi assez abattue après cette injection et s'en furent dans la bibliothèque. Le Dr Bernharts s'assit dans l'un des fauteuils profonds comme des lits et attendit que Wegener eût retiré du bar pratiqué dans l'un des murs une bouteille de cognac et deux verres.

— Est-il vrai que tu te lances dans la politique ? jeta Bernharts tandis que Wegener remplissait les verres.

— Non.

— Politique... ce n'est pas le mot exact. Tu seras conseiller au ministère de la Santé !

— Pas davantage.

— Mais Irmi m'a dit...

— Le ministère a l'intention de m'offrir ce poste. Mais je n'en veux pas. Je ne pense pas l'accepter !

Wegener resta debout tandis qu'ils choquaient leurs verres.

— Ce serait le sommet de ta carrière !

— Le sommet ! Tu parles comme si j'étais un vieil homme que l'on arrose une fois encore avant qu'il ne se dessèche ! J'ai réussi assez de choses dans mon existence. Que puis-je désirer de plus ? La seule chose que je n'ai jamais pu m'offrir, c'est la paix ! A présent, je vais la rechercher !

— Tu en as vraiment besoin, Helmuth ! Je te le dis depuis des années, non seulement en tant que médecin, mais aussi comme ami...

— Je me sens aussi bien portant que cent taureaux ! Tu pourrais crever de faim si tu m'avais pour seul client !

— Tu cherches à t'en convaincre ? Quand nous sommes-nous livrés pour la dernière fois à un examen général ? Ta tête rubiconde ne me plaît pas du tout !

— Ma tête déplaît à beaucoup de gens ! Ewald, cesse de m'angoisser médicalement ! Je sais mieux que personne ce que je puis me permettre.

Le sais-je vraiment ? pensait-il tandis qu'il emplissait de nouveau de cognac les grands verres ballons. Dans trois jours, je me trouverai face au haut conseiller gouvernemental qui m'a si aimablement engagé à avoir avec lui une conversation. Il me dira : Qui êtes-vous en réalité ? Nous savons que vous ne *pouvez pas être* Helmuth Wegener.

Un jour est déjà passé, l'un des quatre jours au cours desquels je devais dire la vérité à Irmi. A présent, elle est couchée avec une forte fièvre, il est impossible de m'asseoir à son chevet pour lui dire : Regarde-moi, qui vois-tu ? Ton mari ! Oui, je suis ton mari... depuis trente et un ans ! Nous avons toujours été heureux ensemble, c'est exact ? Nous avons tous deux construit une existence magnifique, nous avons constamment marché la main dans la main par les bons et les mauvais jours et nous n'avons jamais regretté que nos vies soient si étroitement unies. Seulement tout cela était marqué de la même grande erreur : je ne suis pas Helmuth Wegener.

Peut-on le lui dire ainsi ? Impossible ! Mais comment le lui faire savoir ? Par un document officiel ? « Votre mari, Madame, votre soi-disant époux, s'appelle en réalité Peter Hasslick. Vous êtes veuve depuis 1944. Votre mari, c'est-à-dire Peter Hasslick, reconnaît entièrement l'exactitude des faits précités. »

— A quoi penses-tu ? demanda le Dr Bernharts. Est-ce que tu serais en train de reconnaître toi-même que tu es un type formidable, mais en partie creux intérieurement ?

— Merci !

Wegener but son cognac d'un trait comme par protestation. Le Dr Bernharts fit un petit signe de tête.

— C'est exactement ce que je pense : tu as l'entêtement d'un colosse ! Deux cents livres de chair qui dépendent d'une petite pompe à sang placée derrière les côtes ; laquelle dépend elle-même de nerfs qui se révoltent quand il leur plaît sans t'en demander la permission. Tu sais tout cela, mais tu continues à bouffer, à boire. Seule, ta consommation en putains diminue parce que tu manques de souffle au bout de trois secondes !

— Ton amitié avec le Dr Schwangler se devine à ton langage, constata Wegener irrité. Je t'ai prié de venir à cause de la bronchite d'Irmi et non pas pour entendre tes rengaines mille fois ressassées.

— Irmi me fait pitié.

— Naturellement, parce que tu l'aimes...

— Idiot !

— Tu l'aimes depuis vingt ans, du premier jour où tu es venu chez nous après la mort du vieux Dr Hampel. Je suis incapable en beaucoup de choses, peut-être, mais je ne suis pas aveugle ! Il fut un temps où je t'aurais volontiers jeté par la fenêtre. Chaque fois que je revenais à la maison, qui voyais-je installé auprès de ma femme ? Le Dr Bernharts ! Aimable, souriant, contemplant Irmi avec des yeux larmoyants de génisse, la regardant marcher, admirant les gestes de ses mains, les frémissements de ses seins, le balancement de ses hanches, sa manière de croiser ses longues jambes. Tu la dévorais des yeux !

— J'ai toujours admiré Irmi. C'est vrai. Je l'ai admirée parce que je ne comprenais pas comment elle pouvait te supporter.

— Suis-je un tel épouvantail ?

— Tu es un homme qui n'aurait jamais dû se marier. Tu détruis les femmes, n'importe quelle femme, par ton égoïsme, la haute opinion que tu as de toi-même, et tu ne te rends pas du tout compte de ton action destructrice !

Wegener déposa rudement sur la table son verre de cognac dont la tige se brisa. Il saisit le ballon irisé et le lança contre le mur lambrissé.

— Ai-je détruit Irmi ? Te l'a-t-elle dit ? Nos trente et un ans d'union furent-ils un enfer ? Ai-je fait d'elle une ruine qu'on ne voit pas, parce que je la couvre de bijoux et de fourrures ?

— Irmi n'a jamais rien dit ! Elle est capable de souffrir en silence. Helmuth, j'ai observé votre ménage pendant vingt ans : tu as toujours donné des ordres et Irmi les subissait ! Veux-tu des exemples ? — Le Dr Bernharts se mit à compter sur ses doigts. — Tu as bâti ta première fabrique de Vitalan derrière la pharmacie...

— Bon Dieu, je sais où je l'ai bâtie !

— As-tu jamais demandé à Irmi ce qu'elle en pensait ? Lui as-tu jamais montré un plan de construction ? Ou encore cette maison-ci ! Tu achètes un terrain, tu y plantes un palais, tu permets à ton ami Leber de se livrer à toutes les frasques architecturales imaginables, et Irmi apprend tout cela un soir de Noël...

— C'était mon cadeau, imbécile ! Ma grande surprise !

— Il ne t'est jamais venu à l'esprit combien une femme se plaît à bâtir les plans d'une vie commune ? Peu à peu, pièce à pièce. As-tu jamais compris qu'une femme est plus qu'une ménagère obéissante, une partenaire au lit et une représentante de ta réussite ? As-tu jamais demandé à Irmi, dans une situation critique : Que dois-je faire ?

— J'ai voulu écarter d'elle tout souci.

— Quel déguisement adroit de ton comportement à son égard ! Elle ne devait pas s'inquiéter, noble cœur, cependant elle se rongeait d'inquiétude en devinant que tu avais des problèmes que tu gardais pour toi seul !

— Elle se plaignait donc ?

— Jamais ! Pas l'ombre d'une allusion ! Mais continuons : Tu deviens le grand industriel. Tu t'envoles pour Hong Kong ou Tokyo, New York ou Rio, Delhi ou Le Cap. Où est ta femme ? Là où le dieu Wegener l'a reléguée : à la maison ! De temps à autre, il est vrai, elle a la permission de suivre, aux congrès par exemple où on peut la montrer comme une châsse couverte de bijoux de Cartier, de fourrures choisies à Rome, de robes du soir de Paris. Seules, les reines peuvent encore rivaliser avec elle, avec Mme Irmi Wegener, et te voici toi, la masse de deux cents livres qui a su réaliser tant de magnificences, et ton attitude dit clairement : si vous l'admirez, vous m'admirez aussi !

— Ce n'est pas vrai ! dit Wegener d'une voix enrouée par l'émotion. Je lui ai donné tout cela parce que je l'aime, entends-tu ? Je l'aime ! Fallait-il lui faire connaître toutes les faussetés, les mensonges, les retours de bâton, cette bestialité de notre société de consommation ? Les ignominies par lesquelles seules on accède au sommet de la réussite ?

— Placer une femme dans une vitrine n'est pas non plus agir sagement. — Le Dr Bernharts se leva : — Pourquoi nous cracher au visage ? Rien ne changera plus en toi.

— Tu pourrais te tromper, répondit Wegener pensif. Peut-être que beaucoup de choses changeront. Si stupide qu'ait pu être notre échange d'opinions, il n'est pas mauvais d'avoir enfin parlé franchement. Je me trouvais face à une décision et peut-être me serais-je trompé. A présent, je sais dans quel chemin m'engager ! Je combattrai de nouveau !

— Contre qui ? demanda Bernharts surpris.

— Contre une ombre !

— On a dans ce cas le plus souvent le dessous.

— Il faut en prendre le risque. Mais on a une chance... une chance de plus que celui qui plie tout de suite ! Je vous prouverai, à tous, que vous me voyez sous un faux jour !

— Tu iras donc tout de même au ministère ?

— Fiche-moi la paix avec ton ministère ! — Il se tenait devant le Dr Bernharts, frappant violemment ses poings l'un contre l'autre il s'écria : — Et même si ça ne te plaît pas, une fois de plus Irmi n'en saura rien ! Cette fois surtout !

— Elle en sait plus que tu ne crois, Helmuth !

— Que sait-elle ?

Il regardait Bernharts sous l'auvent de ses sourcils joints.

— Par exemple, l'histoire de Rome.

— Rome ?

— Elietta Dagliatti.

— Bon Dieu, c'est une vieille lune ! Qui y songe encore !

— Mais Irmi la connaît.

— Si tu n'en sais pas davantage... — Wegener eut un rire rauque. — Ewald, vieux pousse-canule, fous le camp ! J'ai assez de tes sages propos ! Mais je te remercie !

— Pourquoi ?

— Tu ne le sauras jamais ! Somme toute, tu es un ami des plus utiles !

Il reconduisit le Dr Bernharts jusqu'à sa porte et retourna vers la chambre à coucher dont un mur était recouvert d'une glace.

Les meubles avaient été changés à trois reprises par les soins de Fritz Leber, mais la glace était restée. C'est l'effet optimal ! avait-il déclaré, Wegener lui ayant demandé de l'ôter. Je ne la détacherai pas du mur, brise-la si tu ne peux plus la supporter, mais tu ne me demanderas pas un tel sacrifice !

Wegener s'arrêta dans la chambre en un point où la glace ne pouvait capter son image. Mais il voyait deux fois Irmi endormie : à droite, dans son lit, à gauche, dans la glace, et il se souvint que Bernharts avait dit : as-tu jamais demandé à Irmi si un objet ou un meuble lui plaisait ? N'as-tu pas tout choisi seul ? Ces fameuses « décisions solitaires » du grand Wegener !

C'est vrai, pensa Wegener. J'ai aussi installé cette chambre sans m'inquiéter de ses préférences. Les « vieilleries » étaient enlevées, d'autres meubles les remplaçaient et elle admettait tout. Pourtant c'est *sa chambre,* son domaine intime, son petit paradis où elle ôte tous ses vêtements, le masque de la vie quotidienne, où elle n'est plus qu'une femme qui cherche le repos, la retraite, l'amour, le bonheur...

Pourquoi n'a-t-elle jamais dit « ça ne me plaît pas » ?

Il s'approcha du lit, passa devant la grande glace murale et se regarda tandis qu'il s'asseyait sur le lit auprès d'Irmi endormie : un homme massif, au crâne rond, à la chevelure poivre et sel, aux larges épaules, avec une cage thoracique comme celle d'un gorille et des jambes comme des colonnes.

Il se pencha vers Irmi, posa doucement sa main sur son front brûlant et écouta sa respiration sifflante. Puis il plongea sa main dans la poche de son pantalon, en sortit un mouchoir et tamponna la sueur sur son visage.

Le conseiller supérieur du gouvernement s'appelait le Dr Pfifferling. Il se montra parfaitement courtois et aimable. Il désigna un fauteuil à son visiteur, devant une petite table ronde — et non point devant son bureau ; il ne s'agissait pas d'un interrogatoire, mais d'une conversation et, en de tels cas, la manière dont on se trouve assis revêt une grande signification. Le conseiller prit sur le dessus d'une pile de dossiers un document assez épais et le déposa sur la table. Wegener considéra cette liasse de pages dactylographiées avec étonnement.

— Me voici donc sous l'aspect officiel ? demanda-t-il.

— Oui, répondit Pfifferling avec empressement.

— C'est un assez gros dossier !

— Il faut dire que vous avez derrière vous une existence riche en événements, monsieur Wegener, ce qui n'exclut pas un avenir tout aussi rempli, espérons-le !

Le Dr Pfifferling s'assit en face de Wegener, dans un fauteuil pompeux de bois sculpté rembourré de velours rouge, comme il convient à un haut fonctionnaire dans son bureau — un tel siège chez un secrétaire en chef dénoterait un penchant à l'insubordination.

— Le ministère de la Santé a l'intention — vous le savez déjà — de vous charger non seulement d'un poste important dans la commission de surveillance des produits pharmaceutiques, mais aussi de vous confier un poste de conseiller. C'est pour un « sans parti » un témoignage dû à ses hautes qualités morales et professionnelles et, de ce fait, de la part du gouvernement, un geste particulièrement honorifique.

— J'ai malheureusement dû refuser ce poste honorifique... Mon secrétariat est précisément en train d'en rédiger les raisons.

— Vous refusez ?

Le Dr Pfifferling ouvrit le dossier et tira ses lunettes de presbyte de la poche supérieure de son veston. Il lui semblait évidemment inexplicable que l'on pût ainsi renoncer à un tel honneur.

— Puis-je demander que l'on vous apporte un café ? un cognac ? des cigarettes ? des cigares ?

Wegener regardait avec les yeux d'un animal qui reconnaît son ennemi, sans savoir encore comment il doit se comporter, la chemise contenant ses dossiers. Ils ont tout rassemblé là, secrètement, comme des écureuils. La vie d'un homme est passée au crible parce qu'il a su devenir davantage qu'un ajusteur ou un danseur de corde. Ou les artistes auraient-ils aussi, comme moi, un dossier aux archives de l'Institut pour la défense de la Constitution, parce qu'ils n'ont pas pris part à certaines manifestations ?

— Vos fonctionnaires n'ont pas perdu leur temps, dit-il sarcastique.

— La vue de ces pièces, monsieur Wegener, vous prouve quelle confiance est mise en vous... Même le fait que nous nous entretenons ici, seuls...

— Sans bande magnétique se déroulant dans mon dos, ni de microphone dans la lampe ou dans ce vase de fleurs ?

— Vous avez vu des films d'espionnage ? lança Pfifferling gaiement. Chez nous, tout est différent ! — Il croisa ses jambes et déposa le dossier sur ses genoux. D'un doigt alerte, il en feuilleta le contenu : — Né à Hanovre, école communale, lycée, père décédé relativement jeune, mais a pu devenir membre de la N.S.D.A.P. (1).

— Je n'y pouvais rien.

— Etudes de médecine, puis la Wehrmacht, chargé de superviser les officiers d'une section sanitaire... — Pfifferling leva les yeux, brièvement : — Vous avez aussi fait partie des Jeunesses hitlériennes ?

— Oui. En ce temps-là, quasiment tout le monde s'y trouvait enrôlé. Si l'on tenait à poursuivre ses études, il fallait être dans les H.J. (2) ou dans la Fédération des Etudiants, ça commençait à la maternelle...

— Mais vous avez aussi été H.J. Führer (3).

— Peut-être bien !

C'était le premier écueil ; Helmuth n'avait jamais rien dit de ses activités hitlériennes, sûrement parce qu'elles étaient sans grande portée... un grade infime...

— Vous ne le savez plus ?

— Après m'être occupé pendant quarante ans de questions tout à fait différentes, j'en viens à oublier le langage des « mille ans (4)· ».

— En 1938, vous avez été replacé par le commandement des H.J. parmi les débutants, comme porte-drapeau des formations préparatoires.

Wegener sourit avec bonhomie :

— Savez-vous en quoi consistaient les activités d'un porte-drapeau des galopins de cette époque ? lança-t-il moqueur. Soirées avec discours concernant l'enseignement général, camp de toile avec entraînement militaire préparatoire. Nous apprenions même à *ramper* vers l'ennemi ! Imaginez ça ! Marches en ordre de bataille aux fêtes du mois de mai et le 9 novembre, ou encore à l'occasion de l'anniversaire du Führer... Il fallait que le monde ait peur de nos dix ans !

Pfifferling eut un sourire de connivence.

— Celui qui a les enfants de son côté possède, dit-on, l'avenir. A propos... — Pfifferling feuilletait toujours le dossier — nous y venons justement. Votre fils Peter, né en 1948, a pris quatre

(1) Formation hitlérienne.
(2) *Hitler Jugend :* Jeunesses hitlériennes.
(3) Chef des Jeunesses hitlériennes.
(4) Mille ans de domination germanique promis par Hitler.

fois part aux manifestations du mouvement radical des Etudiants. Au cours de ces années soixante déchaînées...

— C'est exact. Il me traitait de capitaliste, m'expliquait pourquoi il fallait nationaliser mes usines. Il débitait des tirades pour la défense des anarchistes. Je l'ai laissé parler, parfois pendant des heures, jusqu'à ce qu'il en ait assez. A présent, il est ingénieur chimiste dans l'un de mes groupes de recherches et probablement, l'an prochain, épousera-t-il une ravissante fille de capitaliste, héritière d'une dynastie du café de Brême. Ma fille, Vanessa-Nina, a traversé une crise pendant laquelle elle n'a porté que des jeans, des pulls crasseux et flasques, des bottes éculées, les cheveux longs jusqu'aux fesses. Mais quels beaux cheveux ! Pour elle, j'étais un *ignorant*. A présent ? Dans trois ou quatre ans, ainsi que j'ai fini par le lui permettre, elle montera sur une scène d'Opéra...

— Vous n'avez jamais adhéré à un parti ?

— Les partis vivent d'idéologies et de programmes. Je ne vois pas pourquoi je me serais soumis à un programme ! Ça n'a guère réussi aux Allemands en général.

— Mais alors, comment, selon vous, un peuple peut-il exister en tant que société organisée ? Sans politique, si je vous comprends bien ?

— Par un système souple de principes admis.

— C'est une utopie, monsieur Wegener !

— Certainement, mais pourquoi ne serais-je pas adepte d'une utopie alors qu'en politique tant d'idées utopiques sont prises au sérieux et digérées par la société ? — Wegener se laissa aller en arrière. A présent, il eût volontiers bu une tasse de café corsé, mais il n'exprima pas ce désir. A ce stade de la conversation, cela eût dénoncé son émotion intérieure. — Je suis un homme totalement apolitique, reprit-il, c'est aussi la raison pour laquelle je n'accepte pas ce poste dans le ministère. Tous les partis sont déjà venus frapper à ma porte, mais à part quelques conversations autour d'une bonne bouteille, il n'en est rien résulté.

— Vous êtes décoré de la grand-croix du Mérite confédéral.

— J'ignore pour quelle raison elle me fut décernée et par qui...

— Monsieur le président de la Fédération...

— Je n'ai pas eu l'occasion de le lui demander.

— Vous vous êtes rendu à six réceptions d'été du chancelier ?

— Possible.

— Vous l'avez oublié ?

— Nous recevons tant d'invitations auxquelles il faut répondre, qu'il nous est impossible de nous souvenir combien de fois et où nous nous sommes rendus.

— Cependant, une invitation du chancelier...

Le Dr Pfifferling n'avait sans doute jamais encore été invité à une « réception d'été,» du chancelier, certainement c'était là son rêve inaccompli. Il lui était impossible de comprendre comment on pouvait dédaigner une telle distinction.

— Mettons que j'ai été à peu près sept fois l'invité du chancelier, reprit Wegener d'une voix conciliante. La réception fut cordiale, les mets savoureux, nous avons dansé jusqu'après une heure du matin, j'ai rencontré une foule d'amis, aussi certains personnages au sujet desquels je me suis demandé pourquoi ils avaient été invités... Après tout, c'était une démonstration grandiose d'élégante démocratie...

Le Dr Pfifferling feuilletait toujours le dossier, puis il le referma d'un geste bref et le poussa sur le dessus de la table. Pouvoir lire une fois toutes ces pages, pensait Wegener. Te voir tel que les autres te voient ! Peut-être découvrirais-tu alors un tout autre homme que celui auquel on a affaire journellement ? De quels méfaits ne s'est-on pas rendu coupable aux yeux de ces messieurs au cours d'une existence, sans que l'on s'en doute ! Pourtant c'est là, devant vous, expliqué en quelques phrases sans détour. Travail patient de taupes avisées au jardin de l'humanité.

Wegener et le Dr Pfifferling s'entretinrent encore pendant une heure de toutes sortes de questions — à peine au sujet de Helmuth Wegener — le N.A.T.O., la politique de l'Est du gouvernement, l'accord avec la Pologne, les chances des partis aux prochaines élections, la fin des empires coloniaux d'Afrique, le problème d'Israël, les nouvelles lois fiscales, les résultantes de la récession, le chômage des jeunes, même du fameux discours du pape concernant la « pilule ». De temps à autre, Wegener lançait une plaisanterie dans le cours de la conversation, que Pfifferling accueillait avec de grands rires, même lorsque Wegener en lâcha une sortie directement du sac de son ami le Dr Schwangler.

Mais Pfifferling n'était pas un homme à se laisser détourner de ses préoccupations. Sans cesse, il lançait des questions et se mit enfin à évoquer le passé, l'oncle de Hanovre qui avait fabriqué des gaz toxiques. Il décocha aussi une flèche destinée à Rudi Velbert et à l'amitié que Wegener lui avait témoignée. Rudi figurait, il est vrai, dans le compte rendu de maints procès, mais on n'avait jamais pu prouver sa culpabilité.

— Ce fut un plaisir extrême de bavarder avec vous, dit enfin le Dr Pfifferling au bout d'une bonne heure de tête-à-tête. — Il jeta le dossier Wegener sur le grand bureau comme s'il voulait dire : N'en parlons plus. — Et vraiment vous ne voulez pas faire partie du ministère ?

— Non ! — Wegener serra sa main tendue. — Au contraire, je veux me retirer de diverses activités et penser davantage à moi, c'est-à-dire à ma femme.

— Retraité à cinquante-cinq ans ? Voilà qui ne vous va pas du tout !

— De temps à autre, je sens ma fatigue ! On ne doit pas négliger ces signaux d'alerte ! — Il estima d'une politesse exagérée que le Dr Pfifferling l'accompagnât jusqu'à l'ascenseur et attendit le claquement de la porte. — Me faudra-t-il revenir ? demanda-t-il encore.

— Nous ne manquerons pas de nous rappeler à vous ! répondit Pfifferling avec une amabilité excessive.

Et ce furent ces dernières paroles qui privèrent aussitôt Wegener de tout sentiment de sécurité. Il avait cru avoir fait face victorieusement aux tribulations de cette matinée, désormais tout était dans un ordre parfait. Mais ces paroles : Nous ne manquerons pas de nous rappeler à vous ! c'était dire clairement : Tu restes un point d'interrogation ! rien n'est terminé ! Nos taupes creuseront plus avant. Imagine-toi, si ça te plaît, aussi blanc qu'un lys ! Nous restons sur tes traces. Une vie humaine qu'il nous importe de connaître ne peut être explorée en un jour. C'est une forêt séculaire qu'il faut défricher. Attends seulement, nous ne manquerons pas de nous rappeler à toi !

Wegener ne retourna pas à ses usines. Il rentra chez lui. Dans sa chambre à coucher, le Dr Bernharts était installé et buvait du champagne avec Irmi dont la fièvre était tombée. Elle portait une chemise au grand décolleté qui découvrait la naissance de ses seins.

— Tu reçois Ewald avec une telle chemise ? dit-il plus tard à Irmi.

— Jaloux ?

— Oui, Irmi ! Follement jaloux ! Comme au premier jour !

— Alors Ewald ne doit plus revenir !

— Bah ! A part une palpation médicale, jamais Ewald ne te touchera ! Mais je ne change pas et je tremblerai toujours à la pensée de l'instant où un autre te plaira plus que moi !

Elle posa une main sur sa bouche et étouffa le reste de ses paroles.

— Tu es un gosse idiot, dit-elle tendrement.

— De cent kilos...

— J'aime chaque gramme de ta personne !

— Je sais, tu l'as déjà dit ! — Il s'étendit tout habillé près d'Irmi et glissa son bras sous sa nuque. L'arôme suave de son parfum habituel qu'il connaissait depuis près de vingt-huit ans, monta à ses narines. — Je dois t'avouer quelque chose, dit-il.

— Raconte !

— J'ai failli te faire absorber comme à moi-même, voici six semaines, l'une de nos nouvelles fabrications, car je me sentais grippé... J'ai agi contre l'avis du chef chimiste, mais en deux jours j'étais remis ! Encore un succès de nos laboratoires de recherches !

— Tu ne feras jamais plus cela ! dit-elle très grave, en se libérant de son étreinte. — Et en le regardant les paupières frémissantes elle ajouta : — Jamais ! Promets-le-moi !

— Tu as peur ? Pour moi ?

— Pour toi, seulement ! Toujours pour toi ! Je ne sais que toi ! Qu'est-ce que tout ce que nous possédons ici sans toi ? Je pourrais renoncer à tout pour vivre avec toi dans une chambrette sous les toits. Les bijoux, les fourrures, les maisons, les meubles, les collections, mon Dieu qu'est-ce que tout cela si je ne t'ai pas ?

— Et si je n'étais pas du tout digne de cet amour déraisonnable ?

« A présent, c'est l'instant propice ! » Cette pensée le transperça. A présent, dis-le-lui ! Avoue qui tu es en réalité, si elle t'aime aussi parfaitement, elle te pardonnera. Allons, dis-le-lui, Peter Hasslick ! Le début était bon : je ne suis pas digne de cet amour ! Continue logiquement : pourquoi n'en suis-je pas digne ? Parce que tout en t'aimant jusqu'à mourir pour toi s'il le faut, Irmi, je t'ai tout de même menti tout le long d'une vie...

Mais il ne put le dire. Il ferma les yeux lorsqu'elle se pencha sur lui pour déposer un baiser sur ses lèvres. Il l'entoura de ses bras et sentit le contact de ses seins ronds et fermes à travers sa chemise. Ils restèrent étendus ainsi, lui vêtu, avec ses souliers, ce qui, chose étonnante, ne paraissait pas la choquer ; elle, dans sa chemise de nuit *outrageüsement décolletée,* selon la formule de Helmuth, et ils remplirent gaiement leurs coupes d'un champagne devenu tiède.

Le refus de Wegener de faire partie du ministère fut accueilli avec regret. A trois reprises, un chef de cabinet eut encore un entretien avec lui, le secrétaire d'Etat à la Santé l'invita à dîner — en vain. Helmuth Wegener leur expliqua que ses cinquante-cinq ans se refusaient à trimer davantage et qu'il ne penserait dorénavant plus qu'à soigner activement sa santé délabrée.

— A quoi bon avoir une maison de vacances au Tyrol, un chalet dans le Wallis, une villa sur la Côte d'Azur, si je ne vois tout ça qu'une ou deux semaines par an ? Il convient de « faire place » à temps lorsqu'on sait que l'on s'est choisi de bons successeurs. J'admire ma femme qui a supporté cette vie pendant vingt-huit ans ! Ne venez pas me dire : elle a tout ce qu'une femme peut souhaiter. Elle ne l'a pas eu ! Car moi, je n'étais pas là ! Je n'étais pas davantage présent lorsque je me trouvais assis auprès d'elle. Comprenez-vous ce que je veux dire ?

— Les hommes de génie n'appartiennent pas à leurs femmes. Telle est la destinée remarquable de ces femmes.

— Mais on ne devrait pas accepter cette situation. Mon cher secrétaire d'Etat, on me verra désormais moins à mon bureau, aux usines, et davantage sur le sable de la côte méditerranéenne. Je m'y prélasserai comme un gosse et je jouerai au volant avec ma femme, et je ne boirai que du vin de pays. Je puis vous dire dès à présent que je ne regretterai pas ce qui m'a occupé sans cesse : les fabriques, la société, les « parties », les longs repas d'affaires, les voyages autour du monde, les avances secrètes, acharnées, des femmes malgré mes cent kilos, pour lesquelles ce serait une aventure piquante de se mettre une fois au lit avec le grand Wegener ! Tout cela ne sera rien en regard du modeste bonheur de pouvoir plonger mes pieds dans les vagues en me disant que j'ai tout mon temps ! Allons, je ferai couler le sable entre mes doigts en sachant enfin ce que c'est que le bonheur sans désir.

— Après avoir réussi à être le grand Wegener ! Ce ne sera pas difficile !

— Mais ce fut dur ! J'ai rempli ma tâche parfaitement. A présent, j'ai atteint le moment de redevenir moi-même, celui où je puis me glisser hors de cette vie. Ce que signifie pour moi cette perspective, je ne saurais l'expliquer à personne, parce que l'on ne me croirait pas. Plus maintenant...

Pourtant il n'était pas tellement sûr que personne croirait qu'il n'était pas Helmuth Wegener, mais Peter Hasslick. Ces derniers mois, il s'était dit souvent : Si maintenant j'annonçais au monde entier que je ne suis pas moi, on soupçonnera le vieux d'être devenu fou. Pas davantage. Chacun hésiterait à me croire. D'ailleurs, à l'aide de quoi prouverais-je que je suis Peter Hasslick ? Ses papiers ont été brûlés en Russie et à Osnabrück. J'ai la cicatrice au bras de Wegener, j'ai acquis son écriture, j'ai tous ses papiers, je suis à présent deux fois Dr h. c., je suis chef d'industrie, possesseur d'une chaîne de pharmacies, copropriétaire de quatre autres fabriques et je fais partie de vingt-trois conseils d'administration... Avec tout ça, voilà un homme qui affirme *n'être pas* Wegener. C'est un cas pour un psychiatre.

Mais bien qu'il fût naturel de chercher à se convaincre de tout ceci, ce traumatisme, la peur, qui plongeait ses racines jusqu'au tréfonds de son être, demeurait le même nourri par les conversations téléphoniques qu'il avait encore avec le Dr Pfifferling.

— Certainement, nous nous reverrons, disait Pfifferling cordialement. La conversation que j'ai eue avec vous m'est restée dans l'oreille ! Ce fut un enchantement. J'attends donc que vous me fassiez signe, monsieur Wegener.

« Certainement, nous nous reverrons »... N'y avait-il pas là une menace voilée ? Que recherchaient-ils encore à la « Défense de la Constitution » ? Où ces taupes creusaient-elles dans son passé ? Que leur manquait-il encore pour achever l'image de Helmuth

Wegener ? Où donc avaient chu ces fragments de la mosaïque qu'il fallait encore retrouver ?

Ce furent des mois entre l'espoir et l'attente. Des mois d'observation de soi-même et de tentatives de se raisonner. Tu es inattaquable ! Tu es Helmuth Wegener. Et même si cela arrivait, on ne te croirait pas. La vérité à si haute dose laisse incrédule.

Secrètement, pour faire une surprise à Irmi, il s'inscrivit pour un long voyage de vacances de Noël dans les mers du Sud du 15 décembre au 31 janvier, sur l'île de Samoa. Peter serait à Brême chez sa fiancée, reine du café. Vanessa-Nina avait décidé d'aller aux Canaries avec une bande d'amis où se trouvait un club de plage réservé aux jeunes. La moitié de la classe de chant du Conservatoire partait avec elle.

Wegener avait dit oui à tous les projets. Samoa était devenue pour lui le symbole d'une vie nouvelle. Avec Irmi à Samoa. Puis six semaines de neige à Wallis, là-dessus le printemps dans le Midi de la France enveloppé de la fragrance des mimosas et de l'odeur des herbes de Provence en fleurs... On ne pouvait plus retrouver la jeunesse, mais à présent, il était enfin possible de muser tant qu'on voulait l'espace des vingt dernières années. La main dans la main comme autrefois, lorsque Irmi était venue chercher à Friedland ce soldat décharné et affamé, le « plenny » aux yeux caves revenant de Sibérie qui marchait à son côté d'un pas lourd, la dévisageait intensément et se disait : cette femme sera ma vie ! Uniquement cette femme. Je le jure.

Au matin du 28 octobre 1975, Irmi était chez son coiffeur ; il avait dormi plus longtemps que d'habitude, ce qui représentait déjà une dérogation à son emploi du temps, Wegener sortit de son coffre placé derrière le tableau de Gauguin le dernier cahier de son journal : de 1974 à... pour y consigner en toute sérénité, comme il le faisait depuis vingt-sept ans, ses vœux secrets, ses chagrins, ses joies. Il écrivit :

« Le 15 décembre, Irmi et moi nous partirons pour l'île de Samoa. La semaine prochaine, *il faudra que je le lui dise,* car lorsqu'une femme entreprend un tel voyage, il lui faut bien quelques semaines de préparatifs ! Et je sais déjà ce qu'elle va me dire : Pourquoi Samoa ? Pourquoi si loin ? A cause des belles filles nues aux colliers de fleurs ? Mon gros, aucune ne daignera te regarder ! Quand bien même tu rentrerais ton ventre de toutes tes forces ! Mais si tu veux... Elle a dit ça pendant vingt-sept ans, patiente, toujours prête : si tu veux... Dieu ! je m'adresse à nouveau à toi bien que nous ne soyons pas de bons amis : en quoi ai-je mérité une telle femme ? »

Ce matin-là, le 28 octobre, Helmuth Wegener se rasa comme toujours dans la salle de bains devant la glace dans laquelle Fritz Leber avait astucieusement incorporé une lampe à éclairage fluorescent. On voyait ainsi chaque pore de la peau, le moindre poil oublié. Wegener couvrit son visage de savon. Il ne se rasait que le visage humide, car sa peau supportait mal le rasoir électrique. Il mit l'appareil en marche et se le passa sur la joue droite. Cependant, il s'examinait d'un œil critique et s'apercevait étonné, et comme magiquement fasciné, que ses yeux subissaient une étrange métamorphose. Maintenant, à l'instant même... il le vit dans la glace, avec une incroyable précision, ses yeux se dilatèrent au-delà de leurs orbites et prirent une coloration terne effrayante.

Le rasoir lui échappa des mains, soudain sans force. Quelque part en lui-même, il éprouvait un poids écrasant. Il vit son reflet s'effondrer à genoux et se dérober à son regard. Puis il se trouva étendu sur le dallage de marbre grec, il était seul, il le savait, pourtant il y avait là quelqu'un d'invisible qui lui serrait la gorge et lui coupa le souffle. Il se sentait bien trop faible pour se défendre, il ne bougea pas et ne sut soudain plus s'il était couché ou debout. Le sens de l'équilibre s'abolit, le poids intérieur subsistait, la main étrangleuse s'ouvrit et c'était délicieux, tellement délicieux de pouvoir de nouveau respirer à fond... puis tout se brouilla, s'estompa, devint irréel tandis qu'il respirait, respirait, et entendait comment, tout autour de lui, s'élevait un bruissement énorme, comme si l'on venait d'ouvrir une écluse...

— Il est mort entre 9 heures 30 et 10 heures, dit plus tard le Dr Bernharts. Un infarctus typique. Irmi, si cruel que ce soit de vous le dire : ce fut une belle mort. Il n'a rien senti. La mort fut instantanée.

Elle déposa le dernier cahier de son journal sur ses genoux et regarda vers le coffre-fort ouvert. Puis elle s'adossa et ferma les yeux. Il ne pleuvait plus. La réception de « La Roseraie » battait sans doute son plein. Plus de huit cents personnes, une « party » gigantesque en l'honneur d'un mort. Peter recevait les condoléances, Vanessa-Nina laissait glisser sur elle, sans répondre, la plupart des condoléances féminines. On parlerait longtemps de cette réception funèbre. Helmuth Wegener prenait congé comme il avait vécu.

Helmuth Wegener...

Elle se leva, rassembla les cahiers en un seul paquet et les déposa dans le coffre-fort. Elle le referma, poussa par-dessus le tableau de Gauguin et remit les clefs dans la petite boîte vénitienne peinturlurée que l'on pouvait trouver dans n'importe quelle boutique pour touristes. Et elle comprenait à présent pourquoi Helmuth Wegener avait placé les clefs ouvrant sur le secret de sa vie précisément dans cette modeste petite boîte :

— Voyez, c'est moi ! Voici la place qui me convient ! Vous n'avez jamais vu en moi qu'un héros, en réalité je n'étais qu'un exemplaire humain tout ce qu'il y a de médiocre.

Elle prit la petite boîte, s'approcha du bureau de Helmuth et l'y enferma. La clef serait confiée au Dr Schwangler ainsi que ses dernières volontés, à elle, selon lesquelles ses enfants Peter et Vanessa-Nina n'ouvriraient le coffre placé derrière le Gauguin que trois mois après sa propre mort, celle d'Irmgard Wegener.

Qu'avait écrit Helmuth, quelle était la dernière phrase de son journal ?

« Je l'ai aimée, j'ai vécu vingt-sept ans avec elle dans un paradis en qualité d'époux, sans être marié avec elle. Ce fut un heureux mariage. »

— On ne pourrait mieux dire, mon gros ! reconnut-elle en allant lentement vers la fenêtre.

Dans le parc, la pluie dégouttait des arbres et des buissons. Des écharpes de brume glissaient au-dessus du pavillon de thé, le gazon luisait comme poli. Accord fantastique, magique, de la nature qui magnifiait toute chose et l'allégeait du moindre poids, de toute contrainte.

Elle le savait depuis des années et s'en doutait depuis qu'il avait appelé son fils du nom de son camarade tombé sur le front. Et elle en avait été convaincue, lorsqu'il avait d'abord voulu refuser de rencontrer ses camarades de classe. Par d'innombrables indices, elle en avait acquis la certitude.

Elle avait gardé le silence parce qu'elle le jugeait préférable — pour lui. Elle aurait par trop profondément blessé sa fierté et cette blessure ne se serait jamais cicatrisée. Elle l'aurait anéanti. Pourquoi d'ailleurs eût-elle parlé ? N'était-il pas sans importance depuis longtemps que cet homme fût ou non son mari Helmuth Wegener ? Elle l'aimait, c'était assez pour une longue vie heureuse.

Elle appuya son front à la vitre froide et mouillée et posa sa main sur sa tête comme pour empêcher qu'elle n'éclate.

Ce fut un heureux mariage.

Merci, Helmuth.

Achevé d'imprimer
le 5.5.80
par Printer Industria
Gráfica S.A.
Provenza, 388 Barcelona-25
Sant Vicenç dels Horts 1980
Depósito Legal B. 879-1980
Pour le compte de
France Loisirs
123, Boulevard de Grenelle
Paris

Numéro d'éditeur : 5086
Dépôt légal - 2ème trimestre 1980
ISBN : 2-7242-0713-0
Imprimé en Espagne